Lorna Landvik

Immer dieses Lampenfieber

Roman

Aus dem Amerikanischen
von Angelika Felenda

Kabel

Die amerikanische Originalausgabe erschien 2000
unter dem Titel »Welcome to the Great Mysterious«
bei Ballantine Books in New York.

Von Lorna Landvik liegen auf deutsch bereits vor:
Patti Jane's Frisörsalon (Serie Piper 2710)
Die Oase am Flammensee (Serie Piper 3073)
Das Café in Tall Pine (Serie Piper 3449)

ISBN 3-8225-0561-7

Gesetzt aus der Bembo
Satz: Satz für Satz. Barbara Reischmann, Leutkirch
Druck und Bindung: GGP Media, Pößneck
Printed in Germany

Für meine Brüder Wendell und Lanny
und zum Andenken an Greg

1

NA SCHÖN, DANN bin ich eben eine Diva. Es gibt Schlimmeres – Massenmörder, Frömmler, Telefon-Rechtsberater.

Es überrascht mich, daß meine Schwester den Ausdruck sogar als Beleidigung gebraucht. Warum sollte mich die Wahrheit beleidigen? Mein Lexikon definiert *Diva* als »hervorragende Sängerin«. Was ich sicherlich bin. Bei dem Wort steht allerdings ein Querverweis zu *Primadonna*, die als »temperamentvolle Person« beschrieben wird, »eine Person, die Schmeicheleien und privilegierte Behandlung als ihr Recht ansieht und gereizt auf Kritik und Unannehmlichkeiten reagiert«.

Nun, könnte man fragen, wer mag schon Kritik und Unannehmlichkeiten? Und warum sollte man den Genuß von Privilegien nicht als sein gutes Recht ansehen? Ein bißchen Selbstachtung ist doch nichts Schlechtes. Ann zum Beispiel könnte einen gehörigen Schuß davon vertragen.

Mein ganzes Leben lang wurde ich gefragt: »Seid ihr wirklich Zwillinge?« Was eine verständliche Frage ist. Ann und ich sind so verschieden wie Tag und Nacht. Bei einem Interview hat sich Ann einmal auf diese Metapher berufen und mich als Nacht beschrieben – dunkel und dramatisch, sich mit Film- und Theaterstars umgebend –, während sie sich selbst als hell, schlicht und ungefähr so aufregend wie ein Nachmittagsschläfchen empfand.

Wir sind zweieiige Zwillinge, und wir teilen nicht dieses unheimliche, innige Gefühl von Du-bist-meine-andere-Hälfte, wie eineiige Zwillinge es tun. Ann und ich sind mehr wie Schwestern, die im Abstand von mehreren Jahren hätten geboren werden können, wenn Mom nicht eine so eifrige Bruthenne gewesen wäre. Wir sind uns sehr nahe und haben, von Windpocken über Kleider bis hin zu tiefen Geheimnissen, alles geteilt, aber wenn ich Ann gegenüberstehe, sehe ich nicht mein Spiegelbild. Und wenn ich ihr im Moment gegenüberstünde, sähe ich nichts anderes als eine entsetzliche Nervensäge.

Für diejenigen unter Ihnen, die mich nicht kennen (Wo zum Teufel haben Sie gelebt? In einer Höhle ohne Fernseher oder Kabelanschluß?), bin ich Geneva Jordan, Film-, Bühnen- und Fernsehstar. (Unglücklicherweise haben mir meine Theaterverpflichtungen kaum erlaubt, die Filmrollen anzunehmen, die mir angeboten wurden. Wenn Sie mich nicht bei der Entgegennahme des Tony-Award gesehen haben, kennen Sie sicher meine Stimme von den Reklame-Jingles für Aromati-Cat-Katzenstreu und Chef-Mustachio-Tiefkühl-Pizza.) Erst vor kurzem habe ich nach eineinhalbjähriger Laufzeit die Titelrolle in »Mona!«, einem Musical über da Vincis geheimnisvolles Modell, abgegeben.

She's a gal with a crazy half smile, she's Mona Lisa!
Oh, what I wouldn't do to get a piece a . . . that
Mona Lisa!

Sie können mir glauben, daß die Musik unter die Haut geht und die Dialoge stimmen.

Meine Rolle als Mona Lisa brachte mir meinen zweiten Tony, eine Titelgeschichte im »New York Magazine« und eine Beziehung mit Trevor Waite, meinem Bühnenpartner, ein. Meine Rolle als Mona Lisa samt den Folgen, vor allem meine Beziehung zu Trevor Waite, brachten mich gleichzeitig auch an den Rand des geistigen und körperlichen Zusammenbruchs. Was die Bitte meiner Schwester nur um so absurder machte.

»Bitte«, sagte sie am Telefon und wechselte ihren Tonfall von unverschämt auf flehentlich. »Riley und ich brauchen diese Zeit zusammen.«

»Das bezweifle ich nicht, Ann. Ich wehre mich bloß dagegen, daß ich den Babysitter spielen soll.«

»Du bist Richs Patin.«

»Das weiß ich, Ann. Aber Patin heißt nicht Retterin.«

»Was heißt es dann?«

Ich sah auf meine Uhr. Ich mußte in der nächsten Stunde nirgendwohin, aber das brauchte sie ja nicht zu wissen. »Ich muß mich beeilen, Ann. Ich hab einen Friseurtermin.«

»Was heißt das?«

»Hör zu, Ann, ich ...«

»Hör auf, mich Ann zu nennen.«

»Aber das ist doch dein Name, oder?«

»Ja, aber wenn du in dieser rechthaberischen Stimmung bist, benutzt du meinen Namen zu oft. Wie eine verschrobene alte Schulmeisterin oder so was in der Art.«

»Erst bin ich eine Diva und dann eine verschrobene alte Schulmeisterin. Reizende Unterhaltung, *Ann*.«

Ich hörte, wie sie protestierte, als ich auflegte beziehungsweise den Hörer auf die Gabel knallte.

Ohne zu begreifen, was ein dramatischer Abgang ist, rief sie sofort zurück. Ich hatte inzwischen den Anrufbeantworter eingeschaltet.

»Geneva«, sagte sie, »bitte. Es tut mir leid. Ich weiß nicht, an wen ich mich sonst wenden sollte. Bitte nimm ab ... Bitte hilf mir, Dee.«

Oh, das war gemein. *Dee* war nämlich mein Kosename aus Kindheitstagen, den mir unsere Großmutter Hjordis gegeben hatte.

»Das sind Tweedledee und Tweedledum«, sagte sie mit ihrem norwegischen Akzent, »meine liebsten Zwillings-Enkelkinder auf der ganzen Welt!«

Wir waren ihre einzigen Zwillings-Enkelkinder, aber sie gab uns das Gefühl, daß auch Fünflinge uns nicht übertroffen hätten.

Sie lebte gleich neben uns, ihr Haus war ein nach Zimtplätzchen duftender Zufluchtsort für meine Schwester und mich. Ein Ort, wo wir endlos Räuber und Gendarm mit ihr spielten, wo wir alle Sofapolster herausnehmen durften, um herrliche Iglus zu bauen (wenn wir Roald Amundsens Entdeckung des Nordpols nachstellten) oder Wigwams (wenn es um Leif Erikssons

Entdeckung Amerikas ging). Sie hatte ein Kanu im Hinterhof, das unser *Kon-Tiki* war.

Großmutter Hjordis war eine eingefleischte norwegische Nationalistin und ließ keine Gelegenheit aus, ihre Enkelinnen in der glorreichen Geschichte ihres Heimatlands zu unterrichten und über dessen Entdeckungsreisende zu erzählen.

»Habt keine Angst vor neuen Dingen«, riet sie uns. »Die Welt macht mehr Spaß, wenn ihr keine Angsthasen seid.«

Als sie plötzlich starb und damit unsere vierzehnjährigen Herzen brach, begruben wir mit ihr unsere Kosenamen, die nur noch in krisenhaften Momenten wieder hervorgeholt wurden.

Ich nahm den Hörer ab.

»Also gut«, sagte ich, meine Wut unterdrückend. »Du kriegst noch eine Minute. Glaub nicht, daß ich ja sage. Ich sage nur, daß ich dir zuhören werde – noch eine Minute.«

»Gut«, sagte Ann beflissen wie die Teilnehmerin bei einer Quiz-Show, die in der Bonus-Runde mitmachen darf. Sie holte tief Luft. »Du weißt, wie schwer Riley arbeitet – mein Gott, man wird nicht Direktor des Instituts für Anglistik, ohne hart zu arbeiten . . .«

»Du erzählst mir nichts Neues, Ann.«

»Deine Unterbrechungen werden mir nicht von meiner Zeit abgezogen, oder?«

Ich seufzte. »Komm zur Sache, Ann.«

»Schon gut, schon gut. Jedenfalls wäre es für uns eine Chance, zum ersten Mal, seit Rich geboren wurde, allein zusammen zu sein, Geneva. Nach dreizehn Jahren! Und das in Italien, Geneva – Italien!«

Ich seufzte. »Kann Mom nicht rüberfliegen?«

»Du weißt doch, daß sie immer noch Probleme mit ihrer Hüfte hat. Und wie könnte sie Dad allein lassen?«

Nachdem sie sich ein Leben lang bester Gesundheit erfreut hatten, wohnten unsere Eltern jetzt in einer Seniorenanlage in Arizona und gaben deutlich zu verstehen, daß sie nicht mehr zur Verfügung standen. Mom hatte letzten Sommer eine künstliche Hüfte bekommen, und Dad erholte sich von einem leichten

Schlaganfall, der sein Gleichgewichtsgefühl und manchmal sein Gedächtnis beeinträchtigte. Diese Altersleiden waren für beide sicher kein Honigschlecken. Aber merkten sie denn nicht, daß ihre Probleme für uns eine schreckliche Last waren? (Lachen Sie nicht – ich mach bloß Scherze.)

»Schon gut, schon gut.«

»Willst du damit sagen, daß du es machst?«

Ich lachte – unpassenderweise wahrscheinlich. »Mein Gott, nein. Ich meinte, schon gut im Sinne von: Sprich nicht weiter.«

»Ist meine Minute vorbei?« Manchmal nimmt meine Schwester die Dinge allzu wörtlich.

»Ann, ich ruf dich zum Wochenende wieder an, in Ordnung?«

»Mit einer Antwort?«

»Nein, mit einem Witz von Dick und Doof.«

Ann ignorierte meinen Sarkasmus.

»Danke, Geneva.«

»Ich hab noch nicht ja gesagt«, erinnerte ich sie.

»Ich weiß, aber trotzdem danke.«

Ich legte schnell auf. Ihre Dankbarkeit schien glühender geworden zu sein, und mir brannte das Ohr davon.

Ich griff nach meinem Kaschmirmantel – eines der Geschenke von Trevor, die er nicht wieder zurückgefordert hatte. Als wir uns trennten, warf ich ihm meinen Verlobungsring vor die Füße, ohne auch nur einen Moment daran zu denken, daß der Geizhals ihn mir nicht zurückgeben würde.

Ich schätze, daß er nicht wirklich geizig war – tatsächlich gab er eine Menge Geld für mich aus –, aber oft vergällte er mir die Geschenke, indem er mir erzählte, was für ein sündhaft teures Ding er mir kaufen werde, bevor er mich mit einem weniger teuren Ersatz beglückte, der angeblich viel besser zu mir paßte. Kaschmir paßte angeblich besser zu mir als Nerz, ein Picknick im Central Park besser als ein Lunch im Four Seasons. Einmal stöberten wir in einem Antiquariat herum, und die Erstausgabe von »Die Liebe der Marjorie Morningstar« paßte angeblich besser zu mir als die Erstausgabe von »Der große Gatsby«.

»Du gleichst so viel mehr Marjorie als Daisy«, sagte er und zog seine Kreditkarte heraus, um das Buch zu bezahlen, das passenderweise etwa dreihundert Dollar weniger kostete als das, das ich wollte. Es mag sich undankbar anhören, aber es verletzte mich, daß alles, was angeblich zu mir paßte, zweitklassig war.

Die Luft draußen war frisch, und alle liefen geschäftig in der üblichen Geh-mir-aus-dem-Weg-oder-ich-trample-dich-nieder-Manier umher, die ich so liebe. Herbst in New York – meine Lieblingsjahreszeit in der Stadt. Kein Wunder, daß ein Song darüber geschrieben wurde. An diesem Tag hatte man das Gefühl, als stünde ganz Manhattan noch unter dem Eindruck des Schulanfangs im September, man war geschäftig, energiegeladen, voll von großen Plänen und noch größeren Ideen. Es war, als wären die eigenen Sinne geschärfter: Die Farben erschienen intensiver, die Geräusche lauter, und die Gerüche von den Ständen der Hot-dog- und Brezel-Verkäufer wirkten ausnahmsweise einladend. Und dennoch schien eine leichte Melancholie vom Himmel aus über die Stadt zu sickern, die alles ... ich weiß nicht, irgendwie zart erscheinen ließ.

Vor Tiffany's hielt mich ein Fan an.

»Geneva Jordan!« sagte die Frau in einem überraschten Tonfall, der mir das Gefühl gab, weniger ein Mensch als eine Erscheinung zu sein.

Ich winkte ihr hastig zu, in der Hoffnung, das würde ihr genügen. Was nicht der Fall war.

»Würden Sie mir ein Autogramm ...« Sie sah auf ihre mit Tüten behängten Arme, um etwas zu finden, worauf ich schreiben konnte, »auf meine Tiffany-Tüte geben?«

»Nur wenn ich behalten kann, was darin ist.«

Einen Moment lang war sie verwirrt, bis ich ihr versicherte, daß ich nur scherzte.

Ich habe immer Stifte in den Manteltaschen, das verkürzt den Vorgang. Sie reichte mir die Tüte, und einen Augenblick lang überlegte ich, damit davonzulaufen und ihr einen gehörigen Schrecken einzujagen, aber statt dessen fragte ich sie artig nach ihrem Namen.

»Beth«, sagte sie. »Ich habe gelesen, daß Sie ›Mona!‹ nicht mehr spielen. Sie haben mir übrigens in der Rolle sehr gut gefallen. Nicht so sehr, wie Sie mir in ›Sunny Skies‹ oder ›Das Mädchen von Wellsmore‹ gefielen, aber trotzdem, die Szenen zwischen Ihnen und Trevor Waite ...«

»Wie freundlich von Ihnen«, sagte ich, verschloß meinen Stift und reichte ihr die Tiffany-Tüte zurück. »Jetzt muß ich aber weiter – war nett, mit Ihnen zu plaudern!«

So schnell ich auf meinen sechs Zentimeter hohen Stiefelabsätzen konnte, rannte ich davon. Diese Fans bleiben stehen und quatschen den ganzen Tag, wenn man sie läßt, sie erklären einem, was ihnen in deiner Laufbahn gefallen hat und was nicht – als hätte man sein ganzes berufliches Leben lang auf ihre Kritik gewartet. Verstehen Sie mich nicht falsch – ich sehe auf meine Fans nicht herab. Ich mag sie bloß viel lieber, wenn sie es bei Schmeicheleien belassen.

»Miss Jordan!« sagte Wendy, das Mädchen am Empfang, als hätte ich sie bei einer ungehörigen Tat überrascht. »Wir haben Sie nicht vor halb drei erwartet!«

»Ich mußte unbedingt aus dem Haus«, antwortete ich und warf meinen Mantel über die Couch mit dem falschen Leopardenbezug. »Kann Benny mich früher drannehmen?«

»Natürlich kann ich das, Schätzchen«, sagte Benny, der seine Rolle besser beherrschte als viele Schauspieler, mit denen ich zusammengearbeitet habe.

Er eilte zu mir herüber und gab mir einen dicken Schmatz auf die Lippen. »Gerade hab ich Claudette Pehl aus meinem Sessel geschmissen. Ich hab ihr gesagt: ›Schätzchen, es ist mir egal, ob dein Haar noch naß ist – ich muß mich um wichtigere Kunden kümmern.‹«

»Das glaub ich dir aufs Wort, Benny«, sagte ich. Claudette Pehl war *das* angesagteste Model im Moment, siebzehn Jahre alt und ganze fünfzig Kilo schwer.

»Kaffee?« fragte er, nahm mich bei der Hand und führte mich in den Salon, »mit einem Schuß Bailey's?«

»Einem *großen* Schuß.«

Lou Reed dröhnte über die Salon-Anlage – bei Benny wurde in jeder Hinsicht geklotzt. Jeder Stuhl war mit Pelzimitationen von irgendwelchen Dschungeltieren bezogen, und meistens saß eine bekannte Persönlichkeit darauf. Polly York, die PBS-Nachrichtenkommentatorin, wurde auf Martins Stuhl in Folie gehüllt, und drüben auf Andrés Stuhl wurde Gina Bell, der Eiskunstläuferin, einer ihrer Pilzkopfschnitte verpaßt, die ihr Markenzeichen waren.

Nachdem ich in einen mit Tigerstreifen bedruckten Baumwollumhang geschlüpft war (jeder Umhang paßt zum jeweiligen Stuhl, was kitschig ist, aber das gehört nun mal zum Spaß bei Benny's) und mir von einem dieser mürrischen Mädchen, über deren geistigen Zustand man sich notgedrungen Sorgen machen muß, der Kopf gewaschen worden war, ließ ich mich in Bennys Stuhl nieder.

»Wenn ich dich ansehe, fällt mir das Wort *struppig* ein«, sagte er und reichte mir einen Becher, der mehr nach Alkohol als nach Kaffee roch.

»Ach Benny, du brauchst mir nicht Honig ums Maul zu schmieren.« Ich nahm einen Schluck des veredelten Gebräus und verzog das Gesicht. »Ich sagte einen Schuß, keine halbe Flasche.«

Anstatt sich zu entschuldigen und zur Kaffeemaschine zurückzueilen, versetzte mir Benny mit seinem Kamm einen Klaps auf mein Schulterblatt.

»Sei still und trink«, befahl er. »Du weißt, daß du ihn brauchen kannst.«

Das stimmte, und ich trank.

»Ahh«, sagte ich, nachdem ich ihn hinuntergestürzt hatte. »Jetzt sieht alles schon viel besser aus.«

Was zumindest auf mich zutraf. Benny war nicht umsonst einer der besten Friseure in Manhattan. Er wußte, wie man Haare schneidet und – was am wichtigsten war – wie man es anstellt, die Kundinnen dabei gut aussehen zu lassen. Das Licht war warm und sanft, es ließ Falten, Runzeln und große Poren verschwinden sowie alles andere, was einen wie die böse Stiefmutter aussehen ließ, obwohl man sich immer noch wie Cinderella fühlte.

Ich sah großartig aus ... für achtundvierzig. Ich hätte leicht als Vierzigjährige durchgehen können, was mir auch gelang, bis meine Schwester von einem Journalisten der »New York Times« interviewt wurde und mein wirkliches Alter ausplauderte – als wäre sie zu diesem heiklen Thema nicht eingehend von mir instruiert worden. Trotzdem, wie vierzig auszusehen ist nicht gerade ein Plus im Showgeschäft, obwohl man am Theater noch eher altern darf als beim Film, wo sie einen bei »Betty und ihre Schwestern« schon als Mutter besetzen, wenn man glaubt, für die Rolle der Jo gerade richtig zu sein.

Ich habe eine hübsche Nase (meine eigene, vielen Dank), hübsche Zähne (hauptsächlich meine eigenen) und schönes Haar (die Naturwelle ist angeboren, die flammend rote Farbe – Bennys großartige Idee und seit zehn Jahren mein Markenzeichen – nicht), aber hinreißend nennt man mich in erster Linie deswegen, weil ich ein Star bin.

Es ist keine übertriebene Bescheidenheit (in meinem Fall wäre jede Art von Bescheidenheit übertrieben), die mich das sagen läßt: Man dreht sich nach mir um, vor allem deshalb, weil ich die Person bin, die ich bin, nicht wegen meines Aussehens.

»Benny, was hältst du von kurzem Haar?«

Wir sahen beide in den Spiegel, während er eine wellige Strähne meines Haars hochhielt.

»Nicht für dich, Schätzchen. Dein Haar ist so dramatisch ... so frei. Mit kurzem Haar würdest du wie eine Computer-Verkäuferin aussehen. Oder wie ein Feldwebel.«

Ich lachte. Benny gehörte zu den wenigen Menschen, die keine Angst hatten, zu sagen, was sie wirklich dachten.

»Also gut. Dann schneid bloß die gesplißten Enden ab.«

Während Benny vor sich hinschnippelte und plauderte (seine Klatschgeschichten waren fast so gut wie sein Haarstyling), schloß ich die Augen und versuchte, mir weitere Ausreden einfallen zu lassen, warum ich meiner Schwester nicht aushelfen konnte.

Alles hängt vom richtigen Zeitpunkt ab, sagt man, und dieser Zeitpunkt war denkbar schlecht. Ich hatte die Rolle in »Mona!« ja nicht zum Spaß aufgegeben. Die Leute hätten mich durchaus noch sehen wollen. Daß ich meinen Vertrag nicht verlängert hatte, lag daran, daß mich ein zweifaches Unglück getroffen hatte – Liebeskummer und Wechseljahre, und keines von beiden wollte ich an die große Glocke hängen. In meiner Pressemitteilung wurde nur von meiner Dankbarkeit gesprochen, daß ich bei einer so wundervollen Produktion mitwirken durfte, und von meinem Wunsch, andere kreative Pfade zu beschreiten.

Wofür ich in Wirklichkeit Zeit brauchte, war etwas anderes: Ich wollte mich ausruhen, meine Energiereserven wieder aufladen und meine verrückt spielenden Hormone in den Griff kriegen. Ich wollte durch die Stadt schlendern, am Spätnachmittag im Carlyle oder Pierre Tee trinken, mir die Aufführungen ansehen, die ich wegen meiner eigenen Verpflichtungen nicht hatte ansehen können, und meine freien Wochenenden auf den verschiedenen Landsitzen verbringen, auf die mich Freunde eingeladen hatten. Ich brauchte Zeit, um mich gehörig zu verwöhnen.

»Erde an Geneva«, flüsterte mir Benny ins Ohr.

Verblüfft öffnete ich die Augen.

»Tut mir leid, ich hab dich gelangweilt«, sagte er mit übertriebener Nonchalance. »Glaub mir, es gibt eine Menge Frauen, die dafür zahlen würden, um auf deinem Platz zu sitzen und mir zuzuhören.«

Ich lachte. »Ich bezahle dich, Benny, schon vergessen?«

Benny zuckte mit den Achseln und fächerte mit den Fingern mein Haar auf. Es war lang und wellig – »Hippie-Haar mit einem Touch Großstadtschick«, wie Benny immer sagte. (Ich befolge Dick Clarks Geheimnis der Jugend – ändere nie deine Haartracht.)

»Na, wie fühlt man sich als arbeitslose Schauspielerin?«

Tränen traten mir in die Augen.

»Geneva, Schätzchen! Ich hab's nicht so gemeint – ich hab doch bloß versucht, einen Scherz zu machen.«

»Es ist nicht deswegen«, sagte ich und winkte ab. »Es ist wegen meiner Schwester.«

Im Spiegel sah ich, wie sich Bennys rundes Gesicht zu einer sorgenvollen Miene verzog.

»Sie ist doch nicht krank, oder?«Ich schüttelte den Kopf. »Nichts dergleichen. Sie und ihr Mann haben über sein College die Gelegenheit, nach Italien zu reisen.«

»Hm«, sagte Benny, um zu prüfen, ob ich mich wieder gefangen hatte. »Ich schätze, ich begreife das Problem nicht ganz.«

»Sie möchten, daß ich den Babysitter spiele!« sagte ich, und als ich bemerkte, daß die Eiskunstläuferin interessiert zu mir herübersah, senkte ich die Stimme. »Sie haben einen dreizehnjährigen Sohn, den sie nicht aus der Schule nehmen wollen. Richard – Rich heißt er. Er ist mein Patenkind.«

Benny goß sich etwas herrlich Duftendes auf die Hände und massierte es in meine Kopfhaut ein. »Und du möchtest auf diesen Rich nicht aufpassen, weil ...?«

»Weil ich Urlaub habe!« antwortete ich, und wieder bewirkte meine erhobene Stimme, daß die neugierige Eiskunstläuferin mit dem albernen Pilzkopfschnitt zu mir herübersah. »Weil mein Arzt sagt, ich sei gestreßt und überarbeitet und solle kürzer treten!« flüsterte ich. »Und außerdem muß ich verschiedene ... Dinge bewältigen.«

»Dieser Mistkerl«, sagte Benny. Es war eine Pawlowsche Reaktion; wann immer ich direkt oder indirekt etwas erwähnte, das mit Trevor zu tun haben konnte, sagte er: »Dieser Mistkerl.« Genau deswegen gab ich ihm immer so reichlich Trinkgeld.

»Aber lebt deine Schwester nicht an irgendeinem Teich in Indianapolis?«

»An einem See«, sagte ich. »Sie lebt an einem See außerhalb von Minneapolis.«

Benny zuckte mit den Achseln. Für den verpflanzten Australier war das alles dasselbe.

»Aber könnte das nicht ganz idyllisch sein?« schlug er vor. »Mitten im Niemandsland irgendwo am See zu sitzen?«

»Der ist wahrscheinlich zugefroren«, antwortete ich. »Und

selbst wenn er das nicht ist, würde ich mit einem Dreizehnjährigen dort sitzen.«

»Richtig, das Kind. Er ist wohl sehr unausstehlich, oder?«

Die Tränen, die ich schon zu lange zurückgehalten hatte, stiegen mir wieder in die Augen.

»O Benny!« sagte ich und wirbelte dann mit einer Bewegung, die eleganter war als jeder Doppelaxel, den Gina Bell je zustande gebracht hatte, in meinem Stuhl herum und versteckte mich und meine Tränen vor den neugierigen Blicken der naseweisen kleinen Eisprinzessin.

An diesem Abend zündete ich ein Feuer an und legte mich mit einer guten Flasche Champagner und einer noch besseren Schachtel Pralinen auf meine Couch mit den vielen Kissen. Vor drei Tagen hatte ich das Theater verlassen, und um acht Uhr abends befiel mich immer noch ein Gefühl der Unruhe. Ich sah die Schauspieler hinter der Bühne vor mir, die sich, mit ihren farbenprächtigen Kostümen angetan, in den Hintern kniffen oder alle möglichen anderen Kindereien vollführten, die ein Ensemble eines lang laufenden Stücks sich eben so ausdenkt, wenn es darauf wartet, daß der Vorhang aufgeht. Mir haben diese Momente immer ganz besonders gefallen, wenn man dem aufgeregten Gemurmel des Publikums lauscht und dann den Atem anhält, wenn das Orchester mit der Ouverture beginnt. Wir waren die Elite am Broadway, stets für unseren Auftritt bereit, aber nicht bevor wir über einen üblen Witz gelacht oder uns entrüstet flüsternd gegenseitig beschuldigt hatten, gefurzt zu haben.

Was ich wirklich vermißte, waren die Küsse, die Trevor Waite und ich ausgetauscht hatten, bevor wir auftraten.

Im Kamin knackte und zischte etwas, es war die perfekte Begleitung zu meiner Stimmung. Ich trank einen großen Schluck des schäumenden Champagners und befahl mir, keine Zeit zu vergeuden, indem ich an Trevor dachte.

Es half nichts.

»Wie konnte ich bloß so verblendet sein?« Meine einzige Entschuldigung, die noch dazu ziemlich schwach war, lautete, daß sein Charme meinen Verstand vernebelt hatte.

Trevors unwiderstehlicher Charme, der jeder Frau das Gefühl gab, sie sei die Einzige für ihn, wurde auf alle angewandt, angefangen von Mrs. Wang am Markt an der Ecke, die immer einen herrlichen Pfirsich oder eine Schale mit Beeren in unsere Tasche gleiten ließ und dabei ohne Unterlaß Trevor zublinzelte, bis hin zu der Kritikerin der »New York Times«, die schrieb: »Er ist eine moderne Ausgabe von Errol Flynn und Laurence Olivier. Und außerdem kann er auch noch singen wie Placido Domingo!«

Wenn er seine eisblauen Augen auf mich richtete, blieb zwar die Zeit nicht stehen, aber zumindest gingen ein paar Sekunden verloren. Wenn er einen anlächelte, hatte man das Gefühl, man habe ein Geschenk bekommen. Aber seine größte Gabe war seine Stimme. Allmächtiger Gott, dieser britische Oberklassenakzent (den er sich nach seinem Umzug von Manchester nach London angeeignet hatte), verbunden mit dem tiefen, volltönenden Timbre, jagte mir Schauer über den Rücken. Ich weiß, es ist ein Klischee, wenn man sagt, jemand habe eine so schöne Stimme, daß er nur das Telefonbuch vorzulesen brauche, um sein Publikum in Bann zu schlagen – aber er konnte das wirklich und hat es, als ich ihn dazu herausforderte, einmal getan.

»Bradshaw«, las er, nachdem er sich geräuspert hatte. »Amy, Arnold, Beverly, Bruce, Bryan.« Während er das aufgeschlagene Telefonbuch in der einen Hand hielt, hob er die andere. »Unter den Bradshaws«, fuhr er fort, »haben wir außerdem C. L., D. R., David, Doris, Douglas und Grant. Harold, I. J., Jody, Julie und Lloyd.«

Er las mir auch aus poetischeren Werken als dem Telefonbuch vor, und ich glaube, genau das ist es, was ich am meisten vermisse – es ist schwer, den romantischen Zauber eines englischen Schauspielers mit einer schönen Stimme zu überbieten, der dir an einem verregneten New Yorker Nachmittag Shakespeare vorliest.

Abgesehen davon, daß ich gern seiner Stimme lauschte, hatten wir eine Menge gemeinsamer Interessen – die Aufregung bei der Bewältigung eines neuen Stücks, Lachen, eine Vorliebe für thailändisches Essen, Hitchcock-Filme und nächtliche Spaziergänge. Da wir beide Schauspieler waren, verstanden wir uns und die verrückte Welt, in der wir unseren Lebensunterhalt verdienten. Doch wesentlicher als alles andere war die starke Chemie zwischen uns – er war Sauerstoff, ich Wasserstoff, und wenn wir zusammen waren, flogen immer die Funken.

Anfangs war ich so sehr in Trevor verliebt, daß ich bereit war, seinen Flirt mit einem der Mädchen aus der Tanzgruppe zu übersehen. Bühnenkünstler neigen von Haus aus zum Flirten, aber die Tändeleien nahmen zu, bis ich überzeugt war, daß er eine Affäre hatte (als ich die beiden nach einer Aufführung zur Rede stellte, stritt er die Anschuldigung heftig ab; sie lächelte nur). Da ich wußte, wie sehr er mich selbst eingewickelt hatte, wurde sein Charme augenfälliger für mich, und ich bemerkte, daß er ihn zumeist einsetzte, um etwas zu erreichen. Als er diesen Charme bei der neuen zweiten Besetzung der zweiten weiblichen Hauptrolle anwandte, mußte ich mich schließlich der Tatsache stellen, daß das, was er zu diesem Zeitpunkt seines Lebens haben wollte, mehr Frauen waren, *jüngere* Frauen.

Unwillkürlich schluchzte ich auf, und ich bemerkte, daß eine totale Dunkelheit – nicht die Abwesenheit von Licht, sondern eine unheimlichere, tiefere Dunkelheit – mich umschlossen hielt.

Ich war immer eine Nachteule gewesen, schon als kleines Mädchen. Ann gehörte zu den Leuten, die gleich einschliefen, nachdem sie ins Bett gekrochen waren, und sie überließ es mir, mich allein zu amüsieren, was ich gerne tat – indem ich Lieder erfand, mich in verschiedene Szenarien mit Klassenkameradinnen und Jungen, die ich mochte, hineindachte oder Film- und Fernsehstars nachahmte. Aber eines Nachts – ich glaube, ich war etwa neun – wurden meine Phantasien von einem so tiefen Gefühl der Einsamkeit überlagert, daß ich mich in meiner kindlichen Naivität fragte, ob es sich wohl so anfühlte, wenn man verrückt wurde.

»Ann! Ann!« flüsterte ich und rüttelte sie an der Schulter. »Ann!«

»Was ist los?« fragte sie und setzte sich mit vor Schreck aufgerissenen Augen auf.

»Ann, ich bin so einsam!«

Meine Schwester sah mich argwöhnisch an und versuchte abzuschätzen, ob ich scherzte. Nachdem sie beschlossen hatte, daß dem nicht so war, fragte sie: »Warum, Dee? Ich bin doch da.«

»Ach, Dum«, sagte ich und preßte mich an sie. »Halt mich einfach fest.«

Damals konnte ich das Gefühl nicht in Worte fassen, was auch keine Rolle spielte, da Ann sofort wieder einschlief (die Verräterin).

In der nächsten Nacht spürte ich es wieder.

»Ann! Ann!« sagte ich und schüttelte sie heftig. »Meine Einsamkeit ist wieder zurück!«

Meine Schwester war nicht sonderlich beeindruckt, und bevor sie sich umdrehte, riet sie mir, der Einsamkeit einfach zu sagen, daß sie weggehen solle.

Das tat ich, und sie gehorchte, aber nicht für immer. Sie kam nicht jede Nacht, aber jedesmal, wenn sie kam, war die Einsamkeit so tief und überwältigend, daß ich Angst hatte, ich wäre nicht mehr in der Lage, mich davon zu befreien. Meine Mechanismen, damit umzugehen, reichten von Leugnung (»Dich gibt es gar nicht, ich fühle mich großartig«) über Einschüchterung (»Ich bin stärker als du!«) bis Unterwerfung (»In Ordnung, ich geb mich geschlagen, gehst du dann weg?«). In einer Schauspielklasse, die ich einst besuchte, drängte uns die Lehrerin, plagenden Gefühlen damit zu begegnen, daß man ihnen Namen gab.

»Gebt ihnen widersinnige Namen, um ihre Macht zu brechen«, riet sie uns. »Nennt Zorn Fred, Beklemmung Myrtle, Angst Lulu.« Ich nannte meine Einsamkeit Petunia, und anfangs, glaube ich, half es auch, ihre Macht zu bannen, aber nach einer Weile stellte ich fest, daß es immer noch Einsamkeit war, bloß mit einem albernen Namen.

Ich fürchtete mich immer vor dieser Erfahrung, aber in dieser Nacht lenkte sie zumindest meine Aufmerksamkeit von Ann und ihrer Bitte ab. Petunia verhöhnte und quälte mich, aber schließlich hatte ich mich ausgeweint, und es kam der Moment, mich mit meinem jüngsten Problem zu beschäftigen. Der alberne Spruch »Wenn das Leben dir eine Zitrone schenkt, mach Zitronenlimonade daraus«, fiel mir ein, aber ich kenne bedauerlicherweise das Rezept dafür nicht.

Ich bin kein schlechter Mensch. Vielleicht bin ich ein wenig egozentrisch, ein wenig extravagant, aber wenn das ein Verbrechen wäre, hätten alle im Showgeschäft schlechte Karten. Mir gefällt die Vorstellung, anderen zu helfen, und ich bin sicher, wenn ich mehr Zeit hätte, würde ich die Idee auch in die Praxis umsetzen. Ich rede mir ein, daß ich mich auf der Bühne verausgabe, so daß ich mich außerhalb des Theaters ein bißchen gehen lassen darf. Aber mein verdammtes Gewissen wurde plötzlich zu einem Papagei, der den Schnabel nicht halten konnte: *Sie ist deine Zwillingsschwester, sie ist deine Zwillingsschwester, sie ist deine Zwillingsschwester.*

Sie hatte mir sicherlich schon so manchen großen Gefallen getan. Die verläßliche, verantwortungsvolle Ann mit dem festen Lehrerjob gleich nach dem College hatte meine großen Träume immer finanziell unterstützt. Sie war diejenige, die meine Busfahrkarte nach New York bezahlte, nachdem ich mein ganzes Geld für Kleider ausgegeben hatte. Sie war diejenige, die ihren wöchentlichen Briefen immer fünf oder zehn Dollar beilegte, diejenige, die mir mindestens ein dutzendmal mit der Miete ausgeholfen hatte. Weil Ann so großzügig mit ihrem Geld umging, war ich der Meinung, Lehrer bekämen riesige Gehälter; erst bei meinem ersten Auftritt am Broadway wurde ich eines Besseren belehrt.

Ich hatte sie mit meiner Mutter in meiner winzigen Küche streiten hören. Ich konnte ihre Worte zwar nicht genau verstehen, aber der Geräuschpegel war laut genug, um mich aufzuwecken. Offensichtlich war ihnen die Schwere dieses Vergehens nicht bewußt.

»Ist euch eigentlich klar«, fragte ich mit gekonnt mattem, verletztem Tonfall, »daß ich Ruhe für meine Stimme brauche?«

Ann, die sich von ihrer glamourösen Schwester immer einschüchtern ließ, preßte die Lippen zusammen und senkte den Kopf. Meine Mutter jedoch ließ sich nicht an den Haken nehmen.

»Ach du lieber Himmel, als hättest du nicht ohnehin die meiste Zeit des Tages geschlafen.«

»Was durchaus nicht so ungehörig ist, wenn man berücksichtigt, daß ich erst um fünf ins Bett gekommen bin«, erwiderte ich.

»Und wessen Schuld ist das? Mein Gott, sieh dir deinen Vater an – er ist schon um acht aus dem Haus gegangen.« Sie sah auf ihre Uhr. »Ach, ich soll ihn ja mittags bei Macy's treffen.«

Ich griff an meine Schläfe, um ihnen zu verstehen zu geben, daß ich höllische Kopfschmerzen hatte, die ich aber stoisch ertrug, und ging zur Kaffeekanne hinüber (in einigen Haushalten läuft ständig der Fernseher; bei den Jordans ist es die Kaffeemaschine).

»Worüber habt ihr euch eigentlich gestritten?« fragte ich, nachdem ich mich mit einer Tasse Kaffee gestärkt hatte.

»Über nichts«, sagte Ann knapp, als erkläre sie das Thema damit für beendet.

»Schöne Lüge«, sagte Mutter spöttisch. Sie richtete den Blick auf Ann. »Vor zwei Minuten ist noch dein ganzes Leben zusammengebrochen.«

»Dein Leben ist zusammengebrochen?« fragte ich meine Schwester, die doch von allen Leuten, die ich kannte, das stabilste und unerschütterlichste Leben führte – ein wahrhaftes Bollwerk von einem Leben.

»Nein, mein Leben bricht nicht zusammen«, sagte Ann ruhig.

Mutter seufzte. »Es ist nur, daß sie kein Geld hat, um das Flugticket nach Hause *und* die nächste Miete zu bezahlen.«

»Du hast kein Geld für ein Flugticket und die nächste Miete?« wiederholte ich wie ein Idiot.

Ann wischte sich mit einer Serviette die Nase ab und begann, den Tisch abzuräumen. Mom kramte einen Lippenstift aus ihrer

Tasche und malte unnötigerweise noch mehr Rouge auf ihre Lippen.

»Du wirst es aus deiner stolzen Schwester nicht rauskriegen, das kann ich dir gleich sagen.« Sie drückte die Lippen auf eine Papierserviette, wo sie einen fossilienförmigen korallenroten Abdruck hinterließen. »Ann hat sich Geld geliehen, um dein Stück zu sehen, und jetzt muß sie sich Geld leihen, um nach Hause zu fahren, wenn ihr Hausherr das Apartment nicht schon an jemand anderen weitervermietet hat, der rechtzeitig die Miete zahlt.«

Wenn ich derjenige Zwilling gewesen wäre, dessen Geheimnis die Mutter verraten hätte, wäre ich sicherlich aus dem Zimmer gestürmt oder hätte etwas Zerbrechliches an die Wand geschleudert. Ann jedoch wusch ihre Kaffeetasse ab. Sie hätte den Gartenschlauch nehmen und Mutter eine wohlverdiente Dusche verabreichen können, aber im Gegensatz zu mir reagierte meine Schwester vollkommen ruhig.

»Ann«, sagte ich und legte die Arme um sie, »brauchst du Geld? Wenn du Geld brauchst, kannst du zu mir kommen. Das weißt du doch.«

»Aber du bist eine arme hungerleidende Künstlerin«, sagte Ann.

»Nicht mehr. Ich bin der Star eines Broadway-Renners.«

Das stimmte. Die Kritiken waren überschwenglich gewesen, und die Zeiten des Kellnerns und der Aushilfsjobs in Versicherungsbüros schienen endgültig vorbei zu sein.

»O Geneva«, sagte Ann. »Ich bin so froh.« Und dann lehnte sie den Kopf an meine Schulter und schluchzte.

»Ann«, sagte ich sanft, als sie sich ein bißchen beruhigt hatte, »wann haben deine Geldschwierigkeiten angefangen?«

»Seit *du* welche hattest«, sagte meine Mutter. »Anns Geldprobleme stehen in direkter Verbindung zu deinen. Wenn du Geld gebraucht hast, hat Ann einen Kredit aufgenommen, wohl wissend, daß sie die Summe nie zurückbekommen würde.«

Da sie vier Minuten früher als ich geboren war, hatte Ann ihre Stellung als die Ältere immer ernst genommen. Sie ist sehr fürsorglich.

»Mutter«, sagte sie, und ihre Stimme klang so ruhig, daß ich wußte, ein riesiges Donnerwetter stand bevor, »es ist gefährlich, nicht zu wissen, wovon man spricht.«

»Ich weiß, wie viele Darlehen dein Vater und ich Geneva gegeben haben. Und ich wußte, daß sie wahrscheinlich dich um Geld angehen würde, wenn wir sie auf dem Trocknen sitzen lassen.« An dieser Stelle sah sie mich scharf an und fügte hinzu: »Und das mußten wir tun, Geneva – zu deinem eigenen Besten.« Sie sah wieder zu Ann. »Und ich erwähne das nur jetzt, weil es Geneva selbst zugegeben hat . . .«

»Du erwähnst es nur, weil du Schwierigkeiten machen willst«, warf Ann ein. »Was ich mit meinem Geld mache, ist meine Sache. Es tut mir leid, daß ich es zu eurer gemacht habe, indem ich um ein Darlehen bat. Ich werde es nie wieder tun, weil bitterste Armut nicht schlimmer sein kann als deine selbstgerechten Vorhaltungen.«

»Das ist richtig«, sagte ich, meine Schwester, die Englischlehrerin, nachäffend. »Bitterste Armut könnte nicht schlimmer sein als deine selbstgerechten Vorhaltungen.«

Mom seufzte. Sie hatte schon vor langem gelernt, daß sie der geballten Feuerkraft gemeinsam operierender Zwillinge nichts entgegenzusetzen hatte.

»Ich treffe mich jetzt mit eurem Vater«, sagte sie und klemmte sich ihre wildlederne Tasche unter den Arm, die sie immer bei sich hatte.

Wir hatten keinen Einwand, und nachdem sie gegangen war, erzählte mir Ann die ganze traurige Geschichte.

Im Lauf der Jahre war ich nicht die einzige gewesen, die von ihrer Großherzigkeit profitiert hatte. Sie hatte einer älteren Nachbarin mit Lebensmitteln ausgeholfen und für eine Freundin, die alleinerziehende Mutter war, die Strom- und Heizungskosten bezahlt. Sie hatte alle möglichen Sachen gekauft, die ihre Schüler sich nicht leisten konnten, so wie Theaterkarten (»Theater läßt die Sprache lebendig werden für diese Kinder«), moderne Romane oder Gedichtbände (»Einige dieser Kinder besaßen nie ein eigenes Buch«).

»Ich hab's jahrelang geschafft, mich so durchzuwurschteln«, sagte sie und schüttelte den Kopf, »aber dann, glaube ich ... dann ist alles außer Kontrolle geraten. Ich mußte mein Konto überziehen, und die Schulden wurden immer größer.«

Meine Schwester war nicht die einzige, die den Kopf schüttelte.

»O Ann«, sagte ich. »Wann lernst du, daß du zuerst für dich sorgen mußt, bevor du dich um andere kümmerst?«

Ich bin eine große Anhängerin dieser Philosophie, die den Gedanken an sich selbst vorrangig behandelt.

»O Gen«, antwortete Ann, und in ihrer Stimme schwang tiefe Resignation mit, »was ist mit den Leuten, die Hilfe brauchen, damit sie für sich selbst sorgen können?«

Ich nahm meine Tasche (die im Gegensatz zu meiner Mutter nicht zu meinen ständigen Accessoires gehört) und suchte mein Scheckbuch.

»Wieviel brauchst du?« fragte ich, während ich ihren Namen auf die Empfängerzeile schrieb.

Sie dachte einen Moment nach, sagte es mir dann, und ich stellte den Scheck auf die doppelte Summe aus.

Ann rang zwar nicht nach Luft, aber ihre Dankbarkeit war offenkundig.

»Danke, Geneva«, sagte sie und küßte mich auf die Wange.

»Also, jetzt lös ihn ein, und verteil das Bargeld nicht gleich an die Bettler am Flughafen.«

»Nicht mal an die Hare Krishnas?« fragte sie lachend, obwohl Tränen in ihren Augen glänzten.

»Vor allem nicht an die Hare Krishnas«, antwortete ich. »Ich möchte nicht, daß du Leute unterstützt, deren Religion ihnen gebietet, so gottlose Dinge mit ihren Haaren anzustellen.«

2

ICH HABE IN meinem Leben ein Mal geheiratet, nach einer stürmischen Romanze, als ich gerade vierundzwanzig Jahre alt war, was mir heute unglaublich jung vorkommt. Obwohl ich von erfolgreichen Ehen im Anschluß an stürmische Romanzen gehört habe, kann ich sie persönlich nicht empfehlen. Lassen Sie sich ruhig etwas Zeit, um die Person kennenzulernen, die Sie zu lieben, zu achten und zu ehren schwören. Mindestens aber länger als achtundvierzig Stunden. Denn so lange hatte ich Jean-Paul gekannt, bevor ich »ja« sagte. Vierzehn Monate später sagte ich wieder »adieu«.

Er war ein Franzose wie es im Buche steht, charmant, flott, von lässiger Eleganz und mit einem Gaumen, der fein genug war, um einen guten Wein von einem ausgezeichneten und einen alten, würzigen Käse von einem verdorbenen zu unterscheiden. Er inszenierte Genets »Die Zofen« an einem Off-Broadway-Theater, und die Aufführung war so existentialistisch, daß ich jedesmal Kopfweh bekam, wenn ich zusah. Natürlich habe ich das Jean-Paul nie gestanden, da der die Ansicht vertrat, daß Amerikaner *enfants* seien, was Theater anbelangte. »Sie möschten, daß man sie mit leischten Komödien und Musikaals füttert! Und natürlisch wollen sie immer ein 'appy end!«

Offenkundig war er selbst auch kein Fan des *'appy ends*, was unsere Ehe anging, und ich kam schließlich zu der niederschmetternden Einsicht, daß er nicht mich, sondern die Greencard gewollt hatte, zu der ihn die Heirat mit einer Amerikanerin berechtigte.

C'est la vie, schrieb ich an meine Schwester. Aber selbst wenn ich mich nach außen hin unbekümmert gab, ich fühlte mich zerschmettert. Ich hatte wirklich geglaubt, Jean-Paul und ich sähen innerhalb und außerhalb des Theaters einer lebenslangen Zusammenarbeit entgegen. Er wäre mein Regisseur bei Molière- und Hugo-Inszenierungen, und ich würde ihm zwei hinreißende Kinder schenken, die mich »Maman« nennen würden, mit dem Akzent auf der letzten Silbe.

Die Axt, die meine Ehe zerschlug, sauste eines Morgens herab, nachdem ich Jean-Paul gebeten hatte, mir die Sahne zu reichen, worauf er mir antwortete, daß er die Scheidung wolle.

»Schon gut, schon gut, behalt deine Sahne«, erwiderte ich lachend und schlug den Feuilletonteil der Zeitung auf, um die neuesten Kritiken zu lesen.

Jean-Paul schob die Zeitung beiseite. »Geneva, ich mache keine Scherze.« Er umschloß mein Gesicht mit seinen Händen, wie er immer dann tat, wenn er meine volle Aufmerksamkeit wollte. »Ich 'abe gerade ... ah, Mist! Wie soll isch es sagen? Für misch ist es, glaube isch, nicht gut, verheiratet zu sein.«

Ich erinnere mich, wie mein Mund mit einem Schlag total ausgetrocknet war. Ich blickte ins unrasierte Gesicht meines Mannes und klammerte mich an die Hoffnung, daß alles nur ein schlechter Witz war (schließlich war Jean-Paul Franzose, und Humor gehörte nicht zu seinen stärksten Seiten). Aber wenn Hoffnung mein Rettungsseil war, war es eine morsche, gänzlich zerschlissene Schnur.

»Warum ... was?« war alles, was ich hervorbrachte.

»Isch ... isch wünschte, isch könnte es dir erklären ... isch liebe dich, Geneva, das weißt duh. Es ist einfach nur, daß isch nicht mehr verheiratet sein will mit dir.«

Ich schäme mich zu gestehen, daß ich an einem Punkt angelangt war, wo ich zu Kreuze zu kriechen begann.

»Was immer dich auch stört, Jean-Paul, ich kann mich ändern! Ich kann kochen lernen – ich weiß, wie wichtig es für dich ist, daß ich kochen lerne –, und ich muß nicht soviel Zeit am Theater verbringen, und ich ... Jean-Paul, ich verstehe es nicht. Bitte bleib mit mir verheiratet.«

»Oh nein, nein, Geneva, bitte wein nicht«, sagte er und

wischte meine Tränen mit seinen Fingerspitzen ab. »Ich ’asse es, wenn du weinst.«

»Und ich ’asse es, wenn du mir sagst, daß du dich von mir scheiden lassen möschtest.«

Jean-Paul wich zurück – er war immer zutiefst beleidigt, wenn ich seine Sprechweise nachahmte, auch wenn es sich dabei nur um die ganz natürliche Reaktion einer Schauspielerin handelte, die eigentlich gar nichts bedeutete.

»Jetzt ist nischt der Moment, sich über misch lustig zu machen!«

»Jetzt ist nischt der Moment, sisch von mir scheiden zu lassen!«

Er stand am Abwaschbecken, sein kräftiger Körper war angespannt, und seine Haltung erinnerte mich an einen griechisch-römischen Ringer, der sich anschickt, seinen Gegner auf die Matte zu werfen. Ich begann zu lachen. Mein emotionales Barometer stand auf Schock, Ärger und Schmerz, aber das Lachen kam so unerwartet, daß ich immer lauter lachen mußte.

An Jean-Pauls Gesichtsausdruck war abzulesen, daß er sich offensichtlich verraten fühlte. »Wie kannst du in einem solschen Moment lachen?« brüllte er und rannte aus der Küche, nicht ohne zuvor noch die Pfanne vom Herd zu fegen, in der er vor einer halben Stunde Omeletten gebraten hatte.

Noch heute wird mir der Mund trocken und ich bekomme Herzklopfen, wenn ich an diesen Tag denke – er begann zu packen, sobald er die Küche verlassen hatte –, und ich will gar nicht beschreiben, wie niedergeschmettert ich war, wie sehr ich flehte, bettelte und schluchzte. Ich glaube, daß ich mich in einem bestimmten Moment sogar an sein Bein klammerte, als er versuchte, aus der Tür zu gehen.

Ich war so jung, so vertrauensselig, so sicher, daß ich die Geschichten, die er mir erzählte, eines Tages unseren Enkelkindern erzählen würde: von seiner Jugend in Burgund (»Meine Familie hat dort seit sechshundert Jahren das Land bebaut«), von dem Moment, in dem er wußte, daß er am Theater arbeiten wollte (»Bei einer Reise nach Paris gab es nichts Schöneres, als die Vorstellung in den Folies Bergères zu besuchen – es war genauso, wie meinem Großvater zuzusehen, wenn er im Stall vor einem Publikum aus Kühen tanzte«).

Ich war nicht einmal lange genug verheiratet gewesen, um mich über seine schlechten Angewohnheiten zu ärgern – seine Gleichgültigkeit gegenüber Deodorants fand ich immer noch irgendwie *reizvoll,* und warum sollte man die Hüllen von Streichholzschachteln nicht am Eßtisch zum Reinigen der Zähne benutzen? Ich war ja so verliebt. Jean-Paul wollte die erste Tasse des Morgenkaffees allein genießen, und während er in der Küche herumhantierte, rollte ich auf seine Bettseite hinüber und sog seinen Duft ein. Ich kritzelte »Mme Jean-Paul Gatien« an die Ränder meines Rollenbuchs und war so hoffnungslos verliebt, daß ich ihm sogar gern die Hemden bügelte und seine Wäsche zusammenlegte. Naiv wie ich war, dachte ich immer noch, wir wären in den Flitterwochen, so daß ich nicht nur um mein Herz, sondern auch um meine geistige Gesundheit fürchtete, als Jean-Paul mich verließ.

Eine Woche später erfuhr ich, daß er mit seiner früheren französischen Freundin, einer Modestylistin, zusammenlebte, und kurz darauf traf ich zufällig Jean-Pauls besten Freund, der mir erzählte, daß *les deux amants* nie aufgehört hätten, sich zu treffen, auch während unserer Ehe nicht. Die bittere Erkenntnis, daß Jean-Paul mich nie geliebt hatte, war für mich noch schlimmer als die Beendigung unserer Ehe. Mag sein – vielleicht war es von meiner Seite mehr Schwärmerei als Liebe gewesen, vielleicht hätten wir Kinder gehabt, vielleicht hätten wir uns auseinandergelebt (was den meisten meiner Altersgenossen passierte, die jung geheiratet hatten), aber Jean-Paul war ein Dieb, der mich der Chance beraubt hatte, diese Möglichkeiten auszuprobieren. Schlimmer noch, er war ein Dieb, der mir ein wertvolles Gut genommen hatte: das Vertrauen, ein Mensch zu sein, der es verdiente, geliebt zu werden. Sie müssen wissen, daß ich die Fahne des Vertrauens immer sehr hoch gehalten habe, aber diese Fahne war durch Jean-Pauls Verhalten zerrissen worden. Die Fetzen, die übriggeblieben waren, reichten aus, um mich davon zu überzeugen, daß ich zwar eine hervorragende Schauspielerin und Sängerin war, aber was mein Gefühlsleben anbetraf, so glaubte ich nicht mehr daran, daß ich liebenswert war.

Während dieses ersten Jahres dachte Petunia, sie hätte uneingeschränkten Zugang zu mir: Nacht für Nacht senkte sie sich über mich, und nur das Stück, in dem ich gerade eine Rolle bekommen hatte, rettete mich – monatelang konzentrierte ich mich ausschließlich auf meinen Beruf, weil die geringste Aufmerksamkeit, die ich meinem Privatleben geschenkt hätte, fatal gewesen wäre.

Danach bekam ich mehrere Heiratsanträge, aber das eine Mal, bei dem ich mir die Finger verbrannt hatte, reichte aus: Ich würde nicht ein weiteres Mal an die glühende Herdplatte fassen.

»Laß dir von vergangenem Unglück nicht dein künftiges Glück verderben«, riet meine Schwester, als ich ihr erzählte, daß ich mich wieder von einem Mann getrennt hatte, der mich heiraten wollte.

»Hast du gerade einen Glückskeks aufgemacht oder was?« fragte ich. »Komm, Ann, du bist doch Englischlehrerin. Niemand würde dir solchen Blödsinn durchgehen lassen.«

»Na schön«, antwortete sie. »Dann laß es mich in der Sprache ausdrücken, die du besser verstehst: Bloß weil Jean-Paul ein Scheißkerl war, heißt das doch noch lange nicht, daß jeder Mann einer sein muß.«

»Ann, du hast ›Scheiß‹ gesagt. Das werd ich Mom sagen.«

Ann lachte. Unsere Mutter glaubte, Seife sei das beste Mittel, um schlimme Ausdrücke aus dem Mund zu spülen. Natürlich hatte ich, als der »ausdrucksstärkere« Zwilling, als einzige diese Prozedur über mich ergehen lassen müssen. Mehrmals.

»Ach komm, Geneva, warum solltest du diesmal nein sagen?«

»Sagt dir der Ausdruck ›panische Angst‹ etwas?«

»Ja, aber hast du ihn geliebt?«

»Das glaubte ich, aber wahrscheinlich stimmt das nicht. Denn wahre Liebe hätte mich doch die Angst überwinden lassen, oder?«

»Vielleicht bei normaler Angst. Wie es bei ›panischer Angst‹ ist, weiß ich nicht.«

Wir lachten, und dann sagte Ann: »Also sag's schon. Ich muß mich beeilen. Riley ist heimgekommen.«

»Na und?«

Außer meiner Schwester gab es nicht viele Leute, mit denen ich über meine »panische Angst« sprechen konnte. Es war immer schon meine Art gewesen, ein fröhliches Gesicht aufzusetzen und Witze zu reißen (was Jean-Paul anbetraf, scherzte ich, daß ich in Französisch öfter durchgefallen sei, als ich zählen konnte), aber Ann wußte, wie weh es mir tat, und bot immer ihre Schulter an – selbst wenn sie dies übers Telefon bewerkstelligen mußte –, damit ich mich daran ausweinte. Daher hatte ich keine Lust, unseren netten Schulmädchen- und Seelentrösterplausch zu beenden, bloß weil ihr Mann aufgetaucht war.

Dieses Telefongespräch fand statt, als sich Ann und Riley, die so sehr hofften, bald Eltern zu werden, noch in der Phase des freudvollen Übens befanden. Später verwandelte es sich in Niedergeschlagenheit, und sie hatten viele Termine bei Spezialisten. Und eine Woche bevor sie eine Adoptionsagentur aufsuchen wollten, stellte Ann fest, daß sie schwanger war.

»Es hat endlich eingeschlagen!« schrie sie ausgelassen ins Telefon, und ich freute mich so für sie, daß ich einfach weinte.

Ich habe nur ein einziges Mal eine Aufführung versäumt, und zwar damals, als ich zu Ann flog, um ihr bei der Geburt ihres Babys beizustehen. Riley war ein aufgeregter, fürsorglicher und liebevoller Ehemann, aber auch jemand, der schon beim leisesten Gedanken an Blut in Ohnmacht fiel.

Ich wurde als eine Art Entspannungs-Trainer eingesetzt, der von der Seitenlinie aus Hilfestellung gab, bis zu dem Augenblick, als der empfindliche Riley auf die Bank geschickt werden mußte. Als sich Anns Muttermund acht Zentimeter geöffnet hatte, war er bereits nah dran, besinnungslos zu werden.

»Gott, steh mir bei!«

Bis zu diesem Zeitpunkt hatte sich Ann ziemlich ruhig verhalten, sie stieß gelegentlich ein leises Stöhnen aus, das allerdings mit der Inbrunst einer Schauspielerin vorgebracht wurde, die sich für die Rolle der Johanna von Orléans bewirbt.

»Sie ist in der Übergangsphase«, erklärte die Schwester.

»Was heißt das?«

»Es heißt, daß sie die Luken dicht macht.«

Ann schrie Worte, die mich – besonders aus ihrem Mund – schockierten, und die meisten waren an Riley gerichtet, der in der Ecke auf einem Stuhl saß und so elend aussah, wie ein Mann eben aussieht, den die eigene Frau in die Hölle geschickt hat.

»Ich hatte keine Ahnung, daß es so ... furchtbar werden würde«, sagte ich, während meine Schwester schrie.

»Das ist noch gar nichts«, antwortete die Krankenschwester. »Ich hab eine Gebärende erlebt, die ihrem Mann erklärte, daß sie mit der Kettensäge auf ihn losgehen würde, wenn er sie noch einmal berühren würde.«

Der Arzt legte einen bühnenreifen Auftritt hin, mit dem er allen die Schau stahl, als er in dem Moment hereinkam, als Ann preßte.

»Ja, so ist's gut«, sagte er beruhigend. »Sie machen das großartig. Nur noch einmal fest pressen.«

Ann brüllte aus Leibeskräften – tatsächlich war ich trotz all meines Stimmtrainings nie in der Lage gewesen, so gewaltige Laute hervorzubringen –, und das Baby glitt heraus.

Als ich sah, daß es ein Junge war, sagte ich: »Little Richard!«

Der Scherz war unbeabsichtigt, ich kündigte nicht den Sänger von »Tutti Frutti« an, sondern das winzige Baby, dessen Name (zu Ehren des Assistenten für moderne Literatur, der die beiden bekannt gemacht hatte) bereits festgelegt worden war.

»Ja, Sie haben einen Sohn«, sagte der Arzt und hielt das Kind hoch. Ann gab einen weiteren Laut von sich, den ich schwerlich hätte nachahmen können: eine Mischung aus Lachen und Weinen, voller Glück, Freude und Ehrfurcht.

Riley, der ganz benommen wirkte, hatte sich von seinem Stuhl in der Ecke erhoben, als er plötzlich ebenso schwerelos zu Boden sank wie eine Zeichentrickfigur, die von einer Klippe stürzt.

»Vater ist umgekippt«, sagte die Krankenschwester und ging zu ihm hinüber.

Obwohl sie das Baby für unseren Geschmack zu schnell wegbrachten, schien der Raum in Glück zu baden. Tatsächlich machte es den Eindruck, als schwebten wir alle, einschließlich Riley, nachdem er wieder zu sich gekommen war, zur Decke empor.

Als der Arzt zurückkam, kehrten wir mit einem dumpfen Knall wieder auf den Boden zurück.

»Ann ... Riley ...«

Boris Karloff hätte die beiden Namen nicht unheilvoller aussprechen können.

»Was ist los?« platzte ich heraus. Ann sagte: »Was?« und Riley: »Herr Doktor?«

»Würde es Ihnen etwas ausmachen, kurz rauszugehen?« bat mich der Arzt.

»Sie ist meine Zwillingsschwester«, sagte Ann, eigentlich schrie sie eher. »Was immer Sie uns mitzuteilen haben, Sie können es vor ihr sagen.«

Ich weiß nicht, woher sie den Mut nahm, überhaupt zu sprechen. Mir jedenfalls hatte es die Stimme verschlagen.

»Nun«, sagte der Arzt und räusperte sich, »es ist nicht einfach, Ihnen das zu erklären, aber ...«

»Was?« fragten Ann und Riley im Chor.

»Ihr Sohn leidet am Downsyndrom.«

Ich denke oft an diesen Moment zurück, ich denke an das dreiste Sonnenlicht, das durch die Jalousien fiel und so unpassend, so taktlos wirkte wie ein Trauergast, der zum Begräbnis eines Staatsmanns in Shorts und T-Shirt erscheint und Bier aus der Dose trinkt. Ich denke an Ann und Riley, als sie dem Arzt zuhörten, und wie mich das Gefühl überkam, daß die beiden die Zwillinge waren – ihre Gesichter waren identische Masken der Verzweiflung.

Die Tränen, die meine Schwester an diesem Tag vergoß, hätten das Glas und den Krug auf dem Nachttisch, die Bettpfanne, den Abfalleimer und die Windeltüte füllen können, die sie voller

Vorfreude mitgebracht hatte, sie hätten alle Behälter in diesem Raum zum Überquellen gebracht. Sie weinte, wie ich noch nie einen Menschen hatte weinen sehen.

Zugegeben, Ann war eine Heulsuse. Sie war die Art von Person, die weinte, wenn *ich* mich verletzt hatte – als ich beispielsweise vom Fahrrad fiel und mir beide Knie aufschürfte und als David Corley, in den ich im Kindergarten unsterblich verliebt war, mir sagte, daß ich ein Pipi-Mädchen sei. Sie war auch die Art von Mensch, die bei jedem Film weinte, angefangen von »Bambi« (verständlich) über »Kramer gegen Kramer« (einigermaßen verständlich) bis hin zu »Kevin allein zu Hause« (warum wohl?).

Also war ich auf Tränen eingestellt, aber der nicht enden wollende Strom besorgte mich, und ich folgte der Schwester aus dem Zimmer.

»Finden Sie nicht, daß sie eine Spritze oder dergleichen braucht?« fragte ich. »Sie weint sich ja noch die Augen aus.«

»Sie braucht keine Medikamente«, erwiderte die Schwester. »Diese Tränen müssen ohnehin raus, also warum nicht jetzt gleich.«

Die Schwester kannte sich aus. Ann ließ all diese Tränen heraus und jammerte vor Angst, Schmerz und Zorn, bis sie nach Hause ging.

Sie weint noch immer im Kino und vergießt Tränen der Anteilnahme, wenn ich von meiner letzten Niederlage auf dem Schlachtfeld der Liebe erzähle, aber seit dem Tag, als sie das Krankenhaus verließ, hat sie nie mehr wegen Rich geweint. Zumindest nicht in der Öffentlichkeit.

»Ach, Geneva«, sagte sie, als ich ihr dies eines Tages sagte, »natürlich weine ich wegen Rich, aber ich versuche, es nicht vor ihm zu tun. Er braucht Wichtigeres von mir als meine Tränen.«

Und das hat sie ihm tatsächlich gegeben. Auch Riley. Ich habe nie zwei vernünftige Menschen gesehen, die über ein Kind so vollkommen den Kopf verloren. Jede seiner Fertigkeiten wird in Briefen oder Telefonaten stolz hinausposaunt, und Ann hat nicht nur ein detailliertes Baby-Buch geführt, sondern auch ein Skizzenbuch über jedes Lebensjahr angelegt.

Doch die meiste Zeit redet sie davon, was für eine Freude und was für ein »reines, unverfälschtes, vollkommenes Glück« er bringe.

Einmal sah ich eine Talkshow mit Eltern, die auf die gleiche Art über ihre Kinder mit Downsyndrom sprachen, und ich erinnere mich, daß ich von ihren Aussagen so gerührt war, daß mir die Tränen kamen. Dennoch konnte ich den quälenden Gedanken nicht loswerden, daß ihre Begeisterung, genau wie bei Ann und Riley, in erster Linie dazu diente, sich mit ihren Worten selbst zu überzeugen.

Ich redete mir ein, daß die räumliche Trennung zwischen Rich und mir der Grund dafür war, daß ich mich meinem Neffen emotional fern fühlte, und ich versuchte, dieses Gefühl (oder diesen Mangel an Gefühl) damit zu kompensieren, daß ich die Rolle der großartigen Patin spielte, indem ich ihm wundervolle Geburtstags- und Weihnachtsgeschenke schickte sowie das ganze Jahr über kleine Überraschungen, wie Videospiele, Kampffiguren oder T-Shirts. Ich schickte ihm Valentinsgeschenke, Osterkörbe und Autogrammpostkarten von meinen Kollegen. Rich hat eine ganze Wand, die »Tante Gennies Freunden aus dem Showgeschäft« gewidmet ist. Immer, wenn ich mit Ann telefonierte, redete ich auch mit ihm und hörte mir geduldig seine neuen Witze an, die mich nicht gerade vom Hocker rissen.

War meine Unterstützung von ferne nicht ausreichend gewesen? Warum wurde ich gebeten, direkt und persönlich einzugreifen?

Am nächsten Morgen wachte ich auf der Couch auf. Plissierte Pralinenhüllen lagen zerknüllt auf dem Boden, neben der fast leeren Champagnerflasche stand mein leeres Glas, und mein Bauch wölbte sich über den Rand meiner Unterhose wie eine Schlammlawine über einen Staudamm. Langsam kam ich auf die Füße. Ich hatte nicht nur einen gehörigen Kater, sondern auch das Gefühl, fünf Pfund zugenommen zu haben. Auf dem Weg zu meinem Schlafzimmer, wo ich auf einer bequemeren Unterlage als meiner Couch ein paar Stunden Schlaf nachholen wollte, blieb ich stehen, um das klingelnde Telefon abzunehmen. Ich hatte nicht vor, mich darum zu kümmern, wer am anderen Ende war, ich wollte nur den Hörer wieder aufknallen, damit das unablässige Geklingel aufhörte, aber dann hörte ich meine Agentin brüllen: »Geneva!«

Ich seufzte. Mein Kopf hämmerte. Ich hielt den Hörer ans Ohr.

»Ja?« sagte ich so patzig wie ein Teenager, der gebeten wird, die Milch wegzuräumen.

»Nun, es geht mir gut, danke für die Nachfrage«, sagte Claire auf ihre unbeschwerte Art. »Ich wollte nur den Termin noch mal bestätigen, weil ich weiß, daß du solche Kleinigkeiten manchmal vergißt. Ein Uhr, in Ordnung?«

»Claire«, sagte ich mit verquollener Stimme, »was zum ...«

»Bis dann!«

Ich sah auf meinen Kalender und entdeckte ein paar hingekritzelte Wörter (meine schöne Handschrift hat unter dem jahrelangen gehetzten Autogrammschreiben gelitten), die ich als »Russian Tea Room – Claire, 13 Uhr« entzifferte.

Jetzt war es zehn nach zwölf.

»Na großartig«, sagte ich und rechnete mir aus, daß mir abzüglich der Fahrzeit noch etwa zwanzig Minuten blieben, um mich herzurichten – eine Herausforderung, die in meinem Zustand selbst den Zauberer Houdini eingeschüchtert hätte.

»Liebste, du siehst ... interessant aus«, sagte Claire, als ich mich an ihrem Tisch niederließ. »Ich würde dir einen Drink anbieten, aber du machst den Eindruck, als hättest du ein solches Angebot bereits vor kurzem angenommen.«

»Hey, da ist Zach Bloome«, sagte ich und winkte dem berühmten Cellisten zu, der wegen eines Auftritts in der Carnegie Hall in der Stadt war. Es herrschte lautes Stimmengewirr in dem Restaurant, in dem sich eine bunte Mischung von Künstlern, Vertretern der High Society und staunenden Touristen auf einem Fleck zusammendrängte. Uns verbanden sentimentale Erinnerungen mit diesem Lokal. Unser erstes Essen als Klientin und Agentin hatte vor fünfundzwanzig Jahren hier stattgefunden, als wir beide neu in der Stadt und selbst noch ziemlich unbedarft waren.

Ich sagte zu dem Kellner: »Kaffee, bitte. Und bringen Sie gleich eine ganze Kanne.«

»Nun«, sagte meine Agentin, »wie sehe ich aus?«

Bevor ich antwortete, stürzte ich ein volles Glas Wasser hinunter.

»Ah, das hab ich gebraucht.« Ich spähte über den Rand meiner großen dunklen Sonnenbrille. Claire strahlte. »Also gut«, sagte ich, eine Fangfrage vermutend, »wie solltest du denn aussehen?«

»Jedenfalls nicht älter.«

»Das tut keine von uns«, erwiderte ich und nickte dem Kellner zu, als er meinen Kaffee auf den Tisch stellte. »Älter aussehen gehört nicht zu den Dingen, die wir anstreben sollten.«

Claires strahlendes Lächeln verblaßte. Sie sah auf den Tisch hinab, fummelte an ihrer Serviette herum und rückte ihr Besteck zurecht.

»Du hast es vergessen, nicht wahr?« fragte sie leise.

»Was soll ich vergessen haben?« Ich war nicht in der Stimmung für Spielchen, nicht mit meinen Kopfschmerzen, die selbst drei Aspirin nicht vertreiben konnten.

Claires Unterlippe begann zu zittern, und ich starrte sie fasziniert an – nicht, weil sie ein wenig unsymmetrisch aussah, da sie ihren Lippenstift offenbar ohne Brille aufgemalt hatte, sondern weil Claire Schwartz eine knallharte, über Leichen gehende Geschäftsfrau ist. Weil sie einen Produzenten bedenkenlos in den Schwitzkasten nimmt, wenn sie der Ansicht ist, damit für ihren Klienten einen besseren Vertrag auszuhandeln. Sie war von Anfang an meine Agentin, und ihr Glaube an mich war in den nicht immer ruhigen Gewässern stets mein Rettungsanker gewesen.

»Es ist nur . . . also, fünfzig zu werden ist doch irgendwie nicht einfach.«

Plötzlich wurde mir ein bißchen flau im Magen, und das hatte nichts mit meinem Kater zu tun.

»O Claire«, sagte ich, »heute ist dein Geburtstag, nicht wahr?«

Sie nickte. »Als ich dich anrief, um dich an den Zeitpunkt unseres Treffens zu erinnern, glaubte ich nicht, dich an den Anlaß erinnern zu müssen.« Ihre strenge Verhandlungsstimme war der eines kleinen Mädchens gewichen.

»Ich ... ich dachte, wir wollten die Wiedereröffnung feiern.« Der Russian Tea Room war wegen Renovierung ein paar Jahre geschlossen gewesen, und wir hatten ihn vermißt. Ich schüttelte den Kopf. »Es tut mir leid, Claire. Ich sag dir was: Wir erhöhen deine Provision auf fünfzehn Prozent und betrachten es als dein Geburtstagsgeschenk.«

Ein Glitzern trat in ihre Augen. »Im Ernst?«

»Nein. Das war nur eine huldvolle Geste. Huldvoll ... aber leer.«

Claire rang sich ein Lachen ab. »Ach, wieder eine von der Sorte, was?«

Obwohl ich selbst daran schuld war, traf mich die Bemerkung, und ich war froh, daß der Kellner fragte: »Haben Sie schon gewählt?«, denn es erlaubte mir, unauffällig das Thema zu wechseln.

»Was empfehlen Sie mir und dem Geburtstagskind?«

Eine Stunde später hatten wir mehr Cholesterin in uns hineingestopft, als für einen Monat gut war (Gänseleber, Blinis, ein Entengericht und Nachtisch), und die Flasche Wein geleert, die ich bestellt hatte, als ich keinen Kaffee mehr mochte.

Wir redeten übers Geschäft, über einen Theaterschriftsteller, der den Pulitzer-Preis gewonnen und der seine Schauspieler-Gattin mit deren Bühnenpartner betrogen hatte, und über ein weiteres Musical, das nach der Vorlage eines Zeichentrickfilms inszeniert worden war.

Ich lächelte meine Agentin an, deren Gesicht gerötet und deren Haar ein wenig in Strähnen hing, als hätte der Wein auch ihre Locken gelöst.

»Du siehst auf keinen Fall wie fünfzig aus.«

Claire zuckte mit den Achseln. »Aber ich fühl mich so.« Sie strich mit den Fingern über den Rand des Weinglases. »Du hast es wirklich vergessen, nicht wahr?«

Verdammt ... gerade als ich dachte, ich wäre noch mal davongekommen und bekäme keinen Rüffel vom Prinzipal.

Ich faltete die Hände und sah auf sie hinunter, weil ich meinen Blick nicht mehr auf Claires Gesicht richten wollte. Das war ebenfalls keine gute Idee, denn an meiner Hand prangte der filigrane Weißgoldring mit dem blitzenden Rubin, den Claire mir zu meinem letzten runden Geburtstag, meinem vierzigsten, geschenkt hatte.

»Das heißt nicht, daß wir jetzt verlobt sind oder dergleichen«, hatte sie gescherzt. »Ich hab ihn bloß in diesem Antiquitätenladen gesehen und gedacht, also, der paßt zu Geneva.«

Ich löste schnell meine Hände voneinander und legte sie in den Schoß.

»Wahrscheinlich habe ich es tatsächlich vergessen. Ich meine, tief in meinem Innern weiß ich zwar, daß am fünfzehnten Oktober dein Geburtstag ist, aber seitdem ich das Theater aufgegeben habe, habe ich jegliches Zeitgefühl verloren, und ich schlage mich noch immer mit der Sache herum, die mit Trevor abgelaufen ist ...«

Der Ausdruck auf Claires Gesicht verriet mir, daß sie (a) gelangweilt und (b) verletzt war, und weil ich es nicht ertrug, in dieses Gesicht zu sehen, stand ich unvermittelt auf und sang vor allen Gästen, die ihr Mittagessen verzehrten, »Happy Birthday« für meine Agentin. Ich sang nicht einfach, verstehen Sie, ich verkaufte das Lied, als würde ich mich an der Himmelspforte um Aufnahme bewerben. Ich machte Scat-Einlagen, trällerte Verzierungen und hielt die letzte Note – ein hohes G – mindestens zwanzig Minuten lang, wie mir schien.

Die Kellner und der Besitzer brachen in frenetischen Beifall aus und ließen mich nicht wieder Platz nehmen, bevor sie sich mehrmals vor mir verbeugt hatten.

»Das ist erst der Anfang«, sagte ich zu Claire, als ich mich schließlich setzte. »Das erste von fünfzig Geschenken für fünfzig Jahre.«

Meine Agentin seufzte. »O Geneva, eine Karte hätte es auch getan.«

Über die Siebenundfünfzigste Ost ging ich nach Hause und mußte die Augen zusammenkneifen wegen des eisigen Windes, der aufgekommen war. Offensichtlich strahlte ich meine Bleibt-mir-bloß-vom-Leib-Warnung aus, denn niemand belästigte mich; wahrscheinlich hätte ich all denjenigen den Kopf abgerissen – oder wäre ihnen weinend in die Arme gesunken –, die es doch versucht hätten.

Meine Stimmung war mies mit einer Tendenz zur Scham. Beides nicht erstrebenswert. Ich hatte mit Claire auf ihr Taxi gewartet und unablässig davon weitergeplappert, wie ich sie für meine Nachlässigkeit entschädigen würde.

»Warum tust du dir das an?« fragte sie und strich sich das Haar, das ihr ins Gesicht geweht war, fort.

»Was meinst du?«

»Hör zu, ich bin deine Agentin. Du bezahlst mich, damit ich dich bei deiner Karriere berate. Aber als deine Freundin werde ich dir jetzt einen persönlichen Rat geben – kostenlos.«

Da ich diesen Ratschlag nicht unbedingt hören wollte, betete ich, daß das Taxi bald auftauchte.

»Du bist kein Kind mehr, Geneva. Gelegentlich solltest du dich daran erinnern, daß andere Menschen auch Bedürfnisse haben.«

»Das macht aber keinen Spaß«, maulte ich im Ton eines Kleinkinds.

Claire lächelte freudlos. »Du hast gerade meinen Fünfzigsten vergessen, Geneva, was an sich schon verletzend genug ist. Aber das ist alles nur Teil eines Gesamtbilds: daß du nämlich grundsätzlich vergißt, oder schlimmer noch, daß es dir gleichgültig ist, was andere brauchen.«

»Igitt«, sagte ich und fächelte mir Luft zu.

»Du weißt, daß ich dich wirklich gern habe – oh prima, da ist ein Taxi –, aber gelegentlich könntest du ruhig mal die Nebenrolle spielen und jemand anderen den Star sein lassen.«

Mit diesem großartigen Abgangssatz stieg sie ins Taxi und knallte die Tür zu.

Der Gedanke, sie zu feuern, schoß mir durch den Kopf – glauben Sie mir, es gibt eine Menge erstklassiger Agenten, denen es nicht im Traum einfiele, so mit mir zu reden –, aber ich bin noch nicht gänzlich ins Lager einer Joan Crawford übergewechselt. Und das Traurige daran war, daß ich wußte, wie recht sie hatte.

Zum Schutz vor dem Oktoberwind hielt ich meinen Kragen fest, aber ich fröstelte trotzdem.

Als ich Ann anrief, um ihr zu sagen, daß ich auf Rich aufpassen würde, stieß sie nicht den Freudenschrei aus, den ich erwartet hatte. Statt dessen herrschte Schweigen am anderen Ende.

»Ann«, sagte ich nach einer Weile, »bist du noch dran, und wenn, bist du bei Bewußtsein?«

Immer noch nichts.

»Ann, du machst mir allmählich angst.«

Ich hörte ein Ausatmen.

»O Geneva«, antwortete sie schließlich. »Danke.«

Das sagte meine Schwester auf eine Art, wie wenn ein Bettler einen Zwanzig-Dollar-Schein entgegennimmt – mit so tiefer Dankbarkeit, daß man einen Scherz machen oder in Tränen ausbrechen muß.

»Weiß denn Rich«, fragte ich fröhlich, »von meiner Vorliebe für körperliche Züchtigung?«

3

WEIL ICH AN einem Quentchen Selbstglorifizierung nichts Schlimmes finden kann, gab ich eine große Abschiedsparty für mich. Ich wollte den Abend damit verbringen, erlesene Speisen zu essen, Champagner zu trinken und Leute um mich zu haben, die mir sagten, wie nett, wie selbstlos oder hingebungsvoll ich war.

Die Party fand an einem Montagabend statt, wenn die Theater geschlossen sind und ihre Angestellten den Spaß haben können, den sie während des Wochenendes nicht haben. Der Komponist unseres Stücks spielte auf dem Klavier, die Leute von der Catering-Firma servierten Getränke und Hors d'œuvres, und angeregtes Gemurmel, Gläserklingen und Lachen – die üblichen fröhlichen Party-Geräusche – erfüllten das Apartment. Alle, die von Anfang an bei »Mona!« mitgewirkt hatten, waren gekommen, mit Ausnahme von Trevor Waite, den ich bewußt nicht eingeladen hatte. Von Faith Bennet, die die schwierige Aufgabe hat, mich in der Rolle der Mona zu ersetzen, erfuhr ich, daß der Mistkerl ihr aufgetragen hatte, »beste Grüße« von sich und Ellie auszurichten.

»Ellie?« fragte ich verwirrt.

Faith nickte. »Ellie. Wie Ellie Armstrong – der Star des Broadways.«

»Ich dachte, *ich* sei der Star des Broadways.«

»Du bist die vergangene Größe – tatsächlich bist du der Altstar.« Faith lachte, aber ich weigerte mich einzustimmen. »Miss Junge Schauspielerin ist der neue Star. ›Gibson Girl‹ ist ein absoluter Hit.«

»Ich hab gehört, es sei hundsmiserabel.«

Faith lächelte, sie mochte die Boshaftigkeiten, die wir Schauspieler freigiebig an unsere Rivalen austeilten. »Nach den Kritiken zu urteilen, ist es keineswegs miserabel, und auf Miss Armstrong trifft dies nach Trevors Aussage ebensowenig zu.«

»Also gehen die beiden miteinander aus, ja?«

»Mehr als das, Liebste.« Faith, die einen kleineren Erfolg mit einem Fernsehfilm gehabt hatte, kann es einfach nicht wegstecken, daß ich der Star bin, für den sie einspringen muß, und wann immer sich die Gelegenheit bietet, tut sie nichts lieber, als kleine Giftpfeile auf mich abzuschießen. Nachdem sie ihre Mission beendet hatte, hob sie ihren seidenen Kaftan, als versuchte sie, eine günstige Brise einzufangen, und als ich beobachtete, wie sie die Segel setzte und sich ihren Rückweg zum Büffet bahnte, bemerkte ich, daß sie achtern ein bißchen breit war.

Ich blieb zurück, um mich mit einem anderen Küken aus der Branche über Trevors neueste Romanze zu ärgern. Alle Symptome der männlichen Midlife-Krise, die sich während der letzten Monate unseres Zusammenseins angekündigt hatten, kamen nun gänzlich zum Vorschein bei ihm – vor allem das Bedürfnis, an der eigenen Jugend festzuhalten, indem er sich an die nächstbeste Zweiundzwanzigjährige klammerte. Ich hatte auch erfahren, daß er seinen alten BMW gegen einen nagelneuen Jaguar eingetauscht hatte. Offenbar war Trevor zu der Ansicht gelangt, daß wir älteren Modelle zuviel Wartung nötig hatten.

»Eine finstere Miene steht dir nicht, Gen«, sagte Claire, deren Gunst ich wieder errungen hatte, nachdem ich ihr als verspätetes Geburtagsgeschenk eine sehr teure Kristallkaraffe von Steuben mit passenden Weingläsern überreicht hatte.

»Faith hat mir gerade von Trevors neuester Eroberung berichtet.«

»Das hast du nicht gewußt?«

»*Du* etwa?«

Claire angelte sich eine Krevette und nickte. »Ich dachte, das wüßte jeder.«

»Kaum ist man raus aus der Show, kriegt man schon nichts mehr mit.« Dieser Aspekt gefiel mir überhaupt nicht – ich wollte ein bißchen Ruhe und Erholung, aber nicht um den Preis, daß ich als letzte erfuhr, was Trevor Waite trieb.

»Da wir gerade beim Thema sind«, sagte Claire, »ich hatte heute ein langes Gespräch mit Mr. Powell.«

Angus Powell war der Produzent von »Mona!«. Seine erste Reaktion auf mein juristisch gesehen unbedenkliches Verlassen der Show war gewesen: »Ich verklag sie!«

»Er bat mich, dich zu fragen, ob du kein schlechtes Gewissen hättest, die Show gerade am Beginn der neuen Saison verlassen zu haben.«

»Dieser undankbare Mensch«, antwortete ich. »Ich schätze, es zählt wohl nicht, daß ich sechs Monate länger geblieben bin und daß mein Vertrag bereits ausgelaufen war?«

»Nein, das zählt nicht. Für ihn zählt nur, daß die Produktion ohne dich wahrscheinlich Geld einbüßen wird.« Sie griff sich eine weitere Krevette. »Also, frisch mein Gedächtnis auf – wann fährst du jetzt nach Wisconsin?« Mit einem langen roten Fingernagel wischte sie sich elegant einen Tropfen Cocktailsoße vom Mund.

»Minnesota. In sechs Tagen. Aber falls sich irgendwas ergibt, zögere nicht, mich anzurufen. Ich meine, ich kann jederzeit neue Regelungen treffen.«

Claires Lächeln war fast ... barbarisch. »Oh nein«, sagte sie. »Egal ob Sondheim oder Spielberg, ich werde Geneva Jordan nicht davon abhalten, eine gute Tat zu vollbringen.« Sie lachte, als wäre das furchtbar komisch, und wiederum stimmte ich in das Lachen nicht ein.

»Iß nicht zuviel von den Krevetten«, warnte ich sie, als ich mich abwandte, um mir einen sympathischeren Gesprächspartner zu suchen. »Du weißt, daß du von Meeresfrüchten Ausschlag bekommst.«

Ich schlängelte mich zu einer dicht zusammenstehenden Gruppe von Leuten durch.

»Wir haben gerade von dir gesprochen, Geneva«, sagte Lacey O'Rourke, ein vielbeschäftigter Kolumnist. »Und ich sagte, daß mir meine Schwester nie ihre Kinder anvertrauen würde. Wenn sie an meinem Essen nicht eingehen, dann sicherlich an der Musik, die ich höre.«

»Ja«, warf Roy Dale, der Kostümbildner von »Mona!« ein. »Was fängst du denn mit einem dreizehnjährigen Jungen draußen in der Wildnis an? Führst du ihn aus zu Tänzen auf der Tenne, oder beaufsichtigst du Spuckwettbewerbe auf Ausfallstraßen?«

Ich habe immer gefunden, daß die Kostüme von »Mona!« der Schwachpunkt der Show waren. Roy *glaubt*, er habe Witz und Flair, aber seine Klamotten sind ungefähr so aufregend wie kastrierte Stubentiger.

»Geneva«, sagte Joe Bernardi, der bei meinen letzten drei Stücken für die Choreographie verantwortlich war, bei »Mona!« als erster Tänzer und inoffizieller Diplomat fungierte und immer die Streitigkeiten zwischen verfeindeten Parteien schlichtete, »wir könnten doch den Teppich zusammenrollen und ein bißchen tanzen?«

Natürlich konnten wir das, wir tanzten immer bei meinen Partys. Meine Plattensammlung, die von Cab Calloway über die Grass Roots zu Sheryl Crow alles enthält, ist schließlich nicht allein zum Anhören da. Also tanzten wir. Zumindest die meisten von uns. Ein paar gaben sich anderen Vergnügungen hin.

Obwohl die Betty-Ford-Klinik für Suchtkranke praktisch sein zweites Zuhause ist, schlug unser Regisseur Paul Drake an diesem Abend die Enthaltsamkeit in den Wind und sang irische Trauerlieder in der Badewanne. Gail Wendt von Wendt Promotion ging mit dem Barmann nach Hause, der ein schwarzarbeitender Schauspieler war und möglicherweise mehr daran interessiert war, was Gail für seine Karriere tun konnte, als an Gail selbst. Harry Howe, ein Maler, der in meinem Haus wohnt, schüttete Rotwein über Faith Bennet und meine Couch (ersteres amüsierte mich, letzteres machte mich stocksauer). Es war eine typische Manhattaner Künstler-Party, und obwohl ich mich leidlich unterhielt, bestand meine Hauptrolle darin, den Leuten an der Tür die Mäntel zu reichen, in die Luft gehauchte Küsse und beste Wünsche entgegenzunehmen und mir zum x-ten Mal anzuhören, welch großherzige Tat ich für meine Schwester vollbrachte.

»Ach ihr kennt mich doch«, sagte ich, die letzte Gruppe aus der Tür schiebend, »St. Geneva.«

Ich hörte ein leises Kichern, als ich die Tür geschlossen hatte, und fuhr herum.

»St. Geneva«, sagte Claire kopfschüttelnd. »In welchem Paralleluniversum befinden wir uns denn?«

»Oh, hilfst du beim Aufräumen?« fragte ich honigsüß. Ich legte den Finger ans Kinn. »Warum fängst du nicht mit dem Geschirr an und hörst beim Badezimmer auf? Der Toilettenreiniger ist im Klo, und im Schrank ist eine alte Zahnbürste.«

Claire lachte. »Eine Heilige nimmt sich der niederen Arbeiten selbst an«, erwiderte sie und zog ihren Mantel an. »Jetzt komm, Gen, sei lieb und gib deiner Agentin einen Abschiedskuß.«

»Ich gebe dir zehn Prozent von einem Kuß«, antwortete ich, »das ist alles, was dir zusteht.«

Die Catering-Mannschaft kümmerte sich ums Aufräumen, also gab's für mich nicht mehr zu tun, als in die Federn zu kriechen.

Und was für ein Schlafgemach ich hatte: ein kalifornisches Kingsize-Bett, schaumweiche Daunendecken, Porthault-Laken ... nur das Allerfeinste für meine Besuche im Schlummerland. Aber ... ich konnte nicht schlafen.

Mein Flug war gebucht, meine Koffer gepackt (es waren nur drei: ein Rekordtief für mich, aber ich brauchte ja keine Klamotten für irgendwelche gesellschaftlichen Anlässe in Minneapolis). Meine Haushälterin würde jeden Tag kommen, um nach dem Rechten zu sehen, und alle notwendigen Vorkehrungen waren getroffen. Nur eine entscheidende Frage war noch offen und spukte mir mit Roy Dales näselnder Stimme im Kopf umher: Wie sollte ich einen dreizehnjährigen Jungen mitten in der Wildnis unterhalten? Wobei nicht die Wildnis das Problem war, sondern ein dreizehnjähriger Junge wie mein Neffe.

Auf den gerahmten Schulfotos, die ich in mein Gästezimmer

gehängt hatte, war für jeden ersichtlich, daß Rich am Downsyndrom litt, aber niemand sprach mich darauf an (vermutlich weil nur wenige Leute Grund hatten, mein Gästezimmer zu betreten, außer sie blieben über Nacht). Und wenn sie mich darauf ansprachen, taten sie es mit gerunzelter Stirn und tiefem Ernst, aber sie schienen immer dankbar zu sein, wenn ich ein oder zwei Fragen beantwortete und dann das Thema wechselte. Ich würde ihr Unbehagen gern auf ihre Oberflächlichkeit zurückführen ... aber womit erkläre ich dann das meine?

Bei kurzen Besuchen hatte ich Zeit mit Rich verbracht, jedoch immer unter der Aufsicht von Ann oder Riley, und Tante Gennie konnte sich stets zum Baden oder zu einem Schönheitsschlaf zurückziehen, wenn ihr die Familienbande zu eng wurden.

Je länger ich darüber nachdachte, worauf ich mich da eingelassen hatte, desto mehr glaubte ich, psychiatrische Hilfe zu brauchen. Ich mußte doch wahnsinnig gewesen sein, als ich mich damit einverstanden erklärt hatte. Wie würde ich mit ihm fertig werden? Was würden wir den ganzen Tag tun – oder zumindest während des Teils vom Tag, an dem wir zusammen waren? Unruhig warf ich mich in meiner feudalen, mit feinster Baumwolle und Seide ausgestatteten Schlafstätte herum und versuchte, Antworten zu finden, die es nicht gab. Schließlich stand ich im Morgengrauen auf und war versucht, mir einen großen Drink einzugießen, aber zusätzlich zu meiner Schlaflosigkeit brauchte ich nicht auch noch Kopfschmerzen. Also begnügte ich mich mit einem Kaffee.

Am Abend, bevor ich nach Minneapolis fuhr, verwöhnte ich mich mit einem Abendessen und einer Show. Eigentlich wollte ich Benny auch dazu einladen, aber der mußte plötzlich nach L. A. fliegen, um Mora Maynards Haar zu legen.

»Zu welchem Anlaß schiebt man denn ihren Rollstuhl raus?« wollte ich über den fast hundertjährigen Stummfilmstar wissen. »Noch irgendeine Wohltätigkeits-Gala zur Erhaltung alter Filmkonserven?«

»Sie ist gestorben, Geneva«, antwortete Benny so schroff, wie er mir noch nie geantwortet hatte. »Ich hab ihr das Haar für den Titel von ›TV Guide‹ gemacht, und es hat ihr so gut gefallen, daß mich die Familie bat, ihr Haar für die Beerdigung herzurichten.«

»Oh ... bitte, laß mich aus dem Fettnäpfchen steigen, damit ich mich entschuldigen kann«, sagte ich, bevor ich einhängte.

Ich gehöre nicht zu den Leuten, die sich zu Tode grämen, wenn sie abends einmal allein ausgehen müssen – ich fühle mich wohl in meiner eigenen Gesellschaft –, und so aß ich in einem französisch-peruanischen Lokal zu Abend, über das ich schon viel gehört hatte. Der Raum ist türkisblau gestrichen (»wie der südamerikanische Himmel«, stand auf der Speisekarte), man sitzt auf Stühlen in der Form von Lamas und mampft einen Mix aus schweren Soßen, Reis und Bohnen. Wenn ich ein Gastronomiekritiker wäre, hätte ich es in die Pfanne gehauen: Die Ethno-Masche und ein bißchen Schnickschnack machen noch lange kein Speiselokal.

Das gleiche konnte man über das Musical sagen, das ich mir ansah, es hätte statt »Gibson Girl« genausogut »Mätzchen-Mädchen« heißen können. Natürlich hatte ich mir von einem Stück, bei dem es vor allem um eine bestimmte Haartracht geht, sowieso nicht viel erwartet. Aber schließlich war ich nicht wegen der tiefschürfenden Geschichte hingegangen, sondern um Ellie Armstrong zu sehen. Ich saß in der hintersten Reihe (ich war neugierig, wie sie wirkte) und lauerte mit verschränkten Armen und zusammengepreßten Zähnen auf ihren Auftritt.

Sie war hübsch, aber sie hatte eins von jenen pfannkuchenartigen Puppengesichtern, die nicht gut altern; noch vor ihrem vierzigsten Geburtstag würde sie schwammig und schlaff aussehen. Sie war zierlich, und ihrer Oberweite war nachgeholfen worden, daran bestand kein Zweifel. Sie war sicher nicht größer als einssechzig und wog nicht mehr als achtundneunzig Pfund, aber sie stand da und reckte ihre F-Körbchen in die Luft – ihre wahrhaft *dreisten* F-Körbchen.

Der Produzent bediente sich großzügig der Silikon-Reize von

Miss Armstrong. In den ersten Szenen trug sie noch ein hochgeschlossenes Mieder mit Keulenärmeln, aber ab der Mitte des ersten Akts hüpfte sie nur noch im Korsett herum und schien nicht in der Lage zu sein, sich wieder anzuziehen, bis die letzte Musical-Nummer verklungen war.

Ich gebe zu, daß sie eine klangvolle Stimme hatte – wenn man den Tremolo-Sopran mag, der klingt, als wäre die Sängerin den Tränen so nahe, daß man sie beiseite nehmen und ihr gut zureden möchte.

In der Pause kamen mehrere Leute zu mir, baten mich, ihnen ein Autogramm auf die Programmhefte zu schreiben, und fragten mich, ob ich »Gibson Girl« nicht auch für schlichtweg »umwerfend« hielte.

»Absolut umwerfend«, sagte ich, und mein Lächeln war so falsch und strahlend wie Katzengold.

Es gab drei Vorhänge, aber ich klatschte bei keinem, sondern verließ das Theater und warf mein Programm in den Papierkorb des fast leeren Foyers.

Ich wollte ein paar Straßen weit zu Fuß gehen, um einen klaren Kopf zu bekommen und mich zu beruhigen. Trevors Neue anzusehen, hatte mich aufgeregt und verärgert, und als ich an einem Laternenpfahl vorbeiging, hätte ich fast mit dem Fuß danach getreten.

Doch dann kam mir ein lohnenderes Ziel in den Weg.

»Geneva!«

Der Klang der vertrauten, honigsüßen Stimme gab mir das Gefühl, einer Stromleitung zu nahe gekommen zu sein: Ich spürte einen Schlag, und das Nackenhaar stand mir zu Berge.

Ich wandte mich diesem menschlichen Stromschlag zu und versuchte, einen Ausdruck amüsierter Langeweile aufzusetzen.

Er lächelte, und ich wollte zurücklächeln – wollte in seine Arme sinken und ihn mit Küssen überhäufen –, aber statt dessen behielt ich meine amüsiert-gelangweilte Miene bei und sagte: »Trevor. Was für eine Überraschung.«

Sein Lächeln verschwand nicht, obwohl ich es mir wünschte, weil es sein vorteilhaftester Zug ist. Sein Lächeln und die beiden

Grübchen, die wie treue Leibwächter auf beiden Seiten seines Munds auftauchen.

»Du machst einen Spaziergang?« fragte er.

»Tatsächlich hab ich mir gerade ›Gibson Girl‹ angesehen.«

Die Grübchen traten noch deutlicher hervor, als sich Trevors Lächeln vertiefte. »Wirklich? Ach, Ellie wird begeistert sein. Sie ist ein großer Fan von dir.«

»Das wette ich«, erwiderte ich kühl.

»Ich bin gerade auf dem Weg zu ihr«, sagte er, und dann, nachdem er kurz mit den Fingern seine Lippen berührt hatte (er besaß ein ganzes Repertoire dieser herrlichen Gesten), fügte er hinzu: »Komm doch mit und trink ein Glas mit uns.«

Trevor schien überrascht zu sein, daß er die Einladung ausgesprochen hatte, und ich bin sicher, daß sich sein Gesichtsausdruck in meinem widerspiegelte. Die Kunst der zivilisierten Trennung habe ich noch nie beherrscht. Für mich ist das Ende einer Beziehung noch immer genauso hart wie in der zwölften Klasse, als Brad Norlund (der große dumme Tolpatsch) mich bat, ihm seine Briefmappe zurückzugeben. Wenn man mir das Herz gebrochen hat, verhalte ich mich dementsprechend: Ich weine, esse zuviel Schokolade und möchte am liebsten einen Voodoozauber anwenden. Auf jeden Fall gehe ich *nicht* mit dem Herzensbrecher und seiner neuen Freundin auf einen Drink.

Und dennoch spürte ich, wie sich der Ausdruck des Erstaunens auf meinem Gesicht in eine leichte Belustigung verwandelte. Unbekümmert, als hätte mich der Türsteher vor meinem Haus gefragt, wie es mir gehe, willigte ich ein.

Während der paar Minuten, die wir bis zu der Bar brauchten, plauderten wir ziellos dahin.

»Und wie läuft das Stück?«

»Großartig. Natürlich hat Faith Bennet nicht deine Stimme, aber sie hat all die Fans von ihrer alten Fernseh-Sitcom. Wir hatten ein volles Haus heute abend.«

Eifersucht flammte in mir auf. *Ein volles Haus?*

»Und es ist großartig für mich und Ellie – ich meine, daß wir so nah beieinander arbeiten.«

Mein Lächeln war so dünn wie Reispapier.

»Was die praktische Seite anbelangt, war unser Arrangement, in der gleichen Show zu arbeiten, natürlich nicht zu schlagen.«

»Ich freue mich, daß unser Arrangement praktisch für dich war, Trevor.«

Er faßte mich am Ellbogen, als wir zur Shay's Bar, einem von Broadway-Schauspielern bevorzugten Lokal, gingen.

»Es war viel mehr als nur praktisch«, sagte er, und, wie so oft, hatte ich keine Ahnung, was er meinte.

Es waren einige Leute von »Mona!« und den »Fieldstone Papers« da, auch Ronnie Jax, der gerade seine Ein-Mann-Show eröffnet hatte. Es war eine richtige Party, und ich schloß mich sofort an, bestellte einen doppelten Martini und ließ mich auf Ronnies Schoß ziehen.

»Wann schreibst du ein Zwei-Personen-Stück mit mir als deiner Partnerin?« fragte ich.

»Gleich jetzt«, antwortete Ronnie, der Millionen von Fernsehzuschauern als der Schurke in der Soap »Time to Love« bekannt ist. »Laß uns in mein Apartment gehen, wenn wir uns einen angetrunken haben, und mit dem Proben anfangen.«

Lachend, als würde mich der alte Lüstling amüsieren, schälte ich mich aus seinen Armen und setzte mich an einen kleinen Tisch zu Trevor. Der Zeitpunkt war perfekt gewählt, denn im selben Moment spazierte Miss Ellie Armstrong herein.

Ihr Gesichtsausdruck war sehenswert. Sie war leichenblaß geworden, wahrscheinlich war sie wegen des Sauerstoffmangels in ihrem Kopf der Ohnmacht nahe. Doch sie zwang sich zu einem strahlenden Lächeln, warf die Schultern zurück und schritt, von ihren Brüsten wie von Scheinwerfern geleitet, auf unseren Tisch zu.

»Liebling!« sagte Trevor und hätte mich beim Aufstehen fast vom Stuhl gekippt. »Liebling, schau, wen ich mitgebracht habe!« Er hörte sich an wie ein Tierfreund, der sein wuscheliges Schoßhündchen in ein nobles Lokal geschmuggelt hatte, und ich widerstand dem Drang zu bellen.

»Geneva«, sagte Miss Ellie, die sich inzwischen wieder gefangen hatte. »Geneva Jordan. Ich bewundere Ihre Arbeit, seit ich ein kleines Mädchen bin.«

»Nun, das sind Sie immer noch«, antwortete ich und schüttelte ihre ausgestreckte Hand. »Ein kleines Mädchen, meine ich.« Ich richtete meinen Blick auf ihre Brust. »Aber es gibt Stellen an Ihnen, die vollkommen erwachsen aussehen.«

»Geneva«, sagte Trevor in einem Ton, der mir deutlich machte, daß ich zu weit gegangen war.

»O Trevvie«, flötete Ellie und setzte sich auf meinen Stuhl, so daß ich mir einen anderen heranziehen mußte. »Mach dir um mich keine Sorgen. Ich weiß nicht, warum, aber viele Frauen – vor allem die flachbrüstigen – sind von meiner Oberweite eingeschüchtert. Damit muß ich mich schon seit meinem zwölften Lebensjahr herumschlagen.«

Die Gespräche rundum ebbten ab; dies war eine Zugabe nach dem Theater, die sich niemand entgehen lassen wollte.

»Ihre Eltern haben Ihnen im Alter von *zwölf* Jahren erlaubt, sich Implantate einsetzen zu lassen?« fragte ich wie eine empörte Sozialarbeiterin.

Ein plötzliches Erröten brachte die Farbe in Miss Ellies bleiches Gesicht zurück.

»Ich habe mir *nie* Implantate einsetzen lassen«, erwiderte sie so bedächtig, als stünde sie im Zeugenstand.

»Oh, Sie meinen, es gibt auch noch andere Möglichkeiten, sie einzubauen?«

»Warum gehen wir nicht?« fragte Trevor entrüstet und erhob sich.

»Nein, nein, mir geht's gut.« Die Jungschauspielerin setzte ihr aufrichtigstes Lächeln auf. »Meine Eltern würden es mir nie verzeihen, wenn ich die Gelegenheit verpassen würde, Geneva Jordan kennenzulernen. Auch sie bewundern Sie von Kindesbeinen an.«

»Ich bin sicher, Trevor profitiert von Ihren geistreichen Bemerkungen über das Alter. Wir beide sind schließlich gleich alt.«

Miss Ellie sah Trevor an, vor Überraschung war ihr der Mund offen stehengeblieben.

»O Liebling«, sagte sie zu ihm, »du bist auch schon fünfundsechzig?«

»Miau«, sagte Ronnie am Nebentisch. Ich stimmte in das Lachen der anderen ein, um zu zeigen, daß ich nicht so tief gesunken war, um mich auf einen Kampf zwischen Wildkatzen einzulassen, und daß alles nur Spaß war. (Obwohl mich die Bemerkung über die Flachbrüstigen stocksauer gemacht hatte – denn seit wann fällt Größe 75B darunter?)

»Ich habe Geneva zufällig vor dem Theater getroffen«, sagte Trevor und winkte dem Kellner. »Sie hat sich gerade dein Stück angesehen.«

»Wirklich?« fragte Miss Ellie, ohne einen Anflug von Freude verbergen zu können. Sie war zu stolz, um mich zu fragen, wie es mir gefallen hatte, aber ich sagte es ihr trotzdem.

»Sie haben mich daran erinnert, warum ich das Theater liebe.«

Miss Ellie sah mich erwartungsvoll an. Nichts erregt die Aufmerksamkeit eines Schauspielers mehr als die Aussicht, daß man ihm schmeichelt.

Der Kellner servierte die Getränke und ersetzte mein leeres Martiniglas durch ein volles.

»Also«, begann Trevor, nachdem der Kellner gegangen war, »was wolltest du sagen?«

Ich trank einen Schluck und lächelte.

»Ach ja – warum ich das Theater liebe. Ich glaube, es macht mich irgendwie blutrünstig. Es gefällt mir, jemanden auf der Bühne sterben zu sehen.«

Miss Ellie stieß einen Laut aus wie eine Maus, der man auf den Schwanz getreten ist. Dann nahm sie ihr Glas und schüttete mir den Inhalt ins Gesicht. Es war eine abgedroschene Geste, aber eine sehr wirkungsvolle.

In der Bar war kein Mucks zu hören, als ich mir mit meiner Serviette sorgfältig das Gesicht abtupfte, als würde ich meine Nase pudern. Dann nahm ich meinen Lippenstift heraus, sah in meinen Taschenspiegel und zog die Lippen wieder nach, als würde ich mich fertigmachen, um einen angenehmeren Ort aufzusuchen.

Noch immer gab niemand einen Laut von sich.

Ich stand auf, warf mein flammend rotes Haar zurück und richtete erst jetzt den Blick auf Miss Ellie Armstrong.

»Tun Sie nicht immer das Naheliegende«, sagte ich freundlich, »ich weiß, daß Sie sich auf der Bühne gern dafür entscheiden, aber im wirklichen Leben sollten Sie versuchen, eine Spur origineller zu sein.«

Ronnie Jax johlte laut auf, und ich verschaffte mir mit hoch erhobenem Kopf einen eindrucksvollen Abgang.

Erst als ich eine Straße weiter gegangen war – einen zerknautschten McDonald's-Behälter über den Randstein kickend und einen Betrunkenen wegstoßend, der wie ein Irrer auf mich zuwankte –, knickte meine königliche Haltung ein, und die Tränen flossen mir übers Gesicht.

Wie gelungen meine Reaktion auf den Drink in meinem Gesicht auch gewesen sein mochte, man hatte mir dennoch *einen Drink ins Gesicht geschüttet.* Die Tränen in meinen Augen waren nicht nur das Resultat der Demütigung, die ich empfand (und die ich in der Bar verzweifelt zu verbergen versucht hatte), sondern auch der Stimme in meinem Inneren, die mir zuflüsterte: *Na, vielleicht hast du's verdient.*

Aber sie hat doch damit angefangen! gab ich zurück, doch in äußerst gelangweiltem Tonfall fragte die Stimme nur: *Ach, wirklich?*

»Haben Sie ein bißchen Kleingeld für mich, Miss?« fragte ein Schatten in einem Türrahmen.

Daß der Bettler mich »Miss« nannte, wäre ihm unter normalen Umständen mindestens mit einem Vierteldollar vergolten worden, aber da ich am Rand eines großen Tränenausbruchs stand, ignorierte ich ihn und beschleunigte meinen ohnehin schon schnellen Schritt. Ich muß wirklich sehr schnell gegangen sein, denn plötzlich war ich in Minneapolis, im Wohnzimmer meiner Großmutter Hjordis.

Sie tupfte sich die Augen ab, während sie mir half, das Laken zusammenzufalten, das als Vorhang in meinem Ein-Personen-Stück gedient hatte.

»O Geneva«, sagte sie und schüttelte den Kopf. »Ich habe so gelacht, daß ich beinahe, du weißt schon ...«

»Was?« fragte ich, denn als Elfjährige wollte ich, daß sie es aussprach.

»*Uff,* du weißt schon. Mich naß gemacht hätte.«

»Was naß gemacht hättest?«

»O Geneva«, antwortete meine Großmutter und fing wieder an zu lachen. »Meine Hosen naß gemacht hätte.«

»Es war wirklich sehr lustig«, sagte Ann und legte die verschiedenen Tücher und Hüte, die ich benutzt hatte, in den Sack mit den Kostümen zurück. »Du könntest im Fernsehen auftreten.«

»Danke«, antwortete ich. Wenn ich vor Stolz nicht platzte, dann lag das an einem winzigen Anflug von schlechtem Gewissen. »Meine« Aufführung war nämlich ursprünglich »unsere« Aufführung gewesen. Aber Ann hatte den Text vergessen, den wir eine halbe Stunde zuvor verfaßt hatten, und besaß nicht die Geistesgegenwart zu improvisieren, so daß ich sie von dem Flickenteppich vor dem Kamin, der uns als Bühne diente, verbannt hatte.

Ich hatte den Arm gehoben, aufs Eßzimmer gedeutet und gerufen: »Und komm nicht zurück, bevor du deinen Text kannst!« Dann senkte ich den Arm, schnippte die Asche von einer imaginären Zigarre und fügte im Tonfall von Groucho Marx hinzu: »Ich wollte Chico, nicht Harpo.«

Damit hatte ich die Lacher meines leicht zu beeindruckenden Publikums (bestehend aus Mutter, Vater, Oma und Opa) auf meiner Seite, und Ann, trotz ihres hochroten Gesichts, lachte ebenfalls, als sie sich auf die Couch neben Großmutter setzte.

Später, als unsere Mutter und unser Vater durch den Garten zu unserem Haus und ins Bett gegangen waren (»Ich muß früh aufstehen und die Sturmfenster einsetzen«), räumten Großmutter, Ann und ich das Wohnzimmer auf, das als Theater gedient hatte, und kicherten ab und zu vor uns hin, wenn wir uns an lustige Szenen des Stücks erinnerten.

»Ich mag es, wenn du diese Clem Kadiddlehopper spielst«,

sagte Großmutter mit ihrem norwegischen Akzent. »Du machst das genauso gut wie dieser Red Skelton.«

Ich bedankte mich und setzte noch einmal mein Clem-Kadiddlehopper-Gesicht auf.

Ihrer Meinung nach sei alles aufgeräumt, sagte Ann und wollte heimgehen. Großmutter legte ein Laken weg, das sie zusammengefaltet hatte (es hatte mir als Königsrobe in einem meiner Sketche gedient), und trat zu meiner Schwester, um sie zu umarmen. Ich sah, wie sie Ann etwas ins Ohr flüsterte. Ann nickte und küßte Großmutters Wange. Als sie sich wieder voneinander lösten, lag ein seltsamer Ausdruck auf Anns Gesicht, der mir wie Sieg und Resignation zugleich vorkam.

»Vergiß nicht, den Bettengel zu spielen«, rief ich ihr nach, als sie die Vordertür öffnete. Wir schliefen zusammen in einem Doppelbett, und wer sich zuerst schlafen legte, mußte es für den anderen anwärmen, indem er sich mit ausgestreckten Armen und Beinen in die Mitte legte, genauso wie sich Kinder in den Schnee legen, um einen Schneeengel zu machen.

»Was hast du zu Ann gesagt?« fragte ich Großmutter, nachdem meine Schwester gegangen war und wir zu zweit den Rest wegräumten.

»Und wenn das ein Geheimnis wäre?«

»Dann würde ich sagen, daß es nicht nett ist, Geheimnisse zu haben«, antwortete ich verärgert. »Das hast du doch selbst gesagt, Großmutter.«

Sie ließ sich auf die Couch sinken, als ob sie geschubst worden wäre, und sah in eine der Kaffeetassen auf dem Tisch (selbst abends wurde im Haus meiner Großeltern Kaffee getrunken). Da in ihrer Tasse noch ein Schluck des inzwischen kalten Gebräus war, stürzte sie ihn hinunter.

»Ach Tweedledee«, sagte meine Großmutter seufzend. »Ich habe Ann gerade gesagt, daß sie auch ein Star ist.«

Star war ein Ausdruck, den sie von mir übernommen hatte, weil ich ihn ständig benutzte: »Wenn ich groß bin, werde ich ein Star!« sagte ich immer.

»Warum hast du das gesagt?« fragte ich und spürte dabei ein

komisches Gefühl in meinem Magen, das an nagenden Hunger erinnerte.

Großmutter lachte, aber ich erinnere mich, daß ich sie schon fröhlicher hatte lachen hören.

»Geneva.« In ihrer Stimme lag ein vorwurfsvoller Unterton. »Geneva, komm mal her und setz dich neben mich.« Sie deutete auf den Platz neben sich, und ich ließ mich mit verschränkten Armen nieder.

Sie lachte wieder, diesmal fröhlicher.

»Es reicht dir wohl nicht, die ganze Aufmerksamkeit zu kriegen, hm, du kleiner Filmstar? Es reicht dir wohl nicht, daß wir dir den ganzen Abend zugesehen, laut über dich gelacht und Beifall geklatscht haben?«

»Aber es war meine Vorstellung!« antwortete ich trotzig und kämpfte mit den Tränen. »Ich bin der Star!«

Großmutter legte den Arm um mich – ich spürte ihre weichen Oberarme an meinem Rücken, als sie meine Schultern drückte. »Du bist ein Star, aber deine Schwester auch. Du lieber Himmel, die Art, wie du sie von der Bühne verscheucht hast . . .« Sie schüttelte den Kopf. »Das war nicht sehr nett, weißt du.«

»Aber sie hat ihren Text nicht gekonnt! Sie hat die ganze Aufführung verdorben!«

Großmutter schüttelte erneut den Kopf. »Vielleicht hat sie *deine* Aufführung verdorben, aber wolltet ihr nicht eigentlich beide ein Stück vorspielen? Was hättest du getan, wenn sie dich gezwungen hätte, die Bühne zu verlassen?«

»Das würde sie nie tun!« antwortete ich empört. »Ich würde meinen Text kennen!«

»Aber wenn nicht?«

»Ich würde ihn kennen!« Ich preßte die Arme noch enger zusammen und spürte dabei, wie sich meine Fäuste in meinen Brustkorb bohrten.

Eine Weile saßen wir schweigend da, und Großmutter ließ mich in meinem Eigensinn schmoren. Ich war mir sicher, daß sie wußte, daß ich mich von Ann niemals von der Bühne vertreiben lassen würde, und wenn sie es dennoch jemals versuchen sollte, würde ich mich nicht taktvoll zurückziehen, sondern in der Nähe bleiben, um mir ihren Solo-Auftritt anzusehen. Während ich darüber nachdachte, hämmerte mein Herz unter meinen verschränkten Armen, und ich blinzelte ständig, um die Tränen niederzukämpfen, die hervorzuquellen drohten.

Schließlich nahm Großmutter eine Tasse und eine Untertasse vom Tisch.

»Vergiß nicht, Geneva, es gibt viele Arten von Sternen an Gottes Himmel. Einige sind so strahlend hell, daß es einem den Atem raubt, und andere leuchten weniger, aber sind dennoch da. Ihr Licht ist bloß ein bißchen gedämpfter, das ist alles.«

Sie stand auf und bat mich, ihr zu helfen, das Geschirr in die Küche zu tragen, und dann nach Hause zu laufen. Es war schon spät.

Ich erinnere mich, wie ich durch ihren Vorgarten in unseren hinüberlief, und wie kalt die Nachtluft war. Obwohl damals in unserer Nachbarschaft keiner die Türen abschloß, erinnere ich mich, daß ich mich fürchtete, ja, eine Heidenangst hatte, denn die vertrauten Gärten, die Büsche und Bäume kamen mir plötzlich ganz fremd und bedrohlich vor. Als ich die Ziegelstufen zu unserem Haus hinaufrannte, vermißte ich Ann, mit der ich sonst immer gemeinsam den Heimweg antrat. Um uns vor dem bösen Mann zu schützen, hielten wir uns gewöhnlich an den Händen.

Lautes Hupen versetzte mich in die Straßen von Manhattan zurück. Ich schreckte zusammen und stellte fest, daß ich bei Rot über eine Ampel gelaufen war und daß eine andere Sorte böser Männer hinter mir her sein würde, wenn ich nachts allein unterwegs war.

4

EIN FLUG OHNE Turbulenzen ist für mich kein richtiger Flug. Dieser war das reinste Vergnügen. Wir sackten ab, trudelten und wurden durchgeschüttelt.Der Mann neben mir – ein Parfümvertreter, der zu einer Kosmetikmesse unterwegs war – senkte während einer besonders unruhigen Phase den Kopf und murmelte tonlos: «Bleib oben, bleib oben, bleib oben.«

Ich hingegen sah aus dem Fenster und lächelte wie ein Kind auf einer Spazierfahrt. Wie jeder Passagier möchte auch ich ankommen, aber im Gegensatz zu den meisten habe ich nichts gegen ein bißchen Nervenkitzel während des Fluges.

Diesmal genoß ich die Zerstreuung, die mir die akrobatische 727 und der betende Parfümvertreter boten. Ich wollte weder darüber nachdenken, was mich erwartete, noch was ich zurückgelassen hatte.

Joyce Dean, der dank ihrer Antennen nichts entgeht, sei's ein Rendezvous im Plaza oder eine Vertragshändelei bei William Morris, hatte natürlich von der Kabbelei zwischen Miss Ellie und mir gehört und glücklicherweise in ihrer Kolumne in der »New York Post« noch Platz dafür gefunden: »Es gab gehörigen Krach – und bei Shay's am Broadway flogen Drinks durch die Luft –, als die derzeitige Geliebte eines gutaussehenden britischen Schauspielers dessen früherer Geliebten den Inhalt ihres Glases ins Gesicht schüttete. Es scheint, daß manche Stars nach ihrem Abgang aus erfolgreichen Musicals nichts Besseres zu tun haben, als sich Schwierigkeiten einzuhandeln ...«

Ich habe nichts gegen Klatsch – solange nicht über mich geklatscht wird. Nach all den Jahren beunruhigt es mich noch immer, wenn ich in einer Zeitungskolumne etwas über mein Privatleben lese.

Mein Schwager Riley meint, daß dies der Preis des Ruhms ist.

»Du bist eine Person des öffentlichen Lebens. Die Leute möchten Bescheid über dich wissen.«

»Ich bin Schauspielerin, Riley. Wenn sie etwas über mich wissen wollen, dann sollen sie doch ins Theater kommen und sich meine Arbeit ansehen.«

»Es schien dir aber nichts auszumachen, als wir gestern abend im Restaurant nicht lange auf einen freien Tisch warten mußten.«

Diese Unterhaltung fand vor Jahren statt, als Riley und Ann herüberflogen (ich bezahlte die Tickets), um mich in »Dixieland Detectives« zu sehen, und ich all die Aufmerksamkeit bekam, die dem Star eines erfolgreichen Musicals entgegengebracht wird.

»Also, wenn man mich als Star bevorzugt behandelt, beschwere ich mich nicht. Aber es liegt an *mir*, ob ich das zulasse oder nicht. Diese Wahl habe ich bei den Medien nicht – sie fragen mich nicht um Erlaubnis. ›Oh, es stört Sie doch nicht, wenn wir dieses unvorteilhafte Foto abdrucken, das Sie beim Aussteigen aus der Limousine zeigt?‹ Oder: ›Würde es Ihnen was ausmachen, wenn wir wüste Spekulationen anstellen, ob Sie eine Affäre mit einem südamerikanischen Schlangenmenschen haben?‹«

Riley lachte und strich sich mit einer sehr professoralen Geste über den Bart.

»Geneva, dein Problem ist, daß du deinen Kuchen behalten und gleichzeitig verspeisen möchtest.«

»Ist Kuchen nicht dazu da? Daß man ihn ißt?«

Dann fragte ich Riley, wie es ihm gefiele, wenn sein Liebesleben in der Lokalzeitung ausgebreitet würde.

»Das würde nicht passieren. Ich bin Professor für Englisch, kein Broadway-Star.«

Ich verdrehte die Augen. »Riley, ich hoffe, daß sich derselbe Mangel an Vorstellungskraft nicht auch in deinem Unterricht bemerkbar macht. Wie würdest du dich fühlen?«

Daraufhin warf Riley einen Blick in den Flur meines Apartments, vermutlich, weil er sich fragte, was Ann so lange im Badezimmer machte.

»Ich glaube, es wäre nett ... interessant«, gab er schließlich zu. »Ich schätze, ich würde mir ziemlich wichtig vorkommen. Aber nach einer Weile, nehme ich an, würde es lästig werden.«

»Treffer«, sagte ich.

Der Parfümvertreter fischte ein paar kleine Probefläschchen aus seiner Tasche und gab sie mir, als die Maschine zum Gate rollte.

»Ich weiß, Sie brauchen eigentlich kein *Star Power*«, sagte er scherzend, aber ich möchte es Ihnen trotzdem schenken, Miss Jordan.«

»Oh, danke.« Ich schraubte das kleine Fläschchen auf und schnupperte daran. Es war ein angenehmer Duft, blumig und würzig. »Mmm.«

»Es gefällt Ihnen?« fragte er erfreut. »Finden Sie, daß es nach der *Power* eines Stars riecht?«

»Genauso wie *Joy* nach Freude riecht«, anwortete ich und hielt ihm mein Handgelenk unter die Nase. »Genauso wie *Obsession* nach Obsession riecht, obwohl wahrscheinlich Obsessionen stinken würden, wenn man sie in Flaschen abfüllen könnte.«

Der Vertreter lächelte. »Wahrscheinlich bin ich in einem ziemlich albernen Geschäft unterwegs, aber, mein Gott, im Moment bin ich heilfroh, daß ich mich immer noch darin tummeln darf.« Er reckte den Kopf, als er den Knoten seiner Krawatte hochschob. »Eine Zeitlang war ich sicher, wir würden abstürzen.«

»Flugzeuge sind so konstruiert, daß sie Turbulenzen aushalten«, beruhigte ich ihn wie der Pressesprecher einer Airline. »Die Spitzen der Tragflächen könnten sich sogar berühren« – ich streckte die Arme, um es zu demonstrieren – »und dennoch würde die Maschine nicht auseinanderbrechen.«

»Ach, wirklich«, sagte der Vertreter. »Aber wer will schon, daß die Tragflächen so etwas machen?«

Ein Gong ertönte, als die Maschine am Flugsteig hielt, und

der Vertreter sprang wie von der Feder geschnellt aus seinem Sitz. Ich hingegen ließ mir Zeit und fummelte an meiner Tasche und der Schnalle meines Stiefels herum, bis alle ausgestiegen waren. Als es schließlich aussah, als wollte die irritierte Stewardeß den Sicherheitsdienst rufen, um mich rauszuschaffen, stand ich auf, um mich den Dingen zu stellen, die mich erwarteten.

Sie standen am Gate, und die Besorgnis auf ihren Gesichtern ging in Erleichterung über, als sie sahen, daß ich schließlich doch gekommen war.

»Geneva«, rief Ann und stürzte auf mich zu wie eine Emigrantin auf Ellis Island, die ihre erste Verwandte aus der alten Heimat willkommen heißt.

Sie umarmte mich so fest, daß ich sie zurückschieben mußte, um atmen zu können.

»Ann, bitte, ich brauche Luft.«

»Tut mir leid«, sagte meine Schwester übers ganze Gesicht strahlend. »Ich bin so froh, dich zu sehen.«

»Ich auch«, schloß sich Riley an.

»Ich auch«, sagte eine Stimme, und nachdem er ein paarmal angestupst worden war, trat Rich hinter Riley hervor.

Er trug ein kariertes Hemd und Khaki-Hosen (genau wie sein Vater, stellte ich fest). Er war größer als bei unserem letzten Wiedersehen in New York vor drei Jahren, größer und kräftiger. Er schob seine Brille die Nase hinauf, und wenn er lächelte, ging sein Unterkiefer nach vorn.

»Hallo, Tante Gennie.« Man hörte, daß er im Stimmbruch war.

»Hallo«, sagte ich, streckte die Arme aus und fügte hinzu: »Komm her.«

Rich brauchte keine zweite Aufforderung, im nächsten Moment lag er in meinen Armen. In seiner Umarmung bekam ich fast noch weniger Luft als in der seiner besitzergreifenden Mutter. Nicht daß sie fester war, er umschlang mich ganz vorsichtig, fast so, als hielte er etwas fest, was er nicht zerbrechen wollte. Dennoch spürte ich in dieser Umarmung den ungeheuren, erstickenden Druck der Verantwortung.

»Nun«, sagte ich und machte mich los, »laß uns meine Koffer holen, ja? Vielleicht ist in einem davon ein Geschenk für einen bestimmten dreizehnjährigen Jungen.«

Wieder schob sich Richs Unterkiefer vor, als er grinste. »Sie meint mich«, erklärte er seinen Eltern. »Sie meint, sie hat ein Geschenk für mich.« Er senkte die Augen zu Boden, als er anschließend sagte: »Kennst du den Witz: Ich bin Rich. Aber ich hab nicht viel Geld.«

»Du bist Rich, aber du hast nicht viel Geld ...«, sagte ich, als würde ich an einem Rätsel herumknobeln.

Er lachte. »Ich bin Rich! Mein Name heißt reich.«

Ich gab ihm einen kleinen Klaps auf den Kopf. »Ja, natürlich. Natürlich bist du Rich!«

Er nahm die Hand seiner Mutter und seines Vaters, als wir in Richtung der Gepäckausgabe gingen.

»Du siehst großartig aus, Geneva«, sagte Ann, als sie sich mit der anderen Hand bei mir einhängte. »Wie kommt es, daß man dir dein Alter nie ansieht, mir aber schon?«

»Weil ich nicht glaube, daß Make-up ein Luxus ist«, antwortete ich und sah in das gänzlich ungeschminkte Gesicht meiner Schwester.

Ann lachte. »Und ich hatte gehofft, du würdest etwas sagen wie: ›O Ann, du siehst doch auch umwerfend aus.‹«

»Das wollte ich ja. Ganz ehrlich, das wollte ich als nächstes sagen.«

»Hattest du einen guten Flug?« fragte Riley und reckte seinen Kopf vor.

Ich nickte. »Es gab eine Menge Turbulenzen.«

»Geneva mag ihre Flüge so, wie sie ihre Martinis mag«, sagte Ann. »Gut geschüttelt.«

»Guter Scherz«, antwortete ich.

»Das muß er ja sein, er stammt von dir. Genau dasselbe hast du mir letztes Jahr gesagt, als du mir von dem Flug mit Trevor zu den Keys erzählt hast.«

»Richtig«, antwortete ich und spürte einen kleinen Stich, als ich mich an die dreitägige Reise erinnerte, die Trevor und ich während des Streiks der Beleuchter unternommen hatten. Wenn wir nicht am Strand lagen, um uns der Sonne hinzugeben, lagen wir im Bett und gaben uns einander hin.

»Hallo, Kumpel.«

Zum dritten oder vierten Mal nahm ich während unseres Gesprächs Richs Stimme wahr, und gleichzeitig quälten mich schauerliche Erinnerungen an Trevor, den Schrecklichen.

»Hallo«, antwortete ein Pilot, der seinen Koffer hinter sich her zog wie einen schwarzen Hund an der Leine.

Auf dem ganzen Weg durch die Flughalle grüßte der Junge freundlich in alle Richtungen.

Nachdem er eine verdrießlich aussehende Frau, die ihn ignorierte, mit »Hallo, Kumpel« gegrüßt hatte, fragte ich ihn, was er da machte.

»Du kennst diese Leute doch gar nicht«, sagte ich neckend. »Sie sind nicht deine *Kumpels.*«

»Vielleicht doch«, antwortete er lächelnd. »Vielleicht werden sie eines Tages meine Kumpel.« Als nächstes bedachte Rich einen Schuhputzer mit seinem Gruß. Als der Mann »Hallo, Kumpel«, antwortete, sah Rich mich triumphierend an.

»Er erinnert mich an die kleinen Lebkuchenherzen, die wir am Valentinstag bekamen«, sagte ich zu Ann. »Du weißt doch, auf denen ›Du bist süß‹ oder ›Sei mein‹ stand.«

Eine Stewardeß ging vorbei, und Rich sagte: »Hallo, Kumpel. Sei mein.«

Trotz ihrer Verblüffung fing sie sich rasch wieder und sagte lächelnd »hallo«.

Lachend fuhr Riley in Richs aschblondes Haar. »Es ist schon okay, Leute zu grüßen, Rich, aber du solltest es nicht übertreiben.«

»Mann«, sagte ich zu meiner Schwester, »er ist aber fix, wenn's was aufzuschnappen gibt!«

»Er hält uns auf Trab«, antwortete Ann, und der Ausdruck auf ihrem Gesicht war so schelmisch, so beglückt, daß ich vor Überraschung den Atem anhielt.

»Es ist der mildeste Herbst, den wir seit Jahren hatten«, sagte Ann, als ich aus dem Fenster von Rileys großem Delta 88 sah.

»Du hättest letzte Woche die Laubfärbung sehen sollen«, sagte Riley. »Einfach unglaublich.«

»Ich finde, es sieht immer noch recht hübsch aus«, erwiderte ich ein bißchen beleidigt, weil Riley es für notwendig hielt, mich wissen zu lassen, was ich verpaßt hatte.

Von allen vier Jahreszeiten in Minnesota gefällt mir der Herbst am besten. Er ist so ungeheuer prachtvoll. Die Bäume sind in leuchtendes Rot, Braun und Gold getaucht, sie stehen da wie eine schillernde Tanzgruppe und heben die Röcke, wenn der Wind hineinfährt.

Ich lehnte mich auf der großen Rückbank zurück und freute mich auf eine entspannende schöne Fahrt, aber offensichtlich verstand Rich meine Körpersprache nicht, die ausdrücken sollte, daß Tante Gennie jetzt ein bißchen Ruhe wünschte.

»Wir haben einen Hamster in der Schule«, raunte er mir so verstohlen zu wie ein Sträfling, der seinen Zellengenossen informierte, daß die Schmuggelware eingetroffen war.

»Echt?« Ich sah aus dem Fenster und hoffte, er würde den Wink verstehen, daß ich nicht in Plauderlaune war. Das war aber nicht der Fall.

»Ein komischer kleiner Bursche«, fuhr er fort und schüttelte den Kopf. »Er hat so ein kleines Rad, in dem er rumläuft. Er rennt und rennt und rennt in dem kleinen Rad rum, den ganzen Tag lang. Rennen, rennen, rennen.«

»Rennen, rennen, rennen«, murmelte ich und sah wieder aus dem Fenster. Wir fuhren gerade über die Mendota-Brücke, und ich reckte den Kopf, um auf die bunten Bäume am Steilufer über dem Fluß zu sehen.

»Ja. Dieser komische kleine Kerl scheint wirklich gern zu rennen.«

Darauf folgte eine lange Pause, die ich dankbar genoß, indem ich all die alten Sehenswürdigkeiten und neuen Veränderungen meiner Heimatstadt registrierte.

»Magst du mich nicht, Tante Gennie?«

Ann, die auf dem Vordersitz saß, drehte sich um, als ich erschreckt zu meinem Neffen herüberschaute.

»Natürlich mag sie dich«, sagte Ann und griff nach hinten, um Richs Knie zu tätscheln. »Tante Gennie sieht im Moment nur gern aus dem Fenster. Sie ist schon eine ganze Weile nicht mehr hier gewesen.«

»Das stimmt«, antwortete ich. »Schon eine ganze Weile nicht mehr.«

Richs Unterlippe war hochgeschoben und sein Blick auf seine gefalteten Hände gerichtet.

»Trotzdem«, fuhr ich fort, »bin ich wahrscheinlich unhöflich gewesen, nicht wahr?«

Wie sollte ich bloß mit dem Jungen zurechtkommen, fragte ich mich. Wir waren noch keine fünf Minuten auf der Autobahn, und schon hatte ich seine Gefühle verletzt.

»Vielleicht ein bißchen unhöflich«, sagte Rich und nickte. Ein vages Lächeln umspielte seinen Mund. »Ja, ein bißchen unhöflich.«

Ann zwinkerte mir zu, ich zwinkerte zurück und hatte das Gefühl, aus dem Schneider zu sein, zumindest für den Augenblick.

Nachdem Rich ins Bett gegangen war, saßen Ann, Riley und ich vor dem Kamin, tranken einen Wein, der gar nicht schlecht war, und genossen das herrlich duftende Zedernholzfeuer.

»Wenn man sich vorstellt«, sagte Riley, »daß wir in zwei Tagen vor einem Kamin in der Toskana sitzen.«

»Glaubst du, daß es so kalt sein wird, daß wir in der Toskana ein Feuer anmachen müssen?« fragte Ann.

»Sicher«, antwortete Riley. »Nicht so kalt wie bei uns, aber kalt genug.«

»Und ich muß mich damit zufriedengeben, diesen Blick zu genießen«, sagte ich und sah aus dem Panoramafenster. Obwohl es draußen dunkel war, erinnerte ich mich an die Aussicht, die man bei Tage hatte. »Es ist wirklich schön hier.«

Riley und Ann wohnten außerhalb von Minneapolis am Ufer

des Deep Lake, der inmitten einer ehemals verschlafenen Kleinstadt gleichen Namens lag, die inzwischen allerdings zu einem ziemlich eleganten Vorort herangewachsen war. *Zu schick*, hatte ich gedacht, als wir an riesigen Häusern vorbeifuhren, deren Tennisplätze und weitläufige Grundstücke den Reichtum ihrer Besitzer förmlich hinauszuposaunen schienen, *zu schick für Rileys und Anns Verhältnisse, es sei denn, Minnesota bezahlt seine Lehrer deutlich besser als die anderen Staaten.*

»Ihr seid wohl die Treppe hinaufgefallen, was?« hatte ich auf dem Heimweg gefragt, als wir an einem schloßähnlichen Gebäude mit Türmchen vorbeifuhren.

»Wir haben das Schnäppchen des Jahrhunderts gemacht«, antwortete Riley. »Es war das alte Bauernhaus der Großeltern einer meiner Studentinnen. Sie hätten es viel teurer verkaufen können, weil es am Seeufer steht, aber die beiden waren alte Schweden, denen die Vorstellung gefiel, es an einen Lehrer zu verkaufen.«

»Nicht an irgendeinen Lehrer«, verbesserte ihn Ann. »Sondern an den langjährigen Lieblingslehrer ihrer Enkelin.« Sie drehte sich zu mir um. »Sie schreibt jetzt für die ›Newsweek‹. Sie behauptet, Riley habe sie dazu inspiriert, Journalistin zu werden.«

»Sie brauchte nicht viel Inspiration«, sagte Riley. »Sie war sehr talentiert.«

»Wir wohnen direkt am Wasser«, hatte Rich ein paar Stunden zuvor gesagt. »Natürlich ist es zu kalt zum Schwimmen.«

»Wir haben aber ein Heißwasserbecken«, hatte Ann erwidert. »Leider ist die Motorpumpe kaputt.«

Der nicht funktionierende Pool, die hintere Terrasse und der Blick waren das Schönste an dem alten Bauernhaus. Es war fast hundert Jahre älter als die an den Hang gebauten Villen und Schlößchen in der Nachbarschaft, ein mit weißen Schindeln verkleidetes zweistöckiges Gebäude, dessen Räume klein, fast eng wirkten.

Aber im Dunkeln, nur vom Kaminfeuer erhellt, empfand man die Enge als ungeheuer gemütlich.

»Das Panoramafenster haben wir letzten Sommer einbauen

lassen«, sagte Ann und schenkte mir nach. »Ich glaube, das war das Klügste, was wir jemals tun konnten.«

»Außer zu heiraten«, warf Riley ein.

»O je«, sagte ich. »Ich hab mich schon gefragt, wann euer übliches Liebesgesäusel wieder anfängt.«

»Liebesgesäusel?« sagte Riley. »Geneva, du bist eine echte Romantikerin. Man könnte dich glatt mit Keats verwechseln.«

»Ach, laß mich in Frieden, Riley. Ich hab gerade das schlimmste Debakel hinter mir, seit ich mich mit dem Franzosen getrennt habe.«

»Ich mich *von dem* Franzosen getrennt habe.«

»Es steht dir nicht an, meine Redeweise zu korrigieren«, sagte ich und schlug ihn mit einem Sofakissen. »Ann, mach ihm klar, daß es unhöflich ist, sich über die Redeweise anderer Leute zu mokieren.«

Meine Schwester lachte. »Ich finde, das hast du gerade selber deutlich gemacht.«

Das Telefon klingelte, und Ann und ich sahen Riley an.

»Schon gut, schon gut«, sagte er und stand auf. »Ich geh ran.«

Wir beobachteten ihn, wie er in den Flur ging, dann fragte Ann mich eindringlich: »Also, wie geht's dir, Gen? Bist du wirklich über Trevor hinweg?«

»Ich glaube schon«, seufzte ich. »Ich meine, das sollte ich ... weil er eindeutig über mich hinweg ist.«

»Sein Schaden.«

»Meiner auch«, sagte ich, streckte spontan die Arme aus und drückte sie. Egal, wie lange die Trennung gedauert hatte – wenn wir vereint waren, fielen wir uns immer wieder vertrauensvoll in die Arme.

»Gen, du weinst ja.«

»Nein, das tue ich nicht«, antwortete ich und wischte mir die Tränen ab.

Meine Schwester machte sich von mir los und sah mich an, wie ein Anwalt, der sich von der Unschuld seines Klienten überzeugen will. »Sag mir, was los ist.«

Den Gefallen tat ich ihr gern. Am Telefon konnte ich Ann mit meiner üblichen aufgesetzten Munterkeit täuschen, aber es war eine Erleichterung, tatsächlich bei ihr zu sein und alles herauszulassen. »Nun«, begann ich, »ich dachte, die Trennung von Trevor würde . . .«

»Das war Jerod Schmitz«, sagte Riley, als er wieder hereinkam. »Er übernimmt meine Seminare, während wir weg sind.« Kopfschüttelnd setzte er sich neben Ann. »Egal, wie sehr ich ihn beruhige, es ist nie genug.«

»Geht's uns nicht allen so«, sagte ich. Ich war enttäuscht, weil ich mit Ann nicht hatte weitersprechen können; bei einem unterbrochenen Geständnis fühlt man sich genauso jäh im Stich gelassen und unbefriedigt wie bei unterbrochenem Sex. Man sehnt sich nach mehr.

Ann zwinkerte mir heimlich zu, ein Zeichen dafür, daß wir später weiterreden würden, und schenkte uns allen nach.

»Also«, begann Riley, »ich schätze, daß ihr die ganzen Haushaltsfragen besprochen habt. Gibt es irgendwas, was dir besonders Sorgen macht?«

Ich seufzte. »Hast du wirklich Zeit, dir alles anzuhören?«

»Ach komm, Geneva«, sagte Ann. »Es wird nicht so schlimm. Am Montag, Mittwoch und Freitag fährt Rich mit dem Bus nach Hause; am Dienstag und Donnerstag besucht er nach der Schule Freizeitveranstaltungen, und da es Fahrgemeinschaften gibt, mußt du dich kaum selbst ans Steuer setzen.«

»Fahrgemeinschaften?« fragte ich, als würde ich das Wort nicht verstehen. »Ich muß mich an *Fahrgemeinschaften* beteiligen?«

»Nur am Donnerstag. Hier, ich zeig's dir.«

Sie stand auf, und nachdem sie Licht gemacht hatte, nahm sie ein Ringheft aus einem kleinen Sekretär im Flur.

»Sie hat alles aufgeschrieben«, erklärte Riley.

»Hier drin und auf den Küchenkalender«, fügte Ann hinzu, als sie sich neben mir niederließ. »Schau her, hier ist alles für dich aufgeschrieben, Tag für Tag. Richs Stundenplan, die Speisepläne . . .«

»Speisepläne?«

»Rich ist ein bißchen eigen, was das Essen anbelangt. Montags, zum Beispiel, ist Pizza-Tag. Am Mittwoch mag er *chow mein* aus dem hiesigen China-Restaurant. Hier ist die Nummer, und da steht, was er gern bestellt.«

Ich nahm das Heft in die Hand und blätterte ein paar Seiten durch.

»Was heißt ›Aufstehen – sieben Uhr‹?«

»Ach, Geneva«, sagte Ann und lachte wie über einen alten Scherz, den ich gar nicht gemacht hatte. »Um diese Zeit mußt du Rich wecken. Um sieben Uhr.«

»*Sieben Uhr?* Ann, ich bin nicht mehr um sieben aufgestanden seit ... nun, seitdem ich den Mittag entdeckt habe.«

»Das gilt nur für die Wochentage. Am Samstag kannst du ausschlafen.«

»Am Samstag? Was ist am Sonntag?«

»Nun«, sagte Riley, »am Sonntag geht Rich gern in die Kirche. In die Sonntagsschule.«

»Du mußt nicht mitgehen«, sagte Ann. »Barb, das ist die Mutter seines Freundes Conrad, holt ihn ab. Aber du mußt ihn wecken.«

»Kann er keinen Wecker benutzen?«

Ann sah hilfesuchend ihren Mann an.

»Rich schläft ziemlich fest«, erklärte Riley. »Ihn aufzuwecken heißt, ein bißchen physische Überredungskunst anzuwenden.«

»Physische Überredungskunst?« Mir gefiel nicht, welche Wendung die Unterhaltung nahm, überhaupt nicht.

»Du weißt schon«, sagte Riley, »ein- oder zweimal an den Schultern rütteln. Ein paar laute Rufe: ›Rich, Zeit zum Aufstehen!‹«

»Wie auch immer«, fuhr Ann fort und ignorierte den entsetzten Ausdruck auf meinem Gesicht, »er zieht sich selbst an und macht sich für die Schule fertig, aber jetzt, da es kälter wird, mag er gern einen Teller warmes Müsli zum Frühstück.«

»Einen Teller warmes Müsli«, sagte ich weinerlich. »Und wahrscheinlich muß ich das zubereiten?«

Diesmal klang Anns Lachen eher aufrichtig amüsiert als verzweifelt.

»Nein, du stellst es am Abend zuvor in die Mikrowelle. Er kann sie anstellen. Aber er hat beim Essen gern Gesellschaft.«

»Aber ich frühstücke nicht. Zumindest nicht um die Zeit.«

»Dann mach dir einen Cappuccino. Riley hat mir zu Weihnachten eine Espresso-Maschine geschenkt.«

»Also bist du nicht völlig ungehobelt«, wandte ich mich meinem Schwager zu. »Aber ich lese gern die ›New York Times‹ zu meinem Kaffee. Ich nehme nicht an, daß ihr sie abonniert habt?«

»Wir haben die Zeitung aus Minneapolis«, erwiderte Ann hoffnungsvoll. »Und die Wochenzeitung der Region.«

»Großartig. Ich kann es gar nicht erwarten, all die Neuigkeiten zu lesen, die man in Deep Lake für interessant hält.«

»Du wirst überrascht sein«, sagte Riley.

»Also gut«, fiel Ann ein und kam wieder auf den Stundenplan zurück. »Um zwanzig nach acht muß Rich zum Bus. Er hält direkt vor dem Haus.«

Ich sah auf den nächsten Eintrag auf der Seite: »3.15 Uhr – Rich kommt mit dem Bus zurück.«

»Und was passiert zwischen acht Uhr zwanzig und drei Uhr fünfzehn?«

Ann runzelte die Stirn. »Was immer du willst. Das ist deine Freizeit.«

Wir brauchten fast eine halbe Stunde, um Blatt für Blatt das Heft durchzugehen, und als wir es schlossen, war ich, gelinde gesagt, eingeschüchtert. Ich hatte mich auf Babysitten eingestellt, aber tatsächlich gab es noch eine Menge anderer Hilfsdienste, die ich nicht bedacht hatte: Köchin, Chauffeur, Hausmädchen, Waschfrau und Wecker. Ich war schon erschöpft beim bloßen *Gedanken* an all die Arbeiten und wollte mich gerade beklagen, daß ich die Stellenbeschreibung nicht so verstanden hatte, als Ann das Heft an ihre Brust drückte und zu weinen begann.

»Wir können nicht fahren, Riley«, schluchzte sie. »Es ist zuviel für Geneva.«

Obwohl ich ausnahmsweise einmal ihrer Meinung war, wollte ich meiner Schwester nicht erlauben, zu entscheiden, was zuviel für mich war. Schon aus Prinzip nicht.

»Ann«, sagte ich wie eine Königin zu einer dämlichen Kammerzofe, »du beleidigst mich. Es ist lächerlich, wenn du meinst, dies sei zuviel für mich. Es wird eine neue Erfahrung sein, aber auf keinen Fall eine, die mich überfordern wird. Schließlich bin ich ein Broadway-Star.«

»Ein Broadway-Star«, plapperte Ann nach. »Was hat das damit zu tun?«

Riley drückte sanft ihre Schulter. »Ich glaube, sie möchte sagen, wenn sie den Broadway erobert hat, kann sie auch alles andere schaffen.«

»Wie in diesem ›New York, New York‹-Song?« fragte Ann schniefend.

»Genau.« Ich summte ein paar Takte und schmetterte schließlich die Zeile »dann schaffst du's überall«.

»Scht«, machte Ann und wischte sich lachend die Tränen ab. »Du weckst Rich auf.«

»Und wenn schon«, entgegnete ich mit vorgetäuschter Kühnheit, »ich würde ihn auch gleich wieder zum Einschlafen bringen.«

»Wie würdest du das anstellen?« fragte Ann, und ich wußte, sie hoffte verzweifelt, ich würde mit einer guten Antwort aufwarten – mit der richtigen Antwort.

»Ich würde ihm ein Schlaflied singen«, sagte ich und bot ihnen einen Genuß, für den die Leute normalerweise viel Geld ausgeben müssen: Ich lieferte ihnen ein Konzert. Ich gab mein ganzes Repertoire von Balladen und Schlafliedern zum Besten. Als ich es schließlich mit »Hush Little Baby« beendet hatte, schnarchte Riley, den Kopf auf die Sofakante gelegt, leise vor sich hin, und meine Schwester sah mich an wie damals, als wir im Hinterhof unserer Großmutter Hjordis Entdeckungsfahrer spielten: Als wäre sie Thor Heyerdahl und ich Roald Amundsen, und wir hätten gerade ein Utopia entdeckt, das auf keiner Landkarte verzeichnet ist.

5

DEN NÄCHSTEN MORGEN verbrachten wir damit, in der Nachbarschaft herumzufahren, damit ich die Gegend kennenlernte.

»Was machen diese Leute bloß alle?« fragte ich, als wir an weiteren Häusern vorbeikamen, die Platz genug für eventuelle Schwiegereltern *und* eine UN-Delegation boten.

»Ach, du weißt schon. Ärzte, Rechtsanwälte, Banker, Profi-Sportler. Das Haus da drüben gehört Maury Rungston.« Sie deutete auf eine Reihe von Würfeln mit Fenstern.

»Wer ist Maury Rungston?«

»Der Football-Trainer der Vikings. Ich sehe ihn immer im Lebensmittelladen. Er kauft eine Menge Naturkost.«

Ich fuhr ein paar Straßen weiter und erkannte dann ein Haus, das auf der Skizze eingezeichnet war, die auf meinem Schoß lag.

»Also, hier setze ich donnerstags Richs Freund ab?«

Ann nickte. »Richs *bester* Freund wohnt hier: Conrad, ich hab dir von ihm erzählt. Barb, seine Mutter, ist beim Einkaufen, schätze ich, sonst könnten wir reingehen, und du könntest sie kennenlernen.«

Eine Frau in einem schicken Jogging-Anzug lief an uns vorbei, sie spähte argwöhnisch in die Wagenfenster, als wollte sie herausfinden, ob wir zwei Matronen auf Spazierfahrt oder zwei Katzendiebe waren, die nach Beute Ausschau hielten.

»Connie ist ein Geschenk des Himmels für Rich, und Barb ist eines für mich. Tatsächlich war sie es, die mich und Riley überzeugt hat, diese Reise zu machen.«

»Du mußtest überzeugt werden? Ich dachte, du wärst ganz wild darauf gewesen.«

»Das bin ich ja auch, Geneva – aber das heißt nicht, daß ich keine Todesangst habe. Barb sagte, es sei an der Zeit, daß Riley und ich uns mal was Gutes tun.«

»Was ist sie, Eheberaterin?«

Ann lächelte. »Nein, bloß jemand mit Verständnis. Conrad leidet unter einer Gehirnlähmung. Jedenfalls meinte sie, ein Monat sei eine lange Zeit der Trennung von Rich – aber nicht zu lang. Sie hat sogar angeboten, ihn zu sich zu nehmen, während wir weg sind.«

»Wirklich?« erwiderte ich und dachte insgeheim: *Ich hätte das also gar nicht tun müssen?*

»Ihr Mann war dagegen. Barb hätte ihn zwar leicht umstimmen können – schließlich wäre sie ja auch diejenige gewesen, die auf Rich aufgepaßt hätte. George rührt kaum einen Finger im Haushalt – aber ich wollte nicht der Grund für eine Auseinandersetzung zwischen den beiden sein.« Sie klappte die Sonnenblende herunter. »Fahr lieber weiter. Diese Joggerin schaut uns schon komisch an.«

Wir fuhren an ein paar anderen wichtigen Adressen vorbei, und als wir fertig waren, saß Ann auf dem Beifahrersitz und nickte.

»Du warst schon immer gut im Kartenlesen«, sagte sie.

»Danke.« Es war eine Fähigkeit, auf die ich stolz war. Wann immer es galt, einen Weg zu finden, meldete ich mich freiwillig. »Was hältst du davon, in ein Café zu gehen? Ich könnte einen doppelten Cappuccino vertragen.« In Wirklichkeit hatte ich die ewigen Instruktionen satt, wollte mich hinsetzen und mit Ann über mich reden.

»Kaffee ist das Letzte, worauf ich Lust habe«, antwortete Ann. »Ich bin so nervös, daß ich Angst habe, mich gleich übergeben zu müssen.«

»Dann spuck freundlicherweise nach draußen«, sagte ich und öffnete das Fenster per Fernbedienung von der Fahrerseite aus. Innerlich seufzte ich, als ich feststellte, wie aufgeregt Ann war. Sie mußte sich nicht zu allem Überfluß auch noch die Klagen über meine Wechseljahre und den Bruch meiner Beziehung anhören und daß meine Einsamkeitsgefühle, die Ann längst für überwunden hielt, mich immer noch regelmäßig und heftig heimsuchten.

Ich seufzte wieder – für mich war es schwer, sogar hier, nicht im Rampenlicht zu stehen –, und ich stellte die Frage, auf die ich die Antwort schon kannte. »Was macht dich denn so nervös?«

»Ach, Geneva. Daß ich Rich zurücklasse. Daß du für Rich sorgen sollst.«

»Ersteres kann ich verstehen«, antwortete ich, »letzteres aber nicht. Dein mangelndes Vertrauen verletzt mich zutiefst.« Was überhaupt nicht stimmte. Ich verstand ihren Mangel an Vertrauen vollkommen, aber das durfte ich auf keinen Fall zugeben. Offenbar war mir, als preisgekrönter Schauspielerin, die Lüge gelungen, denn sie entschuldigte sich sofort.

»Tut mir leid, Geneva. Selbst wenn T. Berry Brazelton bei mir Babysitter wäre, wäre ich immer noch nervös.«

»Teaberry wer?«

»Er ist Kinderarzt, Schriftsteller und in jeder Hinsicht ein Experte, was Kinder angeht.« Ann schloß ihr Fenster. »Da wir gerade von Kinderärzten reden, wir sind bei dem von Rich nicht vorbeigefahren.«

»Mach dir keine Sorgen«, sagte ich. »Wenn er auf der Karte eingezeichnet ist, finde ich ihn.«

Rich entschied sich, nicht mit zum Flughafen zu kommen, um seine Eltern zu verabschieden.

»Ich will dort nicht auf Wiedersehen sagen«, erklärte er auf dem Sofa sitzend und die Arme vor der Brust verschränkt. »Ich möchte hier auf Wiedersehen sagen.«

»Wenn du mit uns zum Flughafen kommst, hätten wir noch ein bißchen mehr Zeit zusammen.«

Rich schüttelte den Kopf.

»Aber Rich«, sagte Riley, der zum fünfhundertsten Mal die Tickets überprüfte, »deine Tante Gennie fährt uns zum Flughafen, also mußt du mitkommen. Du kannst nicht allein hier bleiben.«

Rich schob die Unterlippe vor und verschränkte wieder die Arme. »Ich kann nicht mit zum Flughafen kommen.«

Ann sah Riley hilflos an.

»Doch, das kannst du«, antwortete Riley mit strenger Stimme. »Jetzt komm, Sohn, wir haben keine Zeit, uns darüber zu streiten.«

»Ich *geh* nicht.«

Mit spitzem Gesicht, wie unsere Großmutter zu sagen pflegte, ging Ann wie ein Zombie zum Telefon.

»Hallo, Barb? Hier ist Ann. Hör zu, Barb, wir haben hier ein Problem. Rich will nicht mit zum Flughafen fahren, und Geneva kann ihn nicht allein hier lassen, und ... ach, würdest du das? Oh, wir wären dir so dankbar.« Sie sah auf ihre Uhr. »Ich weiß nicht – in zehn Minuten?«

Sie legte auf. »Rich, Conrads Mutter wird ...«

Auf dem Weg zur Couch wurde sie festgehalten und umarmt.

»Wiedersehen, Mommy! Wiedersehen!«

Wenn ihr Gesicht vorher spitz ausgesehen hatte, sah es jetzt wie das Zeitungsfoto von jemandem aus, über dem die schreckliche Schlagzeile stand: »Feuer zerstört Familienheim« oder »Rettungsversuch kam für viele zu spät«.

Riley schloß sich der Umarmung zwischen Ehefrau und Sohn an, und ich stand schwer schluckend, voller Angst und Nervosität daneben und wünschte mir nichts mehr als ein Double für meine Rolle.

Als es klingelte, ging ich zur Tür.

»Hallo«, sagte eine Frau mit einer krausen Dauerwelle, mit der mein Friseur niemanden aus dem Laden gelassen hätte. »Ich bin Barb Torgerson, Taxifahrerin.«

»Geneva Jordan«, antwortete ich und schüttelte ihre Hand. »Babysitter.«

Sie sah über meine Schulter und winkte dem Trio zu, das aneinandergeschmiegt auf der Couch saß.

»Hören Sie«, sagte sie leise, »wann immer Sie Hilfe brauchen, rufen Sie mich an. Egal, ob bei Tag oder bei Nacht.«

»Danke«, erwiderte ich und wußte nicht, ob es die Freundlichkeit dieser wildfremden Frau war, die mir die Tränen in die Augen steigen ließ, oder ob es Riley war, der begonnen hatte, das Gepäck für die Abreise einzusammeln.

Vor Barbs Landrover umarmte ich Riley und Ann und wünschte ihnen fröhlich eine gute Reise. Dann erinnerte ich mich an den italienischen Ausdruck (ich war zweimal in Italien gewesen) und fügte *»buon viaggio«* hinzu.

Rich umarmte seinen Vater so fest, daß der ein leises »Uff« ausstieß. Ann umarmte mich fast genauso fest und flüsterte: »Du paßt auf ihn auf, Dee.«

»Das verspreche ich, Dum.«

Als sie die Arme ausstreckte, um Rich ein letztes Mal an sich zu drücken, klammerte er sich an seine Mutter.

Wenn das so weitergeht, dachte ich, kommen sie zu spät zum Flughafen und können ihre Reisepläne aufgeben, aber dann machte Rich sich los, was mich überraschte, und Ann wahrscheinlich ebenso.

»Wiedersehen«, sagte er und sah zu Boden.

»Wiedersehen«, antwortete Ann mit zitternder Stimme.

Dann saßen sie plötzlich in dem Landrover, und Rich und ich standen in der Einfahrt und winkten wie begeistert auf und ab hopsende Cheerleader.

Als wir sie nicht mehr sahen, ließ Rich den Arm sinken, rührte sich aber nicht. Er stand einfach da und sah über die Bäume auf der anderen Straßenseite hinweg.

»Was hältst du davon, reinzugehen und eine Tasse Schokolade zu trinken?« fragte ich schließlich. Ich begann, ein bißchen zu frösteln.

Bei meinen Worten schien der Kontrollschalter seiner Emotionen umzuspringen. »Mommy! Daddy!« jammerte er.

Während er weinte, tätschelte ich seinen Rücken und kam mir absolut unnütz vor.

Als es schien, daß er zum letzten Mal geschluchzt und seine Tränen abgewischt hatte, fragte ich forsch (und, wie ich sofort feststellte, vollkommen geistlos): »Und was machen wir jetzt?«

Rich zuckte matt mit den Achseln. Ich nahm seinen Arm und führte ihn ins Haus. Glücklicherweise hatten wir bereits gegessen, und ich mußte mich darum nicht kümmern.

Rich ließ sich auf die Couch sinken und saß wieder mit verschränkten Armen da.

Ich setzte mich neben ihn. »Gute Idee. Laß uns die Aussicht genießen.«

Die letzten Strahlen des Sonnenuntergangs hatten die Farbe einer heilenden Wunde, ein blasses Purpur mit einem gelblichen Orange durchsetzt. Ich legte die Füße auf den Couchtisch, lehnte mich zurück und überlegte, wie sehr ich den Blick auf den See genoß, wie beruhigend und vertraut er war.

»Nicht die Füße auf den Couchtisch legen. Mom mag keine Füße auf dem Couchtisch.«

»Wirklich?« Meine Schwester war ordentlich, aber keineswegs pingelig, und ich konnte mir eigentlich nicht vorstellen, daß sie eine Regel aufstellte, die sich gegen die Bequemlichkeit richtete.

Rich schüttelte den Kopf. »Sie sagt, keine schmutzigen Schuhe auf die Möbel.«

Ich bewegte die Zehen. »Aber ich habe doch Socken an, schau her.«

»Oh ja. Dann ist es in Ordnung.« Er hielt seine eigenen bestrumpften Füße neben meine. »Und wie wär's jetzt mit der heißen Schokolade?«

Ich lachte. Jedenfalls war mit seinem Gedächtnis alles in Ordnung. »Na schön. Dann führ mich in die Küche.«

»Dich führen?«

»Sicher«, sagte ich, ließ mich auf alle Viere nieder und bellte und hechelte wie ein Hund.

Erstaunt runzelte Rich die Stirn.

»Hier«, sagte ich und reichte ihm eine unsichtbare Leine. »Führ mich in die Küche.«

Ein Lächeln breitete sich über seinem Gesicht aus. »Na gut, na gut.« Er stand auf, klopfte sich auf den Schenkel und sagte: »Komm, Hündchen. Komm.«

Ich bellte wieder, er lachte, und so gingen wir in die Küche, als Herr und Hund. Was man nicht alles tut.

Es gab eine Büchse mit Instant-Kakao, aber ich mag ihn lieber auf die altmodische, aufwendigere Art, und außerdem hatten wir dadurch etwas zu tun. Ich fand eine Tüte mit Kakaopulver, außerdem Zucker und Milch.

»Möchtest du mir helfen?«

Rich schob die Brille hoch und nickte.

Konzentriert folgte er meinen Anweisungen, seine Stirn war gerunzelt, und seine Zunge sah aus seinem Mund hervor, als er den Kakao und den Zucker abmaß. Ich goß die Milch ein, und wir standen am Herd und wechselten uns beim Rühren ab.

»Das Geheimnis besteht darin, ihn nicht kochen zu lassen.«

»Nicht kochen lassen«, wiederholte Rich.

Als ich zwei Tassen eingoß, fragte ich, ob er Marshmallows oder Schlagsahne mochte.

»Beides.«

»Genau wie ich.«

Es stand etwas Schlagsahne im Kühlschrank und eine Tüte Marshmallows im Küchenschrank, womit wir unseren Getränken etwa zweihundert Kalorien zusetzten. Rich griff nach der altmodischen Plätzchendose in Form einer Frau, die selbst ein bißchen zuviel genascht hatte. Er schraubte den Deckel ab (die obere Hälfte des rundlichen Leibs der Frau) und schob die untere Hälfte zu mir herüber.

»Plätzchen?« fragte er höflich wie ein Butler.

»Warum nicht«, antwortete ich und griff in den Behälter. »Gern.«

Mindestens zwanzig Minuten saßen wir da, tauchten unsere Plätzchen in den Kakao und lächelten uns gelegentlich an. Ich freute mich, wie gut der Abend verlief, aber dann klingelte das Telefon. Rich sprang auf, um abzunehmen.

»Hallo?« Sein Gesicht leuchtete auf vor Freude. »Mommy! Daddy!« Er legte die Hand über die Muschel und sah mich an. »Es sind meine Mom und mein Dad.«

Ich nickte.

Er hielt den Hörer mit beiden Händen fest. »Seid ihr in Italien?«

Die Unterhaltung dauerte ein paar Minuten, dann gab Rich den Hörer an mich weiter. »Meine Mom möchte mit dir sprechen. Sie sind nicht in Italien – noch nicht einmal im Flugzeug.«

Ich erzählte Ann, was Rich ihr gerade erzählt hatte: daß wir heiße Schokolade tranken und daß es uns gutging.

»Ich bin ein Nervenbündel«, sagte Ann. »Den ganzen Weg zum Flughafen hab ich geheult.«

»Wirklich?« fragte ich strahlend und sah Rich an, der mich wie ein Detektiv beobachtete. »Wir haben auch eine schöne Zeit.«

»Geneva, ich weiß nicht, ob ich das durchhalte. Ich meine, von ihm getrennt zu sein.«

»Natürlich kannst du das«, antwortete ich jovial wie ein Oscar-Gewinner. »Du schickst uns eine Postkarte, sobald du angekommen bist, und wir schicken dir auch eine.«

Nachdem sich Rich noch einmal verabschiedet hatte, legte ich auf.

»Das waren meine Mom und mein Dad«, erinnerte er mich. »Sie sitzen noch nicht mal im Flugzeug nach Italien.«

»Nein, noch nicht«, antwortete ich, und Rich seufzte. Es war ein so tiefer Seufzer, eigentlich die Karikatur eines Seufzers, so daß ich fast lachen mußte.

»Wie sind die Leute in Italien?« fragte er.

Ich trank meinen Kakao aus. »Die Leute in Italien heißen Italiener. Sie leben am Mittelmeer und haben eine lange Tradition in der Kunst und ...« Ich räusperte mich und beschloß, den Vortragston fallenzulassen. »Und die meisten von ihnen haben dunkles Haar und dunkle Augen und gehören zum Lager der Hübschen.«

»Was ist das Lager der Hübschen?«

»Das ist das Lager, zu dem wir gehören, Cowboy. Zusammen mit den anderen gutaussehenden Leuten.«

Rich runzelte die Stirn, während er darüber nachdachte. »Ich gehör zum Lager der Hübschen?« fragte er schließlich, einen hoffnungsvollen Unterton in der Stimme.

»Absolut. Zum Lager der besonders Hübschen.«

»Du machst dich lustig über mich«, sagte er kichernd.

»Nein, das tue ich nicht – du gehörst zum Lager der Extra-extra-Hübschen!«

Das fand mein Neffe überaus lustig, und er schlug sich aufs Knie und lachte.

»Der Extra-extra-Hübschen. Das ist komisch.«

Dann stand er auf und nahm einen Stift vom Telefontischchen. »Besser, wir schreiben die Postkarte jetzt gleich.« Er setzte sich. »Haben wir eine Postkarte?«

»Nein«, sagte ich, und als sich seine Miene zu verdüstern begann, fügte ich hinzu: »Aber wir könnten eine machen.«

Und so machten wir eine, aus steifem Zeichenkarton. Rich malte ein Bild von sich selbst, auf dem große blaue Tränen aus seinen Augen flossen.

»Das mache ich deshalb, damit sie wissen, daß ich traurig bin«, erklärte er.

Langsam schrieb er den Text dazu, wobei er wieder seine Zunge zwischen die Lippen schob. »Ich vermisse euch. Rich ist traurig.« Nachdem er die Briefmarke abgeleckt und mit einem Schlag seiner Faust festgeklebt hatte, begann er zu weinen. So ging es den ganzen Abend über – Tränenausbrüche zwischen angestrengt-bemühten Versuchen meinerseits, ihn zu unterhalten.

Zu seiner üblichen Zeit ging Rich ins Bett (»Huch, neun Uhr«, sagte er, als er auf die Küchenuhr sah und von unserem Kartenspiel aufstand), und obwohl ich ihn im Bett weinen hörte, konnte ich nicht hineingehen und ihn trösten. Ich war zu erschöpft. Außerdem, dachte ich, könnte er es für aufdringlich halten. Vielleicht *wollte* er einfach weinen, mußte weinen.

Eine Weile stand ich vor seinem Zimmer und dachte, daß ich seine Privatsphäre respektieren sollte, und im nächsten Moment dachte ich wieder, daß er mich doch brauchte. Deswegen war ich so erschöpft: Die ganze Nacht war ich mit diesem mentalen Hin und Her beschäftigt und versuchte zu entscheiden, was das richtige war.

Schließlich ging ich auf Zehenspitzen in mein Zimmer, um mir Großmutter Hjordis' selbstgemachte Quilts über die Ohren zu ziehen.

Unsere Mutter hatte alles aufgehoben, was Großmutter gemacht hatte, und erlaubte uns an unserem einundzwanzigsten Geburtstag, all die Handarbeiten unter uns aufzuteilen, die sie selbst nicht behalten wollte. Ann bekam drei Quilts, ich zwei, dafür durfte ich das wundervolle gehäkelte Tischtuch behalten, das Großmutter nur für Einladungen aufgelegt hatte. Jede von uns bekam die Hälfte der Zwillingsausstattung, die sie jedes Weihnachten für uns genäht hatte: kostbare kleine Samtkleidchen, die wir an unserem ersten Weihnachtsfest getragen hatten, und schicke Modelle im Carnaby-Street-Stil, die ihre letzten Kreationen für uns gewesen waren.

»Du hast den Mädchen *Miniröcke* genäht?« fragte unsere Mutter, als wir vor ihr darin paradierten.

Großmutter Hjordis hatte uns daraufhin zugezwinkert und dann auf eine Weise angefügt, als würde sie einem Mitglied des elisabethanischen Globe Theatres erklären, was Fernsehen ist: »Man muß doch schließlich mit der Zeit gehen.«

Unter den Quilt gekuschelt, rief ich mir die süßen Erinnerungen ins Gedächtnis, doch sie wurden von gegenwärtigen Sorgen vertrieben.

Seufzend wälzte ich mich unter Großmutters Quilt hin und her und war überzeugt, nie die innere Ruhe zu finden, um schlafen zu können. Darum war ich um so überraschter, als mich Rich am Fuß wachrüttelte und etwas rief, das mich an den Namen eines Schweizer Bankbeamten erinnerte: »Lostehauf!« Ich brauchte eine Weile, um zu begreifen, daß er mich drängte, aufzustehen und mich ans Tagwerk zu machen.

»Ich dachte, du schläfst wie ein Stein«, murmelte ich.

»Heute – *patsch*!« Er klatschte in die Hände. »Heute bin ich so aufgewacht.«

»Großartig«, sagte ich und schielte auf den Wecker, bis die Zahlen darauf Gestalt annahmen. »Es ist erst halb sieben.«

»Ist das schlimm?«

»Nein, Rich«, antwortete ich und strich mein zerzaustes Haar zurück. »Nein, es ist nur sehr früh.«

Dieser erste Morgen war mit einer schwierigen Premiere vergleichbar – ich hatte solche Angst vor einem Patzer, mich zu verplappern oder meinem Partner die falschen Stichwörter zu geben, daß ich fast gelähmt war. Mein Magen verkrampfte sich vor Nervosität von dem Moment an, als ich Rich das Frühstück zubereitete (nachdem ich seine Haferflocken verbrannt hatte, erinnerte er mich, daß er sie selbst in der Mikrowelle wärmen könne, wenn ich sie ihm vorbereitete), ihn anzog (was heißt, daß ich vor seiner Schlafzimmertür stand und fragte, ob er Hilfe brauchte, worauf er entschieden antwortete: »Ich weiß, wie ich meine Kleider anziehen muß, Tante Geneva«) bis zu dem Zeitpunkt, als er endlich in den Schulbus stieg. Ich studierte den Stundenplan und die Instruktionen, die Ann für mich zusammengestellt hatte, als müßte ich eine Prüfung bestehen; alles, was ich tat, wurde überprüft und dann noch einmal überprüft. Ich leide nicht an Migräne, aber der Schmerz in meinem Kopf fühlte sich genauso an und ließ nicht nach, bis wir relativ unbeschadet den zweiten Tag hinter uns gebracht hatten. Erst dann nahm mein geschrumpftes Selbstbewußtsein wieder zu, ich hatte keine Kopfschmerzen mehr und war überzeugt, dem berühmten Kinderspezialisten Teaberry in nichts nachzustehen. Ich wollte mich nicht brüsten, aber die Sache mit der Kinderbetreuung hatte ich im Griff.

Ich war nicht nur in der Lage, Rich aufzuwecken, zu füttern und zur Bushaltestelle zu bringen, ich schaffte es auch, nach der Schule auf ihn zu warten, genau wie June Cleaver, allerdings ohne das Miederkleid und die hohen Absätze. Mein ganzes Premierenfieber war verflogen, und ich war bereit, mich auf eine lange, erfolgreiche Spielzeit einzustellen.

Ich weiß, manchmal übertreibe ich die Bühnenmetaphorik,

aber in diesem Fall paßte sie – ich fühlte mich weniger als Tante Gennie, die Gouvernante, als wie jemand, der die *Rolle* der Tante Gennie, der Gouvernante spielt. Es ist ein Risiko (und wahrscheinlich ein Vorteil) unseres Berufs: Wenn du im Zweifel bist, verleg dich aufs Schauspielern. Und wenn ich schauspielerte, tat Rich dies natürlich auch – er war so höflich wie ein Leichenbestatter, was durchaus nicht meiner Vorstellung von einem Dreizehnjährigen entsprach. Aber egal, ob gespielt oder nicht, wir kamen hervorragend miteinander aus. Bis zum Donnerstag.

Gemäß meinem detaillierten Stundenplan fungierten Rich und Conrad am Dienstag als Gruppenhelfer (was immer das auch war), und Barb Torgerson holte sie ab; am Donnerstag waren sie im Schwimmverein, und ich mußte sie abholen.

Ich kam von einem Kosmetiksalon, den mir Ann empfohlen hatte (ich bezweifle, daß meine Schwester je einen Fuß hineingesetzt hatte, aber da sie meine Bedürfnisse kannte, hatte sie eine Reihe von Läden und Dienstleistungen aufgelistet, die mir ihres Wissens Freude machen würden), und hatte den Nachmittag auf einer Massagebank zugebracht, wo mich eine geschmeidige Blondine durchwalkte, deren Kräfte in schroffem Gegensatz zu ihrer Größe standen. Ich hatte ein halbes Dutzend Mal vor Schmerz aufgejault, und als sie fertig war, wollte ich sie wegen körperlicher Verletzung verklagen – bis ich feststellte, wie vollkommen verjüngt ich mich fühlte. Ich vereinbarte einen Termin für die folgende Woche, gab ihr reichlich Trinkgeld und fragte sie, woher sie die starken Hände habe.

»Meine Mutter hat mir als kleines Mädchen Brotbacken beigebracht«, sagte sie. »Ich hab die meiste Zeit meines Lebens nur Teig geknetet.« Daraufhin bewegte sie ihre Finger. »Jetzt arbeite ich anstelle von Teig mit Fleisch.«

»Oh, ich wette, daß die Konsistenz zuweilen ganz ähnlich ist«, antwortete ich – ohne natürlich auf meine Schenkel anzuspielen.

Sie setzte ein kleines verkniffenes Lächeln auf, ganz so, als verbiete es ihr Anstand, über meinen kleinen Scherz zu lachen.

Vollkommen gelöst fuhr ich zu Richs Schule und schmetterte so laut ich konnte die Oldies aus dem Radio mit. (Oldies – wer hätte je gedacht, daß die Musik der Beatles, der Rolling Stones und der Who jemals Oldies genannt werden würde?) Ich stellte den großen alten Delta auf dem Parkplatz vor dem Haupteingang ab und wartete, und mit jeder Minute, die verging, ohne daß Rich auftauchte, kehrte die ganze Anspannung, die die geschmeidige Blondine aus mir herausgeknetet hatte, wieder zurück. Wo war er? Fünf Minuten verstrichen, dann zehn. Ich sah auf meine Uhr, dann auf den Eingang.

»Rich wird immer vom Haupteingang abgeholt«, hatte Ann gesagt, als wir den Weg abfuhren, den Rich immer ging. »Siehst du, es ist der, über dem der Name der Schule steht.«

Ja, der Name stand noch immer über der Tür, in Stein gemeißelt.

»Richs Freizeitveranstaltungen sind immer um halb fünf beendet«, sagte ich laut vor mich hin, da ich als aufmerksame Schülerin die meisten von Anns Anweisungen inzwischen auswendig kannte.

Ich sah wieder auf meine Uhr: vier Uhr fünfundvierzig. Ein Wind war aufgekommen, der mich daran erinnerte, daß der Winter in Minnesota immer schneller kam, als es der Kalender ankündigte. Mir wurde flau im Magen. Ich wußte, mit welchen Worten ich mich in Italien würde melden müssen. *Hallo, Ann? Hier hat's ein kleines Problem gegeben. Es scheint, daß ich Rich verpaßt habe.*

Ich schloß den Reißverschluß meiner Jacke, ging zur Eingangstür und hoffte natürlich, daß er drinnen wartete. Oder daß der Trainer des Schwimmvereins, oder wer auch immer den Kurs leitete, ihnen eine Zusatzrunde geschenkt hatte oder daß Rich sich noch im Umkleideraum befand und mit dem Föhn herumspielte oder dergleichen. Oder vielleicht ... an die Alternativen wagte ich gar nicht zu denken. Mein Herz klopfte schneller, als mir recht war, und als ich versuchte, die Tür zu öffnen, glaubte ich, Herzrhythmusstörungen zu bekommen. Die Tür war verschlossen. Wieder und wieder rüttelte ich daran, als würde nackte Gewalt sie öffnen, und im selben Moment, als ich nach meinem Handy greifen wollte, um die Polizei anzurufen, sah ich einen gefalteten Zettel am Boden.

Mit zitternden Fingern faltete ich ihn auseinander. Es war ein Bankauszug von George und Barbara Torgerson, auf dem gekritzelt stand: »Rich ist bei mir zu Hause.«

»Was für ein dämlicher Ort, um eine Nachricht zu hinterlassen«, murmelte ich und dachte, jetzt, wo ich ihre Kontonummer besitze, könnte ich eigentlich mit einem Teil ihres Vermögens abhauen, nur um ihr eine Lektion zu erteilen. Dann lief ich erleichtert zum Wagen zurück.

Nachdem ich in der Einfahrt der Torgersons geparkt hatte, knallte ich die Wagentür zu, und zwar laut, um meine Ankunft anzukündigen. Barb Torgerson erwartete mich an der Haustür, sie lächelte mir entgegen, und plötzlich stellte ich fest, daß ich mit ihrer Dauerwelle etwas gemeinsam hatte: meine Laune. Beide waren schlecht.

»Wir haben uns gefragt, wo Sie ...«

»Bitte«, sagte ich und schnitt ihr das Wort ab. »Wenn sich das nächste Mal der Stundenplan ändert, würden Sie mich rechtzeitig davon in Kenntnis setzen? Ich war halb krank vor Angst, als ich mich fragte, wo Rich sein könnte, und dann fand ich Ihren kleinen Zettel auf dem Boden – was übrigens nicht die günstigste Stelle ist, um eine Nachricht zu hinterlassen.«

»Warum kommen Sie nicht herein«, meinte Barb, die inzwischen nicht mehr lächelte. Sobald ich in ihre kleine Diele getreten war, ging Rich auf mich los.

»Wo bist du gewesen?« fauchte er mich zornig an. »Ich und Connie haben stundenlang gewartet, aber du bist nicht gekommen!«

Genauso schnell, wie er mich angegriffen hatte, wirbelte er herum, wandte mir den Rücken zu und verschränkte die Arme vor der Brust.

»Nicht stundenlang, Rich«, sagte ein Junge, der auf der Treppe stand. Dunkles lockiges Haar kam unter einer Baseballmütze hervor. »Wenn wir stundenlang gewartet hätten, wären wir noch immer in der Schule.«

Er fuchtelte mit einem seiner Arme durch die Luft, und sein Kopf kippte nach hinten, als er sprach. Sein Mund war zu einem grimassenartigen Grinsen erstarrt, und sein Kopf schwankte leicht hin und her.

»Du weißt, was ich meine, Conrad!« schrie Rich.

»Ich finde, ihr Jungs solltet euch ein bißchen beruhigen«, sagte Barb. »Warum spielt ihr euer Spiel nicht zu Ende, während ich und Richs Tante uns unterhalten?«

»Ich bin ruhig«, antwortete Conrad und senkte achselzuckend den Kopf. »Ich finde bloß, daß es ziemlich beschissen ist ...«

»Sprich nicht so, Conrad«, sagte Barb und machte eine wegscheuchende Bewegung mit den Händen. »Also los, ihr beiden – fort mit euch.«

Als sie mich in die Küche führte, senkte sich ein bedrücktes Gefühl auf mich herab.

»Es war schon um *vier* Uhr aus, nicht wahr?« sagte ich. »Gewöhnlich ist der Kurs um halb fünf aus, aber heute haben sie das Schwimmbecken gereinigt.« Ich sah Anns Gesicht vor mir, als sie mir diese Ausnahme erklärte. »Warum habe ich vergessen, daß heute das Schwimmbecken gereinigt wird?«

Barb zuckte mit den Achseln, deutete auf einen Drehstuhl an der Küchentheke und sagte: »Nehmen Sie's nicht so tragisch.«

Kopfschüttelnd setzte ich mich. »Ich nehme mir das wirklich übel. Ich habe alles auswendig gelernt, was Ann aufgeschrieben hat, und kann mir einfach nicht erklären, wie ich die Zeiten durcheinanderbringen konnte.«

»Zu Ihrer Information«, entgegnete sie, während sie eine Karotte schälte, »nachdem ich eine Nachricht auf Ihrem Anrufbeantworter hinterlassen hatte, steckte ich zur Sicherheit noch einen Zettel in den Spalt zwischen den Türen. Ich hätte niemals eine Nachricht auf dem Boden hinterlassen. Das wäre *wirklich* blöd gewesen.«

»Ich bin froh, daß ich keine Gelegenheit hatte, Ihnen all die anderen Dinge zu sagen, die ich Ihnen sagen wollte.«

»Gott sei Dank«, lachte Barb. »Das kann ich mir vorstellen. Ann hat mir schon gesagt daß Sie ziemlich ... offen sein können.«

»Ich komme mir vor wie ein Vollidiot. Es tut mir sehr leid.«

Sie legte die Karotte zu dem Gemüse, auf dem ein Braten lag, und stellte den Topf in den Ofen.

»Jeder irrt sich mal«, sagte sie und wischte sich die Hände an einem Geschirrtuch ab. »Aber genau diese Dinge gefährden die Sicherheit unserer Jungen, weshalb Ann und ich uns so sehr bemühen, *nichts* durcheinanderzubringen. Was nicht heißt, daß uns das immer gelingt.« Sie verzog den Mund. »Möchten Sie eine Tasse Kaffee?«

»Sie haben wohl nichts Stärkeres, oder?«

»Ich glaube, ein Gläschen Wein wäre das richtige. Ansonsten hätten wir Bier.«

»Wein wäre prima.«

Wir saßen in der warmen Küche, genossen ein Glas Chardonnay, die Bratendüfte wurden mit der Zeit immer intensiver, und ich hatte das Gefühl, daß die Welt, zumindest im Moment, wieder im Lot war. Ich fühlte mich so zu Hause und so behaglich, obwohl die Frisur meiner Gastgeberin alle Prinzipien verletzte, die ich für wesentlich hielt.

»Und Conrad«, begann ich, »leidet unter einer schweren Gehirnlähmung?«

»Der Kandidat hat 100 Punkte«, rief Barb und riß die Arme hoch. »Also, was haben wir, den Vorhang oder den Gewinn hinter Tür Nummer eins?«

Sie verblüffte mich so sehr, daß ich ebenso klischeehaft wie unwillkürlich die Hand auf die Brust legte und die Kinnlade fallen ließ.

»Tut mir leid«, sagte Barb lachend. »Sie haben sich nur so furchtbar *besorgt* angehört.«

»Verzeihen Sie, ich ...«

Barb winkte ab. »Sie sollten sich geschmeichelt fühlen, daß ich mich in Ihrer Gesellschaft genügend locker fühle, um so etwas Ungehöriges zu sagen. Zu anderen Leuten wäre ich nicht so.«

»Ich weiß nicht, ob ich mich geschmeichelt oder beschämt fühlen soll.«

»Geschmeichelt natürlich.« Sie trank einen großen Schluck Wein, und ich tat das gleiche. »Ja«, sagte sie und wischte sich die Oberlippe mit dem Finger ab. »Connie hat eine Gehirnlähmung aufgrund eines Sauerstoffmangels während seiner Geburt. Es war eine Frühgeburt. Er hat mehr Krankenhausaufenthalte hinter sich, als für einen Jungen seines Alters gut ist, aber in letzter Zeit hat er große Fortschritte gemacht. Mental ist er leicht zurückgeblieben, aber ich muß sagen, er erscheint mir um einiges klüger als viele andere Leute, obwohl ich zugeben muß, daß es nicht immer einfach ist, ihn aufzuziehen.«

»Diese Frage wird Ihnen wahrscheinlich ziemlich oft gestellt, nicht wahr?«

»Ich weiß, daß die Leute neugierig sind. Ich habe keine Ahnung, warum ich das jetzt alles an Ihnen auslasse.«

»Weil Sie sich wohl fühlen in meiner Gesellschaft, erinnern Sie sich?«

Barb lachte wieder. »Richtig. Doch was den heutigen Vorfall anbelangt: Connie hat angefangen, sich gegen die eingefahrene Routine aufzulehnen – im Moment hat er Spaß am Fluchen –, aber Rich klammert sich an die Routine, und er kriegt Angst, wenn eine unerwartete Änderung eintritt. Abgesehen davon war Rich besorgt, daß Ihnen etwas zugestoßen sein könnte.«

»Ich komme mir so dämlich vor«, antwortete ich und schüttelte wieder den Kopf. »Dabei lief doch alles so glatt.«

»Es läuft *immer* noch sehr gut. Ann und Riley haben ihre wohlverdienten Ferien, und Sie haben einen Monat Ihrer wertvollen Zeit geopfert, um hierher zu kommen und auf Rich aufzupassen.«

Normalerweise hätte ich das Lob für meine menschliche Großtat genossen, aber ich wollte eine Frau wie Barb Torgerson nicht in den Schatten stellen.

»Ich habe nicht viel aufgegeben«, erwiderte ich. »Ich habe zur Zeit nicht gearbeitet, und meine einzigen Pläne bestanden darin, mich ... nun, mich einfach zu verwöhnen.«

»Na sehen Sie? Da haben Sie doch viel aufgegeben – die ganzen Verwöhnungen.« Sie hob die Weinflasche und bot mir mehr an. Als ich den Kopf schüttelte, steckte sie den Korken wieder rein und stellte die Flasche in den Kühlschrank zurück. »Wissen Sie, ich halte es für ein gutes Zeichen, daß Rich so wütend auf Sie war. Er hat sich so viel Gedanken gemacht, ob Sie ihn mögen – aber jetzt, glaube ich, traut er sich, Ihnen zu zeigen, wie er sich wirklich fühlt.«

»Wieviel Tage sind es noch, bis Ann und Riley zurückkommen?«

Barb lächelte. »Seien Sie unbesorgt, Sie machen das großartig.« Sie stand auf, um nach dem Braten zu sehen. »Ich würde Sie gern zum Abendessen einladen, aber blöderweise bringt George ein paar Gäste mit.«

»Ich fasse das als leisen Wink auf, mich aus dem Staub zu machen?«

»Ich würde sagen, es ist mehr als nur ein leiser Wink.«

Ich lachte und hoffte aufrichtig, bald mit ihr zu Abend zu essen.

»Rich!« rief sie laut die Treppe hinauf. »Zeit zum Heimgehen!«

Offensichtlich fühlte sich mein Neffe *tatsächlich* wohl mit mir, denn er hatte die ganzen Höflichkeiten der vergangenen Tage abgelegt. Trotz meiner überschwenglichen Entschuldigung schmollte er auf dem Heimweg, und zu Hause, als ich ihn – bloß, um das Gespräch wieder in Gang zu bringen – fragte, was er zum Abendessen wollte, brüllte er los: »Interessiert dich das überhaupt? Interessiert dich das denn überhaupt?«

Am liebsten hätte ich sofort ein Taxi zum Flughafen bestellt, aber ich wußte, daß jetzt der Zeitpunkt gekommen war, um einzugreifen – wenn schon nicht auf die elterliche Art, dann auf die *tantenhafte.*

»Rich«, sagte ich, »bitte schrei mich nicht an. Ich hab dir immer und immer wieder gesagt, wie leid es mir tut, daß ich die Abholtermine durcheinandergebracht habe. Ich möchte es nicht noch einmal sagen müssen. Jetzt ist es an der Zeit, daß du meine

Entschuldigung annimmst oder ... schließlich hast du gar keine andere Wahl. Du mußt eine Entschuldigung annehmen, wenn es jemand aufrichtig leid tut.«

Mit zusammengekniffenen Augen und bebenden Nasenflügeln starrte Rich mich mindestens zehn Minuten an, bevor er in Tränen ausbrach.

Ich nahm ihn in die Arme, weil ich nicht wußte, was ich sonst tun sollte. So standen wir da, und als ich glaubte, ich könnte ihn nicht mehr halten und würde umstürzen, führte ich ihn zur Couch hinüber.

»Tut mir leid, Tante Gennie!« schluchzte er, nahm die Brille ab und wischte sich mit den Handballen die Tränen ab. »Aber ich hatte solche Angst! Ich hab gedacht, du hättest mich verlassen. Ich hab gedacht, du hättest mich verlassen und wärst nach Italien gefahren!«

Mein Herz und mein Atem blieben stehen, ich hörte sogar auf zu blinzeln. »O Rich«, brachte ich schließlich hervor, »ich fahre nicht nach Italien. Ich bin hier, um bei dir zu bleiben.«

»Ich vermisse Mom und Dad!« schluchzte er. »Ich vermisse sie so sehr!«

»Dann wollen wir sie anrufen«, sagte ich und wischte die nassen Wangen meines Neffen ab. »Aber zuerst mußt du aufhören zu weinen. Sie machen sich Sorgen, wenn du weinst.«

Als sich Rich übers Gesicht wischte, verzerrten sich seine Züge so sehr, daß er wie ein grotesker Wasserspeier aussah. »Okay«, sagte er kurz darauf. »Okay, alles fertig.«

Die Unterhaltung mit seinen Eltern wirkte wie Balsam auf seiner Wunde. Ich sah, wie sich sein Gesicht entspannte und sein Lächeln zurückkehrte.

»Ich bin *wirklich* gut in der Schule«, sagte er. Er nickte ein paarmal, kicherte und stellte dann die Hunderttausend-Mark-Frage: »Ratet mal, wer vergessen hat, mich und Conrad nach dem Schwimmen abzuholen?«

Ich hätte wissen müssen, daß es so kommen würde, aber dennoch hätte ich den kleinen Schlaumeier am liebsten vermöbelt. Rich redete und redete und berichtete jede winzige Einzelheit.

»Und dann haben Connie und ich beschlossen, Connies Mom anzurufen, damit sie uns abholt, weil wir nicht in der Schule übernachten wollten! Ich weiß nicht mal, ob in der Schule nachts Lampen brennen – und wo hätten wir schlafen sollen, Mom, auf einer Schulbank?« Er kicherte wieder, und dann schoß sein Arm wie ein Springmesser hervor, und er hätte mich mit dem Hörer fast am Kopf getroffen.

»Mom möchte mit dir sprechen.«

Während der sonntagabendlichen Telefonate mit ihrer Schwester Helen reichte unsere Mutter gelegentlich den Hörer an Ann und mich weiter, damit wir mit unserer Cousine Belinda sprechen konnten. Der Anruf ging nur von Minneapolis nach Chicago, aber es rauschte so stark in der Leitung, daß es sich anhörte wie die Verbindung zwischen der NASA und den Astronauten im Weltraum.

Im Gegensatz dazu klang Ann, als befände sie sich im Nebenzimmer. Und sie klang nicht glücklich.

»Geneva, was zum ...«

»Es ist alles in Ordnung, Ann. Es wird nicht wieder vorkommen. Es gibt nichts, worüber du dir Sorgen machen müßtest. Wie ist es in der Toskana?«

»Es ist ziemlich spät in der Toskana. Du hast uns aus dem Tiefschlaf gerissen.«

»Tut mir leid. Aber Rich fühlte sich so einsam und ...«

»O Geneva, mit ihm ist doch alles in Ordnung, oder?«

»Aber sicher«, antwortete ich und sah in das erwartungsvolle Gesicht meines Neffen, während ich mich fragte, ob er die Unsicherheit in meinem bemerkte. »Uns geht's großartig.«

Es gibt viele Arten, einen Freitagabend zu verbringen. Rich und ich verbrachten ihn damit, ein Modell von Fort Alamo für seinen Geschichtsunterricht zu bauen. Unsere Konzentration wurde nur durch einen gelegentlichen Scherz oder ein paar Worte unterbrochen. Aber plötzlich überkam mich eine Woge der Sehnsucht, und die Empfindung war so lebhaft und körperlich, daß ich nach Atem rang.

»Was ist los, Tante Gennie?« fragte Rich und sah von dem Stoß Eisstiele auf, die vor ihm lagen.

»Nichts«, antwortete ich, nahm einen Stiel und steckte ihn auf eine stumpfe Spitze. (Meine Aufgabe bestand darin, die Zaunpfähle des Forts aufzubauen.)

»Warum machst du dann so ein Geräusch?« Er gab einen schrecklichen Laut von sich, wie jemand, dem in den Bauch geschossen worden war.

Also *hatte* ich aufgestöhnt.

»Nun«, begann ich und fragte mich, ob ich seiner Frage ausweichen oder sie beantworten sollte. Ich beschloß, ihr auszuweichen. »Es war bloß ein Schluckauf.«

Rich kniff die Augen zusammen und sah mich an wie ein Schulinspektor einen Jugendlichen, der sein Herumlungern während der Unterrichtszeit damit entschuldigt, unabhängige Studien zu betreiben.

Ich schluckte und schämte mich.

»Na schön, es war kein Schluckauf. Ich dachte gerade an meine Großmutter – die Großmutter von mir und deiner Mom – und wie sie uns bei den Hausaufgaben half.«

»Großmutter Hjordis?« fragte Rich mit leuchtenden Augen.

Ich nickte. »Erzählt deine Mom viel von ihr?«

»Eine Menge!« sagte Rich. »Vor allem seit wir die Erinnerungskiste haben.«

»Erinnerungskiste? Was für eine Erinnerungskiste?«

»Komm mit«, sagte Rich und stand vom Tisch auf. »Ich zeig sie dir.«

Ich folgte ihm in den kleinen Raum, der als Wäsche-, Putz- und Abstellkammer diente.

»Großmutter Ruth hat sie uns geschickt«, fuhr Rich fort und deutete auf einen großen Karton. »Mommy hat sie erst flüchtig durchgesehen – sie hat gesagt, sie sei zu sehr mit der Reise beschäftigt, um anderes Zeug auszupacken –, aber sie hat gesagt, daß es so aussieht, als wären eine Menge Erinnerungen darin. Eine Erinnerungskiste eben.«

Mir fiel ein, daß meine Mutter, bevor sie und Dad ins Seniorenheim nach Arizona umgezogen waren, mich angerufen und mir mitgeteilt hatte, daß sie ihre Eigentumswohnung ausräume, und gefragt hatte, ob ich etwas von ihren alten Sachen haben wollte. Ich dachte, »alte Sachen« bedeuteten Nippes, Topflappen oder fadenscheinige Küchentücher, weshalb ich höflich dankend ablehnte.

Jetzt öffnete ich den Deckel eines Kartons, in dem ein Fotoalbum lag, und die Neugier packte mich.

»Komm«, sagte ich und zog an dem Karton. »Laß uns das durchsehen.«

Indem ich zog und Rich schob, manövrierten wir die Kiste ins Wohnzimmer, wo wir uns auf die Couch fallen ließen und das vergilbte Fotoalbum anzusehen begannen.

»Die sind aber wirklich alt«, sagte Rich mit Blick auf die Bilder. »Alt, alt, alt.«

Tränen traten mir in die Augen. »Das ist meine Großmutter«, sagte ich leise. »Meine und die deiner Mom.« Auf einem quadratischen Schwarzweißfoto mit gezacktem Rand war Großmutter Hjordis zu sehen, die einen Ofenhandschuh trug und damit eines ihrer Männchen aus Ingwerbrotteig festhielt.

»Sie hat das beste Ingwerbrot gemacht«, sagte ich. »Deine Mom und ich wollten die Männchen eigentlich gar nicht essen, weil sie ihnen Hosen aus Zuckerguß und Hemden mit Bonbon-Knöpfen angezogen hatte, aber dann konnten wir uns doch nicht zurückhalten.«

»Ist das Mom? Bist das du und Mom, als ihr klein wart?«

Ich nickte, weil ich kein Wort herausbrachte. Das Foto zeigte Ann und mich – wir waren beide etwa fünf – auf dem Schoß unserer Großmutter sitzend und die Zwillingspuppen hochhaltend, die sie uns zu Weihnachten gebastelt hatte. Wir drei saßen vor dem Christbaum und sahen genauso aus, wie Leute an Weihnachten aussehen sollten – absolut hingerissen.

»Sie war eine so wundervolle Großmutter«, flüsterte ich.

»Ich habe auch eine liebe Großmutter«, sagte Rich mit leicht herausforderndem Unterton. »Meine Großmutter Ruth in Arizona. Meine andere Großmutter ist allerdings schon gestorben.«

Jedes Foto, das Großmutter und gelegentlich Großvater zeigte, weckte wundervolle alte Erinnerungen in mir. Da saß Großmutter an ihrer nagelneuen Kenmore-Nähmaschine (»Ich muß nicht mehr mit der Hand nähen!«), oder sie und Großvater bewunderten unsere Schneeburg. Da war Großvater zu sehen, der stolz seinen neuen Ford Falcon vorführte, oder Großmutter, die mir das Haar flocht.

»Ich muß mir Abzüge davon machen lassen«, murmelte ich, bis mir vor Rührung erneut die Stimme versagte.

Da gab es ein Foto von Großmutter, mir und Ann, wie wir auf dem Boden ihres Wohnzimmers saßen und an dem Modell eines Wikingerschiffs arbeiteten, das wir in der siebten Klasse für den Erdkundeunterricht bastelten. Ich hatte ganz vergessen, wie viele Stunden wir damit verbracht hatten, ihren Boden mit Balsaholz und Stoffresten zu übersäen, um ein Schiff zu bauen, das wir »Mighty Helga« nannten. Ich erinnere mich, daß wir eine Eins dafür bekamen und daß es am Tag der offenen Tür auf dem Pult des Lehrers stand.

»Gütiger Himmel«, murmelte ich, Großmutters Worte benutzend, mit denen sie sämtliche Gefühlsregungen, angefangen von Ungeduld über Angst bis zu Ehrfurcht, ausdrückte. »Sie hat uns alles über Takelage, Klüver und Masten erklärt, als wir sägten, klebten und nähten.« Ich schloß die Augen, nicht nur, um diese Bilder wieder vor meinem inneren Auge erstehen zu lassen, sondern um den nächsten Tränenschwall zu stoppen.

»Ich erinnere mich, daß meine Großmutter meiner Mom – das ist deine Großmutter Ruth – gesagt hat, die Kodak zu nehmen und den Bau der ›Mighty Helga‹ zu dokumentieren, und meine Mom hat sie gefragt, warum sie so ein Getue um unsere Basteleien für die Schule mache. Weißt du, was unsere Großmutter darauf geantwortet hat, Rich?«

»Was?« fragte Rich leise.

Meine Augen waren noch immer geschlossen, und ich sah meine Mutter in dem Türbogen stehen, der das Eßzimmer vom Wohnzimmer trennte, während sie mich tadelte, nicht zu schielen, sondern in die Kamera zu lächeln.

Meine Stimme zitterte. »Sie sagte: ›Mit meinen Lieblingsenkeln zu basteln, ist kein Getue, sondern ein großer Spaß.‹«

Ich erinnere mich, wie Ann und ich uns angesehen hatten, und ich konnte an ihrem Gesicht ablesen, daß sie das gleiche empfand wie ich: Wir waren mit einem Orden ausgezeichnet worden für etwas, das wir gar nicht so recht erklären konnten.

»Und ich erinnere mich«, fuhr ich fort, »daß ich die Art von Mutter werden wollte, die es ebenfalls für einen großen Spaß hält, mit ihren Kindern zu basteln.«

Ich seufzte schwer und war kurz davor, in einen tiefen, kalten See der Traurigkeit und Sehnsucht einzutauchen, als Rich, der die Kiste durchwühlte, etwas herauszog, das wie zwei Stück Pappe aussah, die mit einem verblichenen Band zusammengebunden waren.

»Was ist das?« fragte er und hielt es sich dicht vor die Augen. »Es ist verpackt wie ein Geschenk.«

»Laß mich sehen«, sagte ich beiläufig und konnte mich gerade noch daran hindern, es ihm aus den Händen zu reißen.

»Ich kann die Schrift nicht lesen«, sagte Rich. »Sie ist zu schwierig für mich.« Sein Arm schoß vor, und eine Ecke des Notizbuchs oder was auch immer es war, traf mich fast am Kinn.

»Da«, sagte er. »Lies du.«

»Gern«, antwortete ich und lächelte mit zusammengebissenen Zähnen.

Das verblichene rote Seidenband teilte den dünnen Einband aus Pappe, und auf der oberen Hälfte standen mit blauer Tinte und geschwungener Schrift die Worte: »Das Große Geheimnis« geschrieben.

»O mein Gott«, stieß ich leise hervor.

»Was?« fragte Rich. »Was ist das?«

»Es ist ein Buch, das deine Mutter und ich zusammengestellt haben«, antwortete ich und befühlte die Schnur, die durch drei Löcher am linken Rand gezogen war. »Ein Buch, das wir vor langer Zeit gemacht haben.«

Dieses wundersame Ding namens Erinnerung entführte mich wieder an einen Ort, den ich seit Jahren nicht mehr aufgesucht hatte: in das Seehaus meines Großonkels Carl Hillstrom, Großmutter Hjordis' Bruder. Jeden Sommer verbrachten wir eine Woche oben am See, während der wir schwammen, fischten und auf der Veranda schliefen und meine Mutter und meine Großmutter zu Großonkel Carls Violine sangen.

Während dieser Ferien hatten wir allerdings nicht auf der Veranda geschlafen, denn wenn es nicht stürmte oder bedeckt war, regnete es. Eines Nachts drang ein unheimliches grünes Wetterleuchten durch die Hüttenfenster. Ann und ich saßen in verschiedenen Ecken des Hauptraums und wollten nichts voneinander wissen. Wir waren schlechter Laune, weil wir den ganzen Tag drinnen hatten bleiben müssen, und um dem Gezänk ein Ende zu machen, hatte unsere Mutter uns getrennt. Die Erwachsenen saßen um den Fichtenholztisch, und wenn ich nicht gerade aufsah, um meiner Schwester die Zunge rauszustrecken, blätterte ich in einem Comic-Heft, das ich schon ein dutzendmal gelesen hatte. Ann malte in einem Malbuch, und da sie irgendwie spürte, daß ich vor Neugier platzte, hielt sie den Block hoch. Der Raum war klein genug, so daß ich das Bild eines Mädchens mit Hörnern, Schielaugen und schiefen Zähnen erkennen konnte, das den Titel »Geneva« trug. Sie grinste, ich streckte ihr die Zunge heraus, und die Minuten krochen im Schneckentempo voran.

»Nun«, sagte Großmutter Hjordis und schenkte aus dem blau gesprenkelten Topf mit dem verbrannten Boden den Erwachsenen Kaffee ein, »und was ist mit dem Gelöbnis: in guten wie in schlechten Zeiten, in Zeiten der Krankheit und in solchen der Gesundheit?«

Zorn schwang in ihrer Stimme mit, und da Großmutter nicht oft zornig sprach, klappte ich mein Comic-Heft zu und war dankbar für die unerwartete Unterhaltung.

»Aber Hjordis, er hat das ja nicht mit Absicht getan«, sagte Großonkel Carl. »Ich wette, er ist todunglücklich, daß er Marianne verletzt hat.«

»Das stimmt«, fügte Großvater Ole hinzu, »aber heißt das, daß er seine Gefühle verleugnen soll?«

»Ja!« antworteten meine Großmutter und meine Großtante Tove.

»Er sollte sie einfach vergessen!« fuhr Tove fort. »Er verhält sich wie ein Schuljunge, obwohl er wie ein Ehemann und Vater handeln müßte!«

Das Gespräch, das zu einem Streit eskalierte, ging weiter, und ich spürte, daß Ann mich anstupste. Ich rückte zur Seite und machte auf dem abgeschabten Sessel Patz für sie. Es war ungewöhnlich, daß die Erwachsenen unserer Familie laut wurden, und Ann und ich vergaßen unseren eigenen Streit. Wir saßen dicht aneinandergedrängt und hörten fasziniert zu.

»Über wen reden sie denn?« fragte ich flüsternd, und Ann, der es immer gelang, mehr aufzuschnappen als ich, antwortete flüsternd: »Über Onkel Rolf.«

Offensichtlich hatte sich Onkel Rolf, der Bruder meiner Mutter, in eine andere Frau verliebt und plante, seine Frau und seine Kinder zu verlassen. Ich kannte meinen Onkel und seine Familie kaum – sie lebten in Colorado, und ich konnte mich nur erinnern, sie einmal bei einer Familienfeier gesehen zu haben.

Bei dem Streit schienen sich zwei gleich starke Parteien gegenüberzustehen – drei waren gegen die Scheidung (»Die erste in unserer Familie!« sagte Großmutter Hjordis kopfschüttelnd), und drei fanden, es sei vielleicht am besten so. Es standen auch nicht Frauen gegen Männer. Großmutter und Großtante Tove standen gegen Großvater und Großonkel Carl, aber unser Vater hatte sich überraschenderweise auf die Seite der älteren Frauen gestellt, und noch verblüffender war, daß sich unsere Mutter mit den älteren Männern verbündet hatte.

»Er war seit langem unglücklich«, sagte sie. »Erinnert ihr euch nicht, wie Marianne bei dem Familientreffen auf ihm herumgehackt hat? Ständig machte sie abfällige Bemerkungen über seinen Job und seine Kleidung, sogar über die Art, wie er das Feuer auf dem Grill anzündete.«

»Vielleicht wußte sie, daß er eine andere hatte«, sagte Großtante Tove.

»Er hat diese Frau erst letztes Jahr kennengelernt!« antwortete Mutter.

»Dennoch«, warf Dad ein, »sollte er nach einer Möglichkeit suchen, die Sache wieder ins Lot zu bringen. Ein Mann sollte sich nicht vor seiner Verantwortung drücken.«

»Sollte er seine Chance, wirklich glücklich zu werden, in den Wind schlagen?« fragte meine Mutter. »Wie steht es dabei mit seiner Verantwortung?«

»Genau das finde ich auch«, pflichtete Großonkel Carl bei.

Ein Donnerschlag, der so heftig war, daß die Fensterscheiben erbebten, unterbrach das Gespräch. Verblüfft sah Großmutter Ann und mich an.

»Seht nur, wer hier alles mitgehört hat«, sagte sie.

»Ann, Geneva«, sagte Dad mit einem enttäuschten Unterton in der Stimme, »ich dachte, ihr beiden wärt längst im Bett.«

Wir beide hatten keine Ahnung, warum die Erwachsenen zu dieser Annahme kamen, und zuckten mit den Achseln.

»Also, was sollte Onkel Rolf eurer Meinung nach tun?« fragte Mutter.

»Du lieber Himmel, Ruth«, schimpfte Großtante Tove, »das ist doch keine Sache, die man kleine Mädchen fragt.«

»So klein sind wir auch nicht mehr«, erwiderte ich.

»Wir sind fast Teenager«, sagte Ann, obwohl unser zwölfter Geburtstag noch Monate entfernt lag.

»Ich finde, sie sollten sich scheiden lassen«, sagte ich und genoß die Aufmerksamkeit, die die Erwachsenen uns schenkten. »Ich weiß, daß ich mit niemandem verheiratet sein könnte, der mich nicht liebt.«

»Ich auch nicht«, stimmte Ann zu. »Obwohl der, den ich heiraten werde, immer ganz verrückt nach mir sein wird.«

Gelegentlich sagte Ann Dinge, die sich genauso anhörten, als hätte *ich* sie gesagt, oder von denen ich *wünschte*, ich hätte sie gesagt, und das entzückte mich, weil es bestätigte, daß wir Zwillinge waren. Wir lachten, und durch die Reaktion der Erwachsenen angespornt, lachten wir noch lauter.

»*Uff*«, sagte Großtante Tove. »Das ist eine ziemlich kecke Antwort auf eine schwierige Frage.«

»Nun, wenn ihr die beiden fragt«, erklärte Großmutter, in deren Stimme gleichermaßen Zuneigung und Ärger mitschwangen, »die haben auf alles eine Antwort.«

»Was aber nicht heißen muß, daß sie die richtigen haben«, schnaubte Großtante Tove.

»Vielleicht sind sie richtig für sie«, warf Mutter ein, »und darauf kommt's ja wohl an? War das nicht unser Thema, als wir über Rolfs Ehe gesprochen haben?« Nickend sah sie sich in der Runde um, als würde sie uns auffordern, zuzustimmen oder zu widersprechen. »Das Leben stellt viele schwierige Fragen und gibt genauso viele Antworten darauf.«

»Da mußt du ihr recht geben, Tove«, sagte Großonkel Carl. Dann zwinkerte Dad uns zu, und ich erinnere mich, daß ich mich so akzeptiert und erwachsen fühlte, daß mir ganz schwindelig wurde bei dem Gedanken an die Möglichkeiten, die sich mir dadurch eröffneten.

Donner und Blitz dauerten noch die ganze Nacht über an, und nachdem sich die älteren Paare in die beiden winzigen Schlafzimmer und unsere Eltern in den Dachraum zurückgezogen hatten, blieben Ann und ich, ähnlich energiegeladen wie die stürmische Luft, auf.

Ich weiß nicht, wessen Idee es war, aber nach einer langen Diskussion über die großen Fragen des Lebens kamen wir zu dem Schluß, ein Buch mit den Antworten darauf zu basteln.

Mit der Schere und dem Klebstoff, die wir in der Schublade fanden, wo allerlei Krimskrams aufbewahrt wurde, schnitten wir Papier zurecht, falteten es zu Taschen und klebten sie auf die Blätter, die wir aus Anns Zeichenblock rissen. Auf jede Seite schrieben wir oberhalb der Tasche eine Frage, und dann stachen wir mit der Scherenspitze in den linken Rand jeder Seite und in den Umschlag, den wir aus einer leeren Cornflakes-Schachtel machten, nacheinander drei Löcher.

»Tra-ra!« rief Ann, als sie das letzte Stück Bindfaden durch das dritte Loch gezogen und verschnürt hatte. »Welchen Titel sollen wir ihm geben?«

Das Buch lag im Lichtkegel der alten Lampe, deren Schirm mit Barschen und Sonnenfischen bemalt war, und Ann und ich stützten das Kinn auf und starrten darauf. Für so ein wichtiges Buch konnten wir nicht irgendeinen abgedroschenen Titel nehmen, er mußte Bedeutung, Tiefe und Zauber besitzen.

»›Das Große Geheimnis‹«, schlug ich schließlich vor.

Ann sah mich mit glänzenden Augen an. »Genau«, sagte sie.

Ein paar Jahre zuvor waren wir auf der Geburtstagsparty einer Freundin gewesen, deren Eltern einen Zauberer engagiert hatten, um ein Zimmer voller Neunjähriger zu unterhalten. Es war ein gebrechlicher alter Mann, dessen schwarzer Anzug einen Stich ins Grünliche hatte und nach Mottenkugeln roch, aber er beherrschte Taschenspielertricks. Lolly Patchet (die nicht umsonst »die vorlaute Lolly« hieß) fragte ständig: »Wie machen Sie das?«, worauf der Zauberer mit sonorer Stimme antwortete: »Ah ... das ist ein großes Geheimnis.«

Ann und ich hatten versucht, den Ausdruck in unsere Alltagssprache zu übernehmen, gaben es aber bald wieder auf, weil wir spürten, daß sich hinter den Worten etwas zu Tiefgründiges verbarg, um damit leichtfertig umzugehen (was seltsam war, angesichts der Tatsache, daß meine Schwester und ich – vor allem ich – wenig Bedenken hatten, uns über fremde Leute und ihre komische Redeweise lustig zu machen).

Mit einem streng riechenden Filzschreiber setzte Ann die Worte auf die dünne Pappe. Dann schnitten wir von liniertem Notizpapier Streifen ab, dachten über die erste Frage nach, schrieben die Antworten dazu auf und steckten sie in die Tasche auf dem Blatt Papier.

»Sollen wir mit unseren Namen unterschreiben?« fragte Ann.

»Nein. Ich glaube, die Leute sind aufrichtiger, wenn sie ihren Namen nicht nennen müssen.«

Ann nickte. »Wahrscheinlich können wir ohnehin an der Handschrift ablesen, von wem die Antwort stammt.«

Mit der Aufforderung, die erste Frage zu beantworten, ließen wir das Buch und die Papierstreifen auf dem Küchentisch zurück und gingen aufgeregt zu Bett, in der Hoffnung, die Erwachsenen würden mitspielen.

»Tante Geneva, mach es *auf*!«

Ich sah meinen Neffen an und blinzelte, als die Tür zur Vergangenheit zuschnappte und diejenige zur Gegenwart aufflog.

»Na schön«, sagte ich und öffnete das Band. (Wann war das darumgebunden worden?)

»Cheerios!« rief Rich, als er die Schrift auf der Schachtel sah, aus der die Innenhülle des Buchs bestand. »Ich bin ganz verrückt nach Cheerios!«

Ich hielt den Atem an und sah auf das verblichene Zeichenpapier und Anns Handschrift (wir hatten uns mit dem Schreiben auf jeder Seite abgewechselt, obwohl sie die schönere Schrift hatte).

Rich stieß mich mit dem Ellbogen an. »Lies!«

»All ihr, die ihr hier eintretet«, las ich, überrascht von den Tränen, die mir in die Augen stiegen, *»seid willkommen im Großen Geheimnis, dem Großen Geheimnis des Lebens. Bitte ... fürchtet euch nicht vor diesen großen Fragen, diese großen Fragen sind schon immer gestellt worden, obwohl es stimmt, daß größere Geister als ihr darüber nachgedacht haben.«* Ich lächelte, als ich mich erinnerte, wie stolz ich war, als ich Ann diese Zeile diktierte. *»Vergeßt nicht, da es keine dummen Fragen gibt, sollte es auch keine dummen Antworten geben. Also, strengt eure grauen Zellen an und helft uns, das Große Geheimnis zu lüften. Aufrichtigst, Ann und Geneva Jordan. P. S. Wenn ihr selbst eine große Frage habt, scheut euch nicht, sie auf die leeren letzten Seiten zu schreiben. Danke.«*

Ich blätterte um.

»Du zitterst ja«, sagte Rich.

»Ich weiß. Ich bin aufgeregt.«

Mein Neffe kuschelte sich enger an mich. »Ich auch.«

Ich las die Frage vor, die oben auf der ersten Seite stand. *»Was ist wahre Liebe?«*

»Was ist da drin?« fragte Rich und deutete auf die Papiertasche, die wir auf jede Seite geklebt hatten.

»Die Antworten«, sagte ich und begann, noch stärker zu zittern. »Nimm eine heraus.«

Rich spürte wohl, daß er vorsichtig sein mußte, langsam schob er zwei seiner Wurstfinger in die Tasche und zog einen Papierstreifen heraus.

»O Gott«, stieß er genauso aufgeregt wie ich hervor. »O Gott.« Er faltete den Streifen auf und hielt ihn vor seine zusammengekniffenen Augen. »Ich kann diese Schrift nicht lesen, Tante Gennie.«

Ich nahm das Papier aus seiner Hand und erkannte die Handschrift auf Anhieb.

»Das ist Großmutter Hjordis' Antwort«, sagte ich.

»Lies vor«, flehte Rich.

Also tat ich es. *»Es gibt viele Arten von Liebe und viele Arten wahrer Liebe. Über allem steht natürlich diejenige, die die reinste sein sollte: die Liebe zu Gott. Danach kommt die Liebe, die eine Mutter für ihr Kind empfindet. Diese Liebe ist stärker als alle anderen Arten der Liebe (außer der zu Gott), weil sie für diese Liebe sterben würde. Das heißt aber nicht, daß die Liebe zwischen Mann und Frau eine schwächere Form der Liebe ist, sie ist nur anders. Sie beinhaltet mehr Wahlmöglichkeit, mehr freien Willen. Eine Mutter hat keine Wahl, wenn es um ihre Kinder geht; sie liebt sie, egal, was geschieht. Bei der Liebe, die man für Geschwister, Eltern oder einen Freund empfindet, kann es sich ebenfalls um wahre Liebe handeln, wahr insofern, als das Gefühl der Zuneigung, der Güte, des Wohlwollens und der Wunsch, das Beste zu tun, keine Lüge sind.«*

»Wow«, stieß Rich hervor, als ich fertig war. »Ich hab nicht ganz verstanden, was sie gemeint hat, aber: wow.«

Ich lächelte, glücklich, daß wenigstens Rich von Großmutter Hjordis' Antwort beeindruckt zu sein schien. Ich empfand beim Wiederlesen die gleiche Enttäuschung, die ich als Mädchen empfunden hatte. Obwohl Großmutter immer so lustig war, drang davon nichts bei ihren Antworten durch.

»Ich bin an der Reihe«, sagte ich und zog einen Papierstreifen heraus.

»Mädchen eures Alters haben noch Jahre vor sich, bevor sie sich über Dinge wie wahre Liebe Sorgen machen müssen.«

»Wer hat das geschrieben?« fragte Rich, als ich lachte.

»Meine Großtante Tove. Mehr als einmal hat sie Ann und mir gesagt, daß die Schuhe, die wir uns anzogen, zu groß für uns waren.«

»Der hier«, sagte Rich und reichte mir einen weiteren Streifen.

Ich las sie alle vor. Großvater Ole schrieb: *»Ich hatte einmal einen Hund namens Bly, einen Mischling aus einem Labrador und einem Golden Retriever. Ich fiel in einen Fluß mit starker Strömung, und Bly sprang hinein und zog mich heraus. Er schlief am Fußende meines Bettes und weckte mich morgens auf, indem er mir übers Gesicht leckte. Er begleitete mich zur Schule und wartete auf mich, bis die Glocke das Ende des Unterrichts verkündete. Ich erzählte ihm alles, und er schien es zu verstehen. Der Hund war mein bester Freund und wahrscheinlich meine erste große Liebe. Hjordis ist sicher meine zweitgrößte . . . ha ha.«*

Barney, mein Vater, machte keinen Scherz über seine Frau, sondern fühlte sich aufgefordert, Poesie zu liefern: *»Ruth, Ruth/ sie ist's/ sie ist meine Wahrheit über die Liebe.«* Großonkel Carl fragte sehr philosophisch, ob überhaupt irgend jemand die Fähigkeit zu *wahrer* Liebe besäße, *»weil das Ego unvermeidlich die wahre Liebe vergiftet, indem es fragt, ob es diese Liebe zurückbekommt«.* Mutter schrieb: *»Du glaubst, es sei die wahre Liebe, wenn es dich erwischt hat – es ist ein Gefühl der Überraschung und Verwunderung, man kichert und ist glücklich, und du kannst nicht fassen, daß dieser eine Mann das gleiche für dich empfindet, aber dann stellst du fest, daß es nicht die wahre Liebe ist, sondern nur ein Strohfeuer. Die wirkliche Liebe, das wahre Feuer, wird in Jahren der Gemeinsamkeit, des Lachens und Weinens und durch das gemeinsame Erleben entfacht, euch Töchter zusammen aufwachsen zu sehen.«* Und dann fügte sie die poetische Anmerkung hinzu: *»Die Liebe hat viele Zweige, aber die wahre Liebe ist der Baum.«*

Meine Antwort ließ mich die Elfjährige vermissen, die ich einmal war. *»Wahre Liebe sind* nicht *Annette-Funicello- und Frankie-Avalon-Filme, wahre Liebe ist* nicht *Archie und Veronica, aber Archie und Betty könnten es sein, wenn er bloß ein bißchen schlauer wäre.*

Wahre Liebe gab es vielleicht *zwischen Romeo und Julia, aber vielleicht sieht das nur so aus, weil sie sich deswegen umgebracht haben. Ich glaube nicht, daß ich wahre Liebe schon empfinde, aber ich weiß, daß ich sie empfinden werde, vermutlich sogar einige Male.«*

Auch Anns Antwort ließ mich die Elfjährige vermissen, die sie damals war: *»Ich glaube nicht, daß ich mir so recht vorstellen kann, was wahre Liebe ist, aber es muß etwas dran sein, wenn so viele Leute darüber reden, darüber singen und schreiben. Ich weiß, daß sie etwas Besonderes ist, wie ein Ballett oder Schokolade oder die Art von Lachen, die einen fast krank macht. Natürlich ist für jemanden, der Ballett, Schokolade oder Lachen nicht mag, die wahre Liebe nicht so.«*

»Das war's«, sagte ich und schloß das Buch.

»Liest du nicht weiter vor?«

»Vielleicht morgen. Sieh nur, wie spät es ist.«

Rich beugte sich über die Lehne der Couch, bis er auf die Küchenuhr sehen konnte.

»Fast neun«, sagte er. »Wow.« Er sah auf den Couchtisch und dann auf das unfertige Fort Alamo, das der Anlaß gewesen war für die Unterhaltung über Großmutter Hjordis und die Entdeckung des Schatzes, den ich in meinem Schoß hielt. »Wir sind aber mit meiner Arbeit noch nicht fertig.«

»Wann mußt du sie abgeben?«

Er runzelte die Stirn und sah zur Decke. »Erst nach Halloween. Der Lehrer hat gesagt, erst nach Halloween.«

»Dann haben wir ja noch eine Menge Zeit«, antwortete ich. »Jetzt gib deiner alten Tante einen Kuß und geh ins Bett.«

»Ich seh keine alte Tante«, sagte er mit einem verschmitzten Lächeln. »Ich seh bloß dich.«

Nach dieser galanten Bemerkung gab er mir einen Kuß auf die Wange und umarmte mich so fest, daß ich mir fast das Rückgrat verrenkte.

Ich nahm ein ausgiebiges Schaumbad. (Da Ann meine Vorliebe für luxuriöse Badefreuden kannte, hatte sie aufmerksamerweise das Badezimmer mit rosafarbenen, grünen und blauen Fläschchen bestückt, die entweder eine beruhigende und kräftigende, eine anregende und belebende oder eine entspannende und verwöhnende Wirkung versprachen. Ich wählte eines der letzteren – weil ich auf alles anspreche, was den Ausdruck *verwöhnen* beinhaltet.)

In einen Morgenrock aus Flanell gehüllt, mein fast trockenes Haar hochgesteckt, machte ich mir eine Kanne Tee und nahm sie mit nach oben. Ich stellte das Tablett auf den Nachttisch, schlug sorgfältig die Decke zurück, schüttelte die Kissen auf und stieg ins Bett. Ich tat es mit Bedacht, als sei es fast ein Ritual, und fühlte mich wie eine Novizin, die ins Kloster eintritt: erwartungsvoll, wichtig und aufgeregt. Eigentlich wollte ich mich sofort in die Lektüre von »Das Große Geheimnis« stürzen, aber statt dessen schlüpfte ich langsam ins Bett, zog die Decke hoch und knüpfte vorsichtig das Band auf, als packte ich ein Behältnis aus, das allerlei Kostbarkeiten enthielt.

Ich faltete die Papierstreifen auf, las erneut, was ich Rich vorgelesen hatte, und erinnerte mich, wie Ann und ich am nächsten Morgen zum Tisch geeilt waren.

»Wo ist es?«

»Wo ist was?« fragte Großmutter, die vor der Spüle stand und das Geschirr der anderen abwusch, die früher aufgestanden waren als Ann und ich.

»Du weißt schon, Großmutter«, sagte Ann. »Unser Buch.«

»Welches Buch?« fragte unsere Mutter, die ein Geschirrtuch in der Hand hielt.

»Du weißt, welches Buch«, sagte ich, und etwas in meiner Stimme überzeugte sie, daß jetzt nicht der Zeitpunkt für Nekkereien war.

»Onkel Carl schreibt gerade etwas hinein«, antwortete Mutter. »Draußen auf der Veranda.«

»Und dann ist Großvater dran«, sagte Großmutter. »Ihr Mädchen haltet uns alle ziemlich auf Trab.«

Während der restlichen Tage blieben wir in der Hütte und ließen das aufgeschlagene Buch auf dem Küchentisch liegen, damit diejenigen, die zum Frühstück kamen, jeweils die neue Frage lesen konnten. Wenn jemand für längere Zeit verschwand, nahm man gewöhnlich an, er sei im Toilettenhäuschen. Jetzt verschwanden einige Leute gelegentlich für Stunden irgendwohin, um an ihren Antworten zu arbeiten, und Großonkel Carl tat dies gern auf der Toilette. Nachdem das Geschirr vom Abendessen abgewaschen war, versammelten wir uns ums Feuer, wo jeder von uns aufs Geratewohl eine Antwort herausgriff und sie laut vorlas.

Jetzt, da ich angenehm entspannt im Bett lag, steckte ich die Antworten auf die Frage nach der wahren Liebe wieder zurück und schlug die zweite Seite des Buchs auf: *Was ist der Sinn des Lebens?*

Wieder stellte ich fest, daß ich zitterte, als ich in die aufgeklebte Tasche griff.

Worum geht es denn dabei? schrieb Tante Tove. *Wer soll die Antwort darauf wissen? Ihr Mädchen solltet Fragen stellen, wie: »Was ist die Hauptstadt von Dänemark?« oder: »Kannst du mir beibringen, wie ich knusprige Pasteten backen kann?« Das hier ist doch alles Blödsinn. Der Sinn des Lebens liegt natürlich darin, Gott zu gehorchen.*

Ach ja, da hätten wir wieder das alte, norwegische Luthertum, gegen das ich mich als Kind auflehnte, weil es mir an allem die Freude vergällte.

Jeder hat seine eigene Vorstellung vom Sinn des Lebens, und das Seltsame dabei ist, daß diese Vorstellungen sich gleichen – selbst wenn sie auf den ersten Blick gänzlich verschieden erscheinen. Ich erkannte weder die Handschrift, noch verstand ich die Bedeutung der Aussage. Ich las den Satz noch einmal, bis mir die Identität des Verfassers (mein Vater) und die Bedeutung klar wurden. *Ihr habt doch schon gehört, daß Leute sehr oft behaupten, Dinge wie Liebe, Familie und sinnvolle Arbeit seien wichtig. Mein Bruder Glen war nie verheiratet und ist durch die ganze Welt gereist, und wenn ich ihm diese Frage stellen würde, würde er antworten: »Abenteuer. Alles zu erforschen, was es zu erforschen gibt – das ist der Sinn des Lebens.« Darauf könntet ihr einwenden: »Aber seine Vorstellungen unterscheiden sich doch erheblich von den deinen«, was bei näherer Betrachtung aber gar nicht stimmt. Er findet seine Abenteuer in fernen Ländern, ich finde die meinen in der Stadt, in der ich seit meiner Kindheit lebe. Warum hat ein Mensch den Drang zum Forschen? Um das, was er erforscht, genauer kennenzulernen. Glen ist nicht der einzige Forscher – ich gehe zur Arbeit und entdecke neue Möglichkeiten der Telefonverbindungen. Ich spreche mit meiner Frau und entdecke etwas Neues über sie und meine Töchter! Ich erfahre alle möglichen Dinge von meinen Töchtern! Also lautet meine Antwort so: Es gibt viele Dinge, die man lieben kann, viele Arten, eine Familie zu haben (Glen sagte einst, seine Familie sei jede Frau und jeder Mann in jedem Stamm der Erde! Ma ist fast in Ohnmacht gefallen), und viele Arten, sich seinen Lebensunterhalt zu verdienen. Achtet einfach darauf, die Dinge zu finden, die wichtig sind. Die Dinge, die ihr erforschen wollt.*

Ausgerechnet mein Dad Barney Jordan – es fiel schwer, sich einen braveren Bürger vorzustellen. Nie hätte ich gedacht, daß er im Zusammenhang mit der Frage nach dem Sinn des Lebens Worte wie »Abenteuer« in den Mund nehmen würde. Ich steckte den Zettel mit der Antwort meines Vaters in die Tasche zurück und drückte das Buch wie einen Schutzschild an mein pochendes Herz. Dann knüpfte ich wieder das Band um den dünnen Umschlag, der ursprünglich eine Cornflakes-Schachtel gewesen war, und legte es vorsichtig in die Nachttischschublade, wohl wissend, daß zwischen den Buchdeckeln etwas Kostbares verborgen war – Gold, das ich langsam ausgraben wollte.

Am nächsten Morgen nahm ich Rich mit in die Bibliothek, wo wir uns mit einer Menge Bücher über Italien eindeckten. Da er so viel von dem Land sprach, fand ich, daß er ruhig etwas darüber lernen sollte.

Es war ein herrlicher Sonntagnachmittag mit strahlendem Wetter, und als wir nach Hause kamen, setzten wir uns auf die Terrasse, um ein wenig in den Büchern zu blättern.

»Schau mal, Rich«, sagte ich und deutete auf ein Foto, auf dem junge Frauen in einem Café saßen, »sind sie nicht hübsch?« Ich blätterte weiter zu einer Seite mit der Abbildung von Michelangelos David. »Und dieser Bursche! Sieht der nicht gut aus?«

Rich nahm die Hand an den Mund und kicherte. »Der ist ja *nackt.*«

Endlich gab es doch ein Bild, das seine Aufmerksamkeit fesselte.

»Was für ein Boot ist denn das?« Sein dicklicher Finger deutete auf ein Glanzfoto.

Ich sah von der Vokabelseite eines Italienisch-Lehrbuchs für Anfänger auf.

»Oh, das ist eine Gondel.«

»Eine Gon-del?«

»Ja, eine Gondel. Damit fahren sie auf den Kanälen in Venedig herum.« Ich fand, daß dies der richtige Zeitpunkt für die Vermittlung von etwas Allgemeinbildung war. »Weißt du, was ein Kanal ist?«

Rich nickte.

»Was?«

Er reckte das Kinn vor und kratzte sich. »Ein Kanal ist ... ein Kanal!«

Ich streckte die Hand aus und stieß ihn in die Rippen. »Was ist denn das für eine Antwort?«

»Eine gute Antwort«, lachte er und versuchte, meinen bohrenden Finger wegzuschlagen.

»Ein Kanal ist wie eine Straße«, fuhr ich erklärend fort. »Eine Straße, die aus Wasser besteht. Die Gondolieri sind eine Art Taxifahrer, bloß daß sie anstelle von Autos Gondeln fahren.«

»Dieser Typ ist ein Gon-do-lie-räh?« Rich sah wieder interessiert auf das Foto. »Das möchte ich auch werden.«

»Du möchtest Gondoliere werden?« fragte ich. »Du meinst, wenn du groß bist?«

Das Lächeln auf Richs Gesicht sah aus, als wäre die Sonne aufgegangen, und ich konnte nicht anders als zurücklächeln.

»Nein«, sagte er und machte eine wegwerfende Handbewegung. »Ich will Rennfahrer werden, wenn ich groß bin. Gondoliere möchte ich an *Halloween* sein.«

»Ich dachte, du wolltest an Halloween als Cowboy gehen«, antwortete ich, weil ich mich an Anns Anweisungen über den anstehenden Feiertag erinnerte, mit deren Hilfe ich das Kostüm machen sollte.

»Nicht als *Cowboy«*, erwiderte Rich höhnisch. »Als *Viehzüchter.* Cowboys sind was für Babys. Aber jetzt gehe ich als Gondoliere.«

Mit übertriebener Aufmerksamkeit sah ich zuerst auf das Bild und dann auf Richs Gesicht. »Oh ja«, bekräftigte ich ihn, »du wirst einen *buon* Gondoliere abgeben.«

Später am Nachmittag alberten wir ein bißchen im Supermarkt herum.

»Pasta, pasta«, sagte ich mit meinem besten Sophia-Loren-Akzent. »Wir brauchen Pasta.«

»Und Spaghetti«, sagte Rich. »Spaghetti ist Italienisch.«

Während er den Einkaufswagen durch die Gänge schob, blieb ich in der Milchabteilung stehen und nahm ein Stück Schweizer Käse.

»Schade, daß es kein italienischer Käse ist«, sagte ich. »Dann könnten wir ihn kaufen.«

In der Obstabteilung nahm ich eine Orange heraus.

»Was für eine Orange ist das?«

Rich warf einen Blick auf den Stempel auf der Schale. »Eine Flo- ... Flo- ...«

»Eine Orange aus Florida«, sagte ich und warf sie wieder auf den Haufen zurück.

»Schade, daß die Orange aus Florida ist. Wenn es eine italienische Orange wäre, könnten wir sie kaufen.«

Allmählich begriff Rich das Spiel, und gemeinsam bedauerten wir, daß texanischer Chili kein italienischer Chili, daß französisches Brot kein italienisches Brot war (obwohl wir ein Brot fanden, das als italienisches ausgewiesen war, was Rich begeisterte) und daß englische Toffees leider keine italienischen waren.

Wir kicherten und füllten unseren Wagen mit Zutaten für unser italienisches Essen, und als wir an einem stämmigen Jungen vorbeikamen, grüßte ihn Rich wie üblich mit »Hallo, Kumpel.« Ich korrigierte ihn.

»Nein, es heißt: *Ciao, amico.*«

»Was?«

»So sagt man auf Italienisch ›Hallo, Kumpel‹. *Ciao, amico.*«

Rich strahlte mich an. »Tschau, amico«, sagte er, als würde er die Worte kauen.

Eine schick gekleidete Frau prüfte die in Folie verpackten Hüftsteaks wie eine Sekretärin, die rasch ihren Terminplaner durchblättert.

»Ciao, amico«, sagte Rich.

Ein Anflug von Ärger strich über ihr gepudertes Gesicht, doch als sie sah, wer sie grüßte, wandelte sich ihr Unmut in Mitleid, oder was auch immer die Leute empfanden, wenn sie Rich zum ersten Mal sahen.

»Was hast du gesagt, mein Lieber?« fragte sie und drückte ein Steak an die Brust, als fürchtete sie, wir wollten es stehlen.

»Ich hab *ciao, amico* gesagt.«

Die Frau lächelte und umklammerte ihr Steak nicht mehr ganz so fest. »Oh, Ihr Sohn spricht Italienisch.«

»Mein Neffe«, korrigierte ich sie. »Komm weiter, Rich«, sagte ich und gab dem Wagen einen kleinen Stoß. »Wir wollen gehen.«

Halb rennend versuchte er, mit mir Schritt zu halten, und lachte dabei, als spielte ich ein Spiel.

»Hallo, Kumpel«, sagte er zu einer älteren Frau, die an der Kasse anstand. Dann verbesserte er sich zu: *»Ciao, amico«,* aber entweder hatte sie ihn nicht gehört, oder sie wollte ihn nicht hören.

Ich begann, die Lebensmittel auf das Laufband zu legen.

»Ciao, amico«, sagte er zur Kassiererin.

»Hä?« fragte sie und zog die Überreste ihrer zu stark gezupften Augenbrauen hoch.

»Er sagt hallo«, erklärte ich und beobachtete Rich, der zum Trinkwasserspender am Ausgang ging. »Er begrüßt Sie auf Italienisch.«

»Auf Italienisch?« sagte die Kassiererin, die dritte Silbe betonend. Ihre Ohrringe, zwei Fische aus Glas, baumelten hin und her, als sie den Kopf bewegte, um zu Rich hinüberzusehen. »Was für ein schlaues Kerlchen«, sagte sie, zog dann ein paar Lebensmittel über den Scanner und fügte hinzu: »Ist es nicht erstaunlich, was man diesen Kindern heutzutage alles beibringen kann. Ich meine, Englisch zu lernen muß doch schon schwer genug für sie sein – und dann lernen sie auch noch Italienisch!«

Sie zwitscherte wie ein Wellensittich, und ich wünschte mir, Klauen zu haben, die ich in sie hineinschlagen könnte.

»Eine Freundin von mir hat einen Sohn, der autistisch ist«, fuhr sie fort, »und glauben Sie mir, dagegen würde ich den« – sie machte mit dem Kopf ein Zeichen in Richs Richtung – »mit Handkuß nehmen.«

»Was Sie nicht sagen«, stieß ich zwischen zusammengebissenen Zähnen hervor.

»Aber ja.« Die Glasfische an ihren Ohren hüpften, als sie nickte. »Der Sohn meiner Freundin sitzt bloß da und schaukelt ständig hin und her. Ich meine, er lebt wirklich in einer anderen Welt.« Sie sah auf die Rechnungsanzeige. »Das macht achtunddreißig Dollar und dreiundfünfzig Cent.«

Mein Zorn war inzwischen trockener Zunder und hätte nur einer Streichholzflamme bedurft, um aufzulodern. Dieses Streichholz warf die Kassiererin, nachdem sie meine Rechnung ausgedruckt und mir meine Scheckkarte zurückgegeben hatte. »Danke, Mrs. Jorgen.«

»Lesen können Sie also auch nicht?«

Die Kassiererin zog ihre dünnen Augenbrauen in die Höhe, so daß sie wie zwei Giebeldächer aussahen.

»Zum einen bin ich keine Mrs. – mein Gott, sind Sie voreilig – und zum zweiten heiße ich Jordan. J-O-R-D-A-N. *Geneva Jordan.*« Schon als ich meinen Namen buchstabierte, war ich entsetzt über mich. Denn eigentlich ist mein Selbstbewußtsein nicht darauf angewiesen, daß jeder meinen Namen kennt.

»Tut mir leid, ich ... ich kenne Sie nicht.« Die Fischohrringe hüpften aufgeregt hin und her, als sie verwirrt den Kopf schüttelte.

»Warum sollte eine Person wie Sie mich kennen? Wenn Dummheit Seligkeit bedeutet, müssen Sie ja ständig im siebten Himmel sein.«

Ihr Gesicht war dunkelrot vor Verlegenheit. Es freute mich, daß ich der Anlaß dafür war.

Ein alter Mann tauchte auf, um meine Einkäufe einzupacken.

»Ich wette, Sie lernen eine Menge von der da«, sagte ich zu ihm und machte mit dem Kopf ein Zeichen in Richtung Kassiererin, die, inzwischen den Tränen nahe, die Einkäufe des nächsten Kunden über den Scanner zog. »Ich wette, Sie führen tiefschürfende Gespräche über Politik und Wirtschaft und ...«

Als ich an dem verwirrten Mann vorbeisah, der meine Lebensmittel in eine Tüte stopfte, stellte ich plötzlich fest, daß ich in meinem Zorn Rich aus den Augen verloren hatte. Er stand nicht mehr bei dem Trinkwasserspender.

»Rich?« rief ich und stieß mit einem Einkaufswagen zusammen, als ich zum Ausgang rannte. Panik hatte mich gepackt, und ein eisiger Schauer lief mir über den Rücken. »Rich!«

Ich lief durch den ganzen Supermarkt – »Rich?« –, dann nach draußen an der Apotheke und dem Blumengeschäft vorbei. »Rich?«

Kunden und Verkäufer blieben stehen und starrten mich an, und dann rief jemand: »Wie sieht er denn aus?«, und ich rief zurück: »Er ist dreizehn. Er hat Downsyndrom.«

Inzwischen war ich keuchend beim Ausgang angelangt. Die Angst hatte mich so fest im Griff, daß ich nach Luft rang und mich fragte, ob ich mich nicht lieber setzen sollte, damit ich mich nicht verletzte, wenn ich in Ohnmacht fiel.

Ich wollte gerade wieder einen Hilferuf ausstoßen – die Kassiererinnen und Kunden beschäftigten sich weiterhin nur mit ihren Angelegenheiten, dabei fand ich, daß sich alle an der Suchaktion hätten beteiligen sollen –, als der alte Mann, der meine Einkäufe eingepackt hatte, mir auf die Schulter tippte und fragte: »Isser das?«

Er nickte in Richtung des Fensters, und dort draußen, auf einem mechanischen Pferd, das sich nicht bewegte, hopste Rich herum.

Ich stürmte durch die automatischen Türen, als hätte man mir einen Tritt versetzt.

»Rich!« rief ich.

»Wie geht's, Partner?« sagte er und tippte an eine imaginäre Hutkrempe.

»Rich, warum hast du mir nicht gesagt, wohin du gehst? Ich war halb verrückt vor Angst, als ich dich gesucht habe. Ich dachte ... ich dachte ...«

»Ich wollte doch bloß ein bißchen reiten, Tante Gennie«, antwortete er und streichelte die kurze Mähne des Pferdes. »Ich wollte bloß auf einem Wildpferd reiten.«

»Soll ich Ihnen die Tüten zum Wagen tragen?« fragte der alte Mann.

»Ja, bitte. Komm, Rich.«

»Ich bin der Größ-te«, sagte er und ahmte einen Cowboy nach, den wir am Abend zuvor in einem Roy-Rogers-Film gesehen hatten. Er glitt vom Pferd. »Ich bin der Größ-te.«

Auf dem Heimweg machte ich meiner Wut Luft.

»Mach so was nie wieder! Ich hatte eine Wahnsinnsangst. Wenn wir irgendwohin gehen, bleibst du bei mir, verstanden?«

Ich sah auf meinen Neffen, um dessen Mund ein kleines Lächeln spielte.

»Ich freue mich, daß du das lustig findest, Rich, weil ich es nämlich überhaupt nicht komisch finde. Verstehst du, was ich dir sagen will?«

Das Lächeln verschwand – offensichtlich dämmerte ihm, daß ich keine Scherze machte –, und er nickte.

»Du hättest bloß zu sagen brauchen: ›Tante Gennie, ich geh raus und setz mich auf ein Pferd.‹«

»Ich hab nicht drauf gesessen, ich bin *geritten.«*

»Also gut, du hättest bloß sagen müssen: ›Tante Gennie, ich geh raus, um auf einem Pferd zu reiten.‹ Dann hätte ich gewußt, wo du bist, und hätte nicht wie eine Verrückte durch den ganzen Supermarkt rennen müssen ...«

»Is' ja gut, is' ja gut!« Rich verschränkte die Arme. »Du brauchst nichts mehr zu sagen!«

Nachdem ich die Spur gewechselt hatte, um einen langsam

dahinkriechenden Laster zu überholen, sah ich meinen Neffen an. »Ich muß aber mehr sagen. Ich muß mehr sagen, damit ich sicher sein kann, daß du verstehst, wie wichtig . . .«

»Ich hab's kapiert!« erwiderte Rich fast schreiend. »Ich verstehe! *Du* darfst vergessen, mich abzuholen . . .«

»Rich, das war ein Fehler, der nicht mehr vorkommen wird.«

». . . aber wenn wir irgendwohin gehen, soll ich bei dir bleiben! Ich soll nicht rausgehen, um auf einem Pferd zu reiten!«

»Du sollst auch nicht rausgehen und irgendwas anderes reiten! Sondern einfach bei mir bleiben!«

Kaum war ich in die Einfahrt eingebogen und hatte den Wagen abgestellt, da sprang Rich hinaus und knallte mit einer dramatischen Geste die Tür zu, was seiner alten Tante, sauer wie sie war, gerade noch gefehlt hatte. Ich überlegte, ob ich ihn zwingen sollte, zurückzukommen, um mir beim Hineintragen der Lebensmittel zu helfen, aber wozu sollte ich unsere Qualen noch verlängern? Es war klar, daß wir beide glücklicher wären, wenn wir uns ein bißchen aus dem Weg gingen, und als ich die Tüten in die Küche trug und Rich in seinem Zimmer auf und ab trampeln hörte, dachte ich: *Gut. Bleib ruhig den ganzen Abend dort oben.*

Aber mein Neffe empfing meine telepathische Nachricht nicht. Ich packte gerade die letzte Tüte aus, als ich von hinten angefallen wurde. Das Herz blieb mir stehen vor Schreck. Na schön, nicht wirklich, aber ich erschrak zu Tode und hätte Rich die Hölle heiß gemacht, wenn er nicht so bitterlich geweint hätte.

»Tut mir so leid, Tante Gennie«, stammelte er. »Sei nicht böse auf mich, bitte, sei nicht böse auf mich.«

»Rich«, sagte ich und bekam fast keine Luft in seiner Umarmung, »ich bin nicht böse auf dich. Ich hatte bloß Angst um dich.« Ich befreite mich aus seiner Umklammerung – er war ein kräftiger, schwerer Junge, und wenn er sich an mich preßte, fühlte ich mich allein wegen seines Gewichts schon unbehaglich und wie in einer Falle gefangen – und führte ihn an der Hand zur Couch.

»Ich hasse es, so dumm zu sein«, begann er, bevor wir uns setzten. »Ich hasse es, Downsyndrom zu haben.«

Mein Herz war heil geblieben, als Rich mir solche Angst eingejagt hatte, aber jetzt drohte es, aus einem anderen Grund zu brechen. Ich setzte mich neben meinen Neffen und hielt noch immer seine Hand fest. Ich hätte gern ein paar weise Worte von mir gegeben, aber selbst, wenn sie mir eingefallen wären, wären sie mir im Hals stecken geblieben.

»Ich hasse es, daß ich gern auf Pferden reite, die nicht mal echt sind. Als wär ich ein kleines Kind.«

»O Rich«, sagte ich schließlich, trotz des Kloßes in meinem Hals (woraus bestand der eigentlich?). »Eine Menge Leute würden gern darauf reiten.«

»Wirklich?«

Ich nickte. »Natürlich. Aber die meisten Leute sind zu verklemmt dazu.«

»Was ist ›verklemmt‹?«

»›Verklemmt‹ ist . . .« Ich sah in Richs Gesicht, in dem sich so viel Vertrauen ausdrückte, daß ich den Blick abwenden mußte. »›Verklemmt‹ ist«, begann ich erneut und räusperte mich, »wenn du Lust hättest, ein Lied zu singen, es aber nicht tust, weil du denkst, alle würden ›scht‹ sagen.«

»Scht sagen«, wiederholte Rich lächelnd, der aus irgendeinem Grund Gefallen an dem Ausdruck fand.

»Oder wenn du tanzen möchtest, aber Angst hast, die Leute könnten zu dir sagen, du solltest dich setzen. Es bedeutet, Angst davor zu haben, etwas zu tun, weil man befürchtet, jemand könnte es als dumm oder albern empfinden.«

Man sah förmlich, wie Richs Gehirnwindungen arbeiteten. »Ich war nicht verklemmt«, sagte er langsam. »Nicht auf dem Pferd. Auf dem Pferd hat es Spaß gemacht. Erst jetzt . . . erst jetzt kommt es mir blöd vor.«

»Weißt du, wie viele Leute gern auf diesem Pferd geritten wären?«

»Wie viele?«

»Eine Unmenge – jeder, der sich erinnern kann, wieviel Spaß

Reiten macht. Aber die meisten Leute sind eben verklemmter als du.«

Richs Kinn schob sich vor, als er lächelte. »Ich bin nicht sehr verklemmt.«

Ich lächelte ihn ebenfalls an. »Nein, das bist du nicht.«

»Dennoch wünschte ich, ich hätte kein Downsyndrom.« Er schüttelte den Kopf. »Weißt du, was Conrad meint, was wir haben sollten?«

Ich schüttelte den Kopf, und seine Augen verengten sich zu schmalen Schlitzen, als er noch strahlender lächelte.

»*Up*-Syndrom.«

Er war so begeistert von seinem Scherz, daß ich auch lachen mußte.

»Weißt du, was das Up-Syndrom ist?« fragte er. Ich schüttelte den Kopf. »Up-Syndrom heißt, daß du nicht das dümmste Kind in der Klasse bist, sondern das klügste. So klug, daß du sogar noch klüger bist als der Lehrer. So klug, daß der Lehrer sagt: ›Hey, Rich, warum unterrichtest du heute nicht die Klasse?‹ Connie ist klug, aber er kann nicht so gut rennen. Wenn er Up-Syndrom hätte, könnte er so schnell rennen, daß ihre Stoppuhren nicht gut genug wären, um anzuzeigen, wie schnell er laufen kann.« Er schmunzelte. »Das wäre schnell, was?«

»Sehr schnell.«

»Jeder hätte gern Up-Syndrom, denn wenn du das hättest, könntest du alles besser. Selbst die kleinsten Kleinigkeiten.« Sein Lächeln war jetzt wehmütig. »Dann würde jeder so sein wollen wie ich und Conrad.«

Ich hatte zwei Möglichkeiten – in Tränen der Rührung oder Tränen der Trauer auszubrechen. Doch Rich brauchte im Moment keine flennende Tante, sondern eine fröhliche.

»Hey, Richie«, sagte ich mit meinem Gina-Lollobrigida-Akzent (nicht zu verwechseln mit meinem Sophia-Loren-Akzent), »hast du Hunger oder was? Wollten wir nicht Pasta kochen?«

Rich nickte mit glänzenden Augen. »Ja, das machen wir. Wir kochen Pasta.«

In Anns und Rileys Plattensammlung fand ich nur Dean Martin, Frank Sinatra und Pavarotti, aber mindestens ein Dutzend Opernaufnahmen. Wir hätten uns zu etwas Anspruchsvollem versteigen und Puccini spielen können, aber ich fand, daß der Abend förmlich nach Dino schrie (nicht daß er niveaulos ist, es handelt sich eben um eine ganz andere Art von Niveau), und während er uns mit *amore* anschmachtete und sang, daß man erst jemand sei, wenn man geliebt werde, banden wir uns Geschirrtücher um, putzten Salat, bestrichen Brot mit Butter und Knoblauch und bewaffneten uns zwischendurch mit ungekochten Spaghetti, um damit einen Schwertkampf auszufechten.

»Nimm das!« rief ich und holte gegen Rich aus.

»Nein, nimm du das!«

Sein Akzent klang zwar nicht ausgesprochen römisch, aber ich hatte schon schlechtere gehört.

Wir zündeten Kerzen an, Dino sang, und wir prosteten uns mit Weingläsern zu, die mit Grapefruitsaft gefüllt waren.

»Salute!«

»Salute!«

Das Knoblauchbrot war ein wenig angebrannt, die Spaghetti eine Spur zu weich gekocht, aber in diesem Moment hätte ich den besten Tisch bei Sardi's oder im Cirque 2000 nicht für den eingetauscht, an dem ich gerade saß.

In dieser Nacht lag ich gegen Kissen gelehnt im Bett und sah durch die vorhanglosen Fenster auf den Sternenhimmel hinaus. Ich war erschöpft – ein Tag mit Rich war nicht nur wie Achterbahn fahren, es war, als führe man mit der höchsten, schnellsten und tückischsten aller Achterbahnen – und dennoch war ich so zufrieden mit dem Verlauf des Abends, daß ich ihn noch einmal vor meinem geistigen Auge Revue passieren lassen wollte. Ich kann nicht sagen, daß ich von dem Erfolg des Abends genauso überwältigt war wie vom Beifall nach einer Vorstellung, aber ich fühlte mich so gut, als hätte ich einen Hindernislauf geschafft, für den ich mich nie fit genug gehalten hatte. Ich fragte mich, ob Ann das gleiche empfand, wenn sie zu Bett ging, ob sie ebenfalls noch einmal über die Höhepunkte ihres Tages als Mutter nachdachte, und dann schnürte sich mir natürlich die Kehle zusammen, wie es manchmal geschieht, wenn mir bewußt wird, was mir entgangen ist, weil ich kein Kind habe.

»Schätz dich glücklich«, hatte Trevor mir eines Abends gesagt, nachdem wir uns in der Spätvorstellung »Im Dutzend billiger« angesehen hatten. Während des Abspanns heulte ich, nicht so sehr über den Tod des Vaters, den ein zackiger Clifton Webb spielte, sondern weil Myrna Loy, die Mutter, dank all ihrer Kinder immer noch einen Teil von ihm besaß.

»Und sie alle lieben sie so sehr«, schluchzte ich. »Wer wird mich je so lieben?«

»Geneva, *glaub* mir«, sagte Trevor, während er mir eine Kleenex-Schachtel reichte, »es gibt eine Menge Mütter, die sofort mit dir tauschen würden. Meine Ex-Frau zum Beispiel. Byron hat sie vollkommen in den Wahnsinn getrieben.«

Byron war Trevors siebzehnjähriger Sohn, der wegen Drogenmißbrauchs aus Eton rausgeflogen war.

»Du hast LSD genommen, als du in seinem Alter warst«, antwortete ich und erinnerte ihn an die Geschichten, die er mir erzählt hatte.

»Ja, aber das war in den Sechzigern, als das alle getan haben – als das ein ... *politischer* Akt war.«

»Dennoch hast du dich gut entwickelt. Und bei Byron wird es wahrscheinlich nicht anders sein.«

Trevor seufzte. »Das kann man nur hoffen.« Er strich mir eine Haarsträhne hinters Ohr. »Aber wirklich, Geneva, du weißt gar nicht, was für ein Glück du hast. Die beste Phase ist, wenn sie süße, knuddelige Babys sind. Später machen sie nur noch Sorgen.«

Ich kuschelte mich damals tiefer unter die Decken, genauso wie ich es jetzt tat. Ich hätte nichts gegen Sorgen gehabt; ich kannte auch die guten Seiten – die Umarmungen und Küsse, die Gutenachtgeschichten und die Brettspiele. Sie waren der Ausgleich dafür.

Ich hatte geweint, als mein Arzt mir sagte, daß ich in die Wechseljahre kam – ich hatte die Hitzewallungen (meine erste hatte ich vergangenen Sommer auf der Bühne, und zwischen den Akten hatte Trevor gefragt: »Was ist los, Liebes? Dein Gesicht ist rot wie eine Tomate.«) als allergische Reaktionen aufs Essen interpretiert und angenommen, mein Zyklus würde sich wieder einspielen, wenn ich eine niedriger dosierte Anti-Babypille nähme.

»Geneva, bitte«, hatte meine Gynäkologin gesagt. »Wir geben ein bißchen Östrogen. Das hilft, die Symptome zu lindern.«

»Ich möchte meine Symptome aber nicht lindern«, schluchzte ich in ein Taschentuch. Das stimmt zwar nicht ganz – ich *genoß* meine Hitzewallungen nicht, aber ich war ganz darauf eingestellt, sie als Problem zu ignorieren. Rein rational hätte ich es vielleicht verkraftet, keine Kinder mehr bekommen zu können, aber emotional war es schwieriger zu verkraften, und meine Ärztin war so besorgt, daß sie mich fragte, ob sie jemanden anrufen solle, der mich nach Hause begleitete.

»Nein, nein, mir geht's gut«, antwortete ich und warf das durchnäßte Taschentuch in den Abfalleimer. »Ich nehme ein Taxi, es geht schon wieder.«

Als ich ihre Praxis verließ, starrte ich auf die Demonstrationstafel mit den weiblichen Fortpflanzungsorganen und hatte das Gefühl, als handele es sich um die Flagge eines fremden Landes.

Heute jedoch hatten sich Sorgen und schöne Momente abgewechselt, und die schönen Momente waren in der Mehrzahl gewesen. Mein Lächeln verwandelte sich in ein Gähnen, und zufrieden schloß ich die Augen. Allerdings blieben sie nicht lange geschlossen.

»Rich!« rief ich aus und fragte mich, warum er ein so großer Anhänger des Überraschungsangriffs war. »Was machst du denn hier?«

Er war leise hereingeschlichen und schlüpfte in mein Bett.

»Ich hab Angst, Tante Gennie«, antwortete er. »Ich hab schlecht geträumt. Einen wirklich schlimmen Traum.«

Er schmiegte sich an mich und schlang die Arme um mich, so daß ich einen Moment lang das Gefühl hatte, ich müßte laut aufschreien.

»Was hast du denn geträumt?« fragte ich, befreite mich aus seiner Umklammerung und setzte mich auf, um die Nachttischlampe anzuschalten.

Er setzte sich ebenfalls auf und sah mich verängstigt an. »Ich hab mich verirrt. Ich war ganz verlassen, aber keinen hat das interessiert.«

»Und wo hast du dich verirrt?«

Rich schniefte. »Weiß nicht mehr.«

»Also, laß uns mal überlegen«, sagte ich und machte mich aus dem Arm frei, der mich umschlang. »Wenn du dich verirren würdest, wo könnte das passieren?«

»Nirgendwo. Ich möchte mich nirgendwo verirren.«

»Hm ... wenn ich an deiner Stelle wäre und mich verirren würde, hätte ich nichts dagegen, mich in einem Spielwarenladen zu verirren.«

»In einem Spielwarenladen?« fragte Rich, und ich hörte, daß seine Stimme bereits weniger ängstlich klang.

»Klar in einem wirklich großen, riesigen. Und wie würdest du aus einem großen, riesigen Spielwarenladen wieder nach Hause finden?«

»Indem ich zu jemandem, der dort arbeitet, sagen würde, daß ich mich verirrt habe?« fragte Rich hoffnungsvoll.

»Genau«, antwortete ich. »Oder du könntest in die Abteilung mit den Autos und Lastern rübergehen und selbst heimfahren.«

»Selbst heimfahren?«

»Sicher.«

»Du bist lustig, Tante Gennie. Ich hab doch keinen Führerschein.«

Ich küßte ihn schnell auf den Kopf, schob die Decken zurück, stand auf und schlug ihm vor, das gleiche zu tun.

»Komm, ich bring dich in dein Zimmer zurück.«

»Kann ich nicht hier bleiben?«

»Nein. Es ist besser, in seinem eigenen Bett zu schlafen.«

Er zog diese Aussage nicht in Zweifel, sondern folgte mir. Und nachdem ich ihn in sein Bett gepackt hatte, dankte er mir, daß ich ihn beruhigt hatte.

»Gern geschehen«, antwortete ich fröhlich. Ich strich ihm übers Haar, eine Geste, die sich aus irgendeinem Grund verlogen anfühlte. »Gute Nacht«, sagte ich und ging aus der Tür. »Und träum schön. Keine Alpträume mehr.«

»Keine Alpträume mehr«, murmelte er.

Erst als ich wieder in meinem eigenen Bett lag, merkte ich, daß ich zitterte. Ich hatte die Nerven verloren, als Rich in mein Bett gekommen und sich an mich geklammert hatte. Nein, mehr als das, es hatte mir regelrechte Angst eingejagt.

Obwohl ich wußte, daß Rich der Inbegriff von Unschuld war, war er dennoch in der Pubertät, und höchstwahrscheinlich befand sich sein Körper in hormonellem Aufruhr. Konnte er den kontrollieren? Wußte er überhaupt, was es zu kontrollieren galt?

Bei dem Gedanken kam ich mir idiotisch vor, und ich versuchte, ihn abzuwehren, indem ich mich noch tiefer in mein Bett vergrub. Aber es half nichts. Ich sehnte mich danach, mit meiner Schwester zu sprechen. Aber wie sollte ich ihr die unangenehmen Gedanken nahebringen, die mir durch den Kopf geisterten? *Hey Ann, ich hab mich ein bißchen gefürchtet, als dein Sohn zu mir ins Bett kam – die ganze Sache hatte irgendwie einen so seltsamen, sexuellen Beigeschmack. Und weißt du, was ich dir noch sagen wollte? Ich schäme mich manchmal für ihn in der Öffentlichkeit und stelle immer klar, daß er mein Neffe und nicht mein Sohn ist. Und wenn du das schlimm findest, muß ich dir außerdem noch sagen, daß ich mich gelegentlich beim bloßen Hinschauen ein bißchen vor ihm ekele. Sein Hinterkopf ist so flach und seine Schultern hängen so stark herunter, und seine Wurstfinger sind so dick, und beim Nachdenken streckt er oft die Zunge heraus ...*

Ja, ich wollte tatsächlich meine Schwester in der Toskana anrufen und ihr sagen, was für eine erbärmliche Betreuerin ich war. *Si, operatore,* stellen Sie den Anruf gleich jetzt durch!

Mein Herz klopfte. Die Dunkelheit erschien mir eher wie eine Gestalt als die Abwesenheit von Licht, eine Gestalt, die mich zu umhüllen, lebendig zu begraben drohte.

»Hallo, Petunia«, sagte ich leise flüsternd zu der schwarzen Einsamkeit, die wußte, wer ich wirklich war, die wußte, daß ich eine Schwindlerin war, die auch im wirklichen Leben Mühe hatte, die Bühne zu verlassen. *O Gott, was geschah mit mir? Warum konnte ich zu Rich keine Verbindung herstellen? Warum schrie ich Verkäuferinnen an? Für wen hielt ich mich überhaupt?*

Der Raum war zu klein. Ich ging aus der Tür, um im Flur auf und ab zu gehen. Ich mußte mich bewegen, mich bewegen, mich bewegen.

Petunia war unbarmherzig, und ständig fragte ich mich, ob es gerecht war, daß sie mich quälte. Als ich die Tränen schmeckte, die ich zuerst gar nicht bemerkt hatte, empfand ich plötzlich die schlimmste Schmach, die sie für mich bereit hielt: die Scham. Die Scham, daß mein Herz, das immer noch heftig klopfte, vielleicht ein wenig zu klein, ein wenig zu verschlossen sein könnte, um den Anforderungen zu genügen, die an es gestellt wurden.

Ich weiß nicht, wie viele Meilen ich zurücklegte, als ich im Flur auf und ab ging. Ich kam mir vor wie eine Betrunkene, die durch Bewegung wieder nüchtern werden wollte, aber die Scham ließ sich nicht so leicht abschütteln. Als ich mich an »Das Große Geheimnis« erinnerte, seufzte ich erleichtert auf und rannte in mein Schlafzimmer wie ein Notarzt, der gerade das Wort »Herzstillstand« gehört hatte.

6

DIE FRAGE NACH *dem Sinn des Lebens kann ich nicht beantworten, aber ich kann die Frage so einschränken, daß ich eine Antwort geben kann: Was ist der Sinn meines Lebens? Ich werde es euch sagen: Wenn ich nach einem Tag harter Arbeit in ein warmes Bett sinke, wenn mein Magen von einem guten Essen, das Hjordis für mich gekocht hat, gesättigt ist, wenn ich jemandem etwas Gutes getan und wenn ich eine gute Geschichte gehört habe, die mich zum Lachen gebracht hat – das ist ein guter Tag, ein Tag, der sinnvoll war.*

Das war die Antwort meines Großvaters Ole, und ich legte den Zettel, den er vor fast vierzig Jahren geschrieben hatte, in meinen Schoß, weil ich ihn noch nicht zurückstecken wollte.

Vielleicht gibt es keinen Sinn im Leben, außer demjenigen, den wir ihm zuschreiben. Obwohl es die Handschrift meiner Mutter war, hätte ich nie gedacht, daß sie dies geschrieben hatte. *Das hört sich ein bißchen erschreckend an, aber es ist doch ein tröstlicher Gedanke, daß jeder, der gewillt ist, danach Ausschau zu halten, einen Sinn finden kann. Zu viele Möglichkeiten, zu große Willensfreiheit machen angst. Ich glaube, die meisten von uns sind wie Kinder, die lieber gesagt bekommen wollen, was sie glauben sollen, als es selbst herauszufinden. Ich weiß, daß ein Abendländer in der Reinkarnationslehre nicht viel Sinnvolles erkennen kann, ein Jude wird in Jesus keinen Messias sehen, und Mohammed bedeutet einem Christen nichts, und dennoch hat es Kriege gegeben, weil die tiefsten Überzeugungen einer Gruppe von einer anderen verworfen wurden. Und während ich das schreibe, überlege ich mir, meinen ersten Satz zu ändern – denn wahrscheinlich glauben die meisten Leute, der Sinn des Lebens sei der, den wir ihm zuschreiben. Vielleicht ist das* falsch, *denn sobald man eine Gewißheit ausspricht, muß man auf Widerspruch gefaßt sein. Vielleicht sollten wir alle Kirchen niederreißen, alle Regierungen, alle Armeen und alle Grenzen auflösen und noch einmal von vorn beginnen, ohne die Absicht zu haben, einen Sinn zu finden. Vielleicht würde er sich dann zeigen.*

Ich war immer der Meinung gewesen, das Radikalste an Ruth Jordan sei ihre Entscheidung gewesen, ganztags zu arbeiten (sie war Anwaltsgehilfin), während die Mütter aller meiner Freunde Hausfrauen waren. Jetzt stellte ich fest, daß sie Anarchistin war.

Ann und ich standen unseren Eltern nahe, glaube ich, aber es war die Art von Nähe, die in den Fünfzigern üblich war. Wir liebten uns, weil das von Familienmitgliedern erwartet wurde, aber die Kinder kannten ihre Eltern nicht wirklich, und umgekehrt war es genauso. Nur Großmutter Hjordis kannten wir wirklich. Sie befand sich auf gleicher Wellenlänge mit uns, sie war unsere Mitbürgerin, unsere Kameradin; ihr Ziel bestand darin, genauso viel Spaß zu haben, wie Ann und ich es wollten. Als ich jetzt die Worte meiner Mutter las, hatte ich auf einmal das Bedürfnis herauszufinden, wer sie in Wirklichkeit war.

Ich weiß nicht, welche Gedanken in meinem Unterbewußtsein rumorten (vielleicht stellte ich mir vor, daß meine Mutter den Elternbeirat lieber bombardiert hätte als beim Backwarenverkauf den Vorsitz zu übernehmen), jedenfalls war mein Schlaf so unruhig, daß ich den Wecker eigentlich an die Wand werfen wollte, als er klingelte. Statt dessen fluchte ich wie ein Bierkutscher und schleppte mich anschließend in Richs Zimmer, um ihn zu wecken.

»Gehst du mit mir in die Kirche?« fragte er verschlafen, und da ich selbst auch noch völlig verschlafen war, antwortete ich: »Klar.«

Ich war kaum angezogen, als das Hupsignal ankündigte, daß wir abgeholt wurden.

»Hallo, ihr beiden«, sagte Barb, als Rich und ich in den Landrover kletterten. »Wenn ich Ann richtig verstanden habe, wollten Sie eigentlich gar nicht mitkommen.«

»Hat sie gesagt, daß ich morgens nicht gern aufstehe oder daß ich Atheistin bin?«

Barb erwiderte mein Lachen. »Das hat sie nicht näher ausgeführt. Wollen Sie beim Unterricht in der Sonntagsschule helfen?«

»Barbara«, sagte ich und sah in den sonnigen Morgen hinaus. »Ich wüßte nicht, was ich unterrichten sollte.«

Ich bewunderte die Stetigkeit, mit der Ann weiterhin in die Kirche ging, obwohl wir nicht mehr bei unseren Eltern lebten und nicht dazu gezwungen wurden. Doch als ich in der Kirchenbank aus Fichtenholz neben einer Frau saß, der die Errungenschaften der Mundhygiene offensichtlich nicht vertraut waren, fiel es mir nicht schwer, mich daran zu erinnern, warum ich nicht mehr in die Kirche ging. Ich versuchte, dem Diakon zu folgen, der den Bibeltext vorlas, aber ich stellte fest, daß mich sein Toupet, das gefährlich schief auf seinem Kopf saß, mehr interessierte als sein stockender, nervöser Vortrag. Ich spürte, wie ich ärgerlich wurde, als das Glaubensbekenntnis aufgesagt wurde (meine Lippen blieben fest verschlossen). Glaubten tatsächlich alle, was sie da aufsagten, oder leierten sie es bloß aus Gewohnheit herunter? Und der Pfarrer, der über Gerechtigkeit predigte, langweilte mich zu Tode (gerecht wäre gewesen, wenn er die Gemeinde verlassen und jemand anderen angeödet hätte).

Selbst was die Kirchenlieder anbelangte, gab der Gottesdienst wenig her (ich sang gern Kirchenlieder, und die Leute vor mir drehten sich heimlich um, um einen Blick auf die Person mit der ausgebildeten Stimme zu werfen). Der einzige halbwegs interessante Moment war, als der Chor sich erhob und der Dirigent auf einen Mann deutete, der heftig den Kopf schüttelte. Der Dirigent zog die Augenbrauen hoch, als fragte er: *Sind Sie sicher?*, worauf der Mann, hochrot im Gesicht, erneut den Kopf schüttelte. Später, gegen Ende einer vollen langen Stunde, reichte ich die Spendenschale, die nach unten weitergegeben wurde, dem Küster zurück; es war derselbe Mann, der mit dem Chorleiter die seltsame stumme Zwiesprache geführt hatte. Er trug einen dunkelblauen Anzug, der offensichtlich maßgeschneidert war, und ohne eine Spur von jener Verlegenheit, die sich zuvor auf seinem Gesicht abgezeichnet hatte, warf er mir ein jungenhaftes, verschmitztes Lächeln zu, als stammte alles Geld in der Holzschale von mir persönlich.

Stellen Sie sich meine Überraschung vor, als mich an Halloween der gleiche Mann bat, ein Einschreiben zu quittieren.

»Sieh an«, sagte er, als ich die Tür öffnete. »Ahoi, Matrose.«

Ich hatte Anns und Rileys Schränke durchwühlt, um Stücke anzuprobieren, die sich vielleicht für Richs Kostüm eignen würden.

»Ich bin kein Pirat, sondern ein Gondoliere.« Ich sah ihn eindringlich an. »Und Sie sind nicht der Postbote, sondern der Küster.«

»Ich bin beides«, antwortete er, als ich ihm den Stift zurückgab. »Und übrigens fand ich Sie in ›Das Mädchen von Wellsmore‹ einfach umwerfend.«

»Sie haben ›Das Mädchen von Wellsmore‹ gesehen?«

Der Küster-Postbote nickte. »Wir sind für ein verlängertes Wochenende nach Manhattan gefahren. Wir haben drei Stücke gesehen, im Village Espresso getrunken, bei Bloomingdale's eingekauft und sind aufs Empire State Building und auf die Freiheitsstatue raufgefahren.«

»Wow. Das war ein Ausflug.« Ich sah mir den Mann an, der in der Kirche seinen todschicken Anzug so selbstverständlich getragen hatte. Offensichtlich hatte er ein Faible für schicke Kleidung, selbst in seiner Uniform sah er gut aus, wenn auch auf eine weniger unwiderstehliche Weise. »Welche Stücke haben Sie außerdem noch gesehen?«

»›Cats‹ und ...« Er hielt inne und überlegte. »Ach, wissen Sie, an das dritte kann ich mich nicht mehr erinnern. Das muß daran liegen, daß Ihre künstlerische Leistung in ›Das Mädchen von Wellsmore‹ alle Erinnerung daran ausgelöscht hat.«

»Gute Antwort«, erwiderte ich lächelnd. »Obwohl meine Leistung nicht gut genug war, um Sie ›Cats‹ vergessen zu lassen, hm?«

Er zuckte mit den Achseln. »Das liegt am Titel. Wie kann man einen Titel vergessen, der nur aus einem Wort besteht?« Er schulterte wieder seine Posttasche. »Also, ich habe Stromrechnungen und Liebesbriefe auszutragen, und Sie müssen Piratengewänder in Gondoliere-Kostüme verwandeln. War nett, mit Ihnen zu plaudern. Grüßen Sie Ann und Riley von mir, wenn Sie sie sehen.«

Er tippte an den Rand seiner Mütze, und ich sah ihm nach, als er die Einfahrt hinunterging.

Also kannte er Ann und Riley auch. Ich lächelte über das Kleinstadtleben; er kannte meine Schwester und meinen Schwager, er lieferte meine Post ab und sammelte meine Opfergabe ein (die aus einem lausigen Dollar bestanden hatte, mit dem ich zu verstehen gab, er solle möglichst an keine koloniale Missionseinrichtung weitergeleitet werden). Kein Wunder, daß er nicht sonderlich überrascht war, Geneva Jordan, den Star von »Das Mädchen von Wellsmore«, in einem umgebauten Bauernhaus in Deep Lake, Minnesota, eingeschriebene Briefe entgegennehmen zu sehen.

Ach, der Brief. Der Absender war Claires Agentur. Was schickte sie mir so Wichtiges? Einen großen Scheck? Einen Vertrag für Scorseses nächsten Film?

Claire mußte gewußt haben, was ich beim Anblick dieser Sendung denken würde, denn ihre Nachricht lautete:

Liebe Geneva,

tut mir leid, daß es sich nicht um einen Packen ausstehender Schecks handelt, aber Nachrichten wie diese müssen eingeschrieben geschickt werden. Sie waren nicht nur Inhalt von Joyce Deans Kolumne, sondern auch Liz hat sie erwähnt. Nachdem Du sie gelesen hast, ruf mich an, und ich liefere weitere Neuigkeiten.

Alles Liebe,

Claire

Zwei Zeitungsausschnitte lagen bei, und ich las als erstes den angestrichenen Absatz in Joyce Deans Kolumne: »Welche junge Schauspielerin hat ihren älteren britischen Kollegen wegen eines umwerfenden, langhaarigen Romanciers verlassen, dessen Jahrgang besser zu ihr paßt? Sagen Sie, Miss A., ist die Feder eines Schriftstellers mächtiger als das Schwert eines Mimen?«

Liz war nicht so zurückhaltend und nannte Namen: »Zwischen Schauspieler Trevor Waite und Ellie Armstrong sind die Flammen der Liebe offensichtlich erloschen. Der Star von ›Gibson Girl‹ wurde kürzlich bei der New Yorker Literatur-Gala am Arm (und auf dem Schoß!) des neuen Sterns am Schriftstellerhimmel, Garret Paxton, gesichtet.«

Ein paar Minuten lang saß ich vor dem Panoramafenster und sah auf den See und den Schwarm Gänse hinaus, die schreiend über den klaren offenen Himmel flogen.

Ich konnte nicht leugnen, daß ich ein wenig Schadenfreude empfand – ich hatte nicht angenommen, daß Trevors Affäre mit Miss Ellie lange anhalten würde, aber zumindest länger, als sie es tatsächlich getan hatte. Ich fragte mich, von wem der Anstoß zur Trennung gekommen war, und wie Trevor damit fertig wurde, wenn es nicht seine Idee gewesen war.

Ich mahlte die Kaffeebohnen, um mir frischen Kaffee zu machen, und war stolz, daß ich mich beherrschen konnte und nicht sofort bei Claire anrief. Ich trank sogar eine halbe Tasse, bevor ich ihre Nummer wählte.

»Oh, Miss Jordan!« Die Empfangsdame begrüßte mich mit der anbiedernden Ehrfurcht, die sie im Leben weiterbringen würde. »Ich stelle Sie sofort durch.«

Einen Moment später war Claire am Apparat und klang begeistert, von mir zu hören.

»Geneva! Ich bin so froh, daß du anrufst – ich habe dich vermißt! Wie läuft's da draußen in Iowa? Du hast mein kleines Päckchen bekommen, ja?«

»*Minnesota.* Ich hab dich auch vermißt. Ja, hier läuft alles ganz prima, und ja, ich hab dein Päckchen bekommen. Was gibt's Neues?«

»Eine ganze Menge. Gerade habe ich mit Norman Alexander gesprochen – er hat sein Musical über ›Samson und Delila‹ fast fertiggestellt, und stell dir vor, wen er als Delila im Auge hat?

Dich!« Sie stieß ein kurzes Lachen aus. »Ist das nicht großartig? Er plant eine Lesung Anfang nächsten Jahres und ...«

»Ich meine, was gibt's Neues über Trevor?« fragte ich. Norman Alexander war die jüngste Sensation am Broadway, er hatte die überaus erfolgreichen »Fabeln« frei nach Aesop geschrieben, aber die Neuigkeiten über ihn konnten warten. Diejenigen über Trevor dagegen nicht.

»Nun«, sagte sie, »er hat mich besucht.«

Ich hatte mich zurückgelehnt und die Füße auf den Couchtisch gelegt, aber bei dieser Nachricht setzte ich mich sofort wieder auf.

»Trevor hat dich besucht? Wann? Warum?« Claire war nicht Trevors Agentin, also konnte er sie nur meinetwegen aufgesucht haben.

»Er wollte wissen, wie es dir geht, und er spielte mit dem Gedanken, dich anzurufen.«

Ich hielt kurz die Luft an. »Er wollte mich anrufen? Das hat er gesagt?«

»Mhm. Aber ich wollte ihm die Nummer deiner Schwester nicht geben. Deshalb hat er mich gebeten, dich zu bitten, ihn anzurufen.«

»Er möchte, daß *ich* ihn anrufe?«

»Ja, aber je länger ich darüber nachdenke, Geneva, um so mehr glaube ich, daß du damit warten solltest, bis du wieder in New York bist und von Angesicht zu Angesicht mit ihm reden kannst. Damit du klar vor Augen hast, was für eine Schlange er ist.«

»Ja, Mutter.«

Wir plauderten noch eine Weile, sie erzählte mir weiteren Theaterklatsch, und ich berichtete ihr von dem Kostüm, das ich gerade machte. Dann mußte ich warten, weil sie den Anruf eines anderen Klienten entgegennahm, der ihr drohte, das Stück hinzuschmeißen, in dem er gerade spielte.

»Ich muß auflegen, Geneva«, sagte sie. »Du kennst ja diese launischen Schauspieler.«

»Ich? Warum sollte ausgerechnet ich sie kennen?«

»Also kann ich Norman Alexander sagen, daß du interessiert bist?«

»Natürlich. Bis bald. Fröhliches Halloween.«

Es hatte leicht zu schneien begonnen, als Rich aus seinem Schulbus stieg.

»Hat man so was schon gesehen?« fragte er und trat sich beim Hereinkommen die Schuhe auf dem Vorleger ab. »Schnee an Halloween!«

»Tatsächlich hat es einmal geschneit, als deine Mom und ich von Tür zu Tür gingen«, antwortete ich. »Wir haben kaum Süßigkeiten gesammelt, weil wir so viel Spaß damit hatten, die Leute mit Schneebällen zu bewerfen.«

»Letztes Jahr hat es geregnet«, sagte Rich. »Meine Süßigkeiten wurden naß. Das hat mir gar nicht gefallen.«

Das mußte mir der Neid lassen – ich hatte aus Rich einen wahrhaften Gondoliere gemacht. Damit das Kostüm nicht mehr so cowboyhaft wirkte, hatte ich die weiten Hemdärmel verschmälert, und das Halstuch, das ich um seinen Kopf band, befestigte ich mit einem breitrandigen Filzhut, den ich vor Jahren Ann geschenkt hatte (er lag dermaßen versteckt im Schrank, daß ich bezweifelte, daß sie ihn je getragen hatte). Ich malte ihm einen dünnen Schnurrbart und einen kleinen Spitzbart auf und trat zurück, um mein Werk zu begutachten.

»*Magnifico*«, sagte ich und küßte meine Fingerspitzen.

Rich rannte zum Flurspiegel.

»O, Tante Gennie«, rief er aus, »das ist das beste Kostüm, das ich je hatte!«

Dann umarmte er mich, und ich dachte, wie schön die Welt doch wäre, wenn jeder für eine kleine Gefälligkeit so großen Dank bekäme.

Als er mich schließlich losließ, fragte er: »Wo ist dein Kostüm?«

Ich war verblüfft. Ich hatte nicht vorgehabt, mich überhaupt zu verkleiden.

»Laß uns zuerst zu Abend essen, dann überleg ich mir etwas.«

Wir durchsuchten noch einmal Anns Schubladen und Schränke, aber der breitrandige Hut, den ich für Rich gefunden hatte, war das ausgefallenste Stück, das sie besaß. Es gab ein Abendkleid (»das trägt sie zu Hochzeiten«, erklärte mir Rich), aber sobald ich es über meine Schultern streifte, stellte ich fest, daß es ein oder zwei Nummern zu klein war.

»Nein, das gefällt mir nicht«, sagte ich und zog es schnell wieder aus, da ich den niederschmetternden Moment nicht erleben wollte, wenn es an meinen Hüften hängenblieb.

Schließlich entschied ich mich, etwas von Rileys Sachen anzuziehen – einen alten Sportmantel, eine häßliche breite Krawatte und einen zerknautschten flachen Filzhut, unter den ich mein Haar stopfte. Mit meinem Augenbrauenstift malte ich mir etwas Gesichtsbehaarung auf – große Koteletten und einen buschigen, ganz und gar nicht an einen Gondoliere erinnernden Schnauzbart.

»Wer bist du?« fragte Rich, nachdem ich mein Werk vollendet hatte.

Ich streckte die Hand aus. »Bob«, sagte ich mit breitem texanischem Akzent. »Ich bin ein amerikanischer Tourist. Wissen Sie, wo ich eine Gondel mieten kann? Ich hätte gerade große Lust, mit einer zu fahren.«

Rich hob die Hand, als wollte er die Frage eines Lehrers beantworten. »Ich bin Gondoliere! Ich biete Fahrten mit Gondeln an!«

»Na, da hab ich ja richtig Glück gehabt.«

Dann klingelte es an der Tür, Rich erstarrte und riß die Augen auf.

»Es sind verkleidete Kinder, die von Tür zu Tür gehen!« sagte er. »Denen müssen wir Süßigkeiten geben.«

Wir teilten Schokoriegel an einen Engel, einen Dinosaurier und eine Buntstiftschachtel aus.

»Hübsches Kostüm«, sagte ich zu der Mutter der Stiftschachtel.

»Ich hab bis drei Uhr morgens gebraucht, bis das Ding fertig war«, antwortete die Mutter. »Und jetzt geht's in dem verdammten Schnee kaputt.«

Weitere Kinder tauchten vor unserer Tür auf, und dann fuhren Conrad und seine Mutter vor.

»Ich bin ein Roboter«, verkündete Conrad und machte ein paar steife Schritte, bevor er den Arm hochschnellen ließ.

»Seid ihr Jungs warm genug angezogen?« fragte Barb, die nicht verkleidet war, aber ihr Gesicht angemalt hatte, um wie eine Katze ... oder eine Maus auszusehen.

»Rich hat einen Pullover unter seinem Hemd an«, antwortete ich. »Finden Sie, daß er eine Jacke anziehen sollte?«

Barb hielt ihre ausgestreckten Arme in den fallenden Schnee. »Könnte nicht schaden.«

Es bedurfte einiger Überredungkünste, um Rich zu bewegen, Jacke und Handschuhe anzuziehen. Barb hatte schließlich den großartigen Einfall, ihm zu erklären, daß viele Gondoliere Jacken und Handschuhe trugen, weil der Wind auf den Kanälen ziemlich eisig sein konnte.

»Und schau, Rich«, sagt Conrad und tippte an seinen Pappkopf. »Ich könnte keine Mütze darunter tragen – also hat mich Mom eine Strumpfmütze anziehen lassen.« Dann hielt er seine in Fäustlingen steckenden Hände hoch. »Hast du je einen Roboter gesehen, der Fäustlinge trägt?«

Wir standen an der Tür, als Barb ein Foto machte, dann ließen wir eine Schale mit Süßigkeiten auf den Stufen zurück, in der Hoffnung, die Kinder hätten so viel Anstand, sich jeweils nur ihren Anteil herauszunehmen.

»Wir verteilen die meisten Süßigkeiten in unserem Vorgarten«, sagte Barb.

»Das hätten Sie mir sagen sollen«, erwiderte ich. »Sie hätten uns auch nicht abholen müssen – ich hätte zu Ihnen rüberfahren können.«

»Oh, das machen wir immer so, nicht wahr, Jungs?« antwortete sie, als wir in den Landrover stiegen.

»Ja!« riefen Rich und Conrad im Chor.

»Und außerdem möchte Mom unbedingt am Kürbis-Haus vorbeifahren«, fügte Conrad hinzu.

»Was ist das Kürbis-Haus?« fragte ich.

Barb runzelte ihre Katzen- oder Mausaugenbrauen. »Sie werden es gleich sehen.«

Der Schnee, der auf der Windschutzscheibe liegengeblieben war, wurde von den Scheibenwischern schnell weggewischt. Während sich die Jungen im Fond unterhielten, fragte mich Barb, als was ich mich eigentlich verkleidet hätte.

»Mein Name ist Bob, Ma'am. Ich bin aus Texas.«

»Ja, natürlich. Das erklärt den flachen Filzhut.«

»Ja«, sagte ich lachend, »die Auswahl in Rileys Schrank war ziemlich mager.« Ich sah mit zusammengekniffenen Augen zu Barb hinüber. »Aber, um ehrlich zu sein, ich weiß nicht so ganz, ob Sie Tom oder Jerry sind.«

Jetzt lachte Barb. »Tom ist die Katze, richtig? Also bin ich Tom. Gesichtsbemalung ist nicht unbedingt meine Stärke.«

»Da ist es!« rief Conrad.

»Da ist es, Tante Gennie!«

Orangefarbene Lichter säumten von oben bis unten die Silhouette eines großen Hauses, aber das war nur das Vorspiel verglichen mit der Hauptattraktion: den ausgehöhlten, von Kerzen erleuchteten Kürbissen, die die Auffahrt säumten. In diese Kürbisse waren nicht die üblichen dreieckigen Augen und grinsenden Münder eingeschnitten, sondern sie waren zu kunstvollen Porträts berühmter Persönlichkeiten geschnitzt.

»Mensch«, staunte ich, »da steht Beethoven. Und Elvis!«

»Lange Zeit hat der Mann, der sie macht, nur Leute dargestellt, die im Jahr zuvor gestorben waren«, sagte Barb, »aber seit kurzem zeigt er auch alte Stars.«

»Da ist Marilyn Monroe – und Franklin Roosevelt!«

Wir stiegen aus, gingen die Einfahrt hinauf und sahen uns die Kürbisse an. Sie waren wundervoll. Es gab nicht einen, der nicht sofort als eine Persönlichkeit erkennbar war, nicht aufs Haar seiner Vorlage glich und nicht obendrein dessen lebendige Verkörperung gewesen wäre.

»Tante Gennie«, sagte Rich und zog mich an der Hand. »Schau, John Lemon!«

Riley war ein glühender Beatles-Fan und hatte Rich seit dessen frühesten Kinderjahren deren Musik vorgespielt. Ann hatte mir erzählt, daß Richs Angewohnheit, John Lennon John Lemon zu nennen, Riley zum Wahnsinn trieb.

Ich hatte das Gespräch zwischen Riley und Rich selbst mitangehört: »Lennon! Er heißt Lennon, John Lennon.« »Lemon«, antwortete Rich mit verschmitztem Grinsen. »Lemon, John Lemon.«

»Wir sollten weiterfahren«, sagte Barb, als wir an einem Kürbis vorbeigingen, der die Gangstervisage eines Clark Gable trug. »Es hat wirklich schlimm zu schneien angefangen.«

Rich trabte in seinem schwerfälligen Gang zu jedem Haus, hielt gelegentlich an, um auf Conrad zu warten, der ebenfalls eine merkwürdige Gangart hatte, aber eher elegant schlingerte, wie ein Tänzer, der zu viele Ausflüge an die Bar unternommen hatte. Als die Jungen auf den Türstufen der Häuser standen, nahmen sie ihre Süßigkeiten entgegen wie Sänger der Heilsarmee, denen Hundert-Dollar-Noten in die Büchsen gesteckt wurden.

»Danke!« riefen sie, über alles gleichermaßen begeistert, ob Bonbon oder große Schokoladetafel.

Barb und ich folgten ihnen über die Rasenflächen (wir konnten nicht auf dem Gehsteig stehenbleiben, weil es in Vorstädten keine Gehsteige gibt).

»Haben die beiden noch nichts von Undankbarkeit gehört?« fragte ich.

»Gott sei Dank nicht«, sagte Barb. »Davon kriege ich von meinen anderen Kindern genug.«

»Wie viele haben Sie denn noch?«

Barb schlug den Mantelkragen hoch und vergrub das Kinn darin. »Zwei. Madeline ist zwanzig – sie studiert in Grinnell –, Joel ist vierundzwanzig. Er studiert Jura.«

»Sie sind bestimmt sehr stolz auf die beiden.«

»Das bin ich«, sagte Barb nickend, »aber am stolzesten bin ich auf Conrad.« Sie nahm meinen Arm. »Ich weiß, ich würde für so eine Aussage keine Mutterschaftsmedaille gewinnen, aber das ist mir egal. Maddy und Joel sind großartige Kinder, aber ihnen fällt alles so leicht. Conrad fällt nichts leicht, und er ist dennoch ein großartiges Kind.«

»Wir haben Popcornkugeln bekommen!« verkündete Conrad, als er und Rich wieder zurückkamen.

»Und mit wem werdet ihr es teilen?« fragte Barb und knipste ein Foto von ihnen.

»Mit meiner wundervollen Mutter!«

»Hab ich ihn nicht toll erzogen?« fragte sie lächelnd.

»Ich bewundere Sie.«

»Sie bewundern mich?« fragte sie überrascht. »Warum?«

Ich war selbst einigermaßen überrascht. Ich geizte nicht mit Bewunderung, aber ich sprudelte auch nicht über davon. Doch obwohl mir die Worte nur so herausgerutscht waren, meinte ich sie ehrlich.

»Sie sind ... Sie sind eine so liebevolle Mutter für Conrad«, sagte ich. »Der schwere Job sieht bei Ihnen ganz einfach aus.«

Eine Prinzessin eilte an uns vorbei, der Saum ihres glitzernden Kleids war von dem immer tiefer werdenden Schnee naß und durchweicht.

»Es ist nicht so schwer«, sagte sie und erwiderte auf mein protestierendes Lachen: »Ja, manchmal schon! Aber nicht wirklich. Ann und ich haben oft darüber gesprochen. Am schlimmsten ist es am Anfang, nach dem ersten großen Schock: ›Ihr Kind ist nicht normal.‹«

»Also wußten auch Sie es nicht vorher?«

Meine Schwester, die so lange auf ein Kind gehofft hatte, lehnte damals alle Tests – sogar den Ultraschall – als störende Eingriffe ab. (»Außerdem«, hatte mir Ann fröhlich erklärt, »wird alles gutgehen.«)

Barb schüttelte den Kopf. »Ich wußte, daß ich ein gesundes Kind in mir trug – bis acht Wochen zu früh die Wehen einsetzten. Die Ärzte rückten nicht gleich heraus damit – sie brauchten eine Weile, um die offizielle Diagnose zu erstellen –, aber er war so winzig und blau, als er geboren wurde, daß ich wußte, er würde Probleme haben, wenn er überlebte.«

»Wie schrecklich«, sagte ich und schüttelte den Kopf.

»Das war es damals auch«, stimmte Barb zu, »aber schließlich fand ich heraus, daß es nicht diese furchtbare Strafe ist, für die man es hält; man wird *nicht* bestraft.«

»Gut und viel!« informierte uns Rich hinsichtlich ihrer letzten Ausbeute.

»Ich meine, es bricht einem mindestens einmal am Tag das Herz«, fuhr Barb fort, »wegen all der Schwierigkeiten, denen sich das Kind stellen muß, aber genauso oft, wie dein Herz bricht, hilft dasselbe Kind, es wieder zu heilen. Und man fängt an, glücklich zu sein.«

»Glücklich?«

Barb nickte. »Glücklich, daß man auserwählt wurde, ein besonderes Kind zu haben.«

»Glücklich?«

Barb lachte. »Alle Eltern beten um ein gesundes Kind, aber wenn man einmal akzeptiert, daß dieses Gebet keine Erfüllung gefunden hat, stellt man fest, daß andere Gebete erhört wurden.« Sie lachte erneut. »Ich glaube, der Schnee verschmiert unsere Bärte.«

»Zum Beispiel welche?« fragte ich und rückte meinen Filzhut zurecht. »Welche anderen Gebete?«

Einen Moment lang sah Barb den Jungen nach, die einer Gruppe anderer Kinder zu einem Haus folgten. »Daß Connie und Rich sich gefunden haben. Ich habe gebetet, daß Connie nicht einsam bleiben soll – und er fand den besten Freund, den er je hatte.«

»Babe-Ruth- *und* Karamelstangen!« verkündeten die Jungen.

»Ach, komm her, Connie«, sagte Barb. »Du löst dich allmählich in deine Bestandteile auf.«

Sein Roboterkopf, der aus einer Art Papphut bestand, war total durchweicht und begann, sich an den Rändern aufzulösen.

»Mom, mach dir deswegen keine Sorgen!« sagte Connie und wehrte die Hilfeleistungen seiner Mutter ab. »Mir macht es nichts aus, wenn ich mich auflöse!«

»Ja, es macht ihm nichts aus«, fügte Rich hinzu, und die beiden Jungen rannten lachend zum nächsten Haus.

Ich zog die Krempe meines Hutes noch tiefer ins Gesicht. Der heftige Schneefall konnte nun nicht mehr romantisch oder friedlich genannt werden – *aggressiv* wäre der bessere Ausdruck dafür gewesen.

»Also jetzt schneit's aber wirklich«, sagte Barb. »Ich würde sagen, wir lassen sie noch die andere Straßenseite abklappern und fahren dann zu uns zurück?«

»Soll mir recht sein, Ma'am«, antwortete ich meiner Rolle gemäß. »Wo ich herkomme, ist so ein Niederschlag gänzlich unbekannt.«

Wir fuhren langsam zurück, Barb beugte sich vor und hielt das Lenkrad fest umklammert.

»Conrad, wir müssen nach Hause«, sagte sie, als sie vor dem Haus hielt. »Wir haben es mit einem richtigen Schneesturm zu tun.«

»Ach, Mist!«

»Tut mir leid, Liebling, aber es wird immer schwieriger zu fahren.« Sie wandte sich zu mir. »Wir hören immer bei ein paar Häusern am See auf und trinken dann heißen Apfelwein bei Ann.«

»Ich könnte heiße Schokolade machen«, schlug ich vor.

Barb sah durch die Windschutzscheibe und schüttelte den Kopf. »Nein, ich sollte nach Hause fahren.«

Rich stand in der Einfahrt und sah ihnen nach.

»Wow«, sagte er und streckte die Arme aus. »Wow, es *schneit.«*

»Das kann man wohl sagen«, antwortete ich, lehnte den Kopf zurück und ließ mir den Schnee ins Gesicht rieseln. »Jetzt laß uns reingehen, bevor wir unter einer Schneewehe begraben werden.«

»Aber die Johnsons!«

»Wer?«

Rich deutete offensichtlich auf ein Haus. Durch den dichten weißen Vorhang war kaum etwas zu erkennen. Die Schneeflocken tanzten in heftigen Wirbeln durch die Luft wie Kleinstlebewesen unter einem Mikroskop.

»Die Johnsons! Sie machen immer ein Foto von mir und Conrad in unseren Kostümen!«

»Rich, Barb hat euch doch schon fotografiert. Außerdem hat inzwischen ein Schneesturm eingesetzt.«

»Ich will aber mein Foto!«

»Also gut«, sagte ich und nahm ihn bei der Hand. Mochte der Schneesturm auch noch so stark sein – ich wollte mir nicht nachsagen lassen, eine Spielverderberin zu sein.

Drei Häuser hätten auf das riesige Grundstück gepaßt, das zwischen Anns Haus und dem ihrer Nachbarn lag, und als wir mit gebücktem Kopf darauf zugingen, fragte ich Rich, ob er dort nicht auch klingeln und seinen Halloweenspruch loswerden wollte.

»Auf dem Heimweg von den Johnsons!« sagte er. »Komm weiter, nur noch ein Haus.«

Wir stapften an einem weiteren Grundstück entlang, das die Größe von zwei Fußballplätzen zu haben schien. Der Schnee reichte uns nun schon bis zu den Knöcheln, und wenn man zu den Straßenlaternen hinaufblickte, sah man, wie dicht die Flocken fielen.

»Rich, vielleicht sollten wir zurückgehen.«

»Da ist das Haus!« rief er und drückte seinen Kissenüberzug mit Süßigkeiten an sich wie ein Baby.

»Oh, mein Gott, zwei Schneemänner!« sagte eine lächelnde ältere Frau, als sie uns einließ. »Stan, komm und sieh dir die beiden Schneemänner an!«

»Keine Schneemänner«, erwiderte Rich lachend. »Ich bin ein Gondoliere. Tante Gennie ist ein Mann aus Texas!«

»Freut mich, Sie kennenzulernen«, sagte ich und tippte an meinen Hut, womit ich eine kleine Lawine auslöste, die auf dem Dielenboden landete. »Oh«, rief ich aus, überrascht, wieviel Schnee ich auf meinem Kopf transportiert hatte. »Tut mir leid.«

»Ann hat uns gesagt, daß Sie kämen, um Rich zu betreuen«, erklärte Mrs. Johnson, als ihr Mann mit einer Kamera auftauchte. »Sie ist wahnsinnig stolz auf Sie – den großen Broadway-Star.«

»Sehr freundlich von Ihnen«, antwortete ich, obwohl ich ihrem Tonfall entnahm, daß sie nicht unbedingt der gleichen Meinung war.

»Wo ist dein Freund Conway?« fragte Mr. Johnson und richtete die Polaroid-Kamera auf Rich.

»Conrad«, berichtigte Rich. »Conrad mußte nach Hause fahren. Wegen des Schneesturms.«

»Das passiert, wenn das Ozonloch größer wird«, sagte Mr. Johnson.

»Ach, komm, Stan, was ist dann mit dem Schneesturm damals am Waffenstillstandstag? Damals hatten wir noch kein Ozonloch.«

»Winnie will sich einfach nicht damit abfinden, daß die Welt langsam zugrunde geht«, sagte Mr. Johnson laut flüsternd, dann hob er die Kamera und rief: »Also – eins, zwei, drei – Cheese!«

»Cheese!« sagte Rich, als Mr. Johnson das Foto schoß. Nachdem es fertig war, reichte er es mir.

Ich bedankte mich und steckte es in die Tasche.

»Danke fürs Vorbeikommen«, sagte Mrs. Johnson und öffnete die Eingangstür.

Offensichtlich verstand Rich Mrs. Johnsons reichlich groben Wink nicht, er rührte sich nicht.

»Rich, komm mit«, sagte ich. »Wir müssen in die Tundra zurück.«

Rich hielt seinen Sack auf und sagte den üblichen Halloween-Spruch. »Bösen Fluch oder süße Gabe.«

»Ach ja, deine Süßigkeiten«, antwortete Mrs. Johnson und nahm vorsichtig einen kleinen Kit-Kat-Riegel aus einer fast vollen Schale.

»*Danke!*« sagte Rich und sah zu, wie sie ihn in seinen Sack warf.

»Winnie, sei doch nicht so knauserig«, mischte sich ihr Mann ein und warf eine ganze Handvoll Schokoriegel in Richs Sack. »Wir müssen schon richtig zahlen!«

Ich war geschockt, als wir wieder draußen standen: In der kurzen Zeit, die wir im Haus der Johnsons verbracht hatten, war der Sturm noch heftiger geworden.

»Wow!« sagte Rich, zumindest glaubte ich, daß er das sagte, denn seine Stimme ging in dem heulenden Sturm fast unter.

»Rich, halt dich an meinem Arm fest!« rief ich, und gemeinsam kämpften wir uns durch das Schneetreiben nach Hause.

»Wir gehen doch in die richtige Richtung, oder?«

Rich lachte, zumindest glaubte ich das. »Das hoffe ich, Tante Gennie.«

Wir schleppten uns weiter, über Schneewehen hinweg, wo Stunden zuvor noch grüner Rasen gewesen war.

»Die Byerlys!« frohlockte Rich und deutete auf ein Haus, das wie eine Fata Morgana aus dem Schneetreiben auftauchte. »Unsere letzte Station!«

»Rich, wir können nicht mehr Halt machen, wir müssen nach Hause.«

»Aber sie geben mir immer mit Schokolade überzogene Erdnüsse!«

Ich zog ihn am Arm, als er auf das Haus zuging.

»Nein, Rich, wir müssen nach Hause gehen.«

»Aber ich mag Schoko-Erdnüsse!« Er riß sich von mir los und begann, auf das Haus zuzulaufen. Es ist leicht zu erklären, warum Rennen im Schneesturm nicht zu den beliebten Sportarten gehört: Es ist mühsam. Es ist schwierig, im Schnee voranzukommen, wenn einem die Flocken zudem auch noch die Sicht versperren. Dennoch rannte ich Rich hinterher, aber ich brauchte ihn gar nicht aufzuhalten, weil er hinfiel. Er fiel mit gespreizten Beinen flach auf die Brust, wie ein Baseballspieler, der in die Home-Run-Platte schlittert.

Er brüllte so laut, daß er den Sturm übertönte, und mein Herz hämmerte entsprechend, als mich der Gedanke durchzuckte, daß ich ihn in die Notaufnahme bringen mußte, um seine Knochen richten zu lassen.

Ich stolperte auf ihn zu. »Rich! Rich, was ist los?«

»Meine Süßigkeiten!« schrie er. »Ich hab meine Süßigkeiten fallen lassen!«

»Bist du verletzt?«

»Nein, aber meine *Süßigkeiten*!«

Wenn es schon schwierig ist, bei einem Schneesturm zu rennen, können Sie sich vorstellen, was für ein unmögliches Unterfangen es ist, verstreute Halloween-Süßigkeiten aufzusammeln. Die bunten Einwickelpapiere hoben sich zwar vor dem weißen Hintergrund deutlich ab, aber die Frage war, ob wir mit dem Einsammeln schnell genug waren, bevor der Schnee alles begraben hatte.

»Ich kann meine Popcornkugeln nicht finden!« schrie Rich.

»Such nicht lange – heb einfach auf, was du siehst.«

»Aber ich liebe Popcorn. Ich liebe Popcorn!«

Es war kalt und windig, und die Sicht war schlecht. Mich packte plötzlich die Regung, meinen schreienden, jammernden Neffen zu erwürgen, ein Vorhaben, das gottlob von einer Männerstimme verhindert wurde, die mich fragte: »Können wir helfen?«

»Sicher«, antwortete ich, ohne zu wissen, wer gefragt hatte, aber bereit, von jeder Seite Hilfe anzunehmen. »Wir versuchen, die Süßigkeiten meines Neffen einzusammeln.«

Die Gestalt beugte sich nieder. Das Schneegestöber und die Kapuze seines Parkas machten es schwer, sein Gesicht zu erkennen.

»Oh, Sie haben eine Taschenlampe!« sagte ich, als er den Lichtstrahl auf den Boden richtete.

»Ohne die gehe ich nachts an Halloween nie aus dem Haus«, antwortete er, und dann sah ich, daß sich neben ihm ein Kind hinunterbeugte.

»Mein Popcorn«, rief Rich und zog die Cellophantüte aus dem Schnee. »Ich hab mein Popcorn gefunden!«

Zu viert suchten wir noch eine Weile weiter.

»Das ist alles, glaube ich«, sagte der Mann und warf einen letzten Blick auf den Boden, um nachzusehen, ob wir Süßigkeiten übersehen hatten. »Sie sollten jetzt lieber nach Hause gehen.«

»Hey«, sagte ich schließlich, als ich ihn erkannte, »Sie sind der Küster-Postbote.«

»Kein anderer. Schaffen Sie es nach Hause?«

»Verfolgen Sie mich?«

»Was?«

»Ach, nichts – es ist nur so, daß Sie überall auftauchen.«

»Auftauchen?«

»Schon gut. Ich hab bloß einen Scherz gemacht.«

Wir mußten schreien, um uns über den Sturm hinweg zu verständigen.

»Daddy, ich muß auf die Toilette!«

Diese Aussage kam laut und deutlich, ihre Dringlichkeit übertönte das Heulen des Sturms.

»Kommen Sie mit«, schrie ich, »sie kann unsere benutzen.«

Die kleine Tochter des Postboten stolperte, dann stolperte ich, wonach wir uns alle unterhakten und dicht aneinandergedrängt nach Hause wankten. Der Wind wirbelte den Schnee vom Boden auf und trieb die Flocken, die vom Himmel fielen, in alle Richtungen, auch in unsere Gesichter. Ich wurde für einen Moment von Panik ergriffen, als mir die Geschichten von Leuten einfielen, die im Schneesturm umkamen und am nächsten Tag erfroren aufgefunden wurden – nur zwanzig Meter von ihrem Bauernhaus entfernt, das sie fast, aber nicht mehr ganz erreicht hatten.

»Wo ist es?« schrie ich, unfähig, etwas zu erkennen, außer dem schwindelerregenden Schneegestöber.

»Wir sind fast da«, antwortete der Postbote.

Ich konnte das Haus erst erkennen, als wir praktisch vorm Eingang standen.

»Halleluja«, sagte ich.

»Halleluja«, wiederholte Rich, und wenn sich meine Stimme dankbar anhörte, klang seine wirklich ehrfürchtig.

Drinnen lachten wir alle, stampften mit den Füßen auf und klatschten in die Hände, um den Schnee abzuschütteln.

»Dad«, sagte das kleine Mädchen, »die Toilette?«

»Oh, sie ist ganz hinten im Flur«, sagte ich und deutete in die Richtung. Bevor sie den Mantel ausgezogen hatte, rannte sie schon los.

Rich hängte sorgfältig seine Jacke auf, er wischte den Schnee von den Ärmeln, und dann fiel ihm plötzlich mein früherer Vorschlag wieder ein und er fragte: »Tante Gennie, wie wär's mit heißer Schokolade?«

»Klar«, sagte ich, und dann zum Postboten gerichtet: »Möchten Sie und Ihre Tochter auch welche?«

»Oh ja, Natalie und ich lieben heiße Schokolade.« Er streckte die Hand aus. »Und ich bin James. Keine Abkürzung, einfach James.«

Ich schüttelte seine Hand. »Ich freue mich, Sie kennenzulernen, Keine-Abkürzung-nur-James.«

Der Schnee hatte meinen Schnauzbart und meine Koteletten fast abgewaschen, und im Badezimmer wischte ich den Rest ab, dann half mir Rich bei der Zubereitung der heißen Schokolade, während Natalie neben ihrem Vater kniete, der im Kamin Feuer machte.

»Also, auf ein verschneites Halloween«, sagte ich, als ich das Tablett auf den Couchtisch stellte.

»Und auf meine Süßigkeiten«, sagte Rich und stieß mit seinem Becher mit mir an. Und dann, als wäre ihm plötzlich etwas eingefallen, sagte er: »Die Süßigkeiten!«

Er stellte seinen Becher ab, rannte in die Küche und kam mit seinem nassen Kissenüberzug und einem Stück Zeitungspapier zurück, das er vor dem Kamin ausbreitete.

»Ich muß die Süßigkeiten sortieren!« sagte er und schüttete seinen Beutesack aus. Einen Moment lang saß er da, betrachtete zufrieden seine Geschenke, und ihr aufgeweichter Zustand schien ihn nicht mehr zu stören. »Oh«, sagte er mit Blick auf Natalie. »Möchtest du deine Süßigkeiten auch sortieren?«

Natalie zupfte an ihren dunklen Ponyfransen und schüttelte den Kopf. Dann verbarg sie schüchtern den Kopf an der Schulter ihres Vaters.

»Du möchtest deine Süßigkeiten nicht sortieren?« fragte Rich, und das kleine Mädchen schüttelte den Kopf. Er blieb einen Moment in der Hocke sitzen und sah sie an. »Du bist ein scheues Mädchen, ha? Ich hab dich in der Kirche gesehen. Hast du mich auch gesehen?«

Das Mädchen nickte, sagte aber nichts.

»Du hast Angst vor mir, nicht wahr?« fuhr Rich kurz darauf fort. »Conrad sagt, Leute kriegen Angst vor mir, weil ich komisch aussehe.«

Dies brachte er nicht anklagend, sondern mit einer Art resignierter Einsicht vor. Der Postbote und ich tauschten Blicke aus, aber keiner von uns sagte etwas.

»Das macht nichts«, sagte Rich und begann, in seinem Haufen Süßigkeiten zu wühlen. »Ich *sehe* komisch aus – und *bin* komisch. Ich kann dich zum Lachen bringen, bevor du sagst: ›Nein, das kannst du nicht.‹«

Das kleine Mädchen entfernte sich gerade weit genug vom schützenden Arm seines Vaters, um einen Blick auf Rich zu werfen.

»Nein, das kannst du nicht«, sagte es leise.

»Aber ich kann dich zum Lachen bringen, bevor du zehnmal schnell ›Spielzeugboot‹ gesagt hast.«

»Zehnmal schnell Spielzeugboot.«

»Nein«, sagte Rich und lachte selbst. »Sag zehnmal das Wort ›Spielzeugboot‹. Bloß das Wort ›Spielzeugboot‹. Zehnmal, und zwar schnell.«

»Spielzeugboot, Spielzeugboot, Spielzigboot –« Der Zungenbrecher war zu schwer für sie, und wie Rich vorhergesehen hatte, mußte sie lachen.

»Das ist schwer, nicht?« fragte er. »Das schafft keiner.«

Der Postbote-Küster nahm die Herausforderung an. »Spielzeugboot, Spielzeugboot, Spielzeugboot, Spielzeugboot, Spielzeugboot, Spielzeugboot, Spielzeugboot, Spielzeugboot, Spielzeugboot, Spielzeugboot.«

»Wow!« rief Rich aus. »Sie sind der erste, der das je geschafft hat!«

»Rich, bitte«, sagte ich und tat so, als wäre ich eingeschnappt. »Laß es einen richtigen Profi versuchen.« Ich stand auf und stellte mich in Position, als wollte ich ein Sonett vortragen. »Spielzeugboot, Spielzeugboot, Spielzigboot ...«

Rich kreischte vor Vergnügen. »Du hast ›Spielzig‹ gesagt, Tante Gennie, du hast ›Spielzig‹ gesagt!«

»Das war nur ein Testlauf.« Ich räusperte mich. »Spielzeugboot, Spielzigboot, Spielzigbuut ...«

»Schon wieder!« rief Rich.

»Nur daß Sie diesmal Spielzigbuut gesagt haben!« fügte Natalie hinzu.

»Spielzigbuut«, wiederholte Rich kopfschüttelnd.

Geschlagen ließ ich mich aufs Sofa sinken und reichte meinem Konkurrenten die Hand.

»Sie haben sich wacker gehalten«, sagte er.

Die Kinder lachten wieder, und dann rannte Natalie los, um ihren Halloween-Beutel zu holen. Sie schüttete ihre Ausbeute neben der von Rich auf der Zeitung aus, und gemeinsam zählten sie ihre M&Ms, Smarties-Rollen und Mars-Riegel.

»Und warum siehst du so komisch aus?« fragte sie.

»Ich habe Downsyndrom. Ich bin so geboren worden.«

»Oh«, sagte das kleine Mädchen. »Ich hab ein Muttermal auf dem Bauch, mit dem bin ich auch geboren worden.«

»Ist es groß?« fragte Rich.

»Nicht sehr.« Sie zog das Oberteil ihres Kobold-Kostüms hoch. »Siehst du?« fragte sie und deutete auf einen kleinen Fleck neben dem Bauchnabel.

Rich kam näher, um es genauer zu sehen. »Sieht wie ein Penny aus. Ein Penny ohne Aufschrift.«

Das kleine Mädchen sah hinunter und betrachtete das Mal einen Moment lang, bevor es zustimmte. »Ja, das ist wahr.«

»Wie alt bist du?« fragte Rich.

»Siebeneinhalb. Wie alt bist du?«

»Ich bin ein Teenager.«

»Wow«, sagte Natalie beeindruckt.

»Darf ich Ihnen noch eine Tasse heiße Schokolade bringen, James?« fragte ich und zwang mich, mir seinen Namen einzuprägen, da ich ihn nicht immer insgeheim als Postboten oder Küster bezeichnen wollte.

»Wie bitte?« fragte er, sich von den Kindern abwendend.

Ich hielt meine leere Tasse hoch. »Noch Schokolade?«

»Oh ... nein.« Er sah auf seine Uhr. »Ich denke, wir sollten uns auf den Weg machen, Natalie.«

»Daddy, ich bin noch nicht fertig.«

Sie legte ihre Süßigkeiten zu kleinen Häufchen zusammen, ohne daß ich ein System dahinter erkennen konnte. Rich genausowenig.

»Diese Karamelstangen gehören hierher«, sagte er und deutete auf ein ähnliches Paket.

Das kleine Mädchen schüttelte den Kopf. »Nein, Stella mag die auch.«

»Wer ist Stella?« fragte Rich.

»Stella ist eine meiner Puppen. Keine von ihnen konnte an Halloween rausgehen und Süßigkeiten sammeln, also mach ich kleine Halloween-Beutel für jede von ihnen.«

»Puppen können nicht essen.«

Natalie zog die Augenbrauen hoch. »Meine schon.«

Ich drehte mich um, um festzustellen, was der Vater von diesem Gespräch hielt, aber der war verschwunden.

Ich fand ihn im dunklen Gang stehend, wo er durch die Sturmtür hinaussah. Auch ich sah hinaus.

»Ach du liebe Güte«, sagte ich erschrocken.

Draußen war es eine einzige weiße Wüste. Man konnte Himmel und Erde nicht auseinanderhalten – selbst die einzelnen Schneeflocken waren in dem unendlichen Weiß nicht mehr auszumachen.

»Darf ich Ihr Telefon benutzen?«

»Natürlich.« Ich drehte das Licht an und deutete auf den kleinen Tisch im Gang.

Dann ging ich zur Couch zurück und tat so, als ob ich mit Interesse dem Sortieren der Süßigkeiten zusehen würde. Meine Aufmerksamkeit galt aber in Wirklichkeit dem Telefongespräch. Mit wem redete er? Mit dem technischen Notdienst? Dem meteorologischen Institut? Seiner Frau?

Treffer – es war Nummer drei.

»Wie sollte ich das machen, Karin? Also, woher sollte ich wissen ...«

Es gab weiteres Gemurmel, der Name Karin fiel noch einige Male, aber die Kinder redeten und lachten so laut, daß ich ihn nicht richtig verstehen konnte.

»Na, was macht ihr denn da?« fragte ich, als ich meine Aufmerksamkeit wieder ihnen widmete.

»Wir trocknen ein paar meiner Süßigkeiten«, antwortete Natalie. »Viele davon sind naß geworden.«

Sie legten kleine Schokoriegel auf den Rand des Kamingitters.

»Rich, nur die Verpackungen sind naß«, sagte ich. »Wir legen sie auf die Küchentheke und lassen sie dort trocknen. Auf dem Gitter schmelzen sie doch.«

»Natalie, geh weg von dort«, sagte ihr Vater, als er ins Zimmer trat. »Du weißt doch, daß du nicht am Feuer spielen sollst.«

»Wir haben nicht gespielt«, protestierte die Kleine. »Wir haben nur unsere Süßigkeiten getrocknet.«

»Wie auch immer, bleib vom Kamingitter weg.« Seine Stimme klang eher schroff als besorgt.

»Ist alles in Ordnung?« fragte ich honigsüß, immer bereit, aus jeder Situation das Drama herauszuhören.

James schüttelte den Kopf. »Ich hoffe, es macht Ihnen nichts aus, wenn wir die Nacht hier verbringen.«

»Was?« Ich bin nicht so leicht zu erschüttern, aber bei dieser Bitte, muß ich zugeben, blieb mir die Luft weg.

James lachte, als er das bemerkte. »Sie haben ja gesehen, wie es draußen aussieht – wir können nicht mehr nach Hause gehen. Nicht mal die Schneepflüge können raus.«

»Aber ich ... ich dachte, weder Regen noch Schnee könnten euch Jungs abhalten.«

»Ich trage ja keine Post aus«, antwortete er lachend. »Und selbst wenn ich es täte, würde mich dieses Wetter davon abhalten.«

»Schneit es immer noch?« fragte Rich.

»Und wie«, sagte ich. »Schau mal raus.« Ich machte die beiden Stehlampen aus, damit sich ihr Licht nicht mehr in der Panoramascheibe spiegelte. »Siehst du?«

»Wow!« sagte Rich.

»Wow!« wiederholte Natalie, ging dann auf ihren Vater zu und fragte: »Hast du mit Mommy gesprochen, Daddy?«

»Ja.« Er zog sie auf seinen Schoß. »Und sie hat gesagt, du sollst eine Tafel Schokolade für sie aufheben.«

»Das hat sie nicht«, antwortete das Mädchen. »Mommy ißt keine Süßigkeiten.«

Ich bildete mir sofort eine Meinung über die Frau, die ich noch nie gesehen hatte: Ich mochte sie nicht. Sie gehörte vermutlich zu dem Typ, der die Kalorien in einen Rechner eintippte, einen gestählten Körper und steinharte Schenkel hatte.

»Also«, sagte der Postbote zu seiner Tochter, »es sieht so aus, als müßten wir hier übernachten.«

»Hier übernachten«, rief Rich. »Yippee!«

Ich sagte James und Natalie, daß sie das unbenutzte Schlafzimmer nehmen könnten, aber Rich erhob Einspruch und meinte, wenn sie schon bei uns kampieren müßten, dann sollten sie tatsächlich *kampieren*, und er ebenfalls. »Oh, bitte, bitte, bitte, Tante Geneva, *bitte*!« Und so kam es, daß die kleinen Kampierer nach einer Portion Popcorn und einer mäßig gruseligen Geistergeschichte schließlich in Batman- und Robin-Schlafsäcken lagen und leise schnarchten, während sich die Erwachsenen ein zweites Glas Wein einschenkten.

»Ihre Frau hat also tatsächlich erwartet, daß Sie bei diesem Sturm nach Hause gehen?«

James nickte, dann schüttelte er den Kopf. »Sie wollte unbedingt, daß ich Natalie heimbringe. Ob ich dabei vom Schnee begraben werde, interessiert sie nicht. Wahrscheinlich wäre ihr das nur recht.«

Ich stieß einen leisen Pfiff aus. »Hört sich an, als verstünden Sie sich mit Ihrer Frau nicht besonders gut.«

James stieß ebenfalls ein leises Pfeifen aus. »Da haben Sie vollkommen recht – außer daß meine Frau nicht mehr meine Frau ist.«

»Sie sind geschieden?«

»Seit einem Jahr.«

»Ich bin seit ...« Waren es dreiundzwanzig Jahre? Oder vierundzwanzig? Es war so lange her, daß ich mich nicht einmal mehr erinnern konnte. »Seit langem geschieden.« Ich sah über die schlafenden Kinder hinweg ins Feuer. »Er war Franzose und offensichtlich mehr daran interessiert, eine Greencard zu bekommen, als eine Frau.«

James seufzte. »Karin – ach übrigens, als ich ihr sagte, wo ich sei, sagte sie: ›Richte Miss Jordan doch aus, wie sehr mir ihre Aufführung gefallen hat.‹«

Ich mußte lachen, als er mit verkniffenen Lippen seine Ex-Frau nachahmte, aber da ich nicht den Faden unseres Gesprächs verlieren wollte, fragte ich: »Also, was wollten Sie sagen?«

»Hm?« James biß sich auf die Lippen und antwortete: »Ach ja. Ich sagte, daß Karin auch etwas anderes wollte.«

»Und was war das?«

Er wandte den Blick vom Feuer ab und sah mich an. Seine Züge waren nicht klassisch wie die Trevors, aber er hatte schön gewelltes braunes Haar (daß der Haaransatz nach hinten wanderte, war nicht schlimm) und warme haselnußfarbene Augen in einem freundlichen Gesicht. Und er hatte ein reizendes Lächeln, bei dem sich seine Wangen rundeten. Der Anblick löste in mir den Wunsch aus, etwas Lustiges zu sagen, damit er lächelte.

»Sie wollte, daß ich Vize-Präsident der Marketingabteilung von Amalgamated Mills werde.«

»Das ist ziemlich konkret. Gibt es einen Grund, warum Sie gerade bei Amalgamated Mills Vize-Präsident werden sollten, anstatt, sagen wir mal, bei Pillsbury?«

Er zuckte mit den Achseln. »Vermutlich weil es die besten Berufsaussichten bot.«

Ich sah ihn einen Moment lang an und wartete auf das breite Lächeln, aber es kam kein Lächeln, kein Hinweis darauf, daß er scherzte.

»Ich war nicht immer Postbote«, sagte er. »Dafür mußte ich zuerst wieder normal werden.«

Ich sah ihn mit hochgezogenen Augenbrauen an, ein Blick,

der eines meiner Markenzeichen ist und der, geschickt eingesetzt, beim Publikum immer für Gelächter sorgt. Diesen Trick wandte ich jetzt auch auf mein Ein-Mann-Publikum an. Er lachte.

»Ich schätze, das ist jetzt erklärungsbedürftig«, sagte ich.

Natalie murmelte im Schlaf, und James ging zu ihr und zog ihr den Schlafsack über die Schultern. Als er zurückkam, trank er einen Schluck Wein und erzählte mir seine Lebensgeschichte, oder zumindest das letzte Kapitel davon.

Es war mir halbwegs vertraut. Ich hatte verschiedene Freunde, die während ihrer Midlife-Crisis den Beruf gewechselt hatten, aber gewöhnlich handelte es sich um einen Wechsel, den ich verstand – ein Rechtsanwalt, der seine Kanzlei aufgab, um den Großen Amerikanischen Roman zu schreiben, ein Banker, der ins ländliche Maine zog, um dort zu töpfern. Künstlerische Berufe. Ich kannte niemanden, der eine große Karriere aufgab, um Postbote zu werden. Das sagte ich James.

»Genau das hat meine Ex-Frau auch gesagt. Sie dachte, ich hätte eine Art Nervenzusammenbruch erlitten oder so etwas.«

»Stimmte das?« fragte ich.

James schüttelte den Kopf.

»Das wäre passiert, wenn ich dort geblieben wäre. Ich hatte kein Leben, Geneva – es war alles nur Arbeit. Karin und ich verdienten eine Menge Geld, aber wir hatten keine Zeit, es auszugeben. Wir hatten ein süßes kleines Mädchen, aber keine Zeit, die wir mit ihm verbringen konnten. Auf dem Weg zur Arbeit setzten wir Natalie in der Kindertagesstätte ab und holten sie nach einem Essen mit einem Kunden oder einer späten Konferenz wieder ab. Meistens war sie dann schon eingeschlafen. Später, als sie in den Kindergarten kam, ging sie nachmittags in die Kindertagesstätte. Eines Abends fuhr ich nach Hause, während sie im Kindersitz schlief, und dachte, daß ich nichts von ihrem Leben wußte – ob sie ihre Kindergärtnerin mochte, wer ihre Freunde waren. Ich war nur ein Chauffeur für sie. Meine Aufgabe bestand darin, sie an Orte zu bringen, wo andere Leute sich um sie kümmerten.«

»Also haben Sie Ihren Job aufgegeben?«

»Am nächsten Tag. Karin hat sogar einen Psychologen vom Sozialamt gebeten, mich in meinem Büro aufzusuchen, als ich meine Sachen packte – sie war tatsächlich der Meinung, ich sei verrückt geworden. Das glaubten alle.«

»Und jetzt ist alles besser, nachdem Sie ... Postbote geworden sind?«

Lächelnd kratzte sich James an der Wange. »Sie sprechen das Wort genauso aus wie Karin – als würden Sie ›Versager‹ sagen.«

Ich zog die Afghan-Decke von der Couchlehne und legte sie mir über den Schoß.

»Um ehrlich zu sein, das trifft doch auch irgendwie zu – es ist, nun ja, unter Ihrem Niveau.«

»Unter meinem Niveau«, sagte er und schüttelte den Kopf. Und was ist mein Niveau?«

»Ach kommen Sie, Sie wissen, was ich meine. Post auszutragen ist doch nicht gerade eine erfüllende Aufgabe.«

Er nahm einen Schluck Wein und starrte so lange ins Feuer, daß ich glaubte, die Unterhaltung sei endgültig vorbei und ich sollte lieber zu Bett gehen.

»Es gab andere Aufgaben, denen ich mich stellen mußte.« Er trank noch einen Schluck, stellte danach das Glas ab und sah mich an. »Seltsam, ich habe gedacht, Sie würden das verstehen.«

»Sie kennen mich doch kaum«, erwiderte ich abwehrend und ein wenig verärgert über seine Vertraulichkeit. »Wie sollten Sie wissen, was ich verstehe oder nicht verstehe?«

»Jetzt klingen Sie so wie die Geneva Jordan, die ich erwartet hatte.«

Unwillkürlich mußte ich lachen. »Und was haben Sie erwartet?«

Er stand auf und trat vor das Panoramafenster.

»Kennen Sie das große Haus drüben am See? Sie können es jetzt wegen des Schneesturms nicht sehen, aber es ist aus grauem Feldstein ...«

»Mit einer braunen Gartenmauer?« sagte ich und stieg über

Rich, um mich neben James zu stellen. »Klar, ich habe das Haus gesehen. Es ist riesig.«

»Es gehört mir.«

»Sie machen Scherze.« Ich sah in das Weiß hinaus, als könnte ich den Koloß durch das Schneetreiben erkennen.

»Nun, es gehörte mir. Mir und Karin. Jetzt lebt sie allein dort. Mit Natalie. Besser gesagt, jede zweite Woche mit Natalie.«

»Sie teilen sich das Sorgerecht?«

James nickte. »Diesbezüglich hat sie mir keine Schwierigkeiten gemacht, Gott sei Dank. Tatsächlich ist Natalie öfter bei mir als bei Karin. Sie reist viel.«

»Dann sehen Sie Ihre Tochter jetzt öfter?«

James' wundervolles Lächeln kam zurück und breitete sich über seinem Gesicht aus. »Machen Sie Scherze? Ich verbringe jetzt an einem Tag mehr Zeit mit ihr als früher in einer ganzen Woche.«

Ich mußte lachen, weil er so begeistert klang. Und es muß ein kraftvolles Lachen gewesen sein, weil es alle möglichen anderen Gefühle hervorrief, und bevor ich »Sonderzustellung« sagen konnte, lagen der Postbote und ich uns in den Armen, küßten uns mit der Leidenschaft von Teenagern, aber mit der Erfahrung zweier Menschen, die seit langem erwachsen waren.

7

AM NÄCHSTEN MORGEN wachte ich auf – steif und verspannt von der Nacht auf der Couch –, während Natalie und Rich jubelnd zusahen, wie die Liste der geschlossenen Schulen über den Fernsehbildschirm flimmerte.

»Schneetag!« rief Rich aus, und ich erinnerte mich aus meiner eigenen Schulzeit, wie aufregend dieses Wort klang.

Während die Kinder sich lautstark darauf freuten, den Tag mit Schlittenfahren und dem Bauen von Schneeburgen zu verbringen, ging ich in die Küche und sah nach James.

Was immer auch am Abend zuvor zu unserer Knutscherei geführt haben mochte – hatte der Blick auf das Schneetreiben irgendwelche wilden Urinstinkte ausgelöst? –, es war erloschen, als wäre eine Gouvernante hereingeplatzt, hätte in die Hände geklatscht und uns wegen unseres ungehörigen Benehmens getadelt. Wir hatten uns wieder auf die Couch gesetzt, hielten uns an den Händen und begannen einen wahren Gesprächsmarathon.

Zuerst stellten wir uns all die Fragen, die sich ein Paar beim ersten Rendezvous stellt, und dabei erfuhr ich alle möglichen Dinge. Ich fragte ihn, welches Sternzeichen er sei, nicht weil ich eine große Anhängerin der Astrologie bin, sondern weil ich sein Geburtsjahr herausfinden wollte, und stellte fest, daß ich viereinhalb Jahre älter war als er. Ich erfuhr auch, daß er sich die Mandeln, aber nicht den Blinddarm hatte entfernen lassen (bei mir ist es gerade umgekehrt), und daß wir beide Klavierstunden gehabt hatten, obwohl ich in der achten Klasse aufgab (ich haßte das Üben), James jedoch noch die ganze High-School-Zeit durchgehalten hatte.

Nachdem der Austausch von Kindheitserinnerungen abgeschlossen war, hielten wir abwechselnd Monologe.

Ich erzählte ihm von Trevor, über mein Gefühl der Unzulänglichkeit, was die Betreuung von Rich anging, über die erregende Spannung bei der Premiere eines neuen Stücks, von meinem liebsten Familienrezept (eine Schokoladensoße, die sofort hart wird, sobald man sie über Eiscreme gießt) und davon, wie man sich als die eine Hälfte eines Zwillingspaares fühlt.

James erzählte mir, wie erleichtert er gewesen war, als in dem Jahr, in dem er die High School abschloß, der Vietnam-Krieg endete, und daß er drei Jahre auf einer Weltreise verbrachte: Er trampte durch Europa, arbeitete für einen Bootsverleih auf Tahiti und wusch in einem Hotel in Rio de Janeiro Teller.

»Als ich zurückkam, schrieb ich mich für eine Menge Kurse ein, um mit meinen Freunden Schritt zu halten, und dann ... ich weiß nicht. Ich konnte einfach nicht mehr aufhören. Aus einem unbeschwerten Weltenbummler wurde ich ...« – er senkte die Stimme – »... zu einem Mann mit Ehrgeiz. Amalgamated engagierte mich direkt vom College weg, und die Arbeit wurde mein Leben – mein eigener Boß meinte scherzend, daß mein einziger Sport darin bestehe, die Karriereleiter hinaufzuklettern. Mein ganzer Lebenssinn schien sich darin zu erschöpfen, Geld zu verdienen. Karin und ich saßen am Küchentisch und hielten unsere Gehaltserhöhungen in Kurvengraphiken fest. Wir kicherten beglückt, wenn wir die Zahlen eintrugen.«

Als ich ihn fragte, ob er bis an sein Lebensende Postbote bleiben wolle, zuckte er mit den Achseln und erwiderte: »Wer weiß? Ich mache das jetzt seit eineinhalb Jahren, und es gefällt mir immer noch.«

»Aber, vermißt du ... vermißt du denn den Betrieb nicht, die Erregung, das Treffen von Entscheidungen, die Kreativität deines alten Jobs?«

»Oh doch«, antwortete James mit trockener Ironie. »Ich vermisse es wirklich sehr, zu entscheiden, wie die Schrift auf einem Paket Instant-Kartoffeln aussehen muß oder ob ein Tiefkühlgericht ›Olé Chicken‹ oder ›Chicken Olé‹ heißen soll. Außerdem«, fügte er lächelnd hinzu, »bin ich als Postbote viel kreativer, als ich je als Werbefachmann war.«

»Aber wie kann man als Postbote kreativ sein?«

»Glaubst du wirklich, es ist kreativ, sich Werbe-Slogans oder Verpackungen auszudenken, Geneva? Möglichkeiten zu erdenken, damit Leute Waren kaufen?«

»Ja, das glaube ich«, antwortete ich. »Ich glaube, die Verpackung von Produkten ist etwas Künstlerisches – es mag sich nicht um tiefgründige Kunst handeln, aber zumindest benutzt du deine Phantasie.«

»Ich benutze meine Phantasie jeden Tag, Geneva! Genau das gefällt mir an meinem Job – den ganzen Tag genieße ich den Luxus, nur herumzuwandern und nachzudenken.«

»Worüber denkst du denn nach?« fragte ich und beobachtete ihn, als er aufstand, um ein Holzscheit aufs Feuer zu legen.

Er rückte die Scheite mit dem Schürhaken zurecht und drehte sich dann wieder um. »Nun, manchmal denke ich über Spiele nach.«

»Über Spiele?« fragte ich überrascht. »Meinst du Theaterspiele, Stücke wie ›Endstation Sehnsucht‹ oder ›Unsere kleine Stadt‹?«

James lachte. »Nein, Eishockeyspiele.« Er mußte meinen verständnislosen Gesichtsausdruck bemerkt haben, denn er hob seinen Arm, als hielte er einen Schläger fest. »Du weißt schon, über die Spielzüge, die ein Hockeyspieler auf dem Eis machen kann. Verstehst du, ich trainiere die Mädchenmannschaft – Natalies Team. Sie sind noch etwas zu jung für komplizierte Spielzüge – die meisten können sich gerade auf ihren Schlittschuhen halten –, aber ich denke viel über Spiele und das Training nach und wie ich Shannon Mason davon überzeugen kann, unsere Torhüterin zu bleiben, statt mit ihren Barbie-Puppen zu spielen.«

»Sie muß sich wohl entscheiden, was?«

»Offensichtlich. Sie ist toll im Tor – sehr aggressiv –, aber ihre Mutter hat mich eines Tages beiseite genommen und gesagt, Shannon glaube, Eishockey raube ihr vielleicht die Zeit, die sie für ihre Barbies braucht.«

»Also bist du glücklich damit, Post auszutragen und über Strategien beim Mädchenhockey nachzudenken.«

James nickte. »Ja. Obwohl sich meine Gedanken gelegentlich auch mit anderen Themen beschäftigen.«

»Zum Beispiel?«

»Etwa das heutige.« Das sagte er so, als rufe er sich eine süße Erinnerung ins Gedächtnis. »Heute habe ich über die Gebote nachgedacht.«

»Die Gebote?«

Er lehnte sich zurück: »Ja, die Zehn Gebote.«

»Ich habe es nicht deswegen wiederholt, weil ich es nicht verstanden hätte, sondern weil es mich überrascht hat.«

James lächelte. »Es hat dich überrascht, ja?«

»Ja, es hat mich überrascht. Ich meine, es ist doch nicht alltäglich, daß Leute herumlaufen und über die Zehn Gebote nachdenken, außer sie sind Geistliche oder wirklich religiös.« Ich sah ihn an. »Bist du wirklich gläubig? Ich meine, ich weiß, daß du zur Kirche gehst, aber bist du eine Art *Eiferer*?«

»Du willst es wohl ganz genau wissen, Geneva Jordan?« antwortete James. »Nein, ich bin kein Eiferer, aber ich denke viel über Gott nach. Ich denke über alles Mögliche viel nach.« Er setzte wieder sein gewinnendes Lächeln auf. »Das ist das Schöne an meinem Job.«

»Also, was denkst du dir zu den Zehn Geboten?«

»Daß sie schwer einzuhalten sind.«

Ich nickte. »Vor allem dasjenige, daß man seinen Nächsten lieben soll wie sich selbst.«

James schwieg einen Moment. »Jesus hat dies als Rat gegeben, aber dabei handelt es sich nicht um ein ausdrückliches Gebot.«

»Wirklich? Na, Gott sei Dank. Ich meine, wer kann das schon?«

»Wer kann was?«

»Wer kann seinen Nächsten so lieben wie sich selbst? Das würde einen Menschen ja in den Wahnsinn treiben.«

»Wie meinst du das?«

»Nun«, sagte ich, »du weißt doch, wenn man eine Geschichte über einen schrecklichen Unfall liest und plötzlich dieses Mitgefühl für die Opfer verspürt?«

James nickte.

»Aber das ist nur für einen Moment, nicht wahr? Man blättert die Seite um, und wenn man bei den Comics angelangt ist, ist alles vergessen. Jetzt stell dir vor, du würdest die Opfer kennen und würdest sie lieben wie dich selbst. Wie könntest du ihren Schmerz ertragen, wenn es schon schwer genug ist, den eigenen zu ertragen?«

»Nun, das könnte man nicht«, stimmte James zu. »Aber ich glaube, die Botschaft bedeutet, das Beste für seine Mitmenschen zu wollen, jeden so zu behandeln, wie man selbst behandelt werden möchte.«

»Das ist die Goldene Regel«, sagte ich wie ein Kind, das die Hand hochschießen läßt, weil es endlich die richtige Antwort weiß. »Aber selbst das ist kein reines Vergnügen.«

Wiederum wurde ich mit seinem reizenden Lächeln beschenkt.

»Ganz und gar nicht. Wenn man sich an die Goldene Regel hält, darf man nicht lästern, sich über niemanden lustig machen oder ...« Ich lachte, während ich mir selbst zuhörte. »Deshalb bin ich oberflächlich. Aber es stimmt. Es würde mir wirklich etwas fehlen, wenn ich nicht mehr hinter dem Rücken anderer Leute lästern dürfte.« Ich spürte, wie ich rot wurde, und wollte die Aufmerksamkeit davon ablenken, daß ich Mutter Teresa so unähnlich war. Daher fragte ich: »Und welche Gebote sind für dich schwer einzuhalten?«

»Das erste wahrscheinlich. Den Vater und die Mutter zu ehren.«

»Glaubst du, daß das *immer* noch von uns erwartet wird – selbst wenn wir erwachsen sind?«

James lachte über meinen kleinen Scherz. »Meine haben sich auf Karins Seite gestellt – sie sind nicht nur wütend, weil ich meine Karriere aufgegeben habe, um Post auszutragen, sondern sie glauben auch noch, ich möchte sie bewußt in Verlegenheit bringen, weil ich sie in ihrer Nachbarschaft austrage.«

»Und stimmt das?«

»So boshaft bin ich gar nicht. Es war reiner Zufall – der Typ, der diese Tour gemacht hat, ging in Ruhestand, und ich hatte mich beworben, also bin ich jetzt hier und bringe die Post in dieselben Häuser, in die ich früher zu Cocktail-Partys eingeladen wurde. Komisch, aber in letzter Zeit hab ich nicht mehr so viele Einladungen bekommen.« Er legte die Hand auf den Mund und gähnte. »Heute sagte meine Mutter am Telefon, ich sei schlimmer als ein schwarzes Schaf – ich sei es in aller Öffentlichkeit.«

Ich konnte diese Frau nicht verstehen, im Gegensatz zu ihr war meine Mutter geradezu der Inbegriff von Toleranz.

»Und was hast du darauf geantwortet?« fragte ich.

»Das Naheliegendste: Mäh.«

Im Lauf der Nacht hatte es längere Schweigepausen gegeben, und schließlich, als ich darauf wartete, daß James mir die Lieblingsfilme aus seiner Kindheit aufzählte, hörte ich ihn schnarchen. Ich war erleichtert – auch ich war erledigt, aber irgend etwas zwingt mich immer, als letzte ins Bett zu gehen. Ich glaube, ich will einfach nichts verpassen.

Jetzt suchte ich in einem Haus, das von winterlichem Sonnenlicht durchflutet war, nach meinem Übernachtungsgast. Es war wirklich erstaunlich – der Himmel erstrahlte so blau wie ein geschliffener Türkis, und der Schnee darunter war so blendend weiß, daß ich die Augen zusammenkneifen mußte, wenn ich auf ihn blickte.

Es war bereits frischer Kaffee gemacht, und auf der Küchentheke lag eine Nachricht.

Danke für die Gastfreundschaft. Ich bin vom Geräusch der Schneepflüge aufgewacht und dachte mir, ich schaufle Eure Einfahrt frei, damit Ihr nicht mehr eingeschlossen seid. Ich hoffe, es macht Dir nichts aus, daß ich Natalie dagelassen habe, aber ich dachte, ich sollte auch Karin freischaufeln. Wer weiß, vielleicht bin ich zurück, bevor Du aufwachst.

James

»Es gibt also doch noch wahre Kavaliere«, sagte ich laut, faltete den Zettel zusammen und steckte ihn in die Tasche meines Morgenrocks. Wie als Antwort auf mein Stichwort klingelte das Telefon. Es war allerdings nicht Sir James, der edle Ritter, sondern Trevor, die Schlange.

Dennoch schnellte meine Stimme ein paar Oktaven höher. »Trevor?«

»Ich hab gerade auf CNN gesehen, daß meterhoher Schnee bei euch liegt.«

»Sechzig Zentimeter«, sagte ich lächelnd. »Aber warum bist du so früh auf und siehst fern?« Selbst wenn man den Zeitunterschied berücksichtigte, schlief Trevor gewöhnlich um diese Zeit.

»Ich bin jetzt ein ganz anderer – ich stehe jeden Morgen auf und bin um acht im Fitneß-Studio.«

»Du machst Scherze.«

»Nein. Nach der Vorstellung einen Drink, und um Mitternacht bin ich zu Hause.«

»Allein?« Ich konnte mich einfach nicht zurückhalten – ich wollte es wissen.

»Allein mit meinen Erinnerungen ... an dich.«

O Gott. Da kam der Trevor-Waite-Charme; wie ein Schnellzug raste er über die Schienen auf mich zu, um mich zu zermalmen. Ich war so fassungslos, daß ich nur ein blödes Kichern zustande brachte.

»Ach, Geneva«, sagte Trevor, »können wir es nicht noch einmal miteinander versuchen? Ich vermisse dich so sehr, ich vermisse eine richtige Frau in meinem Leben.«

»Im Gegensatz zu einer aus Plastik?«

Er gluckste vergnügt, wie jemand, der Punkte sammeln will, indem er über die Scherze seines Gegenübers lacht, egal, wie boshaft sie auch sein mochten.

»Ach, Geneva«, begann er wieder. »Vermißt du mich auch? Die Zeiten, die wir zusammen hatten? Unseren Song?« Er begann unser Duett aus »Mona!« zu summen. Außerhalb des Theaters hatten wir uns die Ballade oft vorgesungen.

Ich unterdrückte den Impuls einzustimmen. Das ging mir alles viel zu schnell.

»Hör mal«, sagte ich, weil ich dachte, ein bißchen Ablenkung könnte nicht schaden, »wie hast du überhaupt diese Nummer herausgefunden?«

»Ich hab da meine Quellen«, antwortete er. »Tatsächlich brauchte ich nichts weiter zu tun, als das Weihnachtsgeschenk zu öffnen, das mir deine Schwester letztes Jahr geschickt hat. Diese Biographie über Yeats. Die Widmung lautete ›Alles Liebe von Ann und Riley Wahlstrom‹, also mußte ich bloß die Auskunft anrufen.«

»Ziemlich schlau«, gab ich zu, insgeheim jedoch verfluchte ich meine Schwester und meinen Schwager, daß sie Trevor einen so wichtigen Hinweis geliefert hatten. Warum mußten sie immer so verdammt aufmerksam sein und jedem Mann, mit dem ich ausging, Weihnachtsgeschenke schikken?

Ich holte tief Luft. »Trevor, ich, ähm – ich muß weg.«

»Was hältst du denn von meinem Vorschlag? Soll ich dich wieder anrufen? Habe ich noch eine Chance?«

Ich war heilfroh, daß das Gespräch am Telefon stattfand. Wenn er sich im selben Raum wie ich aufgehalten hätte, hätte ich mich ihm schon längst in die Arme geworfen.

»Ich ... ich weiß nicht, Trevor. Das geht mir alles zu schnell ... ich ... ich muß jetzt auflegen.«

Nachdem ich aufgelegt hatte, schnappte ich nach Luft wie ein Yoga-Anfänger. Konnte ich – sollte ich – riskieren, wieder zu Trevor zurückzukehren, zu einem Mann, der nicht nur mein Herz gebrochen hatte, sondern auch Freude daran zu finden schien, auf den Scherben herumzutrampeln? Ich war nahe daran zu hyperventilieren, während ich mir meine nächsten Schritte überlegte, aber glücklicherweise wurde mir diese Entscheidung abgenommen.

»Tante Gennie, wir haben Hunger!« verkündete Rich.

»Bärenhunger«, fügte Natalie hinzu. Ihr Blick strich suchend durch die Küche. »Wo ist mein Dad?«

»Er schaufelt die Einfahrt deiner Mutter frei«, antwortete ich und öffnete einen Schrank. »Also, was wollt ihr? Haferflocken, Cornflakes oder ...«

»Überbackenen Toast!« rief Rich.

»Überbackenen Toast!« erklang sein Echo.

Ich konzentrierte mich auf die Zubereitung des Frühstücks und ließ die Unterhaltung mit den Kindern nicht abebben, damit ich nicht an Trevors Anruf denken mußte.

»Rich, kannst du mir die Eier holen?«

»Aber schlagen Sie sie bitte nicht«, sagte Natalie. »Weil Sie dafür viel zu nett sind.« Sie grinste. »Haben Sie verstanden? *Schlagen?* Unschlagbar nett?«

Rich riß die Augen auf, als sie ihm das Wortspiel erklärte, und dann brach er in Lachen aus.

»Unschlagbar nett! Unschlagbar nett!«

Ich nahm einen Behälter aus dem Kühlschrank. »Und ich schätze, ihr seid auch zu höflich, um die Sahne zu schlagen?«

»Die Sahne schlagen«, kreischten sie. *»Die Sahne schlagen!«*

Sie schwelgten in allen sadistischen Küchenausdrücken, die ihnen einfielen – »die Eier aufschlagen«, »die Zwiebeln hacken«, »die Pastete zerschneiden« – aber mein Vorschlag »Schneidet den Käse« brachte sie vollständig aus dem Häuschen.

»Schneid den Käse!« keuchte Rich. »Das heißt gleichzeitig so viel wie *furzen*!«

»Furzen!« wiederholte Natalie langsam. »Bei meiner Mom darf ich das Wort nicht mal aussprechen!« Einen Moment lang sah sie aus wie ein Seemann, der sich überlegt zu meutern oder brav seinen Dienst zu versehen. Sie entschied sich für Meuterei. »Furzen, furzen, furzen, furzen!«

Bald darauf rannten sie durch die Küche, riefen »Furzen« und machten mit den Lippen die entsprechenden Geräusche dazu. Ich lief hinter ihnen her, und mein Beitrag zu der Rhythmusgruppe bestand darin, mit einem Schöpflöffel auf einen Topf zu schlagen und gelegentlich ein »Hey!« einzustreuen. In dieses Chaos kehrte James zurück.

Wir hatten gerade den Küchentisch umrundet, als wir ihn

reinkommen und mit dem Kopf zu unserem wilden Rhythmus nicken sahen.

»Daddy!« rief Natalie aus und rannte auf ihn zu. »Wir singen ein besonderes Lied über *Fürze*!«

»Das hab ich schon bemerkt«, sagte er lächelnd, küßte seine Tochter auf den Kopf und sah dann mich an. »Großartiger Text, guter Rhythmus. Ich gebe eine Eins.«

»Danke«, sagte ich und verbeugte mich leicht. »Als nächstes gibt's einen Rülps-Wettbewerb.«

»Einen Rülps-Wettbewerb«, rief Rich. »Ja!«

»Das war bloß ein Scherz«, fügte ich hinzu und ging zur Kaffeekanne hinüber. »Also, wie sieht's draußen aus?«

»Ich bin froh, daß heute mein freier Tag ist. Wahrscheinlich würde ich drei Stunden länger brauchen, wenn ich durch diesen Schnee waten müßte.« Er nahm die Tasse Kaffee, die ich ihm reichte. »Aber die Lake Road ist geräumt, wenn du irgendwas besorgen müßtest, könntest du's tun.«

»Können wir nicht den ganzen Tag hier bleiben, Daddy?« fragte Natalie auf und ab hüpfend. »Ich und Rich wollen Schlittenfahren gehen und Schneemänner und Schneeburgen bauen!«

»Deine Mom möchte, daß ich dich nach Hause bringe«, antwortete er und legte die Hände auf ihre Schultern, um sie davon abzuhalten, wieder wegzulaufen. »Sie kann wegen des Schnees nicht zur Arbeit, und sie möchte den Tag mit dir verbringen.«

»Aber ich möchte Schlittenfahren gehen und Schneemänner und Schneeburgen bauen!«

»Ich weiß, Liebling, aber leider wirst du dich in dein Schicksal fügen müssen.«

»Was bedeutet ›Schicksal‹?«

James sah mich mit seinen warmen haselnußbraunen Augen an. »Das ist etwas, was es hoffentlich gut mit mir meint.«

Ich habe Mitleid mit Menschen, die keinen Zwilling haben. Geneva und ich sind nicht wie die McDermotts, die Leute hinters Licht führen, indem sie sich als Lowell oder Lance ausgeben, wenn es gerade umgekehrt ist. Wir sehen uns auch gar nicht so ähnlich, und wir sind zwei ganz verschiedene Persönlichkeiten, aber dennoch bin ich zusammen mit ihr zur Welt gekommen! Als Mom uns sexuell aufklärte (igitt!), habe ich mich nur deswegen nicht übergeben müssen, weil ich an das Wunder dachte, daß wir am selben Tag entstanden sind. Und beim Heranwachsen im Bauch unserer Mutter hatten wir immer Gesellschaft! Ich erinnere mich an einen Moment letztes Jahr hier oben auf der Hütte, als wir draußen schliefen und einfach nicht fassen konnten, wieviel Sterne am Himmel standen. Ich war irgendwie seltsam traurig und sagte, daß ich mir beim Anblick des riesigen Sternenhimmels ganz klein und verlassen vorkäme, und Geneva antwortete: »Na, dann dreh doch den Kopf und sieh mich an.« Was ich tat, und sie fragte: »Fühlst du dich immer noch so klein und verlassen?« Und ich antwortete: »Ja.« Daraufhin hat sie sich ganz nah über mich gebeugt, so daß sich unsere Nasen berührten, und gesagt: »Also, für mich siehst du richtig groß aus«, und dabei schielte sie auf die Weise, wie man es tut, wenn man sein Gesicht ganz nah an das eines anderen Menschen hält, und ich glaube, ich habe auch geschielt, weil wir beide zu lachen anfingen. Für mich besteht der Sinn des Lebens darin, jemanden zu haben, bei dem man nicht mehr das Gefühl hat, so klein und verlassen zu sein.

Es war komisch – nach dem Essen saßen alle an diesem Hüttentisch, jeder nahm aufs Geratewohl einen Papierstreifen heraus und las ihn laut vor, und ich kann mich nicht erinnern, daß jemand verlegen oder befangen reagierte. Nie gab es Einwände (»Damit bin ich überhaupt nicht einverstanden«) oder Tadel (»Na komm, Ole, hättest du dich nicht ein bißchen mehr anstrengen können?«). Es war eine so intensive gemeinsame Erfahrung, daß ich glaube, sogar Großtante Tove (die der Typ Frau war, der *nie* in einer Umarmung verweilte und sie meist ohnehin vermied) fühlte sich geehrt, daran teilzunehmen. Noch immer höre ich Großonkel Carl, wie er vorlas, was Ann geschrieben hatte, und ich erinnere mich, wie stolz ich war, als ich erfuhr, wie viel ich meiner Schwester bedeutete.

Jahre später saß ich nun auf diesem Bett und sann darüber nach, daß ich in der Lage gewesen war, Ann in ihrer Einsamkeit zu trösten, obwohl gewöhnlich doch sie mich immer trösten mußte.

»Hey, ich wollte wissen, wo dieses Frage-Buch hingekommen ist.«

Ich fuhr zusammen. »Rich, du hast mich erschreckt.«

»Das wollte ich nicht«, sagte Rich, in mein Schlafzimmer stürmend. »Ich hab die ganze Zeit nach dir gerufen.« Er hüpfte mit solcher Wucht aufs Bett, daß ich Angst hatte, es würde zusammenbrechen.

»Du hast gesagt, wir lesen es morgen weiter«, fuhr Rich fort und lehnte sich an die Kissen, die am Kopfteil lagen. »Jetzt ist morgen, und du hast es immer noch nicht getan. Also laß uns jetzt ein bißchen lesen.«

»Ich wollte gerade runterkommen, um heiße Schokolade zu machen.«

»Wir haben doch gerade erst gefrühstückt!« Das stimmte. James und Natalie waren nach dem Frühstück gegangen, was noch keine halbe Stunde her war. »Vom wem ist das?« fragte er und zog vorsichtig an dem Zettel, den ich in meiner Hand hielt. »Wie heißt die Frage? Was ist die Antwort darauf?«

»Rich, zerreiß ihn nicht!« Wut flammte in mir auf, und ich hielt den Zettel noch fester in meiner Hand.

»Dann lies ihn halt vor! Sag mir die Frage und lies mir die Antwort vor!«

»Jetzt nicht«, erwiderte ich und spürte, daß ich gerade Gefahr lief, meine Beherrschung zu verlieren.

Mit beiden Händen versuchte Rich, meine Hand zu öffnen.

»Laß das!«

»Aber du hast gesagt, wir lesen sie gemeinsam!«

»Ich habe meine Meinung eben geändert!«

Als würde ihn nicht nur verblüffen, was ich sagte, sondern auch, wie ich es sagte, sah mich Rich mit offenem Mund an, bevor er in Tränen ausbrach. Dann kletterte er vom Bett herunter und rannte aus dem Zimmer durch den Flur in sein Zimmer. Ich hörte, wie die Tür zugeschlagen wurde, saß einen Moment, selbst vollkommen verblüfft, da und lauschte dem unterdrückten Schluchzen meines Neffen, während ich den Zettel mit der

Antwort meiner Schwester über den Sinn des Lebens noch immer in der Hand hielt.

»Rich«, sagte ich und klopfte an seine Tür. »Rich, darf ich reinkommen?«

Da er keine Antwort gab, öffnete ich die Tür. Ich hätte alles lieber getan, als in das Zimmer meines Neffen zu gehen und mich bei ihm zu entschuldigen.

Außer einem Berg von Decken war nichts von ihm zu sehen, nur ein kleines Büschel Haare, das wie helles Gras unter der Steppdecke hervorlugte.

»Rich?«

Er antwortete nicht, aber ein Zittern durchlief ihn, und das Gefühl von Scham und Feigheit hätte mich fast wieder zur Tür hinausgetrieben.

Ich setzte mich auf den Bettrand und tätschelte den höchsten Punkt des Hügels.

»Rich, es tut mir leid. Kannst du mir verzeihen?«

Der Hügel erbebte mit einem erneuten Zittern.

»Rich, bitte, es tut mir so ...«

»Es ist auch mein Buch!« sagte er plötzlich und setzte sich mit tränenüberströmtem Gesicht auf. »Großmutter hat es uns geschickt, und meine Mom hat geholfen, es zu machen! Meine Mom würde sagen, es gehört nicht dir, sondern uns allen!«

Erschöpft von seiner Rede, schlüpfte er wieder unter die Decke und schluchzte.

»Ich weiß, mein Lieber«, sagte ich und fühlte mich so nutzlos und dumm, wie ein Mensch sich nur fühlen kann, kurz bevor er sich in eine Amöbe verwandelt. »Es ist nur ... ich weiß nicht, das Buch hat so wundervolle Erinnerungen in mir geweckt, daß ich ... daß ich sie noch nicht gleich teilen wollte.«

»Dann solltest du lieber teilen lernen!« Seine Stimme überschlug sich fast.

»Ich weiß. Ich weiß. Ich *möchte* sie jetzt teilen.« Ich tätschelte was ich für seine Hüfte hielt. »Ich hole das Buch, und wir lesen es zusammen, in Ordnung?«

»Ich mag nicht.«

»Ach komm, Rich, wir lesen alle Fragen und Antworten, die du willst, und ich erzähle dir alles über Großonkel Carl und Großtante Tove und deinen Groß...«

»Ich mag nicht.«

Lange saß ich da und war sicher, daß er seine Meinung ändern würde, aber er sagte nichts. Als ich an seinen Atemzügen erkannte, daß er eingeschlafen war, ging ich aus dem Zimmer.

James wurde vom Schicksal reich belohnt. Am Montag kamen er und Natalie zum Pizza-Essen zu uns, am Freitag, nach einem Essen beim Chinesen, begleiteten Rich und ich die beiden zum Eishockeytraining.

Es war kalt in der Halle, und Rich und ich saßen eng aneinandergedrängt auf der Tribüne. Vor uns saßen drei Frauen, die, selbst dick vermummt, auf eine provinzielle Weise schick aussahen. Obwohl sie ihre Töchter auf dem Eis anfeuerten, schafften sie es, ihre Unterhaltung fortzuführen.

»Lauf, Emily! Ach, habt ihr gewußt, daß Lori und Dave Donaldson sich getrennt haben?«

»Du machst Scherze. Ich war letztes Jahr bei der Party zu ihrem Hochzeitstag. Gut gemacht, Jessica!«

»Ich hab gehört, daß Lori die Scheidung verlangt hat. Guter Schuß, Ashley! Kaum hatte sie ihre Maklerlizenz, wollte sie unbedingt unabhängig sein.«

James und ein hochgewachsener Mann mit Bart standen auf dem Eis, und es war auf den ersten Blick klar, daß sie zwei verschiedene Trainingsmethoden benutzten.

»Los, Mädels – schneller! Schneller!« bellte der Typ mit dem Bart, als die Mädchen übers Eis liefen. »Das ist ein Schnelligkeitstraining! Komm, Natalie. Beeil dich, Samantha – beweg dich!«

James hingegen beobachtete die Mädchen nur, und als sie den Lauf hinter sich hatten, gratulierte er ihnen zu ihrem verbesserten Stil.

»Mein Gott, was ist denn mit Phil los?« fragte eine der Mütter, als die Mädchen auf die Tore zu schießen begannen und der bärtige Typ sie anherrschte, »aufs Tor, nicht an die Pfosten« zu zielen.

»Ich glaube, er nimmt zuviel Viagra«, sagte eine andere Mutter, und als alle lachten, fragte mich Rich: »Was ist Viagra?«

Ich schüttelte den Kopf, als wollte ich nicht gestört werden, und die erste Mutter fügte hinzu: »Als ob er noch mehr Testosteron bräuchte. Der Typ ist schlimmer als ein Feldwebel.«

»Ich sagte, aufs Tor, Mädels!« brüllte er.

»Ich weiß nicht«, sagte die dritte Mutter. »Ich finde, die Mädchen brauchen ein bißchen Disziplin. Sie müssen begreifen, daß sie nicht nur zum Vergnügen dort draußen sind.«

Wozu sind sie denn sonst dort draußen? fragte ich mich.

»Ich weiß nicht. Emily hat Angst vor ihm«, sagte die erste Mutter.

»Jessica auch«, fügte die zweite hinzu. »Aber sie liebt James.«

»James«, sagte die dritte ein wenig spöttisch. »James macht es ihnen zu leicht. Als ginge es ihm um nichts anderes, als daß sie ihren Spaß haben.«

»Und was ist falsch dabei?« fragte die erste Mutter.

»Wahrscheinlich nichts«, antwortete Mutter Nummer drei. »Aber Ashley gewinnt gerne, und ich möchte, daß sie von jemandem trainiert wird, der Gewinnen für genauso wichtig hält wie Spaß haben.«

Ich sah Rich an und verdrehte die Augen, aber er hatte offensichtlich nicht zugehört, sondern zupfte an einem losen Faden.

»Schau her, Tante Gennie«, sagte er, als sein Jackenknopf absprang. »Wenn man lange genug an dem Faden zieht, geht der Knopf ab.«

Als wir nach Hause fuhren, entschieden die Kinder, daß wir den Tag mit Schlittenfahren beschließen sollten.

»Das wird aber sehr spät, wenn ihr morgen zur Schule müßt«, sagte ich, ganz die besorgte Tante.

»Ach komm, bitte!« bettelte Rich. »Bitte, bitte.«

»Ja«, zirpte Natalie. »Schlittenfahren am Abend macht viel

mehr Spaß als am Tag! Es ist wie zweimal Nachtisch kriegen anstatt einmal.«

»Genau, zweimal Nachtisch«, sagte Rich mit großen Augen.

»Wie könnte jemand zwei Desserts ablehnen?« fragte James.

»Das ist ziemlich schwierig«, gab ich zu.

»Aber Dad, ich brauch meine Skihose!« sagte Natalie. »Ohne meine Skihose kann ich nicht Schlittenfahren gehen!«

»Du kannst doch deine Trainingshose anziehen.«

»Dad, die ist zum Eishockeyspielen, nicht zum Schlittenfahren!«

James sah mich an, und da ich bereit war, zum Schlittenfahren zu gehen, zuckte ich zustimmend mit den Achseln.

»Na schön«, sagte er. »Wir fahren nach Hause und holen sie.«

Kurz darauf standen wir vor dem pompösen Haus, das James' Ex-Frau gehörte. Rich kletterte hinter Natalie aus dem Wagen.

»Rich, steig wieder ein«, sagte ich. »Wir bleiben sitzen und warten auf die beiden.«

»Aber ich möchte ihre Beanie Babys sehen!«

»Ja«, sagte Natalie. »Ich hab achtundsiebzig davon.«

»Kommt mit rein«, sagte James und öffnete die Tür des Beifahrersitzes.

»Aber was ist mit . . .«

»Karin? Sie ist nicht da. Sie ist in Tokio. Sie ist heute morgen abgereist.«

»In Tokio?« fragte ich und stieg aus. »Für wie lange?«

»Für ein paar Tage. Dann fährt sie nach Bangkok und anschließend nach Shanghai.«

»Eine ziemlich exotische Route.«

James nahm die Sporttaschen und Eishockeyschläger aus dem Kofferraum. »Amalgamated schickt sie nicht als Touristin dorthin. Ich glaube, sie sagte« – seine Stimme nahm den mechanischen Tonfall eines Roboters an – »›unser Ziel ist es, den asiatischen Marktanteil zu vergrößern‹.«

»Dennoch«, erwiderte ich lachend, »wird sie während des Tages doch sicher ein bißchen Zeit finden, um sich ein paar Sehenswürdigkeiten anzusehen?«

»Du kennst Amalgamated nicht«, anwortete er kopfschüttelnd. »Und du kennst Karin nicht.«

»Wow!« rief Rich aus, als wir in die Eingangshalle des Hauses traten.

»Ein Schloß!«

»Allerdings«, murmelte ich.

»Komm mit, Rich«, sagte Natalie. »Ich zeig dir mein Zimmer.«

Wir sahen zu, wie die Kinder die wuchtige Treppe hinaufrannten.

Die Architektur war vor allem auf Wirkung angelegt. Es gab genügend Marmor, um den Eindruck zu erwecken, man sei in einem Steinbruch, genügend Buntglas, um zu glauben, man müsse einen Knicks machen, und die Decken waren so hoch, daß man darunter Stabhochsprung hätte machen können.

»Du hast hier tatsächlich gewohnt?«

»Schlimmer noch, ich hab an der Planung mitgearbeitet.«

»Nein.«

James schüttelte den Kopf und setzte eine Miene auf wie ein Krimineller, der unfähig ist, seine üble Vergangenheit zu begreifen.

»Na ja, wahrscheinlich habe ich nichts getan, um dies alles zu verhindern. Als der Architekt uns die Pläne zeigte, habe ich nicht gesagt: ›Sind Sie verrückt geworden?‹ Jedesmal, wenn er wieder mit einem fünf Meter hohen Fenster oder einem Balkon ankam, saß ich nur da und hab ›Prima‹ oder ›Sieht schön aus‹ gesagt.« Wir gingen in das anonym aussehende Wohnzimmer, an dessen einem Ende sich ein riesiger offener Kamin befand. Daneben stand ein Flügel, der eher wie ein Ausstellungsstück als wie ein benutztes Instrument aussah.

»Ziemlich scheußlich, nicht wahr?«

Verstehen Sie mich nicht falsch – ich habe nichts gegen Reichtum. Jeder weiß, daß ich auch nicht gerade am Hungertuch nage. Dennoch meine ich, daß es Dinge gibt, die man zur Schau stellen sollte, wie etwa Intelligenz, gutes Aussehen und Talent (um einige zu nennen, die mir selbst vertraut sind), und

Dinge, mit denen man nicht protzen sollte, wozu Geld, Operationsnarben und Genitalien zählen. Wenn man sich absolut *gezwungen* fühlt, mit Geld zu protzen, dann sollte man es wenigstens mit etwas Stil tun: einem Penthouse auf der Fifth Avenue oder einer verwitterten Hütte auf den Hamptons. Aber dieses Haus sagte über seinen Besitzer nichts anderes aus als: Ich hab eine Menge Geld und wenig Geschmack.

»Ich nehme an, daß du nicht herumgeführt werden möchtest?«

»Mein Gott, nein«, antwortete ich und ließ mich auf eine weiße Ledercouch fallen, deren Polster unter meinem Gewicht keinen Zentimeter nachgaben.

»Was für eine Erleichterung«, sagte James, stellte die Taschen und Schläger ab und ließ sich neben mir niedersinken. »Obwohl ich dir mein Zimmer zeigen könnte.«

Ich weiß nicht, wie mein Gesichtsausdruck war, aber er lachte. »Nicht aus *dem* Grund. Ich wollte es dir nur zeigen, weil es der kleinste Raum im Haus ist. Es ist Karins Nähzimmer, obwohl sie nie näht.«

»Warum hast du hier überhaupt ein Zimmer? Ich meine, das Haus gehört dir doch nicht mehr.«

James' Lächeln war schwer zu deuten. »Das betont Karin mir gegenüber auch des öfteren, danke.« Er streckte die Arme über den Kopf, und einen Moment lang glaubte ich, er würde mit dem alten Jetzt-leg-ich-diesen-Arm-um-dich-Trick aufwarten. Aber das tat er nicht. »Sie reist so viel, daß es ihr nur recht ist, wenn ich hier bei Natalie bleibe und gleichzeitig ein Auge aufs Haus habe. Aber glaub mir, nach einer Woche hier erscheint mir mein Ein-Zimmer-Apartment in Minnetonka wie das Paradies.«

»Und warum möchtest du mir dein Zimmer nicht aus *dem* Grund zeigen?«

»Wie bitte?« Er riß die Augen auf und nickte dann. »Nun«, antwortete er und räusperte sich, »weil ich nicht der Meinung war, daß du es aus *dem* Grund sehen wolltest.«

Nachdem wir in der Halloween-Sturmnacht wie Teenager geknutscht hatten, war es zu keinem weiteren Austausch von

Zärtlichkeiten gekommen, aber im Moment wünschte ich mir nichts mehr, als seinen Mund auf dem meinen zu spüren.

»Du findest es nie raus, wenn du's nicht probierst.«

»Also gut«, sagte er, und dann wurde sein Gesicht immer größer und größer, als er sich zu mir beugte und unsere Lippen sich trafen.

Genauso wie es eine Verwandtschaft des Geistes gibt, gibt es eine der Lippen – unsere Münder waren so perfekt aufeinander abgestimmt wie zwei alte Freunde, die genau wissen, was der andere mag. Ich legte meine Arme um James' Hals und hoffte auf eine lange, ausgiebige Umarmung, als wir einen dumpfen Knall hörten und kurz darauf Richs schwachen Ruf: »Hilfe!«

James und ich sprangen auf, als hätte die Couch Feuer gefangen, und rasten die polierte Holztreppe hinauf. Wir rannten an verschiedenen geschlossenen Türen vorbei und dann durch eine offene.

Natalie saß kreidebleich am Boden. Sie hielt ihren Arm an die Brust gedrückt und sah uns mit einem verständnislosen Gesichtsausdruck an. Gleichzeitig stieß sie einen Klagelaut aus.

»Natalie!« rief James aus und eilte zu ihr. »Hast du dich am Arm verletzt?«

»Ich hab's gehört!« sagte Rich. »Sie ist hingefallen, und ich hab einen leisen Knacks gehört!«

»Laß mich sehen«, sagte James, aber er hatte sie noch nicht berührt, da stöhnte Natalie erneut auf.

»Faß ihn nicht an, Daddy, es tut so weh!«

»Wir sollten ins Krankenhaus fahren«, sagte er und hob sie vorsichtig hoch. »Kannst du uns fahren?« fragte er mich.

»Natürlich.«

»Ich hab's gehört!« sagte Rich erneut. »Ich hab einen leisen Knacks gehört!« Er hüpfte aufgeregt auf und ab.

»Komm, Rich«, sagte ich und legte den Arm um ihn, um ihn zu beruhigen. Wir müssen Natalie und James ins Krankenhaus bringen.«

»Ich hab nix getan!« verteidigte sich Rich. »Wir sind vom Bett gesprungen, aber ich hab nix getan!«

»Es war meine Idee, vom Bett zu springen«, sagte Natalie und reckte den Kopf über die Schulter ihres Vaters, »nicht Richs.«

Ich lächelte das tapfere kleine Mädchen an. Dann spürte ich, daß sich Richs Schultern entspannten, und ich drückte ihn.

»Also seid ihr vom Bett gesprungen?«

Rich nickte, und seine Augen füllten sich mit Tränen. »Wir haben Beanie Babys gerettet«, antwortete er. Eine Träne rollte über seine flachen Wangen, und er legte den Kopf an meine Brust. »Aber es ist meine Schuld. Ich hätt es besser wissen müssen. Ich hätt sagen sollen: ›Nein, das darf man nicht.‹ Das hätt ich sagen sollen.«

Während er mit einem Arm immer noch seine Tochter stützte, drehte sich James um. »Hey, Kumpel«, sagte er und legte die freie Hand unter Richs Kinn, »Unfälle passieren nun mal.« Er sah auf die am Boden verstreuten Spielzeuge. »Wenn jemand Schuld hat, dann die verdammten Beanie Babys. Es gibt keine größeren Störenfriede als die.«

»O *Daddy*«, sagte Natalie, schwach lächelnd.

»Keine größeren Störenfriede«, schmunzelte Rich. »Ach, *James*.«

Als es am nächsten Tag klingelte, stand James auf der Eingangstreppe.

»Ich kann nur einen Moment bleiben«, sagte er, als ich die Tür aufhielt. Er klopfte auf seinen Postsack. »Ich hab noch Meilen vor mir, obwohl ich auf der Stelle einschlafen könnte.«

»Ich hab Kaffee gemacht«, sagte ich und rannte los, um ihm eine Tasse zu holen. Es war nicht allzu eisig draußen – bloß ein paar Grad unter Null –, aber ich fand, er könnte etwas zum Aufwärmen brauchen.

»Danke«, sagte er und hielt die Tasse mit seiner behandschuhten Hand fest.

»Wie hat Natalie die letzte Nacht überstanden?«

»Ich glaube, das Schmerzmittel hat sie schachmatt gesetzt«, antwortete James und ließ sich an der Küchentheke nieder. »Sie hat die ganze Nacht durchgeschlafen, und heute morgen konnte sie's nicht erwarten, in die Schule zu gehen und mit ihrem Gips anzugeben.«

»Gut für sie«, sagte ich. »Sie ist ein tapferes kleines Mädchen.«

James nickte. »Sie ist traurig wegen des Eishockeytrainings – ich übrigens auch –, aber der Arzt hat gesagt, um Weihnachten könnte sie wieder aufs Eis.« Er trank den Kaffee, den ich ihm eingeschenkt hatte. »Ich hab inzwischen auch Karin erreicht. Sie ist, um es mit ihren Worten auszudrücken, *fuchsteufelswild*.«

»Es ist doch nicht deine Schuld!«

»Es ist während meiner Aufsichtszeit passiert. Karin hätte acht gegeben, daß sie gar nicht erst auf dem Bett herumhopst.«

»Hat sie das gesagt?«

James nickte. »Und noch einiges mehr. Aber zumindest ist es mir gelungen, sie zu überzeugen, daß sie nicht zurückzufliegen braucht und daß es ein glatter Bruch war und Nat nicht operiert werden mußte.«

»Und was hat sie dazu gesagt?«

James zuckte mit den Achseln. »Sie sagte: ›Oh, dann ist *ein glatter Bruch* also eine Lappalie, was?‹ Und dann hat sie zehn Minuten lang gewettert, daß ich in ihrer Abwesenheit Gäste in ihr Haus eingeladen habe.«

Ich persönlich bin der Meinung, daß das Wort Miststück ein herabwürdigender Ausdruck für eine Frau ist, aber diese Frau verdiente den Namen. Sie war nicht bloß ein Miststück, sondern ein Prachtexemplar, die Miss World aller Miststücke, das Mega-Miststück.

»Ich kenne die Frau zwar nicht, aber ich kann sie nicht ausstehen.«

James lachte. »Sie hat auch ihre guten Seiten.«

Ich wartete eine Weile darauf, daß er sie mir nannte, und als er es nicht tat, sagte ich: »Und die wären?«

Er lachte erneut. »Ich überleg noch, ich überleg ja noch.«

8

DER CIA HAT sich eine wertvolle Mitarbeiterin entgehen lassen, als er es versäumte, Barb Torgerson für sich zu gewinnen. Sie war eine gewiefte Überredungskünstlerin, eine Expertin in Sachen Gedankenkontrolle, und sie brachte jeden spielend dazu, Dinge zu tun, die er sonst nie getan hätte, sei es Geheimnisse auszuplaudern, Vorschriften zu ignorieren oder freiwillig beim Unterricht in der Sonntagsschule zu helfen.

»Werden Sie wohl aufhören, Grimassen zu schneiden?« sagte sie. »Sie werden Ihnen schon nichts antun.«

»Warum hab ich mich bloß von Ihnen dazu überreden lassen?«

»Weil Brenda Albert Grippe hat«, antwortete sie, als Rich und Conrad in den Unterrichtsraum gingen und wir unsere Mäntel an die Haken im Keller der Kirche aufhängten. »Und weil Sie wissen, daß ich Hilfe brauche.«

»Ich wette, Sie macht bloß blau«, sagte ich über die abwesende Sonntagsschullehrerin, die ich nie kennengelernt hatte. »Wahrscheinlich sitzt sie mit dem Ehemann einer anderen in irgendeiner Bar und genehmigt sich einen Frühschoppen.«

»Sie sind schrecklich«, sagte Barb lachend. »Ganz abgesehen davon dürfte das Stärkste, was Brenda Albert je an Alkohol zu sich genommen hat, der Wein beim Abendmahl gewesen sein.«

»Das behauptet *sie*.«

James, der einen modischen grauen Nadelstreifenanzug trug, stand am Ende des Gangs und wartete auf uns.

»Sag bloß nicht, daß sie dich auch angeworben hat«, begrüßte ich ihn.

»Bestochen hat sie mich, das kommt der Sache näher«, antwortete James. »Ich bin hinterher zum Brunch eingeladen.«

»Sie auch«, warf Barb ein und amüsierte sich über meine verdutzte Miene. »Sie sind auch eingeladen.«

Als wir die Tür zum Klassenzimmer öffneten, schallte uns, genau wie ich erwartet hatte, ohrenbetäubender Lärm entgegen. Die Kinder jagten durch den Raum, bekritzelten die kleine Tafel und ließen Papierflieger durch die Luft sausen. Als sie uns Erwachsene sahen, hörten sie mit dem Unfug auf und setzten sich sofort hin, so daß ich mich einen Moment lang an mein früheres Klassenzimmer erinnert fühlte, wo wir damals genau dasselbe taten.

Auf dem glänzenden Linoleumboden wurden die Stühle im Kreis aufgestellt, und Barb bedeutete James und mir, uns neben sie zu setzen.

»Hallo, Kinder. Die meisten von euch kennen James – er war ja schon hier.«

Nachdem sie ihn begrüßt hatten, legte Barb die Hand auf meine Schulter.

»Und das ist Geneva, Richs Tante.«

»Hallo, Geneva«, erklang ein Chor aus etwa einem Dutzend jugendlicher Kehlen.

Ich zwinkerte Rich zu, der mir scheu zuwinkte.

»Ich bin Megan«, sagte ein Mädchen, aus dessen Mund eine Zahnspange blitzte. »Rich behauptet, Sie seien eine bekannte Sängerin.«

»Nun, ich ...«

»Was für eine Sängerin?« fragte ein pummeliges Mädchen. »Singen Sie in einer Band?«

»Sie ist zu alt, um in einer Band zu singen«, warf ein Junge ein, den ich am liebsten gleich vor die Tür geschickt hätte.

»Das ist sie nicht«, erwiderte Megan. »Sieh dir die Rolling Stones an. Ich wette, sie ist jünger als die.«

»Oh, *viel* jünger«, sagte ich.

»Was singen Sie denn?« fragte ein anderer Junge. »Opern oder so was in der Art?«

»Opern sind zum Abgewöhnen«, sagte der Junge, der mich verdächtigt hatte, zu alt für Rock 'n' Roll zu sein. Jetzt bekam ich *wirklich* Lust, ihn zu bestrafen.

»Moment, Jungs, Moment«, meldete sich Rich zu Wort und hob beide Arme, um sich Aufmerksamkeit zu verschaffen. »Meine Tante Geneva singt am Broadway.«

»Was ist der Broadway?« fragte der vorlaute Junge, der mit der Frage zugleich seine Unkenntnis verriet.

»Broadway ist ... Broadway ist ...«, Rich sah mich hilflos an. »Sag du's ihnen, Tante Gennie.«

»Mit Vergnügen«, antwortete ich. »Unter Broadway versteht man eine Reihe von Theatern in einer bestimmten Gegend in New York, an denen die besten Stücke des Landes – der ganzen Welt – aufgeführt werden.«

»Besser als im Londoner Westend?« fragte eine weltläufige Angeberin.

»Meiner Meinung nach schon. Der Broadway ist die Hauptstadt, was Theaterstücke und Musicals anbelangt, genauso wie Hollywood die Hauptstadt des Films ist.«

»Das klingt ein bißchen nationalistisch«, sagte die kleine Miss West End.

»Was heißt nationalistisch, Holly?« fragte Conrad.

»Übertriebener Patriotismus. Der Glaube, daß alles, was dein Land tut, das beste sei.«

»Also, alles, was Amerika tut, *ist* das beste«, sagte der freche Junge.

»Das ist typisch für dich, Chad. Du hast die Weltsicht einer Kröte.«

»Und du das Gesicht von einer.«

»Okay, Kinder, das reicht«, rief Barb, als alle Chad, den Komiker, auslachten. »Wir kommen vom Thema ab.«

»Was *ist* denn unser Thema, Mom?« fragte Conrad.

»Unser Thema heute sind Geschenke. Ihr wißt schon, weil Thanksgiving vor der Tür steht.«

»Thanksgiving«, sagte Megan. »Was ist mit *Weihnachten?*«

»Ich habe meinen Wunschzettel für Weihnachten schon geschrieben«, meldete sich ein hübsches Mädchen zu Wort, dessen glänzendes Haar nicht nur einfach blond war, sondern verschiedene Schattierungen von Blond zeigte.

»Ich hab meinen auch schon geschrieben«, warf Conrad ein, »und du stehst ebenfalls drauf.«

Das hübsche Mädchen wurde rot.

»Was soll das heißen, daß Hannah auf deinem Wunschzettel steht?« fragte Barb.

Conrads Kopf schwankte hin und her, als er lächelte.

»Es heißt, daß ich mir Hannah zu Weihnachten wünsche. Als Freundin. Und wenn sie nicht meine Freundin werden will, gebe ich mich mit einem Kuß zufrieden.«

»Tut mir leid, Connie, ich hab schon einen Freund«, antwortete sie. Dann überraschte mich Hannah: Sie stand auf und ging zu Connie hinüber. »Aber hier ist dein Kuß.«

Die Klasse johlte und klatschte, als sie ihm einen Kuß auf die Wange drückte.

»Das is' super«, sagte Rich und klatschte sich auf die Schenkel. »Das is' super.«

Die Hand auf die Wange gelegt, als wollte er den Kuß festhalten, erwiderte Conrad lächelnd: »Das kannst du laut sagen.«

»Also hat Hannah Conrad gerade ein Geschenk gemacht«, wandte sich Barb an die Klasse. »Warum, glaubt ihr, hat sie es ihm gemacht?«

»Weil sie mich mag!« rief Conrad und fuchtelte unkontrolliert mit der Faust durch die Luft. »Weil ich unwiderstehlich bin!« Dies wurde mit noch lauterem Gelächter beantwortet, vor allem von Rich, der sich erneut auf die Schenkel klopfte.

»Das stimmt«, sagte Barb. »Manchmal machen Leute aus Pflichtgefühl oder aus Höflichkeit Geschenke, aber meistens beschenkt man einen anderen, weil man diesen Menschen mag. Und weil Gott uns liebt, hat Er uns mit vielen Gaben beschenkt.«

Oh nein, dachte ich, *jetzt kommt die Predigt.*

»Zum Beispiel?« fragte Megan.

»Gutes Aussehen, zum Beispiel«, sagte Chad und warf sich in Positur. »Mir zum Beispiel hat Er gutes Aussehen geschenkt.«

»Und mir hat *Sie* zufällig ein Hirn geschenkt«, fügte Holly hinzu.

»Das stimmt«, erwiderte Barb und überging die schlaue Antwort, die Chad dazu einfiel. »Gutes Aussehen und Intelligenz können als Geschenke betrachtet werden. Was noch?«

Megan hob die Hand. »Bryce ist ein sehr guter Eishockeyspieler.«

Ein Junge mit dem größten Adamsapfel, den ich je gesehen hatte, starrte zu Boden, während sich flammende Röte über sein Gesicht bis zu seinen Ohren ausbreitete.

»Sportliches Können – ja, das ist auch ein Geschenk. Was noch?«

Darauf folgte eine angeregte Diskussion über Geschenke mit allen möglichen Fragen und Kommentaren: »Wenn Talente Geschenke sind, sind dann individuelle Eigenschaften wie Humor oder Schlagfertigkeit auch Geschenke? Und wenn das zutrifft, warum hat Gott einem Menschen mehr Gaben verliehen als einem anderen – bedeutet das, daß Er ihn lieber mag?« – »Vielleicht kriegen wir alle gleich viel, aber einige nutzen ihre Gaben besser.« – »Sind alle diese Gaben nicht nur das Ergebnis der Gene, die wir vererbt bekommen haben?« (Die letzte Frage wurde natürlich von Holly, dem Hirn, gestellt.)

Die rege Teilnahme überraschte mich. Zu meiner Zeit durften Kinder in der Sonntagsschule nur sprechen, wenn sie dazu aufgefordert wurden, und wenn sie nicht abwarten konnten, wurden sie mit einem barschen »Scht!« zum Schweigen gebracht. Und meine Lehrer hätten einige der Fragen, die die Kinder stellten, als pure Blasphemie verurteilt. »Was ist, wenn Gott dir etwas schenkt, was du nicht willst, wie eine Krankheit oder so was – kann man die dann zurückgeben?« (Barb erklärte mir später, daß bei der Mutter des Jungen, der diese Frage gestellt hatte, gerade Brustkrebs festgestellt worden war.) Oder: »Ich finde, es ist gemein von Gott, jemandem ein hübsches Gesicht und Beliebtheit zu schenken, und jemand anderem Gewichtsprobleme und Akne.« (Dies kam von einem pummeligen, pickligen Mädchen, das bei seiner Frage unverhohlen Hannah anstarrte.)

Schließlich schlug Barb vor, daß alle reihum den anderen die Gabe verraten sollten, über die sie am glücklichsten seien.

Der Vorschlag wurde mit leichtem Murren quittiert, aber Barb setzte sich durch. »Niemand muß etwas sagen, das er nicht sagen will, aber die eigenen Gedanken und Gefühle mit anderen Menschen zu teilen, ist auch ein Geschenk. Vergeßt die Regel nicht: Ihr dürft nicht urteilen über das, was euch mitgeteilt wird.«

»Ich fang an«, sagte die geschwätzige Megan. »Ich glaube, meine größte Gabe ist, daß ich gut mit Leuten umgehen kann.«

Ich erwartete ein weiteres Murren (oder zumindest eine schlaue Bemerkung von Chad), aber sie hielten sich offensichtlich an Barbs Regel.

»Ich mag Leute einfach!« fuhr Megan fort. »Ich find es toll, daß wir alle hier auf diesem Planeten vereint sind!«

Barb lächelte und nickte, sagte aber bloß: »Der nächste?«

Bryce, der Eishockeyspieler, starrte immer noch zu Boden und schüttelte den Kopf. »Ich gebe weiter.«

»Ich würde sagen, mein größtes Geschenk ist meine Begabung in Mathematik«, sagte ein anderer Junge, in dessen tiefem Kinngrübchen das Geld für sein Pausenbrot Platz gehabt hätte. »Ich bin im Leistungskurs Algebra, und nächstes Jahr werde ich im Geometrie-Leistungskurs sein.«

Wieder lächelte Barb und nickte. »Hannah?«

»Hm«, sagte das hübsche Mädchen. »Eigentlich möchte ich lieber weitergeben, weil es mir irgendwie peinlich ist, andererseits halte ich es für mutig, die eigenen Gedanken offen mitzuteilen.«

Ich warf einen verstohlenen Blick auf den Eishockeyspieler, der wieder flammend rot geworden war.

»Also«, fuhr sie fort, »ich glaube, meine größte Gabe ist« – ich erwartete, sie würde sagen »mein Gesicht« oder »mein blondes Haar« oder »mein schlanker Körper«, aber sie überraschte mich erneut – »daß ich nett bin.« Ihre Wangen färbten sich rosa – auch andere Gesichter erröteten jäh. »Zumindest wird mir das gesagt.«

Während alle nacheinander drankamen, stellte ich fest, daß ich den Atem anhielt, wenn jemand sprach. Ich wollte mir kein

Wort von dem entgehen lassen, was diese Kinder zu sagen hatten. Es war so faszinierend, so rührend, so vollkommen anders als das Herunterleiern von Bibelversen zu meiner Zeit.

»Rich, wie steht's mit dir?«

Mein Neffe, der auf seinen Händen saß, beugte sich vor, als wollte er seine Schuhe begutachten. Als er aufsah, war seine Lippe vorgeschoben und seine Stirn vor Konzentration gerunzelt. Er murmelte etwas.

»Was hast du gesagt, Rich?« fragte Barb.

»Mein größtes Geschenk, hab ich gesagt, ist mein bester Freund.« Er beugte sich zur Seite und legte den Arm um Conrad. »Mein bester Freund Conrad Torgerson.«

Conrads Arm holte weit aus, bevor er sich um Rich legte. »Danke, Richard Allen Wahlstrom.«

»Gern geschehen.« Die beiden saßen einen Moment lang da und lächelten sich an.

Schließlich machte Conrad sich frei, lächelte die anderen Kinder an und sagte: »Natürlich weiß jeder, was mein Hauptgeschenk ist.« Er stand auf, drehte das Schild seiner Mütze nach hinten und sagte im Stil von James Brown: »Ich kann mich *bewegen*!«

Mit dieser Ankündigung begann er herumzuhopsen, ließ die Fäuste kreisen und schwenkte die Arme von einer Seite zur anderen. Die ganze Klasse brach in Gelächter und rhythmisches Klatschen aus, und Connie heizte sein Publikum an wie ein alter Profi. Er schüttelte die Schultern (oder versuchte, dies zu tun) und hüpfte spastisch hin und her, bis er nach Luft rang und Barb lachend sagte: »Schon gut, schon gut, Conrad, laß jetzt jemand anderen weitermachen.«

Die Fröhlichkeit, die Conrads Tanz im Raum ausgelöst hatte, wurde erstickt, als ein Mädchen namens Linnea sagte, ihr größtes Geschenk sei, daß ihr Vater keinen Alkohol mehr trinke, und ein anderes Mädchen erklärte, ihr größtes Geschenk sei, daß ihre Eltern sich nicht scheiden ließen – zumindest vorläufig nicht. Als ich an der Reihe war, dachte ich einen Augenblick daran, auszubüchsen und wie Bryce die Frage weiterzugeben, hielt es dann aber doch für besser, mit gutem Beispiel voranzugehen.

»Ich glaube, meine größte Gabe ist meine Stimme«, sagte ich. »Sie hat mir zu einem Beruf verholfen, den ich liebe, und ...« Ich konnte es nicht fassen – die Kehle schnürte sich mir zu. »Und ich singe wirklich gern.«

»Oh, würden Sie für uns singen?« fragte Megan.

»Ja, sing was, Tante Gen!« sagte Rich, und alle schlossen sich seiner Bitte an. Natürlich konnte ich lauter Teenagern, die meinen Namen riefen, nichts abschlagen.

»Gewöhnlich habe ich zwar eine Musikbegleitung«, sagte ich und stand auf.

»Ich spiel für dich«, bot James an.

»Du?« Ich weiß nicht, warum ich so überrascht war – ich wußte doch, daß er Klavierunterricht gehabt hatte.

James setzte sich ans Piano, und nach einem Glissando fragte er: »Was möchtest du singen?«

»›Einer, der über mir wacht‹«, schlug ich vor. »G-Dur?«

Während er ein Vorspiel klimperte, holte ich tief Luft und versuchte, mich zu sammeln, denn ich wußte, daß es kein kritischeres Publikum als Teenager gab.

Ich begann zu singen, und er begleitete mich, als hätten wir lange zusammen geprobt. Er zwinkerte mir kurz zu, und ich wandte mich plötzlich genauso scheu und verlegen ab wie die Kinder, für die ich sang. Ich schloß die Augen, versuchte, mich zu konzentrieren und mich von James' Spiel in die Sphären tragen zu lassen, die nur der Musik zugänglich sind. Ich sang das Lied, als wäre ich tatsächlich ein Lamm, das sich im Wald verirrt hatte, und als ich fertig war, brach im ganzen Raum tosender Applaus aus. Ich entdeckte sogar, daß sich Megan, die Cheerleaderin der Menschlichkeit, Tränen aus den Augen wischte. Dann eilten alle zu James und mir nach vorn. »Ich kann sonst solche Musik nicht ausstehen, aber das hat mir wirklich gefallen!« – »Ich spiele Trompete, könnten Sie mir den Titel des Lieds noch mal sagen, damit ich mir die Noten besorgen kann?« – »Wow, ihr beiden solltet eine CD aufnehmen!«

»Du bist *gut*«, sagte ich und beugte mich übers Klavier.

»Das Kompliment kann ich nur zurückgeben«, antwortete James.

Barb sah auf die Uhr, klatschte einmal in die Hände und sagte: »Zeit, die Stühle zusammenzustellen.«

»Aber Sie und James haben uns noch nicht gesagt, was Ihre größten Gaben sind!« sagte Megan.

»Ja, sagen Sie's uns!« riefen die anderen im Chor.

Barb lächelte und deutete auf Conrad. »Das ist mein größtes Geschenk«, antwortete sie, »Connie und sein Bruder und seine Schwester.«

»Sie muß das sagen«, erklärte Connie der Gruppe, »sie ist meine Mom.«

»Und was ist Ihres?« fragte Chad James, der immer noch am Klavier saß.

»Und behaupten Sie nicht, Ihre Tochter«, warnte Holly, das Hirn. »Das wäre zu einfach.«

Lächelnd spielte James einen Moll- und dann einen Dur-Akkord. »Ja, das ist die naheliegendste Antwort, aber es ist auch die richtige.« Er spielte die Anfangsakkorde von »A Foggy Day«. »Aber wenn ich mein zweitgrößtes Geschenk nennen sollte, müßte ich sagen ...« Er spielte wieder ein paar Akkorde. »Dann müßte ich sagen, meine Beine. Ich möchte ja nicht angeben, aber ich hab wirklich sehr wohlgeformte Beine.«

»Wohlgeformte Beine!« wiederholte Rich, und alle lachten. Dann sagte Barb: »Kommt, Kinder, jeder nimmt einen Stuhl, damit wir hier rauskommen«, und zum ersten Mal in meinem Leben war ich traurig, daß die Sonntagsschule vorbei war.

»Warum hast du mir nicht gesagt, wie gut du Klavier spielst?« fragte ich James, als er sein graues Nadelstreifenjackett auszog und es über einen Hocker legte.

»James ist nicht gerade ein Aufschneider«, sagte Barb. »Haben Sie das noch nicht bemerkt?«

»Was für Geheimnisse verbirgst du sonst noch vor mir?« fragte ich und beobachtete, wie er seine Hemdsärmel hochkrempelte.

James runzelte die Stirn. »Bleib in meiner Nähe, Süße, und ich zeig sie dir.«

Er nahm ein Billardqueue aus der Wandhalterung und begann, es mit Kreide einzureiben, während Barb die Kugeln zusammenrechte.

Wir alle hatten den köstlichen Brunch aus Waffeln und frischen Früchten genossen, den Barb zubereitet hatte, und während Rich, Conrad und Natalie oben mit einem Videospiel namens »Dr. Techno-Wizard« oder so ähnlich zugange waren, spielten wir im Keller um Geld Pool-Billard. Eigentlich spielten James und Barb. Ich saß an der Bar auf einem Hocker und stapelte die Viertel-Dollar-Münzen, die ich auf Barbs Sieg gesetzt hatte.

»Drei ins Loch an der Ecke«, sagte sie, und tatsächlich versenkte sie dort die drei Kugeln.

»Sechs ins Seitenloch«, sagte James, aber seine Kugel gehorchte seinem Kommando nicht, sondern prallte am Rand ab und stieß dann in eine Gruppe anderer Kugeln.

»Lach nicht!« tadelte er mich. »Du kannst mich nicht auslachen und auch noch gegen mich setzen. Das ist zu demoralisierend.«

Ich drehte mich auf meinem Barhocker und betrachtete die Wand hinter der Bar. Sie war nicht mit den üblichen Bierplaketten und präparierten Fischen dekoriert, sondern mit Georges College- und Jura-Diplomen, mit seinen Golf-Trophäen und Fotos von Männern, die Golfschläger in der Hand hielten.

»Wer davon ist George?« fragte ich.

Barb sah nicht vom Billardtisch auf. »Der Große mit der Brille. Nummer sieben in die Ecke.«

Sie stieß die Kugel an und traf ins Ziel.

»Wenigstens weiß ich jetzt, daß er existiert.«

Barb lachte, obwohl sie mir vorwarf, ihren Schuß vermasselt zu haben. Dann fragte sie: »Was meinen Sie damit?«

»Nun, er ist nie zu Hause, wenn ich hierherkomme.«

»Geneva, Sie sind erst zweimal hier gewesen.«

»Nein. Erinnern Sie sich, daß ich letzte Woche auf einen Kaffee gekommen bin?«

»Also, das ist ein trickreicher Stoß«, sagte James, »aber ich denke, ich hab ihn begriffen.«

»Also gut, dreimal. Zweimal war er bei der Arbeit – heute ist er verreist.«

»Wohin denn?«

»Ab und zu möchte er ein Wochenende in der Berghütte verbringen. Wenn ich das tue, James, ist das Spiel vorbei.«

»Im Winter?«

Über ihr Queue gebeugt, sah Barb zu mir auf. »Würde es Ihnen etwas ausmachen, mich diesen Stoß ungestört ausführen zu lassen?«

»Oh, bitte, bitte. Lassen Sie sich von mir nicht nervös machen.«

Sie gewann das Spiel – und fünf Dollar –, und dann erklärte sie, daß sie nach den Kindern sehen wolle, aber James erbot sich, ihr das abzunehmen.

»Vielleicht lassen sie mich bei ihrem Videospiel mitmachen. *Die* haben wahrscheinlich so viel Anstand, mich gewinnen zu lassen.«

»Sie dürfen bloß nicht um Geld mit ihnen spielen«, sagte Barb über ihre Schulter und gesellte sich zu mir an die Bar. Dann fragte sie mich, ob ich eine Cola haben wollte.

Ich schüttelte den Kopf. »Das hätte mir gerade noch gefehlt – noch mehr Koffein.« Ich wandte den Blick zur Wand. »Wie kommt es, daß dort keine Familienbilder hängen?«

»Geneva, das hier ist Georges kleines Clubhaus. Hier hängt er seine Trophäen und die Fotos seiner einflußreichen Freunde auf. Ist das so verwerflich?«

Ich zuckte mit den Achseln. Worauf Barb zu meinem Erstaunen fortfuhr: »Sie haben sich wohl schon ein festes Bild gemacht, was? Sie glauben, George vernachlässigt seine Pflichten als Ehemann und Vater: Er fährt am Wochenende allein auf die Hütte, verbringt so viel Zeit wie möglich im Büro, damit er nicht nach Hause kommen muß, und wenn er heimkommt, bringt er einen Geschäftspartner oder Freund mit ...«

»Barb, wirklich, ich ...«

»Nein, nein, Sie glauben, er hält an seiner Ehe nur fest, um sich den Scheidungsschlamassel zu ersparen.« Ihre Stimme zitterte. »Ich weiß, daß Sie das denken – und Sie haben recht.«

»O Barb«, sagte ich und legte den Arm um meine zusammengesunkene Freundin. »Ich hatte keine Ahnung. Ich dachte nur ... ich dachte nur, er sei einer von den üblichen eigensüchtigen Mistkerlen.«

Ihre Schultern bebten, und ich hielt sie fester, aber als sie sich von mir losmachte, stellte ich fest, daß sie nicht weinte, sondern lachte.

»Geneva«, sagte sie und brachte ihre dauergewellten Haare in Ordnung (eine Ordnung, die mir noch immer nicht ganz klar ersichtlich schien), »mir gefällt es, wie Sie das sagen.«

Und dann erzählte sie mir, wie es sich wirklich verhielt: George war ein guter (»kein großartiger – dafür ist er zu sehr damit beschäftigt, Geld zu verdienen«) Vater für seine anderen Kinder gewesen, Conrad hingegen sei eine Herausforderung, der er sich nicht gewachsen fühlte.

»Ich kann nicht behaupten, daß er es nicht versucht hätte«, sagte Barb und starrte auf den Gouverneurspokal, als sei sie hypnotisiert davon, »aber er hat sich nicht genügend bemüht. Jedesmal wenn er und Connie Fortschritte machten, zog er sich nach einer Weile wieder zurück. Ganz so, als würde er Connies Behinderung und damit Connie selbst nicht akzeptieren.«

»Das muß sehr schwer für Sie sein.«

Barbs Mundwinkel zitterten leicht, dann zuckte sie mit den Achseln. »Ich hab mich daran gewöhnt.« Sie sah mich an und zog die Nase kraus, als würde sie etwas Schlechtes riechen. »Es könnte wahrscheinlich viel schlimmer sein.« Sie seufzte. »Aber auch viel besser. Für ihn und für uns.«

Wir beide starrten auf George Torgersons stolze Trophäensammlung, bis ich, um die düstere Stimmung zu vertreiben, fragte: »Wozu haben wir eigentlich all die vielen Colaflaschen? Und all die anderen überzuckerten Getränke dort hinten?«

»Sie haben es erfaßt«, antwortete Barb und ging hinter die Bar. Sie strich eines von Georges Diplomen glatt, besann sich dann aber eines Besseren und zerknitterte es noch mehr. »Und wie steht es mit Ihnen und James?«

»Wo ist James?«

»Wahrscheinlich wird er gerade bei irgendeinem Spiel von den Kindern geschlagen. Aber lenken Sie nicht ab. Was läuft da zwischen Ihnen?«

»Haben Sie ihn Klavier spielen hören? Ich hatte keine Ahnung, daß er so gut spielt.«

»Das kann er tatsächlich, aber er spielt nie. Ich war total von den Socken, als er sich heute dazu aufgerafft hat.«

»Von den Socken, warum? Was meinen Sie damit?«

»Hat er es Ihnen nicht erzählt?«

»Mir was erzählt?« fragte ich und nahm die kleine Colaflasche, die sie mir reichte.

»Nun, offensichtlich ist James ein erstklassiger Musiker, aber niemand kriegt ihn je zu hören.«

»Warum nicht?«

Barb nahm einen tiefen Schluck aus ihrer Flasche und rülpste dann laut.

»Barb!« sagte ich lachend.

»Tut mir leid. Mein Sohn Joel hat versucht, Connie das Rülpsen beizubringen, und er hat sich so sehr bemüht, es zu lernen – da habe ich wahrscheinlich nebenbei ein paar Sachen aufgeschnappt.«

»Wahrscheinlich. Also, warum kriegt niemand James' Klavierspiel zu hören?«

»Lampenfieber. Er leidet an schrecklichem Lampenfieber. Er sollte schon mehrmals in der Kirche spielen, hat aber jedesmal in letzter Minute einen Rückzieher gemacht.«

Das Bild, wie James mit heftigem Kopfschütteln auf den Chorleiter reagierte, fiel mir wieder ein.

»Aber warum sollte jemand Angst haben, in einer Kirche zu spielen? Ich meine, ich könnte mir kein verständnisvolleres Publikum vorstellen.«

Barb lächelte über meinen unabsichtlichen Scherz. »Das müssen Sie James fragen.« Sie stellte ihre halbleere Colaflasche ab.

»Aber ich möchte auf meine Frage zurückkommen. Was läuft zwischen Ihnen beiden?«

»Ganz ehrlich, ich weiß es nicht«, antwortete ich, und ich fingerte nervös an der kleinen Mulde an meinem Hals. »Es ist seltsam – wie eine Teenager-Romanze.«

»Sie meinen, Sie haben nicht miteinander geschlafen?«

»Barb! Wie kann eine Christin wie Sie eine solche Frage stellen?«

»Christen haben Sex. Wie ist es mit Ihnen?«

»Nicht mit ihm. Es hat eben ... Komplikationen gegeben.«

»Das heißt?«

»Ich weiß nicht ... ich fühle mich zu ihm hingezogen, aber eher wie zu einem Freund. Zugegeben, einem Freund, den ich gern *küsse,* aber das ist auch schon alles.« Plötzlich durstig geworden, trank ich einen Schluck. »Außerdem scheint der Zeitpunkt für irgendwelche weitergehenden Handlungen nie der richtige zu sein. Entweder braucht Rich gerade etwas oder Natalie ..., oder wir beide sind einfach zu traumatisiert und haben Angst, uns noch einmal in die Schlacht zu begeben.«

»Schlacht ist der richtige Ausdruck.« Sie öffnete einen Schrank und kramte darin herum. »O Gott, man sieht doch gleich, daß hier ein Mann am Werk war – es gibt eine halbe Tüte Kartoffelchips und ein paar Erdnüsse, aber keinen einzigen Schokoriegel.«

»Diese Kinder mit ihren Joysticks sind gnadenlos«, sagte James, als er die Treppe herunterkam, »aber zumindest hab ich ihnen die abluchsen können.« Unser Retter hielt eine Tüte Schokolinsen hoch und lächelte.

Der wundervolle Tag ging weiter. Barb drängte uns, einen Spaziergang durch Deep Lake zu machen – »Wir müssen ein paar Kalorien verbrennen« –, aber wir schlenderten nur langsam dahin und ermunterten die Kinder, lautstark »On Top of Old Smokey« und »Ninety-Nine Bottles of Beer on the Wall« zu singen, so daß sich unser Kalorienverbrauch in Grenzen hielt. (Später fragte ich Barb, ob es sich gehörte, Kindern Texte beizubringen wie »Nimm eine runter, laß sie rumgehen, neunundneunzig Flaschen Bier an der Wand«, worauf sie lachte und meinte, daß man manchmal von dem, was sich gehörte, absehen müsse, wenn man Spaß haben wolle.)

James sagte ich, wie gern ich zu seiner Begleitung gesungen hatte, weil ich hoffte, wir würden im Lauf der Unterhaltung auf sein Lampenfieber zu sprechen kommen. (Ich kannte einige, die darunter litten und absolut offen über ihr Problem sprachen. Andere hingegen gaben es niemandem gegenüber zu, und da James nie etwas davon erwähnt hatte, nahm ich an, daß er zur zweiten Gruppe zählte.) Doch die Kinder ließen uns keine Ruhe. Ständig wollten sie uns etwas zeigen oder Fangen spielen.

Wir hatten alle rote Wangen von der Kälte, obwohl es nicht windig war und wir leicht den ganzen See hätten umrunden können, wenn es nicht das Problem mit den schwachen Blasen gegeben hätte.

»Daddy, ich muß auf die Toilette!« sagte Natalie und lief zu ihrem Vater.

»Ich auch«, sagte Rich.

»Ich auch«, schloß sich Connie an.

»Wie viele Flaschen Cola habt ihr denn getrunken?« fragte Barb.

»Keine, Mom«, antwortete Connie und lächelte verschlagen. »Bier. Und zwar neunundneunzig Flaschen.«

»Nun, dann können wir ja von Glück reden, daß wir gerade hier sind«, warf ich ein und deutete auf den Hügel, der zu Anns und Rileys Haus führte. »Wir können anrufen und die Polizei auf euch minderjährige Trunkenbolde hetzen.«

»Ach ja?« sagte Connie. »Ich hab alle Polizisten dieser Gegend hier in meiner Tasche.«

Barb lachte. »Wir haben gestern abend einen alten James-Cagney-Film gesehen.«

»Wer als erster an der Hintertür ist, darf auch als erster auf die Toilette!« rief Rich, und wir alle rasten den Hügel zur Terrasse hinauf.

Nachdem sich jeder erleichtert hatte, versammelten wir uns in der Küche und besprachen, ob wir den Spaziergang fortsetzen oder ein paar Brettspiele machen sollten.

»Hey, was ist das?« fragte Connie. Er nahm einen schmalen Papierstreifen vom Küchentisch und las vor: *»Ruth, Ruth sie ist's / sie ist meine Wahrheit über die Liebe.«* Hilflos wie ein ausländischer Würdenträger auf einem Gipfeltreffen, der ohne Dolmetscher verloren ist, fragte er: »Was soll denn das heißen?«

»Das ist eine Antwort«, erklärte Rich. »Das ist eine Antwort auf eine wichtige Frage.«

Diese Antwort führte natürlich zu noch mehr Fragen, so daß Rich und ich von dem Buch und den Leuten erzählen mußten, die vor langer Zeit ihre Beiträge hineingeschrieben hatten, und daß wir uns überlegten, was wir damit anfangen sollten.

Wir erwähnten allerdings nichts von dem Streit, den wir an dem verschneiten Tag deswegen gehabt hatten, und auch nichts von unserer schwierigen Versöhnung. (Nachdem er sich in den Schlaf geweint hatte, schlief Rich stundenlang. Als er mich dann später vor dem Kamin vorfand, schlang er die Arme um mich und bat mich um Verzeihung. Und das war der schwierige Teil der Versöhnung. Ich war wütend auf mich selbst, weil sich ein dreizehnjähriger Junge bei mir entschuldigen mußte, obwohl *ich* ihn um Verzeihung hätte bitten müssen. Ich kam mir klein, schwach und schäbig vor.) Wir hatten den Rest den Abends mit der Lektüre von »Das Große Geheimnis« verbracht und seitdem gelegentlich davon gesprochen, entweder selbst damit weiterzumachen, es neu zu binden oder irgendwas damit anzustellen. Wir hatten uns nur noch nicht entschieden, was wir tun wollten.

»Ich wünschte, meine Familie hätte auch etwas in dieser Art gemacht«, sagte Barb, setzte sich an den Tisch und schlug das Buch auf. »Ich meine, es ist doch ein wertvolles Stück Geschichte.« Sie las vor: *»Wenn du kein Mensch wärst, was würdest du dann gern sein?«* Sie sah zu mir auf und fragte: »Sie haben doch nichts dagegen?«

»Nur zu«, antwortete ich, und sie griff in die Papptasche und zog einen der alten Zettel heraus.

»Mein erster Gedanke war, daß ich gern ein Vogel wäre«, las sie. *»Aber dann dachte ich, nein. Obwohl sie fliegen können, sind sie so schrecklich klein, so daß ich lieber etwas Größeres wäre, zum Beispiel ein Baum. Eine große Eiche im Hinterhof einer Familie mit vielen Kindern. An einem meiner Äste hinge eine Schaukel, und weiter oben gäbe es ein Baumhaus in einer Astgabel. Ich würde der Familie Schatten spenden bei ihren Sommerpicknicks, und im Herbst würden sie meine goldenen Blätter zu großen Haufen zusammenrechen und in sie hineinspringen. Vielleicht stünde sogar eine kleine Bank unter mir, wo ein Nachbarsjunge, der schon in seiner Kindheit auf mir herumkletterte, die Tochter dieser Familie fragen würde, ob sie ihn heiraten wolle. Vielleicht würde ich dann zur Feier des Tages ein bißchen mit den Blättern rascheln, aber sie würden denken, es sei nur der Wind.«*

»Können Bäume das wirklich?« fragte Natalie. »Mit den Blättern rascheln, wenn sie glücklich oder traurig sind, und wir denken dann, daß es der Wind ist?«

James lächelte. »Es wäre doch schön, das zu glauben, oder?« Er sah mich an. »Wer hat das geschrieben?« fragte er.

Alle sahen mich erwartungsvoll an. Wir saßen genauso wie damals in der Hütte meines Großonkels um den Tisch und lauschten begierig den Antworten im Buch »Das Große Geheimnis«.

»Mein Dad«, sagte ich und spürte einen kleinen Stich in der Brust. »Barney Jordan.«

»Darf ich noch einen Zettel lesen?« fragte Conrad.

»Natürlich.«

Er griff in die Tasche, oder er versuchte es wenigstens. Seine Hand gehorchte ihm jedoch nicht und griff vorbei. Beim zweiten Versuch war er erfolgreicher, und mit einem Ruck zog er einen Papierstreifen heraus.

»Ich möchte eine Rose sein«, las er, *»weil sie gleichzeitig schön und gefährlich ist.«*

Barb lachte. »Haben Sie das geschrieben, Geneva?«

Ich spürte, wie ich rot wurde, und antwortete: »Als ich elf war, fand ich, daß sich das schrecklich klug anhörte.«

Als nächstes war James an der Reihe. *»Ich möchte nichts anderes* *sein, als das, was ich bin, denn was ich bin, war Gottes Plan, und wer bin ich, um mich dagegen aufzulehnen?«*

Alle sahen mich fragend an. »Das war meine Großmutter Hjordis«, sagte ich und verspürte wieder den gleichen Anflug von Enttäuschung, die ich bei allen ihren Antworten empfand. Ich fand, daß ihre Beiträge viel zu fromm waren. Sie klangen ganz und gar nicht nach meiner lustigen, verspielten Großmutter. Ich sagte mir, daß sich viele Leute schriftlich nicht gut ausdrückten, aber dennoch störte es mich, daß sich niemand ein wahres Bild von meiner Großmutter Hjordis machen konnte, wenn er sie allein aufgrund dieser Antworten beurteilte. Natalie, die auf James' Schoß saß, fragte, ob sie auch einen Zettel vorlesen dürfe.

»Du hilfst mir doch Daddy?« flüsterte sie, als sie den Zettel herauszog. Doch als sie ihn auffaltete, lächelte sie und sagte: »Oh, gut, er ist in Druckschrift. *Ich glaube, ich wäre gern die Erde. Dann wäre ich alles. Ich wäre die Berge und die Ozeane, Goldminen, Farmen, Dschungel, Höhlen mit Fledermäusen, Polkappen und große Städte – alles! Ich wäre das, worauf alles und jeder lebt, und ich wäre Teil von allem.«*

»Das war eine gute Antwort«, sagte Natalie.

»Die war von meiner Mom«, erklärte Rich stolz. »Stimmt's, Tante Geneva?«

»Ja. Ann hat immer gute Antworten gegeben.«

Abwechselnd zogen wir den Rest der Zettel heraus. Nachdem Barb Großvater Oles Antwort vorgelesen hatte – *»Ich wäre gern der Mantel meiner Frau, weil ich dann immer die Arme um sie schlingen könnte«* –, sagte sie: »Es ist nicht gerecht, daß Sie so viele romantische Männer in Ihrer Familie hatten, Geneva.« Dann bat Connie seine Mutter, die nächste Seite aufzublättern.

»Das ist alles«, sagte Rich. »Es gibt keine weiteren Fragen und Antworten mehr.«

»Nein?« fragte Connie enttäuscht, und Natalie fügte hinzu: »Aber da sind doch noch so viele Seiten frei.«

»Du hast recht«, antwortete ich. »Aber meine Schwester und ich haben damals nur für die drei Tage Fragen aufgeschrieben, die wir auf der Hütte verbrachten. Wir haben die anderen gebeten, weitere Fragen aufzuschreiben, aber niemand hat es getan.«

»Dann laßt uns jetzt eine aufschreiben«, sagte Connie.

»Ja!« stimmte Rich zu. »Laßt uns jetzt eine aufschreiben!«

Wir waren so Feuer und Flamme, als wir um den Tisch saßen, daß man hätte meinen können, wir alle seien Albert Einsteins, die gebeten wurden, ein mathematisches Problem zu lösen.

Wir diskutierten, ob wir uns alle gemeinsam eine Frage ausdenken sollten oder lieber jeder für sich, und entschieden uns schließlich für letzteres. Das Buch wurde an jeden weitergereicht, der eine Frage hineinschreiben wollte. Wir beschlossen, daß nur eine Frage auf einmal vorgelesen werden und von allen bearbeitet werden sollte.

»Wir haben keine Zeit, sie jetzt gleich zu beantworten«, sagte James und stand auf. »Natalie und ich müssen zum Eishockeytraining.«

»Dad, ich kann im Moment doch gar nicht Schlittschuhfahren – warum muß ich dann überhaupt hin?«

»Weil ich einer der Trainer bin«, antwortete James. »Also komm jetzt, hol deine Jacke.«

»Ja, es ist schon spät«, sagte Barb. »Wir müssen auch gehen.«

»Mom!« protestierte Conrad. »Laß mich meine verdammte Antwort aufschreiben!«

»Paß auf, was du sagst, Connie.«

»Wir müssen es ja nicht jetzt machen«, beschwichtigte ich. »Wir haben auch immer den ganzen nächsten Tag gebraucht, um eine Frage zu beantworten. Wir hatten uns einfach darauf geeinigt, daß das nächste Mal, wenn wir uns treffen, jeder seine Antwort mitbringt.«

»Wie heißt die Frage denn nun?« fragte Natalie, während sie ihren Mantel anzog.

Da alle mich ansahen, griff ich nach dem Buch und öffnete es. Ich räusperte mich dramatisch, fragte mich, von wem sie wohl stammte, und las die erste Frage vor: »Wovor fürchtest du dich am meisten auf der Welt?«

»Vor dem Gedanken, daß es keine Videospiele mehr gibt«, sagte Conrad, und alle lachten.

Als ich schließlich ins Bett ging, verspürte ich die Leichtigkeit des Seins, die man am Ende eines schönes Tages empfindet, und erwartete eigentlich nichts anderes als einen schönen Traum, als plötzlich Petunia auftauchte.

»Nein«, flüsterte ich. »Nicht jetzt.« Aber sie ließ sich nicht vertreiben. Obwohl mir gerade zu diesem Zeitpunkt bewußt war, daß ich Menschen hatte, die mich liebten, fühlte ich mich in meinem Innersten dennoch verlassen und glaubte, daß sich daran auch nichts ändern würde. Ich überlegte, Ann zu schreiben, daß der Sinn des Lebens darin bestehe, jemanden zu haben, der einem das Gefühl der Einsamkeit und Verlassenheit nimmt. *Vielleicht könnte ich sie anrufen,* dachte ich, aber ich wollte nicht, daß sie sich über den geistigen Zustand der Betreuerin ihres Sohnes Sorgen machte. Ich mußte schon selbst dafür sorgen, ins Lot zu kommen.

Dir gelingt nicht alles, schien Petunia zu sagen, und ich holte tief Luft. Der Sauerstoffgehalt im Raum schien abzunehmen, und ich atmete noch einmal tief ein. Mein Herz raste wie eine Harley, ich machte die Nachttischlampe an und stieß mit der Hand gegen das Telefon daneben. *Das ist es!* dachte ich. Ich würde nicht die ganze Nacht auf und ab gehen müssen. Ich würde James anrufen. Auf meiner Digitaluhr sah ich, daß es 1.08 Uhr war, aber das machte nichts.

»Hallo?« meldete sich James, und seine Stimme klang eher besorgt als verschlafen.

»James, ich bin's. Geneva.«

»Geneva! Ich hab gerade an dich gedacht.«

»Wirklich?« Nun, das war reizend. Ich hatte eigentlich keine Schmeicheleien erwartet, als ich anrief. »Du hast noch nicht geschlafen?«

»Fast.« Man hörte ein Krachen, und dann trat eine Pause ein. »Tut mir leid, ich hab das Telefon fallen lassen. Geht's dir gut?« fragte James.

Ich hätte fast gekniffen, mich fast zusammengerissen und gesagt: *prima, ich wollte nur ein kleines Schwätzchen halten,* aber statt dessen sagte ich kleinlaut: »Ich hab solche Angst, James.«

»Angst?« fragte James, als hätte er genau das am wenigsten von mir erwartet. »Hast du über diese Frage nachgedacht?«

»Nein«, antwortete ich, nachdem ich begriffen hatte, daß er von der letzten Frage von »Das Große Geheimnis« sprach. »Nein, damit hat es nichts zu tun. Ich kriege manchmal eben Angst.«

»Wovor fürchtest du dich denn, Geneva?«

Und so berichtete ich ihm alles. Ich gestand ihm, wie sehr ich mich davor fürchtete, allein zu sein, mich davor fürchtete, der Mensch zu sein, der ich war.

»Geneva«, sagte James, »ich *liebe* es, mit dem Menschen zusammenzusein, der du bist.«

Mit vor Rührung belegter Stimme fragte ich: »Wirklich?«

James lachte leise. »Natürlich. Du bist lustig, es macht Spaß, mit dir zusammenzusein, großen Spaß ...«

»O James«, sagte ich mit stockender Stimme. »Ich weiß, daß du mich aufmuntern möchtest, aber es nützt nichts. Spaß hört sich jetzt ziemlich oberflächlich an.« Ich kroch tiefer unter meine Decke und hoffte auf irgendeine Art von Trost, da ich von James keinen bekam.

»Mit dir kann man viel mehr haben als nur Spaß – obwohl das schon eine ganze Menge ist. Du bist liebevoll und fürsorglich. Denk nur daran, wie du Richs Vertrauen gewonnen hast. Und du weißt, wie man mit Kindern umgeht, und außerdem bist du ein sehr erfreulicher Anblick.«

Ich lachte, ein Lachen, das nahe am Weinen war. »James, ich bin nicht liebevoll und fürsorglich – ich tu bloß so.«

»Du gibst bloß vor, liebevoll und fürsorglich zu sein?«

Ich nickte, wobei ich vergaß, daß er mich nicht sehen konnte. »Ja.« Ich schämte mich, dies zuzugeben. »Es fällt mir nicht leicht, mich um Rich zu kümmern. Ich meine, es ist irgendwie unehrlich, weil ich mich so sehr bemühen muß, und ...«

James unterbrach mich. »Geneva, Rich ist es egal, ob du dich bemühen mußt, gut zu ihm zu sein – alles, was ihn interessiert, ist, daß du es bist. Vielleicht machst du dir deswegen zuviel Sorgen.«

»Hab ich dir gesagt, daß Jean-Paul vier Kinder hat?«

Er schwieg eine Weile, und dann sagte er: »Jean-Paul, dein erster Mann?«

Wieder nickte ich, obwohl er mich nicht sehen konnte. »Ich hab sie letztes Jahr beim Schlittschuhlaufen auf der Rockefeller Plaza gesehen. Sie waren nicht einmal gut – es sah aus, als stünden sie das erste Mal auf Schlittschuhen.«

»Ich wette, du warst eine gute Schlittschuhläuferin.«

Ich stöhnte auf, die Art von Stöhnen, das aus einem herausbricht, bevor man zu weinen beginnt. Es war derselbe Laut, den ich von mir gegeben hatte, als ich, gerade vom Einkaufen kommend, zufällig hinübergegangen war, um den Läufern zuzusehen. Zuerst hatte ich Jean-Paul entdeckt, dann seine Frau (mit der Frau, wegen der er mich verlassen hatte, hatte es nicht geklappt, aber ich hatte erfahren, daß seine dritte Ehe – mit einer zwanzig Jahre jüngeren Frau – großartig funktionierte), und dann drei lachende, dahinstolpernde Kinder, die »Papa!« riefen und dann den Namen, von dem ich so sicher gewesen war, daß er einst mir gelten würde: »Maman!« Wie versteinert hatte ich zu ihnen hinübergestarrt, und schließlich spürte Jean-Paul meinen Blick. Er sah zu mir herauf, und für den Bruchteil einer Sekunde lächelte er. Er winkte mir zu, aber ich wandte mich schnell ab, als würde ich nach jemand anderem Ausschau halten, drehte mich um und ging weg.

»Das habe ich gedacht, als ich ihnen zusah, James«, sagte ich schließlich, als ich die aufsteigenden Tränen unterdrückt hatte. »Ich dachte, daß diese Kinder viel besser Schlittschuh laufen könnten, wenn ich ihre Mutter wäre.«

»Ich muß dich mit aufs Eis nehmen«, sagte James, und nach einer Weile fügte er hinzu: »Alle deine Kinder wären etwas sehr Besonderes gewesen, Geneva.«

»Ich kann keine mehr bekommen«, antwortete ich und spürte, wie sich meine Kehle zuschnürte. »Ich bin in den Wechseljahren.«

»Nein. Die kriegen doch Frauen erst Mitte Vierzig, oder?«

»Gesundheit, James.«

»Ich habe nicht geniest.«

»Aber gelogen, und es war eine nette Lüge. Du weißt, wie alt ich bin.«

»Sechsunddreißig? Siebenunddreißig?«

»Laß gut sein«, sagte ich lächelnd und fügte dann überrascht hinzu: »Hey, Petunia ist verschwunden.«

»Petunia?«

»Mein Einsamkeitsgefühl. Es ist weg.«

»Du nennst dein Einsamkeitsgefühl Petunia?«

Ich konnte seinen Tonfall nicht genau deuten, aber er hörte sich ziemlich unsicher an. »Das ist ziemlich verrückt, oder?«

Wieder entstand eine Pause, ich kniff die Augen zusammen und wartete auf sein Lachen oder seinen Vorschlag, einen langen Urlaub an einem hübschen ruhigen Ort zu machen, wo das Personal darauf geschult ist, mit Leuten wie mir umzugehen.

Statt dessen sagte er: »Das finde ich wundervoll, Geneva. Nur du hast den Mumm, mit deinem Einsamkeitsgefühl zu reden, ganz zu schweigen davon, ihm einen Namen wie Petunia zu geben.«

Ich atmete erleichtert auf und fragte: »Also hältst du mich nicht für verrückt, James?«

»Ich finde dich toll.«

Seine Stimme klang ein wenig zu ernst, und um weitere Äußerungen zu vermeiden, mit denen ich nicht so recht umzugehen wußte, fragte ich: »Wie steht's mit dir, James? Hast du die Frage, was dir am meisten angst macht, schon beantwortet? Ist es vielleicht Lampenfieber?«

»Also hast du davon gehört?« antwortete er, und nach längerem Schweigen sagte ich: »Du möchtest nicht darüber sprechen?«

»Es ist nicht so wichtig.«

»Na schön, aber wenn du einmal darüber reden möchtest, könnte ich dir vielleicht helfen. Ich bin Bühnenkünstlerin, weißt du.«

»Ach wirklich?« fragte er, und ich hörte, wie die Wärme in seine Stimme zurückkehrte. »Ich hatte keine Ahnung.«

Ich gähnte und entschuldigte mich. »Ich bin wahnsinnig müde.«

»Hast du noch Angst?«

»Nein, ich bin bloß müde.«

»Warte einen Moment.« Ich hörte verschiedene Geräusche, entferntes Klappern und Schritte, und dann sagte James: «Hier ist ein Lied, das ich für Natalie geschrieben habe. Ich muß es ihr vor jedem Eishockeyspiel vorspielen – sie sagt, es beruhige sie.«

Und am Flügel, der im Wohnzimmer seiner Ex-Frau stand, spielte mir der liebe James ein reizendes kleines Liedchen vor.

»Das ist wundervoll«, sagte ich. »Wie heißt es?«

»›Nats Beruhigungslied‹, aber heute nacht nenne ich es ›Melodie für Geneva‹.«

Ich weiß nicht, wie oft er es gespielt hat, ich weiß nur, daß ich schließlich »Danke« flüsterte, den Hörer auflegte und sofort einschlief.

Der glitzernde weiße Schnee, der uns zu Halloween beschert wurde, war längst verschwunden und erinnerte inzwischen weniger an ein Naturschauspiel als an dicke Stapel alter grauer Wäsche. Die Sonne kokettierte mit uns wie Scarlett O'Hara mit den Tarleton-Zwillingen. Es war wie ein persönlicher Gunstbeweis, wenn sie auf imposante Weise durch die Wolkendecke brach. Dann verschwand sie wieder für Stunden und Tage und ließ in uns allen die Sehnsucht nach ein paar Strahlen zurück.

An einem dieser Tage, als die launenhafte Scarlett-Sonne einen ausgedehnten Besuch bei Verwandten weiter unten im Süden zu machen schien, hatte ich einen brillanten Einfall.

Ein brillanter Einfall war nötig, denn es war kein guter Tag gewesen. Rich wollte die Fotos, die wir gemacht hatten, in ein Album einkleben (»Ich will Mom und Dad zeigen, was wir gemacht haben, während sie fort waren«), und wir hatten über die Plazierung eines Fotos gestritten, das ich von Rich und Conrad in ihrer Funktion als Orchesterhelfer gemacht hatte. Neugierig, was dieser Titel bedeutete, hatte ich den Leiter des Schulorchesters angerufen, der mich eingeladen hatte, an einer Probe teilzunehmen.

Ich war in vielerlei Hinsicht beeinduckt: vom Können der Musiker und ihrer Fähigkeit, sowohl eine Glenn-Miller-Ballade als auch einen zackigen Marsch zu spielen; vom Leiter des Orchesters, der trotz seiner nervösen Veranlagung (er ging mit zuckendem Gesicht und händeringend vor seinen Schülern auf und ab) in seinem Beruf völlig aufzugehen schien; und vor allem von den Kindern, die nicht nur gut spielten, sondern Conrad und Rich auf eine besondere Weise behandelten, indem sie ganz normal mit den beiden umgingen. (Unwillkürlich mußte ich an die »Sonderklasse« in meiner eigenen Grundschule denken, die Klasse für behinderte Kinder, deren Mitglieder auf dem Schulhof oder in den Gängen von der Mehrheit der Schüler erbarmungslos gehänselt wurden.)

»Die beiden mögen eben Musik«, erklärte mir der nervöse Mr. Talerico nach der Probe, als Conrad und Rich die Noten wegräumten und ihren Mitschülern die Instrumentenkoffer reichten. »Sie können nun einmal nicht in der Kapelle mitspielen – ich habe versucht, Rich ein paar Noten beizubringen, aber das frustriert ihn zu sehr, und ich glaube, daß Conrad Noten lesen kann, aber er hat seine Bewegungen nicht genügend unter Kontrolle, um ein Instrument spielen zu können.« Mr. Talerico sah mir nicht in die Augen, während er sprach. »Also habe ich sie zu Orchesterhelfern ernannt. Als Entschädigung für ihre kleinen Hilfsdienste dürfen sie bei den Proben zuhören.«

Jedenfalls hatte ich ein Foto von den Jungen gemacht, als das Orchester »My Way« spielte. Es war eines dieser Fotos, die genau den richtigen Moment festhalten. Rich hatte vor Begeisterung die Hände an die Wangen gelegt, Conrads Kopf war zurückgebeugt, und sein Lächeln war absolut strahlend. Ich fand, daß diesem Foto eine eigene Seite gebührte, und das wurde der Auslöser für den Streit zwischen mir und Rich.

»Ich will andere Bilder von Connie dazukleben!« sagte er. »Noch mehr Bilder von Connie!«

Ich war wütend auf mich, weil es mich ärgerte (War es nicht egal, wo es hinkam?), und Rich war wütend auf mich wegen meines Ordnungszwangs. Er stieß das Album weg, warf dabei das Glas mit dem Kleber um, und ich erinnerte ihn ein wenig zu laut daran, besser aufzupassen.

Als Rich schließlich entdeckte, daß ich Fleischbällchen gemacht hatte, anstatt chinesisches Essen zu bestellen, drehte er durch – »Heute sollte es doch Chinesisch geben! Heute sollte es Chinesisch geben!« –, und so saßen wir genauso mißmutig am Tisch wie ein Paar, das vierzig unglückliche Ehejahre hinter sich hat. Als nach dem Essen Barb anrief und mitteilte, daß Conrad am nächsten Tag wegen einer Erkältung nicht mit zum Schwimmen kommen könne, reagierte Rich noch verzweifelter. Zu allem Überfluß meldete sich auch noch Trevor, um mir zu offenbaren, daß er an mich denke. Während unserer Unterhaltung ließ er durchblicken, daß Dody Griggs, der Filmregisseur, im Publikum sitze.

»Dody Griggs?« fragte ich weinerlich und fühlte mich wie das einzige Mädchen in der Abschlußklasse, das keine Einladung zum Ball bekommen hatte. »Ich würde so gern mit Dody Griggs arbeiten. Warum hat er sich die Aufführung nicht angesehen, als ich noch dabei war?«

Daß ich Rich schließlich noch bei seinen Hausaufgaben helfen mußte – er hatte Wörter zu buchstabieren –, gab uns den Rest, und mit dem Abend ging es immer weiter bergab. Rich war mürrisch, gab falsche Antworten auf leichte Fragen, ich korrigierte ihn, und meine Stimme wurde bei jedem Buchstaben lauter.

Draußen gingen Graupelschauer nieder und sorgten für glatte Gehsteige und Straßen, auf denen Fußgänger und Autofahrer ihre liebe Not hatten.

Ja, meine Laune war an einem Tiefpunkt, und als mir der glorreiche Einfall kam, begrüßte ich ihn wie eine Nonne, die feststellte, daß es der Papst war, der an die Klosterpforte geklopft hatte.

»Rich!« sagte ich. »Rich!«

Mit gerunzelter Stirn und vorgeschobener Unterlippe sah mich Rich so verächtlich an (Was für ein Blödsinn fällt ihr jetzt wieder ein?), daß ich lachen mußte.

»Rich, was würdest du davon halten, wenn wir die Flatter machen?«

»Was?«

»Abhauen. Verduften. Uns aus dem Staub machen. Wie würde es dir gefallen, die Stadt hinter dir zu lassen und ein bißchen Ferien mit deiner Tante Gen zu machen?«

Richs finstere Miene hellte sich auf, aber nur ein klein wenig. »Ich hab Schule.«

»Das weiß ich doch, du Dummerchen. Ich rede von nächster Woche. An Thanksgiving.«

Immer noch mißtrauisch, kniff er die Augen zusammen. »Wohin?«

»Nach Manhattan!«

Sein Schweigen war ohrenbetäubend, aber ich ging darüber hinweg und fuhr wie ein Reiseveranstalter fort: »Ja, Rich, *Manhattan* – New York City, der Big Apple, Gotham, der Mittelpunkt der Welt! Wir gehen ins Theater, essen im Waldorf zu Abend und fahren mit einem Zweispänner durch den Central Park.«

»Was ist ein Zweispänner?«

»Eine Kutsche mit zwei hübschen Pferden davor.«

Rich überlegte einen Moment. »Wir ... wir gehen immer zu Conrad und essen Pastete dort. Thanksgiving-Pastete.«

»Rich, mit Conrad kannst du ein andermal Pastete essen. Ich spreche von New York City! Wo das Vergnügen keine Grenzen kennt!«

»Wo das Vergnügen keine Grenzen kennt?«

»Nie.«

Er versuchte, ernst zu bleiben, mußte dann aber doch grinsen. »Okay«, sagte er, »laß uns fahren. Laß uns dahin fahren, wo das Vergnügen keine Grenzen kennt.«

»Okay!«

»New York City«, sagte er und ließ sich die Worte auf der

Zunge zergehen. »Aber was ist, wenn Mom und Dad sagen, ich darf nicht?«

»Das werden sie nicht«, beruhigte ich ihn. »Hey, die Rede von der Pastete hat mich hungrig gemacht. Wie wär's mit Nachtisch?« Ich öffnete die Kühlschranktür und sah, daß ich die Vorräte nicht aufgefüllt hatte. »Also, willst du Vanilleeis oder Vanilleeis?«

»Vanilleeis!« antwortete Rich.

Ann war nicht begeistert von meiner Idee, mit Rich nach New York zu fahren, aber verbieten wollte sie es uns auch nicht.

»Es ist halt so, daß Manhattan so groß ist«, sagte sie. »Was ist, wenn er sich verirrt?«

»Ann, ich werde ihn nicht aus den Augen lassen. Ich werde ihn an der Hand nehmen, sobald wir die Wohnung verlassen.«

Meine Schwester lachte. »Dann hast du ihn ja ständig an der Hand.«

»Ach, Ann, es wäre ein solcher Spaß. Und ich könnte ihm so viel zeigen, und wann gäbe es noch einmal eine solche Gelegenheit? Eine Gelegenheit, ihm New York zu zeigen, ohne daß er am Rockzipfel seiner Eltern hängt?«

»Vielen Dank, Schwester«, erwiderte Ann. Sie besprach sich eine Weile mit Riley und kam dann ans Telefon zurück. »Riley ist einverstanden.«

»Eine tolle Idee, Geneva«, hörte ich ihn im Hintergrund sagen.

»Also abgemacht!« rief ich begeistert aus. »Und wie geht's euch so in Italien?«

Sie hatten es sehr schön, *molto bene*, wie sie mir berichtete. Ann erzählte atemlos von kleinen Restaurants, von Museumsbesuchen, wo sie Gemälde gesehen habe, die sie vom Schulunterricht her kannte, von Fahrten in einem gemieteten Fiat durch Rom, wo sie auf den Stufen des Colosseums Brot, Käse und Oliven gegessen hatten.

»Und das Licht ist so unterschiedlich«, schwärmte sie. »Das Licht in der Toskana ist anders als das in Florenz und in Rom.«

»Warum?« fragte ich. Ich war in Italien gewesen, aber ich kann nicht sagen, daß ich das Licht in Florenz anders als in Venedig empfunden hätte.

»Es ist schwer zu erklären. Das toskanische ist gedämpfter, irgendwie herbstlich, weißt du? Gelegentlich ins Rötliche spielend. Und in Rom ist es ausgebleicht – viel weicher als unser grelles Sonnenlicht.«

Ich ließ sie weiterreden; schließlich ist sie Lehrerin.

Die Lichter im Gemeindezentrum gingen an zum Zeichen, daß der erste Teil von Natalies Tanzvorführung zu Ende war. James und ich saßen da und beobachteten, wie Rich und Conrad sich unter die Leute mischten, die um den Tisch mit den Erfrischungen standen. Wir überlegten, ob wir uns ihnen anschließen sollten – hatten wir wirklich Lust auf Punsch und Kuchen mit Liebesperlen? –, als sich in der Tür neben der Bühne leise eine Frau bemerkbar machte.

»Psst! Mr. O'Neal!« sagte sie und winkte ihn heran. »Mr. O'Neal, kommen Sie her!«

»Wer ist *das* denn?« fragte ich.

»Miss Nancy«, sagte James und stand auf. »Natalies Tanzlehrerin. Sie organisiert dies alles.«

James und die Frau unterhielten sich, die Frau gestikulierte wild, fuchtelte in der Luft herum und schüttelte oft den Kopf.

Als James zurückkam, war er blaß und schüttelte ebenfalls den Kopf.

»Was ist los?« fragte ich. »Ist mit Natalie alles in Ordnung?«

»Natalie geht's gut«, antwortete er, »aber der Pianistin nicht. Offensichtlich hat sie sich schon den ganzen Tag schlecht gefühlt, wollte aber auf keinen Fall absagen. Sie übergibt sich gerade auf der Toilette.« Er wischte sich über die Oberlippe. »Vielleicht sollte ich mich ihr anschließen.«

»Wie meinst du das?«

»Ich meine, ich muß mich übergeben.«

»Seit wann ist dir schlecht?«

»Seit Miss Nancy mir gesagt hat, sie habe von Natalie erfahren, daß ich Klavier spielen kann. Jetzt will sie, daß ich einspringe.«

»Was hast du geantwortet?«

»Nein, natürlich. Aber dann hat sie nicht locker gelassen und gesagt, wie enttäuscht die Kinder wären, wenn sie den zweiten Teil des Programms nicht vorführen könnten.«

»Sie hat kein Recht, dich damit zu belästigen«, sagte ich und ärgerte mich, wie aufdringlich diese Miss Nancy doch war. »Sag ihr, sie soll jemand anderen finden – es muß im Publikum doch noch jemand anderen geben, der Klavier spielen kann.«

James zerrte am Knoten seiner Krawatte. (Ich fand es richtig nett, daß er sich für den Auftritt seiner Tochter so herausgeputzt hatte.)

»Das hab ich ihr schon gesagt, aber sie wollte keine Durchsage machen« – an dieser Stelle ahmte er die schrille Stimme der Lehrerin nach – »Ich möchte nicht, daß sich ein Haufen geltungssüchtiger Hausfrauen darum prügelt, welche von ihnen in der Öffentlichkeit auftreten darf.«

»*Das* hat sie gesagt?« Ich wollte lachen, aber genauso hätte ich das alte Streitroß auch würgen können. »Also, was machst du?«

James wischte sich erneut über die Oberlippe. »Ich schätze, ich entschuldige mich, such eine Toilette auf und werf einen Blick auf die Noten.«

Ich faltete mein Programmheft in immer kleinere Teile und sah zu, wie James hinter einem Vorhang verschwand. Ich bewunderte seinen plötzlichen Mut und betete insgeheim, daß er ihn nicht verlassen würde.

»Geneva Jordan?«

Ich fuhr herum und sah eine schlanke, dunkelhaarige Frau in einem Kostüm vor mir stehen. »Ja?«

»Karin O'Neal.« Sie streckte mir eine perfekt manikürte Hand entgegen, ich schüttelte sie und drückte sie fest in Antwort auf ihren harten Druck.

»Erlauben Sie, daß ich mich zu Ihnen setze?« fragte sie und ließ sich nieder. »Ich hätte nicht gedacht, daß ich es überhaupt schaffen würde, hierherzukommen, aber meine Besprechung war früher zu Ende und ...«

»Oh«, sagte ich, als mir langsam dämmerte, wen ich vor mir hatte. »Sie sind *Kä*-rin.« James hatte mir erzählt, wie sehr sie es haßte, wenn Leute ihren Namen falsch aussprachen, und ich weiß nicht, warum ich es absichtlich tat.

»Ich heiße eigentlich *Ka*-rin. Und Sie sind Geneva Jordan«, fuhr sie fort. »Ich kann einfach nicht glauben, neben Geneva Jordan zu sitzen.«

»Gut, Sie tun es aber«, erwiderte ich, während sie es sich auf James Platz bequem machte.

»Wie war Natalie?«

»Großartig. Sie ist eine gute Tänzerin.«

»Ich hielt es für riskant, daß sie mit ihrem gebrochenen Arm an der Vorführung teilnimmt, aber Steptanz ist ja nicht so gefährlich wie Eishockey, nicht wahr?«

»Nein«, stimmte ich ihr zu, obwohl sich jede Faser meines Körpers gegen sie sträubte.

»Geneva Jordan«, sagte sie, als glaubte sie immer noch nicht, daß ich es war. »Ich war ganz hingerissen von ›Das Mädchen von Wellsmore‹. James und ich sind natürlich große Theaterliebhaber.« Karins Strumpfhose machte ein knisterndes Geräusch, als sie die Beine übereinanderschlug. »Aber ich hätte nie gedacht, daß wir einen meiner Broadway-Lieblinge eines Tages tatsächlich kennenlernen würden.«

Ich schenkte ihr mein verlogenstes Lächeln. Ich kam mir wie ein Schmetterling vor, dem die Fühler gekappt worden waren: Ich konnte ihre Signale nicht deutlich empfangen. War sie herablassend, wollte sie mich reizen oder mir Komplimente machen? Und warum benutzte sie ständig dieses besitzergreifende *Wir*?

»Wo ist James?« fragte Rich, der plötzlich gemeinsam mit Conrad vor mir auftauchte.

»Dein ganzes Gesicht ist voller Puderzucker«, sagte ich und wischte mit dem Daumen das Kinn meines Neffen ab. »Rich, Conrad, das ist Natalies Mutter, Mrs. – ähm, Karin.«

Die Jungen begrüßten sie höflich und setzten sich dann auf meine andere Seite. »Also, wo ist James?« fragte Rich erneut.

Die Lichter blinkten mehrmals und kündigten das Ende der Pause an.

»Ihr werdet schon sehen«, antwortete ich mit wissendem Unterton und genoß den verständnislosen Ausdruck auf Karins Gesicht.

Nachdem alle auf ihre Plätze zurückgekehrt waren, ging das Licht aus, der Vorhang öffnete sich, und ein Scheinwerfer richtete sich auf die Mitte der Bühne.

»Hey«, flüsterte Rich, »da sitzt ja James am Klavier!«

Ein rhythmisches Klacken ertönte, als die Steptänzerinnen im Gänsemarsch ins Schweinwerferlicht traten, stehenblieben und mit einstudiertem Lächeln das Publikum anstrahlten. Je länger sie dastanden, desto schwächer wurde ihr Lächeln, und als sie begannen, verstohlene Blicke auf den Pianisten zu werfen, beschwörte ich James insgeheim, endlich zu spielen anzufangen.

»Tante Gennie, was ist los?« flüsterte Rich.

»James hat Angst zu spielen.«

»Warum? Er hat doch in der Sonntagsschule so gut für dich gespielt.«

Ich zuckte hilflos mit den Achseln, und dann beugte sich Conrad zu mir herüber. »Warum gehst du nicht rauf und setzt dich neben ihn?«

»Was?«

Conrads Kopf fiel wackelnd zurück. »Er hatte keine Angst, als du neben ihm gesessen hast.«

»Ich kann doch nicht da raufgehen«, flüsterte ich. Ich war gern auf der Bühne, aber unter meinen eigenen Bedingungen.

»Das ist ja lächerlich«, flüsterte Karin. »Man sollte den Vorhang runterlassen und ihn aus diesem Elend befreien.«

Das war mein Startsignal, mehr brauchte ich nicht, um aufzuspringen. Das besorgte Geflüster im Publikum nahm zu, als ich die Stufen zur Bühne hinaufstieg und mich neben James niederließ.

»O Gott, Geneva«, flüsterte James mit zusammengebissenen Zähnen. »Hilf mir.«

»Genau das habe ich vor«, antwortete ich. »Ich bin hier, um dich vor den Tomaten zu schützen, mit denen dich das Publikum heute bewerfen wird.«

Ein leichtes Lächeln huschte über James' Gesicht.

»Los jetzt, James«, ermutigte ich ihn und drückte meinen Schenkel gegen den seinen. »Los geht's.«

Er schlug zögernd einen Akkord an, dann noch einen und spielte dann ein paar Takte. Als die Mädchen ihren Einsatz hörten, begannen sie zu »Girl of Ipanema« zu steppen.

Das Publikum bedankte sich mit tosendem Applaus. Obwohl im ersten Teil der Aufführung auch jedes Stück frenetisch beklatscht worden war, kam es mir vor, als wäre der Beifall jetzt noch lauter.

»Das war super, James«, flüsterte ich beruhigend wie eine Krankenschwester. »Jetzt laß uns mit dem nächsten Stück weitermachen.«

Ich achtete darauf, daß mein Schenkel die ganze Zeit den seinen berührte, und blätterte die Noten um (sie sollten ruhig glauben, daß dies geplant war), während James »Jailhouse Rock« und »Yellow Bird« spielte. Erst bei »I'm an Old Cowhand« hatte ich das Gefühl, daß es ihm Spaß machte, daß er seine Angst überwunden hatte und sich ganz der Musik hingab.

Die Mädchen (es war keine gemischte Gruppe wie bei Natalies Hockeyteam) tanzten zu »Fever« und »If I Had a Hammer«, und dann schlug James einen Akkord an, der zu »Splish Splash«, dem großen Auftritt seiner Tochter, überleitete.

Natalie und drei kleine Mädchen, die rosafarbene Handtücher um den Kopf und rosafarbene Bademäntel trugen, tauchten, Seifenblasen machend, aus einer Pappmaché-Badewanne auf. Natalie schaffte es, ihre Schale mit Seifenwasser trotz gebrochenem Arm festzuhalten, während sie mit der anderen Hand das Stäbchen in die Lösung tauchte. Von jeder Bühnenseite tanzte eine Reihe Mädchen in rosafarbenen Tutus herein und flankierte die drei Badenixen. Der Niedlichkeitsfaktor hätte nicht größer sein können, vor allem, als einige der Mädchen, von den Seifenblasen abgelenkt, zu kichern begannen. Ein Mädchen mit Pferdeschwanz, das meiner Meinung nach den ganzen Abend versucht hatte, den anderen die Schau zu stehlen, fauchte die Kichererbsen an, allerdings ohne den gewünschten Erfolg.

»Hört auf!« zischte sie und klatschte in die Hände wie eine griesgrämige alte Lehrerin, worauf die Tänzerinnen nur noch mehr kichern mußten.

Außerdem klappte es mit der Produktion der Seifenblasen nicht ganz; Natalie und ihre Mitstreiterinnen, die langsam in Schwung kamen, fingen ebenfalls an zu kichern, vor allem, als sich Natalies Turban aufzulösen begann. Daraufhin fühlte sich eines der Mädchen (offensichtlich eine Komplizin der Tonangeberin) genötigt, Seifenblasen im Eiltempo zu machen, um das Bühnenbild aufrechtzuerhalten.

Ich warf einen Blick auf die erste Reihe und sah Karin, die mit verschränkten Armen dasaß und mißbilligend zu Rich und Connie hinübersah, die sich vor Lachen bogen. James bemühte sich, für die abgelenkten Steptänzerinnen einen gleichbleibenden Rhythmus beizubehalten. Was keine Meisterleistung gewesen wäre, wenn er nicht auch hätte lachen müssen – zwar nicht annähernd so hemmungslos wie einige der Tänzerinnen, aber doch so heftig, daß seine Schultern bebten.

Mehr brauchte ich nicht, um in das allgemeine Gelächter einzustimmen (nur Karin und wahrscheinlich die Eltern der verbissenen Pferdeschwanzträgerin lachten nicht). Als müßte sie für ihre Kratzbürstigkeit büßen, rutschte das Mädchen mit dem Pferdeschwanz auf dem Seifenwasser aus, das die kichernden Mädchen verschüttet hatten, und brach in Tränen aus.

»Mom!« jammerte sie und sank in ihrem rosafarbenen Tüllgebirge in sich zusammen.

Der Vorhang fiel, und es dauerte eine Weile, bis er sich für die Tänzerinnen wieder hob, die zu »La Cucaracha« steppten. James spielte noch drei weitere Nummern (niemand hätte vermutet, daß er als Pianist für jemand anderen eingesprungen war, und sein »Stand by Me« und »Under the Boardwalk« überzeugten besonders), aber was das Publikum anbetraf, hätte die Aufführung mit »Splish Splash« zu Ende sein können, denn schließlich wußten alle, wie ein großes Finale aussah.

»Du hast es geschafft!« jubelte ich, nachdem Miss Nancy James in die Mitte der Bühne gezerrt hatte, damit er sich verbeugte. »Du hast es geschafft!«

»Dank deiner Hilfe«, antwortete James und umarmte mich.

Wir holten Conrad und Rich und schlossen uns den anderen Eltern und Gratulanten im Gemeinschaftszimmer an. Miss Nancy stand an der Tür und ließ die Leute nur ein, nachdem sie Lob und Glückwünsche ausgesprochen hatten. Karin war bereits im Raum und unterhielt sich mit der Mutter des Mädchens mit dem Pferdeschwanz, das sich gegen Ende der Vorstellung mit einer Art Solo gerettet hatte. Sie war zwar keine Cyd Charisse, als sie zur Melodie von »Fever« über die Bühne klapperte, aber man mußte zugeben, daß es mutig war, nach dem Debakel mit den Seifenblasen noch einmal herauszukommen. Eine der goldenen Regeln im Show-Geschäft heißt eben: Im Kampf zwischen Talent und Mut behält der Mut weitaus öfter die Oberhand, als man denkt.

»Nat!« sagte James und beugte sich hinunter, um seine Tochter zu umarmen. »Du warst spitze! Du warst das anmutigste Mädchen mit gebrochenem Arm heute abend.«

»Danke, Dad«, antwortete sie und stieß ihm mit dem Ellbogen in die Seite. »Und dein Klavierspiel war ... ganz nett.«

»Na warte ...«, sagte James und tat so, als wollte er sich auf sie stürzen.

»Mir hat dieser Splash-Tanz gefallen«, sagte Rich. »Das war *komisch.*«

»*Wirklich* komisch«, pflichtete Conrad bei.

Natalies Augen leuchteten auf. »Nicht wahr?«

Als hätte sie ihr Stichwort gehört, eilte Karin herbei.

»Natalie, bevor wir gehen, möchte ich, daß du dich bei Cassie entschuldigst.«

»Aber Mom, das hab ich doch schon!«

»Nein, du hast dich bei Cassies Mutter entschuldigt.«

»Komm mit, Nat«, sagte James. »Ich begleite dich.«

Natalie nahm Richs Hand, offensichtlich brauchte sie mehr Begleitpersonal, und ich blieb mit Karin allein zurück.

»Hören Sie, Geneva«, sagte Karin, und in ihrem Tonfall lag etwas, das mich fast hätte sagen lassen: *Für Sie, Miss Jordan.* Was ich aber nicht tat. Auf irgendeine seltsame Weise schüchterte mich diese Frau ein.

»Ich weiß nicht, welche Art von Beziehung Sie mit James verbindet, aber wenn es mehr als Freundschaft sein sollte, möchte ich Sie warnen: Er ist ein ziemlich konfuser Typ.«

Zu überrascht, um etwas zu antworten, starrte ich sie bloß an. Sie wischte sich eine Strähne ihrer Pagenfrisur aus dem Gesicht. »Es war immer sein Traum aufzutreten – sicherlich hatte er immer das Talent dafür, aber nie das Selbstvertrauen. Eigentlich wollte er Konzertpianist werden, hat er Ihnen das erzählt?«

»Spielen tut er jedenfalls phantastisch.«

»Ja, nachdem er endlich sein Lampenfieber überwunden hat, aber wo hat er sein Debüt gegeben? Bei einer Kindervorstellung.« Karin schüttelte den Kopf. »Ist das nicht typisch?«

Du bist noch viel schlimmer, als er behauptet hat! wollte ich schreien, brachte aber statt dessen nur ein mattes »Entschuldigen Sie mich« heraus, bevor ich weiterging, um ein wenig von der Luft zu schnappen, die sie mir genommen hatte.

»Das hat sie gesagt?« fragte James später, und sein Atem gefror in der kalten Nachtluft zu weißen Wölkchen.

Nachdem Rich auf der Couch eingeschlafen war, hatte ich vorgeschlagen: »Es wäre sicher schön, sich draußen in den heißen Pool zu setzen«, worauf James meinte: »Na, los«, obwohl das Bassin immer noch nicht funktionierte und kein Wasser darin war. Also setzten wir uns in Mänteln, Mützen und Handschuhen unter eiskaltem Himmel in einen leeren Pool.

»Sie sagte, ich hätte mir, um zu debütieren, eine Kindervorstellung ausgesucht?«

Ich nickte. »Vielleicht hast du auf dem Gebiet der Liebe noch größere Fehler gemacht als ich.«

James lachte. »Sie war nett ... früher einmal.«

»Also, James«, begann ich und schlug die Absätze aneinander, um meine Zehen warm zu halten. »Wolltest du wirklich Konzertpianist werden?«

»Warum ich ihr das je erzählt habe, weiß ich nicht.« Er schüttelte den Kopf, rieb sich das Kinn, und ich konnte an dem leichten Kratzgeräusch hören, daß er eine Rasur nötig gehabt hätte. Eine ganze Weile war dies der einzige Laut, der von ihm kam. Schließlich sagte er: »Als ich in der High School war, habe ich mir das überlegt – ich hatte einen Lehrer, der offensichtlich der Meinung war, ich hätte das Talent dafür, aber ich stellte fest, daß die Maßstäbe des Lehrers nicht allzu hoch waren. In der High School jedenfalls habe ich die klassische Musik aufgegeben und in mehreren Bands Keyboard gespielt und dabei festgestellt, daß sich mir eine ganz neue Welt eröffnete. Ich konnte mir vorstellen, in einer Jazz- oder Rockband zu spielen oder sogar in einem Orchestergraben am Broadway zu sitzen.«

»Wäre es nicht herrlich gewesen, wenn wir im gleichen Stück aufgetreten wären?«

Ein wehmütiger Ausdruck trat auf James' Gesicht, der ihn jünger aussehen ließ. »Ja. Das wäre herrlich gewesen.«

»Also, was ist passiert?« fragte ich, nahm seine Hand und steckte sie unter meinen Arm.

Der wehmütige Ausdruck verwandelte sich in Resignation.

»Auf meiner Weltreise, von der ich dir erzählt habe«, begann er mit leiser Stimme, »und bei anderen Aushilfsjobs, von denen ich dir erzählt habe, habe ich ab und zu einen Barmann überredet, mich spielen zu lassen. Ich hab nie viel Geld verdient, aber ich gab Songs zum besten, die ich selbst geschrieben hatte.« Er atmete tief ein und wieder aus. »Jedenfalls spielte ich einmal in einer kleinen Kneipe in Barcelona, und eine Frau begann, mich anzuschreien, und als ich mich entschuldigte, weil ich nicht die Musik spielte, die sie mochte, warf sie mir eine Weinflasche an den Kopf.«

»Du machst Scherze«, sagte ich. Die übliche Standardantwort auf eine verrückte Geschichte.

James schüttelte den Kopf. »Ich wachte im Hinterzimmer mit einem blutigen Handtuch auf der Beule an meiner Stirn wieder auf.«

»Du bist k.o. geschlagen worden?«

James nickte. »Als du dich heute abend neben mich gesetzt und gesagt hast, du würdest mich vor den Tomaten schützen, die das Publikum auf mich werfen könnte, dachte ich: Du weißt nicht, daß das durchaus im Bereich des Möglichen liegt.«

Ich lachte leise. »Hat diese Frau erklärt, warum sie das getan hat?«

»Niemand hat mit ihr geredet – sie rannte sofort raus, nachdem sie die Flasche geworfen hatte, daher hab ich nie erfahren, ob sie meine Musik haßte, ob ich sie an ihren untreuen Ehemann erinnerte oder was auch immer. Der Besitzer hat sich bloß an die Stirn getippt und gemeint, sie müsse verrückt sein. Alle sagten, ich sollte es nicht persönlich nehmen, was ich nicht getan habe – denn am nächsten und übernächsten Tag habe ich wieder dort gespielt –, aber ich wurde zunehmend nervöser. Jedesmal, wenn jemand eine schnelle Bewegung machte, dachte ich, es käme gleich was geflogen. Schließlich hab ich's aufgegeben und bin am Tag darauf nach Portugal gefahren.«

»Und du hast nie mehr in der Öffentlichkeit gespielt?«

James lachte. »Nein, ich landete in einem kleinen Club in Lissabon, wo ich fast einen Monat lang blieb. Aber es war schwierig, die alte Unbefangenheit zurückzugewinnen. Ich war immer nervös und fragte mich ständig, ob ich gleich verdroschen oder ob noch Schlimmeres passieren würde. Aber erst, als ich wieder in den Staaten war und ein Freund mich bat, bei seiner Hochzeit zu spielen, erstarrte ich förmlich. Ich konnte einfach nicht mehr spielen.«

»O James.«

»Ich kam mir so *dämlich* vor, wie ein totaler Versager. Ich saß vorne im Chor neben Braut und Bräutigam, alle sahen mich erwartungsvoll an, aber ich konnte einfach nicht spielen. Ich weiß nicht, was schlimmer war – meine Angst oder zu wissen, wie sehr ich meinen Freund enttäuschte.«

»O James«, sagte ich erneut.

»Immer wieder habe ich versucht, vor Publikum zu spielen – an dem Tag, als wir uns kennenlernten, wollte ich eigentlich in der Kirche spielen – aber wie es scheint, werde ich diese Starre einfach nicht mehr los.«

»Aber du hast doch in der Sonntagsschule so gut gespielt.«

James zuckte mit den Achseln. »Dreizehnjährige schüchtern mich wohl nicht ein. Außerdem habe ich dich nur begleitet, und du hast direkt neben mir gestanden. Genauso wie heute abend.«

»Hast du je versucht, dir helfen zu lassen?«

»Ich habe einen Selbsthypnosekurs gemacht, aber jedesmal, wenn ich versuchte, mich selbst zu hypnotisieren, bin ich eingeschlafen. Ich habe ein paar Bücher gelesen ...« James schüttelte den Kopf und lehnte ihn dann seufzend gegen die Wand des Pools. »Laß uns nicht mehr davon reden. Laß uns bloß den kräftigen Strahl dieser Wasserdüsen genießen.«

»Genau«, sagte ich und lehnte mich ebenfalls zurück. »Und reich mir bitte dieses fruchtige Tropengetränk.«

»Möchtest du es in der ausgehöhlten Ananas oder in einer Kokosnußschale?«

»Hm ... ich nehm die Kokosnuß.«

Wir schwelgten in unserer Phantasiewelt, bis ein Windstoß, der beim besten Willen nicht als Meeresbrise mißdeutet werden konnte, vorbeifegte.

»Weißt du«, sagte James, setzte sich auf und verschränkte die Arme vor der Brust, »jemand sollte das Ding reparieren. Was ist überhaupt kaputt daran?«

»Ann behauptet, der Pumpenmotor sei kaputt.« Ich sah mich in dem holzverschalten Pool um und stellte mir vor, wie er mit sprudelndem, schäumendem Wasser gefüllt war. »Kannst du sie reparieren?« fragte ich hoffnungsvoll.

»Ob ich einen simplen Pumpenmotor reparieren kann?« Er schüttelte den Kopf, als hätte bereits die bloße Frage seine Gefühle verletzt. Dann sah er in den bewölkten Nachthimmel und sagte: »Nein.«

Ich lachte. »Also bist du kein Handwerker, was?«

»Kommt darauf an, was du unter Handwerker verstehst.«

Ich lächelte über seine kleine Anzüglichkeit. Und dann – zum denkbar schlechtesten Zeitpunkt – erzählte ich ihm von meinem Plan, mit Rich über Thanksgiving nach New York zu fahren.

»Ach, Geneva«, sagte James nach einer langen Pause, »es ist doch ohnehin nicht mehr lange bis Ende November.«

Ann und Riley wollten Samstag nach Thanksgiving zurückkommen. Ich würde am Tag darauf nach Hause zurückfahren.

»Warum gestehst du uns noch weniger Zeit zu, als wir ohnehin haben?«

»Ich meinte eben, Rich und ich sollten was Besonderes zusammen unternehmen.«

»Das trifft auf uns genauso zu.«

Ich starrte ihn an. Ich halte mich für eine ganz gute Menschenkennerin – das muß man ja auch sein, wenn man Schauspielerin ist –, aber was James betraf, war ich ziemlich ratlos. Was wollte dieser Mann von mir, und was wollte ich von ihm? Abgesehen von der einen wilden Knutscherei erinnerte unsere Beziehung, die sich immer unter den wachsamen Augen von Rich und Natalie abspielte, an eine Liebe im neunzehnten Jahrhundert, und ich war mir nicht sicher, ob er oder ich sie in die Gegenwart hinüberretten wollten.

Nun, vielleicht wollte James das tun. In seinen Parka gehüllt, war er zu mir herübergerutscht und legte den Arm um mich.

»Ich weiß nicht, was wir beide sind«, sagte ich leise.

»Wir sind Mann und Frau«, erwiderte er, und da ich über seine übertrieben heisere Stimme lachen mußte, fragte er: »Hast du je in einem Pool mit einem Mann geschlafen?«

»Hm ... nicht in einem leeren.«

»Ich auch nicht.«

Als er mich küßte, berührte seine Nase mein Gesicht. Sie war so kalt, daß ich fast zurückgeschreckt wäre, aber Leidenschaft vermag selbst die eisigsten Extremitäten aufzutauen. Mein Herz raste, und ebenso meine Gedanken. Wollte ich das denn? (Ich glaubte, schon.) War James nicht einfach bloß ein guter Freund? (Ein guter Freund, der zufällig hervorragend küssen konnte.) Wenn ich den Dingen ihren Lauf ließe, würde ich ihm etwas vormachen? (Was würde ich ihm vormachen, und war das meine Absicht?)

Als ich schließlich aufhörte, mich mit meinen Gedanken zu quälen, keuchte ich (ich keuchte heftig), während unsere Hände unter die Schichten unserer dicken Vermummung glitten. Wieviel Wärme sein Körper in dieser kalten Nacht ausstrahlte! Ich war sicher, daß unsere Körper genau dieselben Dampfwolken ausstoßen würden wie unsere Münder, sobald wir uns unserer Kleider entledigt hatten. Die Erfahrung war genauso sinnlich, wie sie bekanntermaßen in Heißwasserpools ist. Daß sich kein Wasser darin befand, schien überhaupt keine Rolle zu spielen. Wir schwebten dennoch auf einer mächtigen, starken Woge.

Doch das Schicksal war immer noch nicht gewillt, uns beide zusammenzubringen, denn als wir alle Kontrollpunkte passiert hatten und alle Systeme am Laufen waren, kam der Moment, als Rich, der normalerweise wie ein Stein schlief, zu schreien begann.

»Gütiger Himmel«, sagte ich, und James kletterte genauso schnell wie ich aus dem leeren Pool, und durch die Terrassentüren rannten wir ins Wohnzimmer.

»Rich!« rief ich und eilte zu meinem Neffen, der auf der Couch saß und sich ein Kissen an die Brust drückte. Sein Gesicht war angstverzerrt und sein Schreien ein leises Blöken, wie das eines Schafes, das der Wolf gerissen hatte.

»Rich!« sagte ich wieder und nahm ihn in die Arme. »Rich, ist ja gut.«

Das Blöken hielt an.

»Ich glaube, er ist gar nicht wach«, sagte James.

»Was?«

»Bei Natalie kam das vor, als sie klein war – sie hatte Alpträume, sie schrie und weinte, obwohl sie gar nicht wach war. Am nächsten Morgen konnte sie sich an nichts erinnern.«

Ich sah in Richs Augen, aber sie bemerkten mich nicht. Statt dessen blickten sie in die Ferne auf etwas, was ich nicht sehen konnte.

Mein Herz pochte, und meine Schläfen auch. Ich war versucht, die Hand auf Richs Mund zu legen, um den schrecklichen Laut zu unterdrücken.

»Was soll ich denn tun?«

»Da kann man nichts tun«, sagte James und setzte sich ans Couchende. »Er hört ganz von selbst auf. Im Moment kannst du ihn nur umarmen.«

9

JEDE GROSSE STADT hat verschiedene Gesichter, doch New York City hat das schillerndste von allen: mal Gangster oder *grande dame*, mal romantischer Troubadour oder Schmierenkomödiant – die Stadt kann ihr Flair mit der Schnelligkeit ändern, mit der jemand eine ihrer Straßen überquert. Doch als Rich und ich zu Besuch kamen, zeigte sich die Metropole von ihrer besten Seite: als weltläufige Gastgeberin, die ihre Besucher mit offenen Armen empfängt.

Ich bot ihm eine wahre Luxus-Tour. Wir sahen die Rockettes tanzen (»Sie sehen wie Scheren aus«, sagte Rich über ihre im Gleichtakt schwingenden Beine), wir fuhren aufs Empire State Building hinauf und besuchten das Guggenheim Museum (»Mir ist schwindelig«, sagte Rich, als wir, immer im Kreis herum, an den Exponaten vorbei nach oben gingen). Wir schlenderten die Fifth Avenue hinunter (»Wo kommen bloß all die Leute her?« fragte Rich, der praktisch jeden mit »Hallo, Kumpel« grüßte), durchstöberten den Spielzeugwarenladen FAO Schwarz, fuhren mit der Kutsche durch den Central Park und gönnten uns am späten Nachmittag im Algoquin ein Dessert.

Rich strahlte jedesmal, wenn mich ein Fan ansprach, und bot als Sondervergütung sein eigenes Autogramm an. Er kritzelte auf die abgerissene Ecke einer FAO-Schwarz-Tüte, reichte sie einer Frau, deren Begeisterung über meine Leistung in »Mona!« gar keine Grenzen kannte, und sagte: »Ich bin Rich.«

»Mein Neffe«, fügte ich hinzu.

»Oh«, sagte die Frau, als sie beide Autogramme einsteckte. »Nun, junger Mann, ich hoffe, du weißt, daß deine Tante etwas ganz Besonderes ist.«

Mein Neffe schüttelte den Kopf. »Nein, *ich* bin was Besonderes.«

Rich genoß, daß ich den Scherz verstand und wußte, was mit der Bezeichnung »etwas Besonderes« gemeint war, die so oft auf ihn angewandt wurde. Er lachte über mein Lachen, und die arme Frau, die nichts begriff, empfahl sich. In solchen Momenten staunte ich über die Beziehung, die sich zwischen uns entwickelt hatte. Momente wie diese gab es inzwischen immer häufiger: Ich vergaß, daß ich auf ein armes behindertes Kind aufpassen sollte. Statt dessen stellte ich fest, daß ich mich in Gesellschaft eines Menschen befand, den ich wirklich mochte.

Nach unserem Thanksgiving-Dinner im Waldorf gingen wir in meine Wohnung zurück, und Rich rief seinen Freund Conrad an.

»Iß zwei Stücke für mich!« sagte er, und nachdem er aufgelegt hatte, sah er mich an und fügte hinzu: »Kürbiskuchen und Pekankuchen – meine Lieblingskuchen.«

Dann brach er in Tränen aus.

»Wir essen an Thanksgiving immer Kuchen zusammen!« stieß er hervor, als er sich soweit beruhigt hatte, daß er wieder sprechen konnte. »Immer. Connie ißt immer den mit Kürbis und ich den mit Pekannüssen. Ich *liebe* Pekannußkuchen.« Er schniefte, und seine Augenbrauen bildeten ein umgedrehtes V über seinen Augen. Er hielt die Hände vors Gesicht und fing erneut an zu weinen.

Ich klopfte ihm beschwichtigend auf den Rücken, und als ich innehalten mußte, weil mir der Arm weh tat, stellte ich fest, daß er eingeschlafen war.

In meiner Wohnung herrschte auf einmal eine seltsam friedliche Stimmung. Es lag wohl an dem knisternden Feuer und dem schlafenden Jungen. Ich konnte mich nicht erinnern, je mit einem schlafenden Kind allein in meiner Wohnung gewesen zu sein – natürlich hatte Rich während früherer Besuche hier geschlafen, aber immer waren seine Eltern dabeigewesen –, und es machte mich traurig, wenn ich dachte, wie anders mein Leben verlaufen wäre, wenn ich abends ein oder zwei Kinder zu Bett hätte bringen müssen.

Auf einer Skala von eins bis zehn, wobei eins Euphorie und zehn eine schlimme Heimsuchung von Petunia bedeutete, fühlte ich mich etwa bei fünfeinhalb: niedergeschlagen, aber dennoch sehnte ich mich nach Gesellschaft und wollte meinen Trübsinn mit jemandem teilen. Denn geteiltes Leid ist bekanntlich halbes Leid ... oder es wandelt sich zumindest in etwas, worüber man scherzen kann. Ich wußte, daß viele meiner Freunde Thanksgiving außerhalb der Stadt verbrachten, einschließlich Claire, die in ihrem Haus in Connecticut war, und so ertappte ich mich dabei, eine Nummer zu wählen, die ich schon so oft gewählt hatte: Trevors Nummer.

Sein Anrufbeantworter meldete sich, und ich stammelte eine Nachricht darauf: daß ich in der Stadt sei, ihm nur ein schönes Thanksgiving wünschen wolle, obwohl er Engländer sei und glaube, Amerika – wie auch der Rest der Welt – sollte eigentlich eine britische Kolonie sein, und ob er ein Protest-Essen veranstaltet habe, bei dem Plumpudding und Kidney Pie kredenzt wurden.

Ich legte auf und hätte am liebsten mit einem Knopfdruck alles wieder gelöscht, weil mir das bemühte und weitschweifige Geschwätz peinlich war.

Glücklicherweise hatte meine Haushälterin nicht meinen gesamten Weinvorrat geklaut (nicht einmal eine Flasche, wie ich feststellte, und ich fragte mich, ob ich angesichts des kostbaren Götternektars so ehrlich hätte sein können), und so öffnete ich eine Flasche Merlot.

Nachdem ich auf Zehenspitzen ins Wohnzimmer zurückgekehrt war, setzte ich mich in einen der großen Sessel, die zusammen mit der Couch die Sitzgruppe vor dem Kamin bilden, kippte den Wein hinunter, als wäre er Wasser und als hätte ich gerade einen Marathonlauf hinter mir. Das zweite Glas genoß ich, ich trank es in kleinen Schlucken, die von wohligen Seufzern begleitet wurden. Rich unterbrach sein leises Schnarchen, indem er etwas von einem Schuh murmelte, und ich stand auf, um die Kaschmirdecke über seine Schultern zu ziehen.

Wenn Sie während Ihrer Depression keine Gesellschaft haben, kann ich Ihnen nur raten, sich ihr wirklich hinzugeben, darin *einzutauchen.* Also legte ich eine Kassette ein, die ein Freund für mich aufgenommen hatte, eine Zusammenstellung von Frank-, Tony-, Ella- und Billie-Songs, die einem das Gefühl vermitteln, augenblicklich von einer Brücke springen oder zumindest wie ein Kind flennen zu wollen. Rich zuckte ein bißchen, wachte aber nicht auf, und ich lauschte den Klängen von »Good Morning Heartache« und »September Song«, während ein paar Tränen in mein Weinglas rannen.

Ich befand mich gerade auf dem Höhepunkt meiner Weinseligkeit, als sich die Rezeption meldete: »Trevor Waite möchte Sie besuchen, Miss Jordan.«

Im ersten Moment wollte ich aufschreien. Im nächsten riß ich mich zusammen und sagte mit äußerst kontrollierter Stimme: »Gut, schicken Sie ihn rauf, Charles.«

Wie eine von den Marx Brothers gejagte Margaret Dumont raste ich ins Badezimmer, wo ich mir kaltes Wasser ins Gesicht spritzte und mir mit zehn Fingern durchs Haar fuhr. Als ich schnell noch Lippenstift auflegte, hörte ich ein leises Klopfen an der Tür (es war ein Tick von Trevor, nie zu klingeln, sondern leise anzuklopfen, als interessiere es ihn nicht, ob ihn niemand einließ).

Ich holte tief Luft, zog den Bauch ein und ging so langsam zur Tür, als machte es mir nichts aus, wenn er gar nicht eintrat.

»Geneva«, sagte er und schlang die Arme um mich, sobald ich die Tür geöffnet hatte. »Geneva, es ist so schön, dich zu sehen.«

»Schön, dich zu sehen«, erwiderte ich und befreite mich aus seiner Umarmung, wohl wissend, daß ich Amok laufen würde, wenn ich nicht gleich die Kontrolle übernahm.

»Also, ist dein Job als Babysitter beendet?« fragte er mit seiner volltönenden Schauspielerstimme.

Ich legte den Finger an die Lippen und machte mit dem Kopf

ein Zeichen in Richtung Couch, wo Rich unerschütterlich schlief.

»Oh«, sagte Trevor, laut flüsternd. »Also seid ihr zu zweit zurückgekommen, hm?«

»Nur bis morgen«, antwortete ich und führte ihn durchs Eßzimmer in die Küche, wo wir ungestörter reden konnten.

Offensichtlich wollte Trevor mehr, als nur reden. Kaum hatte ich den Kühlschrank geöffnet, um Eis herauszuholen (er mochte seinen Scotch mit Eis), schlug er die Tür wieder zu und schlang die Arme um mich.

Wie gesagt, ich versuchte, die Kontrolle zu behalten, aber das erwies sich sehr schnell als ein ebenso unnützes Unterfangen, wie sich gegen einen Tornado zu wehren. Womöglich hätten wir es gleich auf dem Küchenboden getrieben, wenn ich mir nicht bei unseren wilden Umarmungen den Kopf an der Küchentheke angeschlagen hätte. Ich bin keine Masochistin, Schmerz gehört nicht zu meinen Leidenschaften.

»Autsch«, schrie ich und rieb mir den Hinterkopf. »Blute ich?«

Trevor nahm meine Hand weg und schob mein Haar beiseite. »Nein, aber du solltest dich setzen. Ich mache dir eine Tasse Tee.«

Er führte mich zum Küchentisch und begann dann, Tee zu machen. Er kannte sich aus in meiner Küche, wußte, wo alles stand, und trotz des Schmerzes in meinem Kopf, genoß ich es, ihm zuzusehen, wie er den Teekessel füllte und die Schränke öffnete.

»Ich dachte, wir wollten einen Drink nehmen?«

»Alkohol ist nicht gut bei einer Kopfverletzung. Und falls wir irgendwas zusammen tun, möchte ich nicht, daß du dich hinterher damit rausredest, wir seien betrunken gewesen.«

»Trevor«, sagte ich und spürte, wie ich rot wurde, »weswegen sollte ich mich denn rausreden wollen?«

Es gibt einen verlegenen Blick, der mindestens so verräterisch ist wie das Erröten – und genau dieser Ausdruck lag auf Trevors britischem Gesicht.

Er wandte sich ab, aber es war mir nicht entgangen.

»Nun«, begann er und tat so, als verlange das Teewasser, das noch nicht kochte, seine ganze Aufmerksamkeit. »Nun, weißt du, falls ich über Nacht bleibe.«

»Glaubst du, ich möchte, daß du über Nacht bleibst?«

»Man darf doch hoffen.«

Man darf doch hoffen. Lachend erklärte ich ihm, daß er sich anhöre wie ein braver Schuljunge, den man fragte, welche Chancen er sich bei der jungen Französischlehrerin ausrechnete.

»Geneva, ich habe dich vermißt!«

Die Dringlichkeit in seiner Stimme ließ mich zurückschrekken. Es war, als spielten wir eine Szene aus einer romantischen Komödie und schalteten plötzlich auf griechische Tragödie um.

Trevor eilte zu mir herüber, fiel auf die Knie, schlang die Arme um mich und schluchzte in meinen Schoß. Meine Reaktion war irgendwo zwischen Verblüffung und Verwirrung angesiedelt. Wenn Rich die Fassung verlor, konnte ich das verstehen, aber bei einem Mann, der normalerweise nicht zu emotionalen Ausbrüchen neigte, war dies ein sehr befremdliches Verhalten.

»Trevor«, mahnte ich ihn und hob seinen Kopf aus meinem Schoß (ich konnte schließlich nicht endlos den Bauch einziehen), »was ist bloß in dich gefahren?«

»Du!« Er rappelte sich auf und wischte sich rasch mit dem Handrücken über die Nase. Dann setzte er sich auf den Stuhl mir gegenüber und sah mich mit einem schwer zu deutenden Ausdruck in den Augen an – einer Mischung aus Verwirrung und Hoffnung.

»Geneva«, sagte er, nachdem er sich geräuspert hatte. »Jedes Mädchen – jede Frau – nach dir war ... ich weiß nicht ... ungenügend.«

Die Aussage verblüffte mich, aber ich war auch argwöhnisch. Wie viele Mädchen – Frauen – hatte es außer Miss Silikon nach mir gegeben?

»Was sollte ich deiner Meinung nach wohl darauf antworten?« sagte ich schließlich. Ich wußte, daß ich mich wie ein Arzt anhörte, aber ich wollte unbedingt etwas Vernunft in die ganze Sache bringen.

Trevor räusperte sich erneut. »Ich hatte gehofft, du würdest dich in meine Arme werfen und mir sagen, daß es dir bei deinen Männern genauso ging.« Er zuckte mit den Achseln und sah sofort wieder jungenhaft aus. »Natürlich hattest du das wahrscheinlich nicht vor, oder?«

Leider wurde ich wieder rot. »Trevor ... das kommt alles ... so überraschend.«

»Wirklich? Hast du denn nichts gespürt, als wir miteinander telefonierten?«

Ich zuckte mit den Achseln, weil ich mir nicht im klaren darüber war. Wir hatten nur ein paarmal telefoniert – dreimal, um genau zu sein –, als ich in Minnesota war, und wenn die erste Unterhaltung zögerlich verlaufen war, war die letzte eindeutig voller Neckereien und Anspielungen gewesen. Aber ich flirtete eben gern. Steckte mehr dahinter, weil ich mit Trevor flirtete? Er war attraktiv, das stand ganz außer Frage – ich meine, man wird nicht in die Liste der fünfzig attraktivsten Männer des »People«-Magazins aufgenommen, wenn man irgendein Durchschnittstyp ist –, aber handelte es sich um die übliche Anziehung, die jeder bei einem charmanten Schauspieler mit eisblauen Augen und britischem Akzent verspürt, oder fühlte ich, Geneva, mich zu dem alten Beau Trev hingezogen? Denn dann durfte ich unsere gemeinsame Geschichte nicht vergessen ... aber ach, warum den Augenblick verderben?

Ich stand auf, landete im nächsten Augenblick auf seinem Schoß und gab ihm einen innigen, feuchten, langen Kuß.

»O Geneva!« seufzte er und machte sich los. »Diesmal wird es anders sein!«

Er erwiderte meinen leidenschaftlichen Kuß, und wieder schien es, als wollten wir eine ganz neue Art von kulinarischen Künsten ausprobieren, als Rich hereinspazierte.

»Tante Gennie?«

Ich schoß hoch wie ein Springteufel.

»Rich«, sagte ich und strich mein Haar zurück. »Rich ... das ist mein Freund Trevor.«

Das Lächeln meines Neffen war hinterhältig, als verstünde er unter dem Begriff *Freund* etwas ganz anderes als ich.

»Hallo, Kumpel«, sagte er und streckte die Hand aus.

Trevor setzte ein höfliches, leicht verwirrtes Lächeln auf. »Ja ... hallo.«

Die beiden schüttelten sich die Hände.

»Du hast meine Tante geküßt.«

Trevor lachte. »Ja, richtig. Ich hoffe, du hast nichts dagegen?«

Richs Grinsen wurde breiter. »Küssen ist o. k., denke ich. Wie war noch mal dein Name?«

»Trevor. Trevor Waite. Deine Tante Geneva und ich sind gemeinsam in einem Stück aufgetreten.«

»Trevor Waite«, wiederholte Rich und fügte dann, als spreche er einen Befehl aus, hinzu: »Trevor – *wait*!«

»Nicht schlecht«, erwiderte Trevor lächelnd. »Du bist wahrscheinlich auf der Suche nach einem Happen zu essen, bevor du schlafen gehst?«

Rich nickte, und so saßen wir drei am Thanksgiving-Abend um den Tisch, aßen die Rühreier, die Trevor gemacht hatte, erzählten uns Witze und gaben eine recht gemütliche Runde ab, muß ich zugeben.

»Wie hübsch das ist, Tante Gen«, sagte Rich, als die Maschine zum Landeflug auf den Flughafen von Minneapolis-St. Paul ansetzte. Ich beugte mich vor, um einen Blick aus dem kleinen ovalen Fenster zu werfen. Alles sah aus, als wäre es in weiße Brautseide gehüllt, in endlose Bahnen von Brautseide.

Ich tätschelte Richs Knie und lächelte. »Es ist wunderschön, Rich.«

Während des gesamten Flugs hatte ich auf Wolke sieben geschwebt – es gab so wenig Turbulenzen wie bei einer Busfahrt durch die Prärie, aber ich hatte auch keine körperliche Stimulierung gebraucht. Ich war zu sehr mit meinen Gedanken beschäftigt und führte mir immer wieder den Moment vor Augen, als Trevor mich gebeten hatte, ihn zu heiraten.

Wir hatten es einfach Rich nachgemacht. Nachdem er zu Bett

gegangen war, gingen wir auch schlafen. Trevor ist ein guter Liebhaber, worauf er auch sehr stolz ist, aber es war etwas Neues hinzugetreten, eine Zärtlichkeit und Dankbarkeit, die erst beim zweiten Anlauf zu spüren ist. Ich weinte hinterher, nicht um einen dramatischen Effekt zu erzielen, sondern weil sich die Anspannung gelöst hatte. Die widersprüchlichsten Gefühle erfüllten mich – ich war glücklich und befriedigt, nervös, unsicher und voller Angst. Trevor hielt mich fest, bis ich zu weinen aufhörte, und flüsterte dann in mein Ohr: »Gen, willst du mich heiraten?«

Seine Stimme war nur ein Flüstern, aber seine Worte – seine Aussprache war deutlich wie immer – waren kristallklar. Trotzdem fragte ich verblüfft: »Was?«

Das war keine sonderlich romantische Antwort, aber zumindest war sie ehrlich. Die Frage hatte mich umgehauen.

»Meinst du das im Ernst?«

Enttäuschung zeichnete sich auf Trevors Gesicht ab.

»Natürlich«, antwortete er, setzte sich auf und fuhr mit der Hand über die Decke, als wären Krümel darauf.

Ich setzte mich ebenfalls auf. Es ist immer ratsam, sich mit dem Menschen, mit dem man eine ernsthafte Diskussion führt, auf gleicher Höhe zu befinden – vor allem im Bett.

»Trevor, du kannst doch nicht allen Ernstes erwarten, daß ich dir jetzt eine Antwort darauf gebe.« Meine Stimme hatte den weinerlichen, flehenden Tonfall, den ich bei anderen Leuten nicht ausstehen kann, aber wenn man von einem Mann, mit dem man keine Zukunft zu haben glaubte, einen Antrag bekommt, ist das Entgleiten der Stimme verzeihlich.

Trevor spannte die Kinnmuskeln an und entspannte sie wieder, wandte sich dann lächelnd zu mir und sagte: »Ich glaube nicht, Geneva. Aber denk darüber nach. Das Angebot steht, bis es angenommen oder abgelehnt wird.«

Ich erwiderte sein Lächeln und wollte mich in seine Arme schmiegen und in sicheren, beschützten Schlaf entschweben, aber Trevor schien an diesem Abend auf Überraschungen abonniert zu sein. Er glitt aus dem Bett und stand auf.

»Trevor«, sagte ich, während ich zusah, wie er sich anzog, »du bleibst nicht hier?«

»Ich wünschte, ich könnte«, antwortete er und knöpfte sein maßgeschneidertes Hemd zu, »aber ich muß morgen sehr früh zum Vorsprechen.«

»Wofür denn?« fragte ich. Nichts stachelt die Neugier eines Schauspielers mehr an, als zu erfahren, daß ein Kollege zu einem Vorsprechtermin geht.

Trevor zog eine Augenbraue hoch. »Pour Deux sucht einen Sprecher.«

»Purdue, das College, oder Perdue, das Huhn?«

Er lachte und zog seinen Reißverschluß hoch. »Na schön, mein Französisch ist nicht ganz lupenrein. Pour Deux«, wiederholte er und sprach es diesmal richtig aus. »Für zwei. Es ist dieses neue Eau de Cologne, für das eine große Werbekampagne geplant ist. Man hat mich zurückgerufen – es entscheidet sich zwischen mir und zwei anderen Schauspielern von der Westküste.«

»Oh. Viel Glück.«

»Danke, meine Liebe.« Er warf mir eine Kußhand zu. »Schlaf jetzt und ruf mich an, wenn du in Minneapolis bist.«

Daß Trevor nicht über Nacht blieb, ersparte mir zwar Erklärungen gegenüber Rich, aber dennoch wäre es mir lieber gewesen, wenn er die Nacht bei mir verbracht und dann, nach einem gemütlichen Frühstück, Rich und mich zum Flughafen gebracht hätte. Ich weiß jedoch, daß es nicht immer nach meinem Kopf geht, so sehr ich das auch verdiene.

Ich hatte Rich ein kleines elektronisches Spielzeug gekauft, mit dem er sich während des ganzen Flugs beschäftigte, weshalb ich Zeit hatte, über Trevors Antrag nachzudenken. Aber nun, da die Maschine gelandet war, mußte ich meine Gedanken zurückstellen und mich darauf konzentrieren, unser Gepäck zu holen und nach Hause zu kommen.

Barb hatte angeboten, uns abzuholen, und ich wollte ihr großzügiges Angebot annehmen, doch als ich bei ihr anrief, meldete sich niemand. Nachdem ich eine Nachricht hinterlassen hatte, gingen Rich und ich zum Taxistand und machten den Fahrer sehr glücklich, indem wir ihm zu einer einträglichen Tour verhalfen.

»Du hast Trevor geküßt«, erinnerte mich Rich, als wir das Geschirr abwuschen, das wir bei der Zubereitung der heißen Schokolade verwendet hatten. Ann und Riley besitzen eine Spülmaschine, aber Abwaschen ist eine der wenigen Hausarbeiten, die mir wirklich Spaß machen. Ich finde es unglaublich beruhigend, meine Hände in seifiges Spülwasser zu tauchen, einen Topf zu scheuern, bis aller Schmutz entfernt ist, und ihn dann unter fließendes Wasser zu halten. Und Rich war der Typ von Abtrockner, den sich jeder Spüler erträumt: gesellig und witzig. Zudem reichte er nie mit der vorwurfsvollen Bemerkung »Da hast du was übersehen« Geschirr zurück.

Ich sah meinen grinsenden Neffen an.

»Na und?« erwiderte ich. »Darf man sich denn nicht küssen?«

Sein Lächeln wurde noch listiger. »Du hast auch James geküßt.« Er runzelte die Stirn. »Weiß James, daß du Trevor geküßt hast?«

»Nein, James weiß nicht, daß ich Trevor geküßt habe, weil ihn das nichts angeht. Genausowenig wie es mich etwas angeht, wenn er jemand anderen küßt.«

»Warum? Warum würde dich das nichts angehen?«

Ich schrubbte den Belag von dem Topf, in dem wir die heiße Schokolade gekocht hatten, und stellte fest, daß wahrscheinlich die Emaille abging, wenn ich weiterschrubbte, weshalb ich ihn Rich reichte.

»Weil«, fügte ich schließlich hinzu, »ich nicht James' Freundin bin.«

»Warum küßt du ihn dann?«

Jetzt traktierte ich einen Kochlöffel mit der rauhen Seite des Spülschwamms.

»Ich weiß nicht«, sagte ich unbestimmt. »Und außerdem kann man verschiedene Leute küssen, nicht nur einen.«

Rich grinste noch breiter – seine Brille kippte zur Seite und sein ganzes Gesicht verzerrte sich zu einer Grimasse, als er die Augen zusammenkniff.

»Oder nicht?« fragte ich, unwillkürlich lachend. »Findest du nicht, daß man mehrere Leute küssen darf?«

»Wahrscheinlich schon«, antwortete er und schob gleich darauf die Unterlippe vor und runzelte die Stirn.

Ich lachte lauter, ohne zu wissen, was ihn plötzlich beunruhigte, aber ich glaubte, ihn mit einem Scherz wieder aufheitern zu können. »Es heißt nichts anderes«, fuhr ich fort und ließ Wasser über das Besteck auf dem Ablaufgestell rinnen, »als daß man beliebt ist. Und beliebt zu sein ist schließlich nichts Falsches.«

Rich sah mich so gequält an, daß ich tief einatmete, und dieser schnelle Sauerstoffschub war alles, was ich brauchte, um zur Besinnung zu kommen. Wie konnte ich bloß so beschränkt sein?

»Rich ...«

Er schüttelte meine Hand ab, die ich ihm auf die Schulter gelegt hatte.

»Hannah hat Conrad geküßt, weißt du noch?« fragte er und legte das feuchte Geschirrtuch über den Griff der Backofentür. »Letztes Jahr im Schülerlager wurde er auch geküßt. Ich geh dieses Jahr auch ins Schülerlager.«

»Und du wirst wahrscheinlich auch geküßt werden.«

Rich zuckte wieder mit den Achseln und ging aus der Küche. Ich folgte ihm ins Wohnzimmer und setzte mich neben ihn, nachdem er sich auf die Couch hatte fallen lassen.

»Conrad sagt das auch. Er hat gesagt: ›Wir sorgen dafür, daß du verdammt gut geküßt wirst.‹ Ist das schlimm, Tante Gennie, daß ich dieses Wort benutzt habe? Aber Connie hat es so gesagt.«

»Nein, du hast ja nur zitiert.«

»Connie hat gesagt, wenn seine Freundin auch wieder mitkommt, besorgt sie auch eine Freundin für mich.« Er wischte sich mit der Hand die Nase ab und sah mich an. »Aber was ist, wenn Connies Freundin keine Freundin hat? Wer wird mich dann küssen?«

»Nun ... ein anderes Mädchen. Ein anderes Mädchen, das du ganz allein finden wirst.«

»Das kann ich nicht«, antwortete Rich, und seine Augen füllten sich mit Tränen. »Ich kann kein Mädchen finden ohne Connie. Ihn mögen die Mädchen – obwohl er ein Spasti ist.«

»Rich«, sagte ich tadelnd.

»Das sagt Connie«, erwiderte er abwehrend. »Er nennt sich selbst ständig Spasti.«

»Aber trotzdem ...« Ich sah, wie Tränen über das Gesicht meines Neffen liefen. »O Rich«, ich breitete meine Arme aus, und er warf sich hinein.

»Du hältst mich für ein Baby«, sagte er, nachdem er mindestens fünf Minuten geweint hatte.

»Nein, das tu ich nicht. Ich finde dich großartig.« Sein Kopf ruhte immer noch an meiner Brust, und ich strich ihm das aschblonde Haar aus der Stirn. »Aber ich glaube, daß dich die Mädchen genauso gern mögen wie Conrad.«

Rich setzte sich auf und schüttelte heftig den Kopf. »Er bringt sie zum Lachen. Das gefällt ihnen. Er hat keine Angst vor ihnen ... wie ich.«

Er vergrub das Kinn in seinem Kragen, und ich hob es mit dem Finger an.

»Jeder hat ein bißchen Angst, wenn man einen anderen mag.«

»Du auch?« fragte Rich. »Hast du Angst vor James?«

»Vor James?« Mich überraschte weniger die Frage an sich, als daß er auf James gekommen war. »Rich, ich mag James nicht.«

»Du magst James nicht?«

»Natürlich mag ich James. Aber nicht auf *diese* Art. Nicht auf die Art, wie ich Trevor mag.«

»Aber James küßt du auch!«

Ich warf einen prüfenden Blick auf meinen Neffen, der offensichtlich im Laufe der Wochen ein paar prüfende – und heimliche – Blicke auf mich geworfen hatte.

»Ja, also ...«, begann ich, um Zeit zu schinden. »Also, ich mag James gern genug, um ihn zu küssen, aber Trevor mag ich lieber.« Ich wand mich innerlich, weil ich mich anhörte wie die Teenie-Königin aus der 7b.

»Ich hab noch nie ein Mädchen geküßt«, begann Rich wieder.

»Nicht auf den Mund. Ich würde gern ein Mädchen auf den Mund küssen.«

»Das wirst du auch.«

»Das sagt Conrad auch. Conrad sagt, die Mädchen werden Schlange stehen, um uns zu küssen.«

Ich lachte. »Wahrscheinlich hat er recht.«

»Conrad sagt, wenn sie uns einmal geküßt haben, werden sie niemand anderen mehr küssen wollen.« Er grinste breit, aber sein Lächeln hielt nicht lang an. »Glaubst du, daß das stimmt?«

»Ich weiß nicht«, antwortete ich. »Kann sein.«

Rich dachte einen Moment darüber nach. Durch die große Panoramascheibe sah ich, daß mit dem Einbruch der Dunkelheit auch der Schneefall wieder eingesetzt hatte. Ich überlegte, ob ich im Kamin Feuer machen sollte, aber es war so gemütlich auf der Couch, daß ich keine Lust hatte, aufzustehen. Als Rich wieder das Wort ergriff, flüsterte er so leise, daß ich ihn kaum verstehen konnte.

»Tante Gen, glaubst du, daß ich je heiraten werde?«

Das Herz wurde mir schwer. »Ich weiß nicht, Rich«, antwortete ich und versuchte, einen beiläufigen Tonfall beizubehalten. »Was meinen deine Mom und dein Dad dazu?«

»Sie sagen, das werde sich schon zeigen.«

Ich wollte mit irgendeinem platten Scherz aufwarten, aber ich wußte, daß Rich mit Allerweltsweisheiten nicht geholfen wäre. Lange saßen wir Schulter an Schulter nebeneinander und lauschten dem leisen Knarzen des alten Hauses.

»Conrad sagt, daß er ganz bestimmt heiraten wird«, fuhr Rich schließlich fort, »aber ich bin mir nicht so sicher. Ich würde gern heiraten, aber was ist, wenn mich niemand heiraten will? Miss Merserau – die Sonderschullehrerin – hat gesagt, daß Leute mit Downsyndrom manchmal *reif* genug sind, um zu heiraten.«

Ich spürte, wie Tränen in mir aufstiegen, aber dann lachte Rich überraschenderweise.

»Was ist denn so komisch?«

»Conrad hat gesagt: ›Genau weil Sie das sagen, Miss Merserau, werden wir Sie nicht zu Richs Hochzeit einladen.‹«

Ich schmunzelte. »Das hat Conrad gesagt?«

Rich nickte. »Er sagt ständig solches Zeug. Er ist so komisch.« Er faltete seine Wurstfinger und stützte das Kinn darauf. »Er hat gesagt, Miss Merserau ist bieder. Ein anderes Mal hat er ihr üble Namen gegeben.« Er lachte. »Was ist bieder?«

Ich dachte einen Moment nach. »Jemand, der wenig Phantasie hat.« Ich sah auf meine Uhr. Barb deckte im Moment wahrscheinlich den Tisch mit Resten, die von Thanksgiving übriggeblieben waren. »Wie wär's wenn du ihn anrufen würdest?«

»Ach ja, ich ruf Conrad an!«

Ich ging in die Küche, um nach etwas zu suchen, woraus man ein Abendessen machen konnte.

Die Küchengötter waren mir wohlgesonnen. Im Eisfach fand ich einen Behälter, auf dem in Anns schöner Schrift »Lasagne« geschrieben stand. Als ich das Gefäß in die Mikrowelle stellte, fragte ich mich, ob sich das Lasagnerezept meiner Schwester jetzt ändern würde, nachdem sie in Italien gewesen war. Ich lächelte und dachte an Ann und die Begeisterung in ihrer Stimme, als sie mir bei unserem letzten Telefonat das Licht beschrieben hatte. Ich lächelte immer noch, als ich einen Salatkopf inspizierte, der nur leicht angewelkt war, und ich stellte fest, daß ich im Moment vollkommen zufrieden war: mit einem Abendessen aus aufgewärmten Lasagne und welken Salatblättern, das ich mit meinem Neffen zusammen einnehmen würde. Und danach würden wir im Kamin Feuer machen.

Offensichtlich wußten Barb und Conrad nichts von meinen gemütlichen Plänen für den Abend.

»Tante Gen, Connie ist nicht daheim«, sagte Rich und lief mir hinterher, als ich nach mehrmaligem Klingeln an die Tür ging. »Hey... Connie!«

»Hallo, Rich!« sagte Conrad, als ich die Tür aufmachte, vor der Conrad und seine Mutter standen.

»Kommt, kommt, holt eure Mäntel. Wir wollen doch nicht zu spät kommen.«

»Zu spät kommen?« fragte ich. »Zu spät wohin?«

Barb hob tadelnd den Finger. »Hast du vergessen, deiner Tante Bescheid zu sagen?« fragte sie Rich.

Rich sah verdattert aus. »Was sollte ich meiner Tante sagen?«

»Daß heute das Spiel ist!« erwiderte Conrad. »Erinnerst du dich nicht, wir haben davon gesprochen, als du mich an Thanksgiving angerufen hast?«

Rich schlug sich an die Stirn. »Ach ja.« Er sah mich an. »Ich hab's vergessen.«

Barb holte meinen Mantel aus dem Wandschrank. »Kommen Sie, Geneva, wir wollen das Spiel nicht verpassen.«

»Was ist das für ein Spiel?«

»Natalies Eishockeyspiel. Jetzt kommt, beeilt euch. Ich hab den Motor laufen lassen.«

Kleine Mädchen schwärmten übers Eis wie aufgeplusterte, tolpatschige Insekten.

»Wie ist der Punktestand?« fragte Rich.

»Ich glaub, sie haben noch gar nicht angefangen«, antwortete Barb. »Wahrscheinlich wärmen sie sich erst auf. Siehst du, die Trainer fahren mit ihnen.«

»Da ist James!« rief ich und deutete auf ihn.

Wir alle winkten ihm zu, aber er bemerkte uns nicht.

Statt dessen winkte uns Natalie mit ihrem gebrochenen Arm, wegen dem sie nicht aufs Eis durfte, von der Bank aus zu.

»Es ist kalt hier«, sagte Conrad, als ihm seine Mutter auf die Tribüne hinaufhalf.

»Deshalb ziehen wir auch die Mäntel nicht aus«, antwortete Barb. Wir waren gerade zum richtigen Zeitpunkt gekommen; die Spieler kehrten zu ihren Bänken zurück, als wir uns setzten.

Ihr Anblick erinnerte mich an die vielen Winterabende, an denen Ann und ich in den Stadtpark gegangen waren, um auf dem Eisplatz Schlittschuh zu laufen, der aus einem überfluteten Fußballplatz bestand. Wir waren recht gute Eiskunstläuferinnen, wir übten unsere Pirouetten und Sprünge, aber ich wollte immer in die Eishockey-Arena hinüber. Es schien Spaß zu machen, den Puck herumzuschießen, außerdem waren dort alle

Jungen versammelt. Die Eishockey-Arena war jedoch wie ein Baumhaus, an dem das Schild »Für Mädchen verboten« angebracht war, und die Regel wurde strikt eingehalten. Jetzt betrachtete ich die kleinen Mädchen in ihren Anzügen, deren ernste Gesichter hinter dem Plastikschutz ihrer Gesichtsmasken verborgen waren.

»Es wirkt alles so viel ernsthafter als damals beim Training«, sagte ich. Die ganze Atmosphäre hatte sich verändert, jetzt ging es um Sieg oder Niederlage.

»Und Sie wünschen sich, wir hätten damals mitmachen dürfen, als wir Kinder waren, was?« fragte Barb, die meine Gedanken las. Ich stimmte ihr zu.

»Wir spielten Basketball in der Schule«, sagte Barb, »wir spielten gegen unsere Schulkameraden – die jüngeren gegen die älteren.«

Wir beobachteten ein kleines Mädchen, das mit dem Puck über die Eisfläche fegte; ihr Schuß wurde vom Torhüter gerade noch gehalten. Ihre Mutter – eine der drei schicken Frauen, hinter denen ich beim Training gesessen hatte – sprang vor Aufregung auf, ließ sich dann aber enttäuscht wieder niedersinken.

»Ja, ich war kaum zu bremsen. Selbst mein Dad sagte, ich würde besser spielen als mein Bruder.« Barb biß sich auf die Unterlippe. »Und er hat an den Landesmeisterschaften teilgenommen.«

»Tatsächlich?«

»Tatsächlich«, antwortete sie und schüttelte den Kopf.

Ich sah über die Eisfläche auf James, der hinter der Bande stand und sich hinunterbeugte, einem der Mädchen etwas ins Ohr flüsterte, einem anderen auf die Schultern klopfte, dann wieder aufsah, das Spiel auf dem Eis verfolgte und die Mädchen anfeuerte. Er trug die braune Jacke des Deep-Lake-Teams, eine braune Strumpfmütze, und seine erregte Miene zeigte, daß er voll bei der Sache war.

»James sieht aus, als hätte er einen Heidenspaß dort draußen«, sagte ich.

»Im Gegensatz zu dem anderen Typen«, erwiderte Barb und

machte mit dem Kopf ein Zeichen in Richtung des bärtigen Trainers. »Er hat gerade seine Mütze auf den Boden geschleudert, als das Mädchen das Tor verfehlt hat.«

»Er benimmt sich immer so«, sagte ich und hatte plötzlich Mitleid mit den Mädchen.

Kurz bevor das zweite Drittel begann, kündigte Conrad an, daß er auf die Toilette müsse.

»Ich auch«, sagte ich. »Ich bringe dich hin.«

Nachdem ich fertig war, wartete ich vor der Herren-Toilette, und zwar länger, als mir normal erschien.

»Tut mir leid«, sagte Connie schüchtern, als er schließlich herauskam. »Meine Mom sagt, ich würde nie einen Wettkampf im Zuknöpfen gewinnen.« Er schüttelte den Kopf, oder genauer gesagt, sein Kopf wackelte hin und her. »Ich kann einfach nicht fassen, welche Schwierigkeiten mir so ein verdammter kleiner Hosenknopf macht.«

Die Mädchen waren bereits auf dem Eis, und wir standen hinter der Bande beim gegnerischen Tor und sahen zu.

»Kannst du Schlittschuhlaufen, Geneva?« fragte Conrad.

Ich nickte. »Als Kind war ich vom Eis kaum wieder runterzukriegen.«

»Wie fühlt es sich an, wenn man sich schnell bewegen kann?«

Ein Mitglied der Blasters, gefolgt von drei Spielern des anderen Teams, stürmte heran und zielte aufs Tor.

»Oh!« riefen Conrad und ich im Chor, als der Torhüter den Schuß abwehrte.

»Wie es sich anfühlt, sich schnell bewegen zu können?« wiederholte ich Connies Frage. »Es ... macht Spaß.« Ich dachte angestrengt nach, weil ich ihm das Gefühl möglichst genau beschreiben wollte. »Du bist doch schon mit dem Schlitten einen Hügel hinuntergefahren, nicht wahr?«

Connie nickte.

»Also, dann weißt du doch, wie es ist, sich schnell zu bewegen, wie der Boden unter einem wegfliegt? Genauso ist es auf Schlittschuhen, außer, daß du stehst und die Geschwindigkeit kontrollieren kannst.«

Conrad sah auf die Spieler auf dem Eis und setzte ein schiefes Lächeln auf. »Das würde mir gefallen«, sagte er. »Ich würde gern meine Geschwindigkeit kontrollieren können.«

»Wie ist es . . .«, begann ich, besann mich dann eines Besseren und redete nicht weiter.

»Was?«

»Ach nichts«, erwiderte ich und tat so, als würde ich mich auf das Spiel konzentrieren.

»Wie es ist, ein Spasti zu sein?« fragte er.

Ich holte tief Luft und lachte dann. »Also gut«, sagte ich. »Ich würde es zwar nicht so ausdrücken, aber genau das wollte ich wissen. Wie ist es, wenn dein Körper . . .«

»Außer Kontrolle ist?« fragte er, als seine Hand vorschoß. Auf mein Nicken grinste er mich breit an. »Also ich war immer so, es ist ganz normal für mich.«

Wir konzentrierten uns wieder aufs Spiel. Am anderen Ende der Eisfläche herrschte Tumult: Ein Schuß, er wurde gehalten, worauf ein Spieler den zurückprallenden Puck nutzte und ihn ins Tor schoß.

»Oh!« riefen Connie und ich enttäuscht.

»Wir gewinnen aber trotzdem«, sagte Connie mit Blick auf die Anzeigetafel. Dann sah er mich an und fragte: »Weißt du, wie es sich außerdem noch anfühlt, Geneva? Manchmal habe ich das Gefühl, ein Radio oder ein Fernseher zu sein und als würde viel zuviel Elektrizität durch mich hindurchströmen. Ich meine, viel, viel mehr, als ich eigentlich brauche.« Mit zurückgeneigtem Kopf sah er mich an. »Kannst du damit was anfangen?«

Ich nickte, und in der Hoffnung, daß es ihm nicht peinlich war, hängte ich mich bei ihm ein.

Als wir wieder auf der Tribüne saßen, fragte Rich, ob wir uns einen Imbiß besorgen könnten.

»Du mußt dir deinen Hunger aufsparen«, sagte Conrad. »Wir gehen hinterher Pizza essen.«

»Wirklich?« fragten Rich und ich.

Connie lachte. »Das hab ich dir doch gesagt. Ich hab's dir gesagt, als wir miteinander telefoniert haben.«

»Ach ja«, antwortete Rich und schlug sich an die Stirn. »Pizza-Essen nach dem Spiel.«

Die Deep Lake Blasters gewannen 7:4, und es wurde eine Sieges-Pizza-Party.

»Ich hätte so gern mitgespielt«, sagte Natalie. Sie blies durch ihren Strohhalm und erzeugte große braune Blasen in ihrem Schoko-Shake.

Richs Augen leuchteten auf, und er begann, ebenfalls in seine Milch zu blasen.

»Das wirst du schon wieder«, tröstete sie James und tätschelte ihre Schulter. »Nur noch zwei Wochen, dann kommt dein Gips herunter.«

»Gut, weil ich nicht will, daß Tara mehr Tore schießt als ich.«

»Tara ist das Mädchen, das heute abend den Hattrick gemacht hat«, erklärte James. »Sie ist eine zähe kleine Kämpferin.«

»Das bin ich auch, Daddy!«

James nickte. »Ja, das bist du, Nat.« Er tätschelte sie erneut und griff dann über den Tisch, um Rich auf die Schulter zu klopfen. »Also, du großer Junge, wie war's in New York?«

»Ich hab die Rockets tanzen sehen!«

»Die Rockettes«, warf ich ein.

»Obwohl es nicht schlecht wäre, *Raketen* beim Tanzen zuzusehen«, scherzte Conrad.

Während wir unsere Pepperoni-Oliven-Pizzas verspeisten, erzählte Rich James alles über unsere Reise, zumindest über den touristischen Teil unseres Ausflugs. Meine Aufgabe wäre es gewesen, ihm den Rest zu erzählen.

Draußen auf dem Parkplatz fragte Barb, ob es uns etwas ausmachen würde, mit James und Natalie nach Hause zu fahren; Conrad sei ziemlich müde, und sie wolle ihn heimbringen.

»M'lady«, sagte James, verbeugte sich und hielt die Wagentür auf.

Wir hörten den Oldie-Sender auf der Heimfahrt und sangen dreißig Jahre alte Beatles-Songs mit.

»Das ist John Lemon, der da singt«, erklärte Rich Natalie.

Als James in die Einfahrt bog, schienen seine Scheinwerfer auf den Schlitten, den Rich in einer Schneewehe geparkt hatte, und so schlug Rich vor, Schlittenfahren zu gehen.

»Dafür ist es zu spät«, sagte ich mit Blick auf meine Uhr.

»Zu spät für einen kleinen Spaziergang?« fragte James leise. »Wir könnten die Kinder auf dem Schlitten ziehen.«

»Ja!« rief Natalie. »Ihr zieht uns auf dem Schlitten!«

»Also gut«, erwiderte ich und seufzte tief, als täte ich allen einen großen Gefallen, obwohl ich genausowenig Lust hatte, den Abend schon zu beenden.

Die Kinder kletterten auf den Schlitten, wir machten uns auf den Weg durch die verschneite Nacht, und die Sohlen unserer Stiefel knirschten im Schnee. Zuerst zog James den Schlitten, dann ich, und dann kam den Kindern der glänzende Einfall, uns Befehle zu erteilen.

»Lauft!« befahlen sie. Gehorsam wie Schlittenhunde rannten wir ein paar Meter, bis wir keuchend weiße Atemwolken ausstießen.

»Ich kann mich nicht erinnern, daß wir im November schon einmal so viel Schnee hatten«, sagte James, als wir zwischendurch ein bißchen verschnauften. »Es ist schön, nicht wahr?«

Ich nickte. Im Moment herrschte kein fürchterlicher Schneesturm wie an Halloween; die Flocken tanzten malerisch herab, und am Himmel standen kleine Wölckchen. Es hätte nicht verwundert, wenn ein mit Glöckchen behängter Pferdeschlitten vorbeigefahren wäre, in dem Männer mit großen Schnurrbärten und Damen in Pelzen gesessen hätten.

»Ich freue mich, daß du eine schöne Zeit in New York hattest«, sagte James.

Rich erzählte Natalie offensichtlich immer noch von unserer Reise, weil sie rief: »Daddy, ich möchte in den nächsten Ferien nicht nach Disneyland – ich will lieber nach New York und die Rockettes sehen!«

»Ich denk dran«, rief James zurück und fügte dann mit leiser Stimme hinzu: »Ich hab dich vermißt, Geneva.«

Gott sei Dank entschied sich Rich in diesem Moment »Los, lauft!« zu rufen. Ich war gerade mit Ziehen dran und hatte damit eine Ausrede, loszulaufen, anstatt auf James' Bemerkung einzugehen.

Aber ich konnte nicht ewig rennen – ich kam sowieso kaum voran. Die Kinder waren wirklich schwer, ich keuchte, und kurz darauf war James an meiner Seite.

»Ich wußte, daß ich dich vermissen würde«, fuhr er fort. »Ich hätte bloß nicht gedacht, daß ich dich so schrecklich vermissen würde. Und jetzt fährst du am Wochenende nach Hause, und ich weiß nicht, wie ich es aushalten soll, daß du wegfährst. Mit wem werde ich mich unterhalten? Wem werde ich Dinge erzählen wie: ›Ich überleg mir, ob ich die Mädchen an der High School trainieren soll?‹«

»Du überlegst dir was?« fragte ich und fühlte mich überrumpelt.

»Lauft!« riefen die Kinder.

»Als Trainer von Nats Team habe ich festgestellt, wie sehr mir diese Arbeit gefällt – und ich würde gern auf High-School-Niveau arbeiten. Ich weiß allerdings nicht, ob ich dafür auch unterrichten müßte – was mir wahrscheinlich gefallen würde. Es dürfte nicht so schwierig sein, ein Lehrerdiplom zu kriegen. Schließlich habe ich einen Magister-Abschluß.«

»O James«, sagte ich und freute mich über die Begeisterung in seiner Stimme, aber gleichzeitig wußte ich, daß, wenn ich jetzt nicht sagte, was ich zu sagen hatte, ich es nie tun würde. »James, ich ...« Ich holte tief Luft und entschloß mich, in den sauren Apfel zu beißen. »James, Trevor hat mich gebeten, ihn zu heiraten.«

Wir stapften schweigend weiter, nur Natalie und Rich unterhielten sich über Schneeflocken.

»Also, wie kann jemand behaupten, daß es keine zwei gleichen Schneeflocken gibt?« fragte Natalie. »Niemand hat je eine einzelne Schneeflocke gesehen.«

»Das spielt keine Rolle«, erwiderte Rich geduldig.

»Ich weiß nicht, wie das möglich sein soll. Das kann doch niemand behaupten, ohne eine einzelne gesehen zu haben – und wie sollte das auch gehen?«

»Da hat sie recht«, sagte ich in der Hoffnung, James' Schweigen zu brechen. Es gelang mir nicht, daher fügte ich nach einer langen bedeutungsvollen Pause hinzu: »Wenn man bedenkt, daß es viel mehr Schneeflocken als Fingerabdrücke gibt und daß es keine zwei identischen Fingerabdrücke gibt – was mir ziemlich unglaubwürdig vorkommt, wenn ihr mich fragt –, muß man dann nicht annehmen ...«

»Was hast du geantwortet?« unterbrach mich James.

»Hey, können wir Himmel und Hölle spielen, wenn wir bei Rich zu Hause sind?« rief Natalie.

»Wir machen ein großes Himmel-und-Hölle-Feld im Schnee!« rief Rich. »Und zeichnen mit Stöcken X und Os ein!«

»Es ist schon spät, Rich. James und Nat müssen nach Hause gehen«, antwortete ich im selben Moment, als James sagte: »Nein, wir müssen heim, Nat.«

»Es ist nicht zu spät für Himmel und Hölle im Schnee!« rief Rich. «Bitte, Tante Gennie, es ist so schön draußen!«

»Nein!« riefen James und ich im Chor, und die Kinder, die unser Aufschrei überraschte, waren sofort still und begriffen, daß die Absage endgültig war.

»Also, was hast du Trevor geantwortet?« fragte James erneut.

»Ich habe gesagt, daß ich es mir überlegen muß«, antwortete ich so leise, daß sich James zu mir herüberbeugte, weil er mich nicht verstanden hatte.

»Ich sagte, ich müsse es mir überlegen«, wiederholte ich lauter.

»Und hast du das getan?«

»Was getan?«

»Es dir überlegt?«

»Natürlich habe ich darüber nachgedacht, James. Ich denke immer noch darüber nach. Habe aber bis jetzt noch keine Antwort gefunden.«

»Vielleicht hilft dir das, eine Antwort zu finden«, sagte er, und das synthetische Material unserer Parkas knisterte, als er mich in die Arme nahm und unter den Millionen von Schneeflocken küßte.

Dies schien Rich und Natalie sowohl zu erleichtern als auch zu entzücken, weil sie in leises Kichern ausbrachen.

»Hey, wir haben nicht *küssen* gesagt«, rief Natalie. »Wir haben *laufen* gesagt.«

Am nächsten Tag versuchten Rich und ich uns bis zum Abend zu beschäftigen, wenn wir Ann und Riley vom Flughafen abholen würden. Wir putzten, polierten, saugten Staub und schrubbten.

Am Nachmittag, als ich versuchte, Rich Scrabble beizubringen, sah es so aus, als würde mein Abenteuer als Babysitter mit einem Herzanfall enden. Daß Rich erfundene Wörter benutzte, reichte bereits aus, um meinen Blutdruck in die Höhe zu treiben, wenn auch nur leicht. Doch was mein Herz fast zum Stillstand brachte, war das unmißverständliche Gefühl, daß jemand ins Haus eingebrochen war. Rich hatte ebenfalls gehört, daß die Tür aufging, und wir sahen uns angsterfüllt an. Mein Adrenalinspiegel schnellte nach oben, und ich versuchte zu entscheiden, ob Rich und ich davonlaufen oder ob ich mich mit einer Pfanne bewaffnen und zum Kampf rüsten sollte. In der Annahme, daß eine mit Teflon beschichtete Pfanne kein passendes Gegenstück für eine Uzi, eine AK-47 oder irgendeine der Waffen wäre, die Einbrecher heutzutage in Vororten benutzen, entschied ich mich fürs Davonlaufen und hatte Rich bereits am Arm hochgezogen, als Ann und Riley ins Zimmer platzten.

»Überraschung!« riefen sie, was sicherlich keine Untertreibung war.

Genau in diesem Moment griff ich mir an die Brust und glaubte, meinem Schöpfer vor der Zeit zu begegnen. Aber Richs Stimme war wie ein Stromstoß, der mein Herz wieder in Gang brachte.

»Mommy! Daddy!«

Unwillkürlich legte ich die Hände auf die Ohren, in der Hoffnung, der Verlust meines Gehörs wäre nicht von Dauer.

»Rich!« riefen seine Eltern und schlossen ihren Sohn in ihre Arme.

Wenigstens einmal im Leben sollte jeder Mensch ein solches Wiedersehen erleben wie das von Rich, Ann und Riley. Es war fröhlich, voller Lachen, Umarmungen, Küsse und erneutem Lachen. Ich wollte ihr Glück nicht stören, indem ich sie anschrie, *niemals* wieder so hereinzuschleichen, und was sie sich bloß dabei gedacht hätten, mich zu Tode zu erschrecken.

»Ihr solltet doch erst heute abend ankommen«, sagte ich, nachdem Geschrei und Gelächter verklungen waren und endlich alle wieder normal miteinander reden konnten.

»Ach, das haben wir dir bloß vorgeflunkert«, antwortete Ann, den Arm um ihren Sohn gelegt. Sie strich über sein Haar. »Wir wollten euch überraschen.«

Rich strahlte übers ganze Gesicht.

»Ich bin froh«, sagte er. »Froh, daß ihr uns überrascht habt.«

Wir redeten, lachten und sahen uns riesige Stapel von Fotos an (ich ziehe Dias vor – zumindest kann man im Dunkeln ungestört gähnen). Dann wurden Geschenke ausgetauscht, und obwohl mir meine florentinische Ledertasche gefiel und Rich von seinen Stiefeln begeistert war (sie ließen ihn eher nach einem Cowboy als nach einem Italiener aussehen, was ihm durchaus gefiel), war unser Geschenk, das Fotoalbum, das schönste und wurde am meisten bestaunt.

»O Rich«, sagte Ann, als sie die Halloween-Fotos ansah, »du siehst *genau* wie die Gondolieri aus, die wir in Venedig gesehen haben!«

Rich nickte, als habe sie das genau erfaßt.

»Sieh dir Conrad an«, sagte Riley lachend. »Was für ein nasser Roboter.«

»Das war ein ganz schön schlimmer Schneesturm«, erklärte Rich.

»Und wer ist das?« fragte Ann, während sie mit zusammengekniffenen Augen das Foto musterte. »Geneva, ist das James?«

»Kein anderer. Er und seine Tochter haben uns an Halloween gerettet.«

»Ich hab alle meine Süßigkeiten fallen lassen«, erklärte Rich mit der Ernsthaftigkeit eines Nachrichtensprechers, der den Tod eines Würdenträgers verkündet.

»Da ist er wieder«, sagte Riley, als er die nächste Seite aufblätterte.

Ich sah auf das Bild, das ein Kellner in einer Pizzeria von uns vieren gemacht hatte, und lachte.

»Das war der Abend, an dem du fünf Stück Pizza gegessen hast, erinnerst du dich, Rich?«

»Fünf Stück!« sagte Ann, die stets besorgte Mutter.

Rich rieb sich den Bauch. »Drei mit Pepperoni und zwei mit Salami und Zwiebeln.«

»Sag mal«, begann Riley und wandte sich wieder dem Album zu, »es sieht ganz so aus, als wenn er mehr als nur dein Retter war.«

Ich nickte. »James ist ein guter Freund von uns geworden, nicht wahr, Rich?«

»James *und* Natalie.« Rich strich mit dem Zeigefinger zärtlich über die Gesichter auf dem Foto. »Unsere *guten* Freunde. Und Tante Gennie küßt James gern.«

»Ge-nee-va«, entrüstete sich meine Schwester und verwandelte meinen Namen in eine dreinotige Kurzarie. »Du küßt also James gern, hm?«

Ich spürte, wie mir die verhaßte, entlarvende Röte ins Gesicht stieg. »Ich ... ähm ... ich ...«

Mein Gestammel amüsierte Ann und Riley.

»Ich habe den Eindruck, daß du ein bißchen durcheinander bist«, neckte mich mein Schwager.

»Geneva, seit Brad Norlund hat es dir wegen keines Jungen mehr die Sprache verschlagen«, schloß sich meine Schwester an.

»Mir hat es nicht die Sprache verschlagen«, antwortete ich, obwohl der Speichelregen, der aus meinem Mund sprühte, verriet, wie nervös ich war.

»Tante Geneva, jetzt laß uns ihnen die wirklich *große* Überraschung zeigen«, meldete sich Rich zu Wort, und ich hätte ihn für den perfekten Themawechsel am liebsten geküßt.

»Ihr werdet es nicht glauben«, sagte ich, überzeugt davon, daß damit alle Gespräche über James beendet wären.

»Was ist es denn?« fragte Ann, als Rich hinauslief, um es zu holen.

»Wie ich euch gesagt habe, ihr werdet es nicht glauben.«

Ann quollen fast die Augen aus dem Kopf, als Rich ihr das in Pappe gebundene Buch in den Schoß legte. »›Das Große Geheimnis!‹« rief sie aus. »Das hatte ich ja ganz vergessen!«

»Weißt du, wie schwer es war, das geheimzuhalten? Jedesmal, wenn wir miteinander telefoniert haben, wollte ich herausplatzen: ›Ann, rat' mal, was ich gefunden habe!‹«

»Was *wir* gefunden haben«, berichtigte Rich.

»Was ist das?« fragte Riley und beugte sich zu Ann hinüber.

»Geneva und ich haben das als Kinder gemacht«, erklärte Ann und löste vorsichtig das Band. »Oben in Großonkel Carls Hütte. Wir wurden fast krank vor Langeweile – die ganze Zeit hat es geregnet und gestürmt –, aber dann ist diese Art Gruppentherapie daraus entstanden.«

»›Was ist wahre Liebe?‹« las Riley vor.

»Siehst du, und dann nimmst du einen Zettel aus der aufgeklebten Tasche und bekommst die Antwort«, erklärte Rich.

Reihum lasen wir die Antworten vor. Rich und ich freuten uns über Anns und Rileys Begeisterung.

»Ann, das ist wundervoll!« sagte Riley, nachdem er gelesen hatte, was sie über den Sinn des Lebens und ihr Dasein als Zwilling geschrieben hatte.

»Wenn ich kein Mensch wäre, was würde ich dann sein wollen? Aber Gottes Wille ist, daß ich ein Mensch bin, wenn ich also keiner wäre, wäre ich wahrscheinlich nichts.« Ann sah mich an. »Das ist typisch Großmutter! Ich erinnere mich, als wir das in der Hütte lasen. Ich fand, daß es gar nicht nach ihr klang.«

»Ich weiß! Es klingt überhaupt nicht nach ihr!« Ich zog einen Zettel heraus und schmunzelte, als ich die Handschrift erkannte. »Aber Großonkel Carls Beiträge waren immer ganz unverkennbar.«

»Wenn ich kein Mensch wäre«, las ich und ahmte dabei den leichten norwegischen Akzent unseres Großonkels übertrieben stark nach, *»würde ich wahrscheinlich ein Buch sein wollen, weil ein Buch – vor allem ein großes – immer weiterbesteht und die Möglichkeit birgt, das Leben der Menschen zu verändern, ein Teil ihres Lebens zu werden. Welches Buch, werdet ihr fragen? Ich glaube, ich würde mich für die Antwort entscheiden, die auf der Hand liegt: die Bibel. Stellt euch vor, euretwegen würden Kriege ausgefochten und Religionen gegründet, und denkt an all die Hingabe, Bewunderung und Ehrfurcht von Millionen von Menschen.«*

»Schaut her«, sagte Rich und griff in die nächste Tasche. »Hier drin sind ein paar neue Antworten.«

»Wir haben beschlossen, das Buch fortzuführen«, erklärte ich. »Wir haben neue Fragen hineingeschrieben.«

»Gut«, sagte Ann. »Erinnerst du dich, wie enttäuscht wir waren, als wir feststellten, daß die Erwachsenen keine Fragen hineingeschrieben hatten?«

Ich nickte und freute mich über die gemeinsamen Erinnerungen.

»Ich habe nichts, wovor ich mich am meisten fürchte«, las Rich langsam vor. *»Früher schon, aber dann ist es passiert, und meine Mom und mein Dad ließen sich scheiden. Ich dachte, es wäre ganz schlimm, aber das war es dann nicht. Manchmal ein bißchen, aber nicht wirklich schlimm. Jetzt versuche ich, nicht über Ängste nachzudenken, weil sie gehen nicht weg, wenn man darüber nachdenkt. Man denkt dann nur länger darüber nach.«*

»Von wem ist das?« fragte Ann.

»Von Natalie«, sagte Rich. »Das weiß ich wegen der Sache mit der Scheidung. Und weil es in Druckschrift geschrieben ist!«

Ich lächelte und fragte mich, wann der hinterlistige James wohl die Antworten in das Buch geschmuggelt haben mochte.

»Noch mehr?« fragte ich.

»Ja«, sagte Rich und hielt zwei Zettel hoch. »Hier«, fuhr er fort und reichte einen seinem Vater und einen seiner Mutter.

Riley faltete seinen auf und las vor: *»Ich hätte am meisten Angst, wenn meine Mom und Dad verschwinden, sterben oder ihnen sonst was passieren würde.«*

»Das ist von mir!« rief Rich. »Du hast meine Antwort vorgelesen!«

Ann legte den Arm um ihren Sohn. »Ich erinnere mich, daß ich mich als kleines Mädchen auch davor gefürchtet habe.«

»Und was steht auf deinem, Riley?«

»Mein Lampenfieber war so schlimm, daß ich das Gefühl hatte, mich nicht bewegen zu können, ich war wie erstarrt und brachte es nicht fertig, zum Klavier zu gehen. Noch schlimmer waren die Momente, wenn ich erst auf dem Klavierschemel erstarrte, was die Flucht erschwerte. Aber Lampenfieber ist nichts im Vergleich zu der Angst, die mich bei dem Gedanken packt, daß du fortgehst, Geneva.«

Riley hielt inne und sah zu mir auf. »Soll ich weiterlesen? Ich habe den Eindruck, deine persönliche Post zu lesen.«

»Wenn James es da hineingelegt hat, darf es jeder lesen«, sagte Rich. »Also lies weiter.«

»Ja, Sir«, antwortete Riley, und ich zuckte mit den Achseln, als er mich fragend ansah. »Na schön. *Ich habe das Gefühl, die Frau gefunden zu haben, mit der ich den Rest meines Lebens verbringen will, und ich kann den Gedanken nicht ertragen, daß du nur einen Freund in mir siehst, den du zufälligerweise gerne küßt. Ich bin zutiefst davon überzeugt, daß du meine Gefühle erwidern würdest, wenn du vollkommen aufrichtig zu dir wärst. Ich weiß nicht, was das ist, Geneva – ein Heiratsantrag oder so was in der Art –, aber ich liebe dich, und ich würde gern mein Leben mit dir verbringen, ein Leben, das wir trotz aller Schwierigkeiten in den Griff kriegen würden. Ich habe nicht vor, deswegen in meine berüchtigte Eisesstarre zu verfallen, und wenn du es tun solltest, Geneva, werde ich sicher eine Möglichkeit finden, dich wieder aufzutauen.«*

»Oh je«, sagte Ann.

»Er mag dich«, sagte Rich.

Ich fühlte mich ziemlich unbehaglich.

»Tante Gennie, wird Trevor sauer sein über das, was James geschrieben hat?«

»*Trevor?*« fragte Ann. »Was hat Trevor damit zu tun?«

»Den küßt sie auch«, flötete Rich.

»Bei dir ist wohl kein Geheimnis sicher, Rich? Was kannst du ihnen sonst noch über mich erzählen?«

»Nun«, antwortete Rich und kratzte sich am Hinterkopf, »du ißt jedenfalls eine Menge Eiscreme.« Er hielt die Hände auf, als würde er einen Topf umschließen. »Große Schüsseln voller Eiscreme.«

Ann und Riley lachten über diesen treulosen Verrat. Ich tat erst so, als sei ich eingeschnappt, dann lachte ich aber ebenfalls. Zumindest hatten wir alle begriffen, daß wir das Thema gewechselt hatten und es dabei auch bleiben sollte.

Und so kam niemand mehr darauf zurück, wenigstens bis zum späten Abend. Ich lag im Bett, las einen Kriminalroman und trank ein Glas von dem Wein, den die Globetrotter von dem Besuch eines Weinguts mitgebracht hatten, als nach kurzem Anklopfen Ann in mein Zimmer trat.

»Du bist noch auf?« fragte ich. »Bist du nicht völlig fertig vom Jetlag?«

»Ich bin bis zum Hals mit Adrenalin vollgepumpt«, sagte Ann, »und mit Litern von Kaffee.« Sie ließ sich auf der Bettkante nieder und saß fast auf meinen Füßen. »Ich hab gerade Rich etwas vorgelesen, bis er eingeschlafen ist. Gewöhnlich läßt er mich das nicht mehr tun – angeblich ist er schon zu groß dafür.«

»Was hast du ihm denn vorgelesen?«

»Sein absolutes Lieblingsbuch – ›Die Schatzinsel‹. Aber er war schon eingenickt, bevor John Silver überhaupt auftauchte.«

Während wir uns unterhielten, war ich in die Mitte des Bettes gerutscht und Ann war unter meine Decke gekrochen. Einen Moment lang blieben wir einfach nebeneinander liegen und genossen das herrliche Gefühl, mit einer Schwester das Bett zu teilen.

»Gen«, begann sie schließlich, »nochmals vielen Dank, daß du bei Rich geblieben bist. Es bedeutet mir so viel, daß du das für mich getan hast.«

»Wart's ab, bis du die Rechnung präsentiert kriegst«, erwiderte ich, beugte mich über sie und griff nach meinem Weinglas auf dem Nachttisch. »Weißt du, der ist ziemlich gut«, sagte ich und nahm einen Schluck. »Möchtest du auch?«

Sie nippte daran. »Wir hatten solchen Spaß auf diesem Weingut. Es war an dem Tag, als wir Doug und Susan trafen – den Antiquitätensammler, von dem ich dir erzählt habe –, und um zwei Uhr nachmittags waren wir alle betrunken.«

»Ann«, sagte ich und ahmte unsere Mutter nach. »Zwei Uhr nachmittags und *betrunken*?«

»Du hättest mich nicht wiedererkannt, Geneva. Die meiste Zeit fühlte ich mich wie eine zwanzigjährige Austauschstudentin. Ich meine, ich habe Rich sehr vermißt. Riley ging's genauso. Aber dann erinnerten wir uns daran, wie sehr wir diesen Urlaub brauchten und in welch guten Händen er ist.«

Sie beugte sich zu mir und küßte mich auf die Wange. »Danke, daß es deine guten Hände waren, Gen.«

»Es war mir ein Vergnügen.«

»Wirklich?« fragte Ann besorgt. »Tatsächlich?«

Ich trank meinen Wein und dachte über die Frage nach. »Ja«, sagte ich schließlich. »Ja, das war es wirklich. Um ehrlich zu sein, ich hatte Todesangst, irgendwas zu vermasseln, aber das ist nicht passiert!« Wir lachten beide über meine Verwunderung. »Ich bin immer noch überrascht, daß nichts passiert ist.«

»Rich meinte, er hätte eine Menge Spaß gehabt.«

»O Ann, da bin ich froh. Ich übrigens auch.«

Sie schmiegte sich enger an mich. »Also, jetzt sind wir ja ungestört, und ich kann dich fragen, was mit deinem Liebesleben los ist.«

Ich gab mich ahnungslos, aber Ann nahm mir das nicht ab.

»Ich wünschte, du könntest dein Gesicht sehen«, lachte sie. »Einfach köstlich. Jetzt komm, Geneva. James hat dir gerade eben seine Liebe gestanden, und Trevor ist angeblich auch wieder im Spiel – was läuft denn mit all den Typen?«

»Mit all den Typen?« Jetzt mußte ich lachen.

»Schon gut, schon gut, erzähl mir, was zwischen dir und James läuft.«

»Nichts«, antwortete ich nach längerem Schweigen. »Ich meine, er ist ein sehr netter Mann, aber ...«

»Aber was?«

Ich zuckte mit den Achseln. »Ich glaube ... ich glaube, er war nur eine Zerstreuung. Es tut mir leid, wenn er das Gefühl hat, es sei mehr gewesen, aber ich weiß nicht ... es war eben nett, daß mir nach der ganzen Geschichte mit Trevor ein Mann seine Aufmerksamkeit schenkte.«

»Da wir schon bei Trevor sind«, sagte Ann, »warum hast du ihn geküßt?«

Ich zuckte wieder mit den Achseln. »Er hat mich gebeten, ihn zu heiraten, Ann.«

Meine Schwester riß die Augen auf. »Nein.«

»Doch.«

»Und was hast du geantwortet?«

»Daß ich es mir überlegen würde.«

»Du überlegst es dir? Nach allem, was er dir angetan hat?«

»Ann«, sagte ich zu meiner stets loyalen Schwester, »er hat mich ja schließlich nicht geschlagen oder dergleichen, er ... hat nur eine schwierige Zeit durchgemacht. Männliche Wechseljahre.«

»Ich faß es einfach nicht, daß ausgerechnet *du* Trevor Waite verteidigst, Geneva. Er war schließlich doch der Typ, der – ich zitiere – ›zur Hölle fahren und sich gefälligst mit seinem Bruder, dem Satan, zusammentun soll‹.«

Ich lachte. Typisch für Ann, daß sie sich an einen solchen Satz erinnerte.

»Er hat sich geändert. Er weiß jetzt, wie beschissen er sich verhalten hat, Ann, und hat endlich begriffen, daß er mich immer noch liebt.«

»Bis die nächste Silikon-Tussie auftaucht.«

»Ach komm, Ann.« Ich war etwas eingeschnappt, weil sie sich nicht überzeugen ließ. »Gib ihm eine Chance – er hat sich geändert. Und das will er beweisen, indem er mich heiratet.«

»Gewöhnlich beweist man seine *Liebe,* indem man jemanden heiratet.«

Ich trank den letzten Schluck Wein und klopfte ans Glas, um sicher zu gehen, daß ich jeden Tropfen bekommen hatte. »Schon gut, Ann«, sagte ich und stellte das Glas auf den Nachttisch zurück. »Aber ich glaube, Riley hat dich gerufen.«

Das brauchte man Ann nicht zweimal zu sagen. »In Ordnung«, antwortete sie und stieg aus dem Bett, »ich sagte das schließlich nur, weil ich dich mag, Gen. Ich möchte, daß du dir alles genau überlegst.«

»Ja, Mrs. Wahlstrom«, antwortete ich im leiernden Singsang eines trotzigen Schülers.

»Gute Nacht, Geneva«, erwiderte meine Schwester kühl, ging aus dem Zimmer und schloß die Tür hinter sich.

Ohne nachzudenken, griff ich nach dem Hörer, um James anzurufen und meine Probleme zu besprechen, aber dann wurde mir schnell klar, daß er selbst ein großer Teil meiner Probleme war.

Ich klopfte mein Kissen auf, um ihm eine andere Form zu geben, und dann – plötzlich – schlug ich wie eine Wilde darauf ein. Ich wollte nichts anderes, als auf einer Wolke ins Traumland entschweben, wo man über nichts mehr nachdenken muß. Aber meine Gedanken waren wie eine Horde wilder Hunde, die gierig nach mir schnappten und nach Aufmerksamkeit lechzten. Als ich schließlich in Morpheus' Arme sank, wiegte er mich nicht, sondern warf mich hin und her, und als Rich am nächsten Morgen in mein Zimmer stürmte und mich aufweckte, war mein erster Impuls, ihm eine zu kleben.

»Tante Gennie, heute ist Sonntag, und heute reist du ab!«

Erzähl mir was, was ich nicht schon weiß, sagte ich im stillen, *und dann hau bitte ab.*

»Tante Gen, ich werd dich vermissen!«

Mit seiner bewährten Überrumpelungstaktik umarmte er mich, und es fällt mir schwer zu sagen, wer wen fester an sich drückte.

»Ich habe beschlossen, dir zu vergeben«, sagte meine Schwester anstelle eines Grußes, als ich in die Küche kam.

Ich nahm eine Kaffeetasse aus dem Schrank. »Was vergibst du mir?«

»Alle falschen Entscheidungen, die du in Zukunft bezüglich deines Liebeslebens treffen könntest.« Sie nahm die Kanne und goß mir Kaffee ein. »Ich werde dir weder eine Standpauke halten noch sauer auf dich sein.«

»Ja, wenn die Schweine Flügel kriegen.« Ich sah mich in der Küche um. »Wo sind die anderen?«

»Draußen«, antwortete Ann und deutete auf eine zugedeckte Platte auf der Küchentheke. »Möchtest du Pfannkuchen? Wir haben schon gefrühstückt.«

»Ihr habt schon gefrühstückt? An meinem letzten Tag bei euch habt ihr ohne mich gefrühstückt?«

»Geneva, es ist Mittag. Wir dachten, du wärst längst auf, als wir aus der Kirche zurückkamen, aber das warst du nicht, und wir haben Hunger bekommen.«

»Ihr habt mich nicht für die Kirche geweckt?«

Ann lachte. »Du klingst ja ganz enttäuscht.«

»Nun, das bin ich auch. Ich bin gern in die Kirche gegangen.«

Meine Schwester strich über mein Haar. »Das freut mich.«

»Oh, freu dich nicht zu früh. Ich bin nicht bekehrt worden oder so was. Ich habe Barb einmal in der Sonntagsschule geholfen, und es ... hat Spaß gemacht. Und ich weiß nicht, ich ...« Ich konnte mein Geplapper selbst nicht mit anhören. »Es war schön, den Sonntagmorgen auf diese Weise zu beginnen.«

Ann nickte, und obwohl sie damit wahrscheinlich nicht ausdrücken wollte: Das hab ich dir ja gesagt, faßte ich es so auf.

»Also, wo sind Rich und Riley?« fragte ich gespannt.

»Draußen. Rich wollte ein Spiel spielen, das er erfunden hat, wie er sagte. Himmel und Hölle im Schnee oder so was.« Sie schenkte mir ein Glas Orangensaft ein. »Ach, Barb bat mich, dir auszurichten, daß du sie anrufen sollst, bevor du fährst.«

Ich blinzelte die Tränen weg, die mir plötzlich in die Augen stiegen.

»Und James wünscht dir einen guten Flug.«

»Ist das alles?«

»Nein, er hat außerdem gesagt, daß er hoffe, dich irgendwann wiederzusehen.«

Ich würgte an einem Stück Pfannkuchen, das mir im Hals steckenzubleiben drohte.

»Er wirkte bedrückt, Gen.«

»Nun«, antwortete ich und goß mehr Sirup über mein Frühstück, »wenn er das nächste Mal die Post bringt, sag ihm, daß es mich gefreut hat, ihn kennenzulernen.« Ich schnitt meinen Pfannkuchen durch, schnitt ihn dann in noch kleinere Stücke, und das Messer klapperte auf meinem Teller wie eine verstimmte Glocke.

»Läßt du es mich wissen, wenn du Rückenschwimmen gelernt hast?«

Rich schob das Kinn vor und nickte.

»Und du schickst mir eine Kopie deines Rechtschreibtests?«

Wieder nickte Rich. Sonst war ihm keine Reaktion zu entlocken.

Die Passagiere wurden bereits aufgerufen, an Bord zu gehen, doch ich wartete noch ein Weilchen, in der Hoffnung, noch ein bißchen mit meinem Neffen reden zu können.

»Er ist traurig«, hatte meine Schwester tonlos geflüstert und die Fäuste unter den Augen kreisen lassen, was wohl Weinen bedeuten sollte.

»Ha«, gab ich zurück.

Ich legte den Arm um den Jungen und drückte ihn an mich. »Rich, du wirst mir wahnsinnig fehlen.«

Er nickte, und eine dicke Träne kullerte über seine flache Backe.

»Nein, jetzt nicht weinen, Rich«, sagte ich und wischte sein Gesicht ab, »sonst heule ich wie ein Baby. Und du willst doch nicht, daß deine Tante Gen wie ein Baby heult?«

Er schenkte mir ein winziges Lächeln, das mich aber ermutigte.

»Sie setzen mich in den Kindersitz, wenn ich heule wie ein Baby. Und ich bin zu dick, um in den Kindersitz zu passen.«

Ich schwafelte über all die Unannehmlichkeiten weiter, die mir bevorstünden, wenn ich wie ein Baby heulte, aber für das strahlende Lächeln, das plötzlich auf seinem Gesicht auftauchte, war letztlich nicht ich verantwortlich.

»Natty!« rief er. »James!«

»Wir sind den ganzen Weg gerannt!« verkündete Natalie.

»Wir dachten schon, wir schaffen es nicht mehr«, stieß James keuchend hervor und hielt sich die Seite.

»Schau, da ist die Maschine meiner Tante!« sagte Rich und führte Natalie ans Fenster.

Nachdem sie James begrüßt hatten, zogen sich Ann und Riley diskret ein Stück zurück.

»Nat wollte sich verabschieden«, sagte James.

»Ja, sie scheint wirklich am Boden zerstört zu sein, daß ich weggehe«, scherzte ich und machte mit dem Kopf ein Zeichen in Richtung Fenster, wo sie neben Rich stand und auf die Startbahn hinaussah. »Ich habe gelesen, was du in ›Das Große Geheimnis‹ geschrieben hast.«

In James' Gesicht spiegelten sich plötzlich Erwartung und Angst. »Und du wirst mir gleich sagen, daß du dich entschieden hast, mich zu heiraten?«

»Nein«, antwortete ich und spürte, wie sich mir die Kehle zuschnürte.

»Wenn das so ist«, sagte James und verbeugte sich leicht, »hatte ich eine wundervolle Zeit mir dir, Geneva Jordan, und ich werde dich vermissen.«

Ich lachte gegen meine Tränen an und rang dann nach Luft, als er mir einen jener schamlosen Küsse gab, bei denen die umstehenden Leute entweder zurücktreten und entrüstet den Kopf schütteln oder leise seufzen, weil sie sich wünschen, jemand würde sie auch einmal so küssen.

10

DIE HEFTIGEN KNUTSCHEREIEN mit James hatte ich keineswegs vergessen. Als ich im Flugzeug saß, dachte ich über die Bedeutung dieser Küsse nach, doch so sehr ich mir auch den Kopf darüber zerbrach, ich kam zu keinem Schluß. Vielleicht können sich manche Leute einfach gut küssen, und wenn sie das feststellen, freuen sie sich auf Gelegenheiten wie Abschiede, weil sie dann dieses intensive, wenn auch kurze Aufeinandertreffen genießen können. Wahrscheinlich ist es wie bei einem guten Tänzer, wenn er auf dem Parkett jemanden trifft, der genauso viele Schritte beherrscht wie er selbst.

Natürlich fragte ich mich, wie es gewesen wäre, wenn wir *wirklich* miteinander getanzt hätten. Wäre unser Liebesspiel genauso herausragend gewesen wie das Küssen? Ich war traurig (ich verpasse nicht gern etwas) und gleichzeitig froh, daß ich es nicht ausprobiert hatte (die Tatsache, daß wir nicht miteinander geschlafen hatten, bestärkte mich in meiner Überzeugung, daß James nur ein guter Freund war). Dennoch klangen James' Worte, die Riley vorgelesen hatte, immer noch in mir nach und stiegen in mir hoch wie Sodbrennen. Ich konnte ja nicht wissen, daß er sich in mich verliebt hatte – er sollte mir schließlich nur helfen, die Zeit zu vertreiben, während ich auf Rich aufpaßte.

Ob Sie es glauben oder nicht, ich gehöre nicht zu den Frauen, die ständig im Spiegel ihrer Puderdose ihr Aussehen kontrollieren. Ich finde das geschmacklos in der Öffentlichkeit (tatsächlich ist es um meine Eitelkeit so bestellt, daß ich nie das Bedürfnis habe, meinen Lippenstift oder meine Frisur zu überprüfen). Aber ich war in der Ersten Klasse praktisch allein und hatte das Bedürfnis, das Gesicht zu betrachten, das James geküßt hatte.

Da waren mein dramatischer roter Haarschopf, meine hübsche kecke Nase, meine geröteten Wangen und meine schönen Zähne. Meine Kinnlinie begann ein bißchen zu erschlaffen, meine Lachfalten waren tief genug, um den Eindruck zu erwecken, daß ich im Leben nichts anderes machte, als zu lachen, meine Haut glich eher einer Grapefruitschale als einem Apfel, und mein Hals! – mein Hals sah eindeutig wie Kreppapier aus. Ich ließ die Puderdose zuschnappen und redete mir ein, das Licht im Flugzeug sei mindestens genausowenig schmeichelhaft wie das in Umkleidekabinen von Kaufhäusern.

Als die Stewardeß vorbeikam, hörte ich einen Mann einige Reihen hinter mir einen Scotch mit Soda bestellen. Das schien mir für diesen Moment genau das richtige Getränk zu sein, also bestellte ich einen und versuchte, an nichts zu denken, während ich aus dem kleinen ovalen Fenster auf die Miniaturwelt unter mir starrte.

Ich erwartete nicht, daß mich jemand vom Flughafen abholte, aber ein wenig enttäuscht war ich doch, als ich feststellte, daß tatsächlich niemand kam. Es ist schließlich immer schön, zu Hause willkommen geheißen zu werden. Also ging ich ohne Begleitung zur Gepäckausgabe.

Als ich meine Koffer vom Laufband hob, tippte mir ein Mann auf die Schulter.

»Lassen Sie mich das machen, Miss Jordan.«

Überrascht murmelte ich: »Wie bitte?«

»Ich bin Ihr Fahrer, Miss Jordan. Ich wurde engagiert, um Sie nach Hause zu bringen.«

»Ah«, sagte ich und erinnerte mich, wie sehr ich es genoß, bevorzugt behandelt zu werden. »Es ist schön, wieder zu Hause zu sein.«

Ich vermutete, daß Claire den Fahrer engagiert hatte, aber diese Vermutung erwies sich als falsch, denn als ich mich auf den Rücksitz setzte, merkte ich, daß er mit Rosenblättern bestreut war.

»Unglaublich«, hauchte ich.

»Ich war mir nicht sicher«, erklärte der Fahrer beim Einsteigen, »ob das den Polstern nicht schaden würde. Aber Ihr Freund hat darauf bestanden.« Er stellte seine Rückspiegel ein und fuhr dann los. »Er hat sogar behauptet, das Öl aus den Rosenblättern täte dem Leder gut, und außerdem hat er mir hundert Dollar extra gegeben.«

Ich durfte mich also nicht nur über die romantische Geste freuen, sondern kam obendrein auch noch in den Genuß einer unentgeltlichen Pflege meines Ledermantels. Ich lehnte mich in der süß duftenden Limousine zurück, verschmähte den Champagner, aber bediente mich aus einer Pralinenschachtel – eine von Trevors kleinen Aufmerksamkeiten. Der Mann war eine echte Wucht.

Ich wurde vor meinem Haus abgesetzt und überhörte vor lauter Eile, in mein Apartment zu kommen, die Willkommensgrüße des Portiers.

Als ich die Tür aufstieß, erwartete ich, von einem prasselnden Feuer begrüßt zu werden, vor dem sich Trevor auf dem falschen Bärenfell räkelte. Aber der Kamin war kalt, und auf dem Vorleger war nicht mal ein Floh zu entdecken.

»Trevor?« rief ich mit hoher, mädchenhafter Stimme und hoffte, eine männliche Stimme mit britischem Akzent würde mir antworten: »Hier drinnen, Liebling.«

Aber das Schlafzimmer war leer, ebenso das Gästezimmer, mein Büro sowie alle anderen Räume, in denen ich nachsah.

Doch dann entdeckte ich eine Nachricht auf dem Tisch im Flur, mit einer Rose darauf, die ich sofort bemerkt hätte, wenn mein Interesse nicht dem Mann gegolten hätte.

Mein Liebling,
wir sehen uns nach der Vorstellung.
Kann's kaum erwarten.
Dein Trevor.

Es klang zwar nicht nach Lord Byron, aber er teilte mir mit, was ich wissen mußte: daß er sich unbändig freute, mich zu sehen, und daß mir Zeit für ein ausgiebiges Schaumbad blieb.

»Liebling«, gurrte Trevor mit einem zufriedenen, postkoitalen Seufzen. »Ich bin so froh, dich wieder in meinen Armen zu halten, Geneva.«

»Und ich, daß du mich wieder festhältst«, murmelte ich, den Kopf an seiner Schulter vergraben und seinen Duft einatmend.

»Glaubst du, daß es so sein wird, wenn wir verheiratet sind? Oder sogar noch besser?«

Ich spürte, wie sich mein Körper anspannte, und Trevor mußte es auch gespürt haben, denn er lachte.

»O Geneva, ich weiß, daß du noch nicht ja gesagt hast. Ich hoffe eben, daß du durch sanfte Bestärkung allmählich die richtige Antwort gibst.«

»Die wäre?«

Er küßte mich, und ich hörte das wundervolle Knistern seiner Bartstoppeln an meiner Wange. »Die heißt: ›Natürlich heirate ich dich, Liebling, was denn sonst?‹«

Daraufhin küßte ich ihn, und fünfundneunzig Prozent von mir wollten genau diese Worte herausschreien, aber die restlichen fünf Prozent entschieden sich dagegen.

Es geschehen immer wieder Wunder, vor allem am Theater. Angus Powell, der Produzent von »Mona!«, rief mich am Tag nach meiner Rückkehr an und bat mich flehentlich, ein paar Wochen lang wieder aufzutreten, »bis wir für diese schreckliche Bennet Ersatz gefunden haben. Sie behauptet, sie habe Knötchen auf den Stimmbändern, und ihr Arzt gibt ihr Rückendeckung – obwohl ich mir sicher bin, daß sie ihn dafür großzügig bestochen hat.«

»Was ist mit der zweiten Besetzung?«

Angus stieß ein langes, erschöpftes Seufzen aus. »*Die* hat gerade herausgefunden, daß sie nach zwanzigjährigen Versuchen schwanger geworden ist. Sie glaubt, die Rolle sei zu anstrengend, und möchte auf keinen Fall ihr Baby gefährden.«

»Und was ist mit dem Ersatz für die zweite …«

»Geneva, bitte. Wir brauchen dich. Du bist die Zierde des Broadways.«

Wie konnte ich jemanden abweisen, der gerissen genug war, mich als Zierde des Broadways zu bezeichnen?

Es war toll, wieder auf der Bühne zu stehen, Songs zu üben und von einem Pianisten begleitet zu werden, der einem unablässig »Super!« zuraunte. Es war herrlich, festzustellen, daß ich keinen einzigen Tanzschritt vergessen hatte, und wundervoll, von einem Schauspieler hochgehoben zu werden, der den Michelangelo spielte und fragte: »Hast du abgenommen, Geneva?« (Ich wußte daß er bloß höflich war. Ich hatte in Minnesota fünf Pfund zugenommen von all der Eiscreme, die ich mit Rich zusammen verputzt hatte, aber dennoch genoß ich das Kompliment.)

Auf dem Weg zum Lunch sagte der Inspizient: »Wir können es gar nicht erwarten, daß du zurückkommst. Faith Bennet ist ein echtes Miststück.«

»Der schlimmsten Sorte«, stimmte ein Tänzer zu. »Diese Giftspritze hat das ganze Klima hier verdorben – kein Wunder, daß sie Knötchen auf den Stimmbändern hat.«

Konnte der Tag noch besser werden? Es war eine erstklassige Probe gewesen, und sowohl Schauspieler wie Bühnenpersonal machten meine Vorgängerin schlecht.

Ich konnte den Abend meines Aufritts gar nicht erwarten. Am 23. Dezember sollte es soweit sein (ich war der Weihnachtsmann, der dem Publikum meine Rückkehr zum Geschenk machte), und ich war wie elektrisiert. Die alte Begeisterung hatte mich wieder gepackt: Ich war begeistert, daß ich in meinem beruflichen Leben wieder in die Arme von Leonardo da Vinci, gespielt von Trevor Waite, zurückgekehrt war, und begeistert, weil dasselbe auch für mein Privatleben galt. Es kommt nicht oft vor im Leben, daß so viele prickelnde Momente zusammenfallen, und ich genoß es ausgiebig.

»Wenn wir ausgeraubt werden, mußt du mir das ganze Geld einschließlich meiner fünfzehn Prozent zurückzahlen.«

»Du hast Geld mitgebracht?« fragte ich mit gespieltem Entsetzen. »Wer ist denn so dämlich, Geld in den Central Park mitzunehmen? Ich hab nur meinen Führerschein dabei, für den Fall, daß man meinen Leichnam identifizieren muß.«

Claire lachte, ein kleines, rührendes Du-nimmst-mich-auf-den-Arm-Lachen.

»Also wirklich, Claire, du bist doch Agentin. Du solltest dich vor gar nichts fürchten.«

»Ich fürchte mich ja vor nichts«, antwortete sie und ließ besorgt ihre Blicke herumschweifen. »Außer vor dem Central Park.«

»Aber es ist hellichter Tag«, erinnerte ich sie. »Und überall sind Leute.«

Das stimmte, der Park war voller Jogger, Spaziergänger, Mütter und Kindermädchen, die Wagen mit warm eingepackten Babys schoben.

Ich hatte Claire überredet, mich statt zum Mittagessen auf einen ruhigen Spaziergang durch den Schnee zu begleiten, wie ich es von Deep Lake gewöhnt war. Die Schwierigkeit bestand nur darin, daß es in Manhattan nie wirklich ruhig und daß der Schneefall äußerst spärlich war.

»Können wir jetzt zurückgehen«, jammerte Claire, deren fünf Zentimeter hohe Absätze zum Laufen nicht besonders gut geeignet waren. »Ich hab Hunger. Den ganzen Morgen träume ich schon von Hummersalat.«

»Verwöhntes Gör«, erwiderte ich vorwurfsvoll, nahm dann mit gespieltem Seufzen ihren Arm und drehte sie herum. Sie ließ sich beides nicht gefallen.

»Oh nein«, sagte sie und drehte *mich* herum. »Nichts liegt mir ferner, als dich von deiner neu entdeckten Lust an frischer Luft und Bewegung abzuhalten. Ich gehe so lange mit, wie du willst, auch wenn es mich umbringt.«

»Und was ist mit dem Hummersalat?«

»Agenten müssen nun einmal für ihre Klienten Opfer bringen.«

Ich lachte. »Wie nobel von dir und deinen Berufskollegen.«

Ein Jogger lief vorbei, und Claire und ich bewunderten den Anblick seines Hinterns in der Stretchhose.

»Also«, begann Claire, »sollen wir uns zuerst ums Geschäft oder ums Vergnügen kümmern?«

»Ums Vergnügen.«

»Dann reden wir übers Geschäft. Du wirst die Neuigkeit ohnehin recht erfreulich finden.«

»Was ist es denn?« fragte ich, von Neugier angestachelt.

»Am nächsten Dienstag findet die erste Leseprobe von ›Samson und Delila‹ statt. Norman Alexander ist mit dem Manuskript fertig.« Claire klopfte auf die Aktentasche, die sie immer bei sich hatte. »Es ist sensationell, Geneva. Mach dich auf einen weiteren Tony gefaßt.«

Ich drückte ihren Arm. »Das ist super, Claire. Ich wollte immer schon mit ihm arbeiten.«

Wir gingen an einem weiß geschminkten Harlekin in dünnem Kostüm vorbei, das für die Witterung nicht geeignet war. Ich warf einen Fünf-Dollar-Schein in seinen Hut, und als er sich an die imaginäre Hutkrempe tippte, riet ich ihm, sich einen Wintermantel zu kaufen.

»Also, wie geht's Trevor?« fragte Claire, und ich bemerkte, wieviel es sie kostete, einen unbekümmerten Tonfall anzuschlagen.

»Aha, jetzt sind wir also beim Thema Vergnügungen angelangt.« Ich lächelte meine Agentin an und sah, daß sie sich bemühte, mein Lächeln nicht zu erwidern. »Komm, Claire, freu dich für mich. Es wird herrlich sein, wieder mit ihm zu arbeiten.« Für den morgigen Tag war eine Probe angesetzt, damit ich mich für meine unerwartete Rückkehr zu »Mona!« vorbereiten konnte.

»Ich rede nicht von der Arbeit«, sagte Claire. »Wie ist es, wieder mit ihm zusammenzusein?«

»Er hat sich geändert, Claire. Es geht nicht mehr die ganze Zeit nur um ihn. Jetzt geht's um *uns.*«

»Das sollte es auch, denn wenn er dich wieder enttäuscht, dann schwöre ich, kriegt er's mit mir zu tun.«

Ich drückte den Arm meiner Agentin und dankte ihr. »Aber er möchte, daß ich ihm schnell eine Antwort gebe.«

»Und wann wirst du das tun?«

»Sobald ich die richtige Antwort weiß. Ich brauche einfach noch etwas Zeit. Ich spring nicht ins Wasser, bevor ich nicht weiß, ob man darin schwimmen kann.«

»Ich glaube nicht, daß es eine Rolle spielt, ob du schwimmen kannst oder nicht. Ich glaube, die Frage ist, ob Haie im Wasser sind.«

»Du denkst also, Trevor sei ein Hai?« fragte ich und trat beiseite, um einen Power-Walker vorbeizulassen.

»Na ja«, sagte Claire und schenkte mir ihr strahlendstes Lächeln. »Du weißt ja, daß ich nichts Schlechtes über Haie sagen will.«

Trevor bekam die Rolle für Pour Deux und unterschrieb einen Vertrag, der ihm mindestens zwei weitere Auftritte in Werbespots garantierte. Er war das neue Aushängeschild des Duftwassers.

Die zwei Drehtage wurden so gelegt, daß Trevor keinen seiner Bühnenauftritte verpaßte. Sie sollten in einem alten Gasthaus außerhalb von Bedford, New York, stattfinden. Da ich immer für einen Kurzurlaub zu haben bin, hatte ich vor, Trevor zu begleiten, aber dann mußte ich selbst zu einem Vorsprechtermin.

»Geneva«, schmollte Trevor, »kannst du nicht absagen?«

»Wo denkst du hin?« Einen Schauspieler zu bitten, einen Vorsprechtermin abzusagen, ist genauso, als würde man ihn bitten, ein Jahr lang täglich unter unhygienischen Bedingungen Blut zu spenden. »Aber ich kann nachkommen.« Ich umarmte ihn und küßte seinen Hals. »Du willst mich doch in erster Linie ohnehin für die Nacht dort haben, oder?«

Seine Antwort war die Art von Brummen, die ein Bär während der Brunftzeit von sich gibt.

Obwohl ich ein alter Hase bin, kann ich immer noch nicht vorhersagen, wie ein Vorsprechtermin ausgeht. Es gab Male, da hatte ich das Gefühl, schwach gewesen zu sein, und Claire rief mich an, um mir mitzuteilen: »Du hast die Rolle – sie waren begeistert von dir!« Bei anderen Gelegenheiten hatte ich mich förmlich selbst übertroffen und war mir sicher, die mitreißendste Vorstellung geliefert zu haben, seit Moses die Zehn Gebote verlas, nur um hinterher zu erfahren, daß nicht mal ein Rückruf gekommen war.

Bei diesem Termin ging es um eine Stimme für »Hoedown«, einen Zeichentrickfilm (nie wurde das Wort *Cartoon* erwähnt) über den Wilden Westen. Die Figur, der ich meine Sprech- und Singstimme leihen sollte, war eine gewisse Bronco Betsy. Während ich las, wurde an den richtigen Stellen gelacht, und nachdem ich einen der Songs zum Besten gegeben hatte, hätte man meinen können, ich hätte ein Mittel gegen Krebs erfunden.

»O Miss Jordan«, sagte der Textdichter, »Ihre Schattierungen, Ihre Phrasierung ...« Er küßte seine Fingerspitzen. »... und die Art, wie Sie *britches* und *hitches* betont haben – oh mein Gott, ich habe nie so gelacht.«

»Sie sind wahrhaft ein nationaler Goldschatz«, schwärmte der Komponist.

»Wir melden uns bei Ihnen«, sagte der Regisseur.

Die ganze Unterhaltung wiederholte ich Claire am Telefon.

»Und was hast du für ein Gefühl dabei?« fragte meine Agentin.

»Ein hervorragendes. Ich glaube, daß ich nicht besser hätte singen können, ich hab sie zum Lachen gebracht, und das Beste von allem ist, daß ich jetzt mit Trevor eine Nacht in einem alten romantischen Gasthaus verbringen werde.«

»Oh Mann«, erwiderte Claire, und ich sah vor mir, wie sie den Kopf schüttelte und die Hand über die Augen legte. »Hast du's schlecht.«

Die Fahrt nach Bedford war wirklich reizend. Der Schnee rieselte herab, aber nur so leicht, daß er das Fahren nicht erschwerte, sondern nur noch schöner machte. Mein Wagen – ein fünf Jahre alter Mercedes – kommt nicht oft aus der Garage, und jedesmal, wenn das geschieht, werde ich daran erinnert, wie gern ich Auto fahre. Dann habe ich das Gefühl, eine starke Maschine zu kontrollieren, und zugleich das noch bessere Gefühl, ein Abenteuer zu erleben. Ich pfiff und sang zur Musik aus dem Radio, und nachdem ich von der Autobahn in Richtung Bedford abgebogen war, stellte ich fest, daß ich mich seit langer, langer Zeit nicht mehr so glücklich gefühlt hatte.

Ach, wäre dieses Glück doch ein beständigerer Begleiter! Entschuldigen Sie die schlechte Shakespeare-Imitation, aber würden Sie nicht auch in pathetische Klagen ausbrechen, wenn Sie die Liebe Ihres Lebens *in flagranti* erwischen würden? Natürlich hatte Trevor mich zu überzeugen versucht, daß nichts Ungehöriges daran war, mit der Vertreterin von Harmony Products in seinem Hotelzimmer ein Glas Wein zu trinken und sich zu unterhalten; schließlich wußte *nur sie*, wie sich die Firma die Präsentation von Pour Deux vorstellte, und was sollte daran denn schlimm sein?

Das hatte ich ja nie behauptet, aber offensichtlich spürte Trevor meinen Ärger, mein Erstaunen und meinen Argwohn. Nicht daß ich geschrien und Sachen durchs Hotelzimmer geschmissen hätte. Nein, ich war bloß nicht in meiner typischen guten Laune. Na schön, ich war ein bißchen frostig.

Nachdem wir uns vorgestellt worden waren, gab ich Meg (die so hochgewachsen und schick war, daß ich ihr gern eine Ohrfeige verpaßt hätte, auch wenn sie *nicht* vorgehabt hatte, mit Trevor ins Bett zu gehen) zu verstehen, daß sie besser verschwinden sollte, und fragte die beiden, ob es ihnen etwas ausmachen würde, ihre Geschäftsbesprechung in der Hotelhalle weiterzuführen. Ich sei ein bißchen müde.

»Geneva«, sagte Trevor, und in jeder Silbe klang ein drohender Unterton mit.

»Oh, ich sollte wirklich gehen«, antwortete die Madison-Avenue-Schlampe. »Ich hab noch eine Menge Anrufe zu tätigen.« Sie nahm den Aktenordner von dem rustikalen Holztisch und winkte leicht in meine Richtung. »Es hat mich sehr gefreut, Sie kennengelernt zu haben, Miss Jordan. Ich finde, Sie sind eine wundervolle Schauspielerin.«

Ich hob den Arm und winkte leicht zurück, eher ein Zeichen,

daß sie ihren Abgang machen sollte, als eine Geste der Verabschiedung.

Als sie gegangen war, starrte mich Trevor an, als hätte ich nicht alle Tassen im Schrank.

»Würdest du mir freundlicherweise erklären, was das zu bedeuten hatte?« fragte er, und seine eisblauen Augen blitzten noch eisiger als sonst.

»Sag mal, Trevor«, erwiderte ich und stand von dem Bett auf, in das ich mich so demonstrativ hineingelegt hatte. »Hältst du mich eigentlich für blöd?«

»Ja«, antwortete Trevor und nickte. »In diesem Fall würde ich dich tatsächlich als blöd bezeichnen.«

»Ach so, du erwartest wohl, ich nehm dir ab, daß ihr beide nur übers Geschäft geredet habt?«

»Verdammt, Geneva, natürlich haben wir das!«

Er schlug mit der Faust auf den Fichtenholztisch, und obwohl mich die Geste beeindruckte, blieb ich skeptisch – hatte er sie wirklich aus Wut gemacht, oder war es bewußte Schauspielerei?

»Also gut«, sagte ich und nahm meinen Mantel und meine Tasche, »ich sehe, daß es keinen Grund für mich gibt zu bleiben. Ich meine, du suchst sicherlich nicht verzweifelt nach Gesellschaft.«

Auf dem Weg zur Tür hielt mich Trevor auf.

»Komm, Geneva. Das meinst du doch nicht im Ernst, oder?«

»Doch, ich meine es im Ernst«, entgegnete ich und versuchte, seine Hand abzuschütteln.

»Geneva, was ist denn in dich gefahren? Das ist Megs erste große Kampagne. Sie möchte, daß alles glattläuft, und deshalb nervt sie jeden – bevor sie zu mir kam, war sie auch beim Regisseur.«

»Ach, findet sie den auch attraktiv?«

»Geneva«, sagte er, und dann brach ich zu meinem eigenen Erstaunen in Tränen aus.

Ich blieb in dem altmodischen Hotelzimmer über Nacht und bin glücklich zu berichten, daß nicht nur die Briten ihren Spaß hatten.

Obwohl, dachte ich, als ich am nächsten Tag heimfuhr, *was ist so aufregend an multiplen Orgasmen, wenn du nicht weißt, ob dein Partner sie nur für dich auf Lager hat?* Ich meine, wahrscheinlich glaubte ich Trevor, aber diese Einschränkung war es, die mir Sorgen machte. Ich wollte *sicher sein,* daß ich ihm vertrauen konnte; ich wollte ihn gemeinsam mit einer anderen Frau sehen können, ohne annehmen zu müssen, es sei gerade dabei, ihr Komplimente zu machen. Ich wollte sicher sein, daß ich ihm genügte.

Tatsächlich jedoch wollte ich wissen, ob bei diesem Liebesquiz das Ja, das ich Trevor am Abend zuvor gegeben hatte, die richtige Antwort war, oder ob ich mich für den Preis hinter dem Vorhang entscheiden sollte.

Als ich vor einem Stoppschild bremste, geriet mein Wagen auf einer Eisfläche ins Schleudern, und obwohl es nicht schlimm war – ich war nicht vor einem entgegenkommenden Laster zum Stehen gekommen –, stellte ich fest, daß ich innerlich zu aufgewühlt war, um zu fahren, und daß ich einen kleinen Spaziergang oder eine Tasse Kaffee gebrauchen konnte, allerdings eine ohne Koffein.

Die Stadt war für Weihnachten geschmückt. Die Schaufenster waren mit Immergrün dekoriert, und an den Türen hingen mit Schleifen verzierte Kränze. Es sah aus, als wäre eine Weihnachtspostkarte aus Neuengland lebendig geworden.

Ich stieg aus, ging die eine Straßenseite hinunter und die andere wieder herauf. Weil ich mir wie ein Landstreicher vorkam, blieb ich schließlich vor einem Antiquitätenladen stehen.

Es gab ein paar interessante Stücke in der Auslage – ein paar Hepplewhite-Stühle und einen Schrank in Vogelaugenahorn –, aber ich befand mich an einem Punkt meines Lebens, wo Einkaufen kein wirksames Heilmittel gegen Depression war. Ich plauderte kurz mit dem Ladenbesitzer, der mich zwar erkannte, wie ich bemerkte, aber die kühle Deswegen-mach-ich-mir-nicht-ins-Hemd-Haltung zur Schau stellte. Ich wollte gerade gehen, als ich eine kleine Holzfigur entdeckte, die einen Gondoliere im Boot darstellte.

»Oh, die nehme ich«, sagte ich.

»Ich weiß nicht, von wem sie ist«, antwortete der Ladenbesitzer, als er den Preis eintippte, »obwohl sie nach Glauschein aussieht.«

»Nach Glauschein?«

»Ein deutscher Spielzeugwarenhersteller. Frühes neunzehntes Jahrhundert. Viel Holz, hauptsächlich Fahrzeuge – Eisenbahnen, Pferdewagen, Schiffe und dergleichen. Aber an eine so erlesene Arbeit kann ich mich nicht erinnern.«

Ich blechte eine Summe, für die ich mir ein Paar *wirklich* gute Schuhe hätte kaufen können, aber die Figur war es wert. Rich würde begeistert sein.

»Weißt du, daß ich dir ein Geschenk gekauft habe?« fragte ich, als er und Ann mich am Abend anriefen und ich gerade Feuer im Kamin machte.

»Du hast mir ein Geschenk gekauft?« erwiderte Rich mit leiser Stimme. »Was ist es denn?«

»Das verrate ich nicht«, antwortete ich lachend. »Du bekommst es an Weihnachten.«

»Kommst du her an Weihnachten?«

»Nein, Rich«, antwortete ich, obwohl es mir schwer fiel, seine Begeisterung zu dämpfen. »Du weißt, daß ich über Weihnachten in New York bleibe.«

»Möchtest du denn den Weihnachtsumzug nicht sehen? Ich gehe als Zauberer.«

»Wirklich?« fragte ich, aber bevor ich mich genauer erkundigen konnte, sagte er: »Conrad ist im Krankenhaus.«

»Conrad ist im Krankenhaus?« Ich schloß das Funkengitter. »Was ist passiert?«

Er schwieg einen Moment, und als er weitersprach, klang seine Stimme, als stecke ein Kloß in seinem Hals.

»Ich weiß nicht genau. Aber was er jetzt hat ... ist schlimmer als eine Erkältung.«

»O Rich.«

»Er ist mein bester Freund«, sagte er schniefend. Ich hörte

Stimmen im Hintergrund, und er fügte hinzu: »Warte – Mom möchte mit dir sprechen.«

Ich war immer noch am Telefon, als Trevor nach Hause kam.

»Ich ruf dich morgen an, Ann«, sagte ich. »Richte Barb alles Liebe von mir aus.«

»Wer ist Barb, und warum soll man ihr alles Liebe von dir ausrichten?« fragte Trevor, nachdem ich aufgelegt hatte.

»Das ist Conrads Mutter. Ich hab dir doch von ihr erzählt. Conrad ist Richs bester Freund. Er liegt mit einer Lungenentzündung im Krankenhaus.«

»Ich hatte als Kind zweimal eine Lungenentzündung«, antwortete Trevor und goß sich ein Glas Scotch ein. »Diese verdammten englischen Winter – sie legen sich einem immer auf die Lunge.«

Er setzte sich neben mich auf die Couch und streifte seine Schuhe ab.

»Volles Haus heute abend«, fuhr er fort, »und rate, wer in der ersten Reihe in der Mitte saß?«

»Der Papst?«

»Sehr komisch. Nein, jemand, der für eine Karriere mehr tun kann als der Papst – Jake Bartholomew.«

»Jake Bartholomew, der Regisseur von ›Hunter's Dawn‹?«

»Genau der. Und rate, wer in die Garderobe kam und mich gefragt hat, ob ich im Februar für Filmaufnahmen frei bin?«

»Oh ... Gott, ich geb auf.«

»Jake Bartholomew«, sagte Trevor mit diebischer Freude, meinen Sarkasmus ignorierend.

Ich ging zur Bar und fand, daß ich etwas Hartes brauchte. «Wie kommt es, daß all die großen Regisseure auftauchen, wenn ich nicht da bin?«

Trevor lachte. »Wenn ich dich nicht besser kennen würde, würde ich sagen, du leidest an Verfolgungswahn.«

»Ich glaube durchaus nicht, daß ich verfolgt werde. Ich bin eher der Meinung, übergangen zu werden.«

»Morgen abend nach der Vorstellung essen wir zusammen.«

»Kann ich mitkommen?«

»Geneva, es ist ein Geschäftsessen. Du würdest dich zu Tode langweilen.«

»Aber ich wollte Jake Bartholomew schon immer kennenlernen!«

Trevor nahm mich an der Hand und zog mich auf die Couch.

»Paß auf«, sagte ich und versuchte, meinen Gin Tonic nicht zu verschütten.

»Geneva«, begann er und runzelte seine schwarzen Augenbrauen, womit er Ernsthaftigkeit signalisierte, »bitte versteh mich nicht falsch, aber ich möchte dich nicht dabeihaben.«

»Vielen Dank!«

Die Furchen auf Trevors Stirn wurden noch tiefer, als er die Augenbrauen wieder senkte. »Geneva, bitte. Es fällt mir schwer, das zuzugeben, aber ich befürchte ... ich befürchte, daß du mich in den Schatten stellen könntest. Ich befürchte, Jake Bartholomew könnte mich im Glanz deines ›Startums‹ gar nicht mehr wahrnehmen.«

»Im Glanz meines ›Startums‹? Oh, das hast du blendend ausgedrückt, Trevor.«

Er schwenkte sein Glas, und die Eiswürfel in seinem Drink klingelten leise. »Vergib mir die Übertreibung, aber du verstehst, was ich meine, nicht wahr?«

Von tiefem Widerwillen erfüllt, saß ich einen Moment lang da. Natürlich verstand ich ihn. Wenn ich mit einem bekannten Regisseur zum Essen verabredet wäre, würde es mir natürlich auch nicht gefallen, wenn ein anderer Schauspieler ihn ablenken würde ... aber es war alles so aufreibend. Im Moment empfand ich Widerwillen – sogar Haß – auf Trevor, auf meinen Beruf und das Ego, das wir ausbilden mußten, weil wir es als Schutzschild brauchten, ein Ego, das jetzt nicht nur als Angriffs-, sondern auch Abwehrwaffe diente.

»Nun«, sagte ich schließlich, »wenn ihr über das Projekt redet, und Jake Bartholomew erwähnt etwas von einer weiblichen Hauptrolle, wirst du dann meinen Namen ins Spiel bringen?«

»Natürlich werde ich das, Liebling.« Trevor stellte sein Glas auf den Couchtisch und küßte mich. »Ich werde viel mehr tun, als nur deinen Namen ins Spiel bringen, ich werde von dir *schwärmen.*«

In absolutem Einverständnis stießen wir miteinander an.

Nach der Probe am nächsten Tag (die wirklich nur eine Formalität war, da jeder sah, daß ich trotz meiner zweimonatigen Abwesenheit die Rolle im Schlaf beherrschte), machte ich meine letzten Weihnachtseinkäufe und kam mir unglaublich tüchtig vor. Es waren noch eineinhalb Wochen bis zu Heiligenabend, und ich hatte nichts bis zur letzten Minute aufgeschoben. Bei Bloomingdale's herrschte dichtes Gedränge – ach, wie ich es liebe, mich an schicken Manhattanerinnen vorbeizuzwängen, die nach teurem Parfüm riechen, Zweihundert-Dollar-Haarschnitte tragen und ihre Ellbogen geschickter einsetzen als Eishockeyspieler –, doch mit der Autorität eines John Wayne, der seinen Sheriffstern vorweist, zückte ich meine Kreditkarte, und die Verkäuferinnen eilten mir zu Diensten.

Als ich das Kaufhaus verließ, war ein leichter Wind aufgekommen. Mit Geschenken bepackt stand ich da und fragte mich, wie ich einem Taxi winken sollte, wenn ich keinen Arm frei hatte, aber dann hielt wundersamerweise ein Taxi an, und der Fahrer stieg nicht nur aus, um mich zu fragen, ob ich mitfahren wollte, er nahm mir auch noch alle meine Päckchen ab und verstaute sie sorgfältig auf dem Rücksitz. Das sind die Wunder der Weihnachtszeit.

In meinem nach Tannenzweigen riechenden Apartment trugen Bing Crosby und Nat King Cole mit ihren Songs zur festlichen Stimmung bei, als ich Geschenke einpackte und mich aus einer riesigen Pralinenschachtel bediente, die Faith Bennet geschickt hatte (ich versuchte, eine böse Absicht auszumachen – wollte sie, daß ich fett werde? –, kam aber schließlich zu dem Schluß, daß es vielleicht nur eine nette Geste war). Ich rief Freunde an, auf deren Weihnachtskarten ich nicht geantwortet hatte.

Ich war mehr mit Plaudern und Naschen als mit Einpacken

beschäftigt (es befanden sich ein paar köstliche Karamelbonbons in der Schachtel), so daß ich erst, als ich die letzten Reste der Bänder und des Einwickelpapiers zusammenfegte, bemerkte, daß es schon nach Mitternacht war.

Ich hatte zweimal das Feuer aufgestochert und fast die ganze erste Lage der Pralinenschachtel aufgegessen, als Trevor die Tür aufsperrte.

»Geneva, du bist noch auf?«

»Wie ist es gelaufen?« fragte ich und setzte mich auf.

Trevor ließ sich neben mir auf der Couch nieder und nahm meine Hände.

»Ich hab die Rolle.«

»O Trevor, meinen Glückwunsch!«

»Wir beginnen im März zu drehen – in Mexico City.«

»Mexico City, im März? Na prima.« Ich löste mich aus seiner Umarmung und sah ihn an. »Und was wird aus deiner Rolle in ›Mona!‹ während der Dreharbeiten?«

Trevor stieß ein kurzes, wegwerfendes Lachen aus. »Hast du vergessen, wessen Vertrag zufällig im Februar ausläuft?«

»Du verläßt das Stück?«

»*Du* hast das Stück auch verlassen.«

»Ich weiß, aber ... wie soll ›Mona!‹ ohne dich überleben?«

Ich wußte genau, wenn das Stück ohne mich überleben konnte, dann auch ohne Trevor, aber der Gedanke, daß er wegging, gefiel mir einfach nicht. Das Stück war ein Teil unserer Geschichte, und nun, da wir eine gemeinsame Zukunft hatten, wollte ich, daß sich so wenig wie möglich änderte. Diesen Gedanken behielt ich allerdings für mich, und Trevor hörte nur, daß ich befürchtete, das Stück würde ohne ihn uninteressant werden, und für diese Befürchtung bedankte er sich mit einem intensiven, langen Kuß.

»Wurde irgendwas über die weibliche Hauptrolle gesagt?« fragte ich und machte mich los.

»Nun, du kannst sicher sein, daß ich dich dafür vorgeschlagen habe, aber ...«

»Aber was?«

»Ich glaube, sie nehmen Kimberly Killian.«

»Kimberly Killian, die Fernseh-Schauspielerin?«

Trevor nickte, und ein sorgenvoller Ausdruck trat in seine Augen.

»Aber sie könnte doch deine Tochter sein!«

Das war ein ziemlich schwacher Einwand gegen einen Mann, dessen letzte Freundin ihn Daddy hätte nennen können, und Trevors Grinsen drückte nonverbal genau das aus, was Hollywood und die Gesellschaft darauf zu erwidern hatten: na und?

»Also, das haut mich einfach um. Wann kriege ich mal einen zweiundzwanzigjährigen Partner an die Seite gestellt? Wann beginnen sie endlich zu begreifen ...«

»Geneva«, sagte Trevor mit einer Stimme, in der tödliche Langeweile mitschwang, »laß uns nicht wieder damit anfangen.« Er stand auf und streckte sich. »Jetzt komm, wir wollen ins Bett gehen. Es ist schon spät.«

Nicht für dich, dachte ich. *Du darfst immer noch mit den jungen Schauspielerinnen spielen.*

In meinem Traum hatte ich einen Heidenspaß, ich fuhr auf einem Einrad einen Berg hinauf und winkte einer begeisterten Menge jodelnder Schweizer zu. Als das Telefon klingelte, brauchte ich ein paar Momente, um zu realisieren, daß das Geräusch kein Jodeln war, sondern der wirklichen Welt entstammte und mich aufgeweckt hatte.

»Hallo?« meldete ich mich, und es klang eher nach einer Drohung als einer Begrüßung.

»Geneva, hier ist Ann.«

Ihre Stimme klang so ernst, daß ich mich sofort hellwach aufsetzte. »Ann, was ist los?«

»Es geht um Conrad. Sein Herz. Er ist ... er ist ...« Ihre Stimme brach. »Er schafft's nicht, Geneva.«

»Er schafft's nicht?« Wie sehr wünschte ich, sie würde den Satz mit den Worten beenden: Ja, er schafft seine Englischprüfung nicht! Ha, ha! Aber das tat sie nicht.

»O Ann«, sagte ich, und meine Stimme versagte. »Ich komme so schnell wie möglich.«

»Wirklich? Das mußt du nicht. Ich erwarte das nicht von dir, aber ... komm bitte. Rich würde sich freuen.«

»Ich rufe sofort mein Reisebüro an«, antwortete ich anstelle einer Verabschiedung.

»Geneva, was soll ich denn dort?« fragte Trevor, als ich Kleider in einen Koffer warf.

»Du kommst mit und stehst mir bei.«

»Nein, ich wäre nur im Weg.« Immer noch im Bett liegend, beugte er sich vor und versuchte, meine Hand zu ergreifen, aber ich wich ihm aus. »Geneva, ich kenne diese Leute doch gar nicht.«

»Du kennst meine Schwester und meinen Schwager«, sagte ich und versuchte, die Geschenke, die ich für sie gekauft hatte, im Koffer unterzubringen. »Du kennst Rich.«

»Ich habe sie mal getroffen, man kann nicht sagen, daß ich sie kennen würde. Und außerdem muß ich heute abend zur Vorstellung. Erwartest du, daß ich einfach anrufe und bitte, mir ein paar Tage freizugeben?«

»Es gibt doch eine zweite Besetzung für dich, oder? Jemanden, der bei einem Notfall für dich einspringen kann?«

»Geneva.« Seine Stimme hatte den tadelnden Unterton einer Person, die weiß, daß der andere recht hat, dies aber für unwichtig hält. »Geneva, wir wollten heute doch die Ringe kaufen gehen, weißt du nicht mehr?«

»Natürlich weiß ich das noch«, erwiderte ich und widerstand der Versuchung, wieder zu ihm ins Bett zu schlüpfen, »aber das kann warten, Trevor. Dies hier nicht.«

»Ich bin mit meinen besten Wünschen bei euch«, sagte er, als wir uns zum Abschied küßten.

»Danke«, antwortete ich und dachte: *Verausgab dich bloß nicht.*

Zu behaupten, ich wäre überrascht gewesen, als ich James am Flughafen sah, wäre untertrieben gewesen.

Er gab mir einen keuschen Kuß auf die Wange und nahm meinen Koffer.

»Danke, daß du gekommen bist«, sagte er. »Es bedeutet allen sehr viel.«

»Gern geschehen«, brachte ich mühsam heraus. »Aber warum holst du mich ab, James? Hast du keinen Dienst?«

»Heute ist mein freier Tag. Als ich hörte, daß du kommst, habe ich mich erboten, dich abzuholen.«

»Von wem hast du erfahren, daß ich komme? Ich weiß es doch selbst erst seit heute.«

»Ann hat mich angerufen. Wir haben uns in letzter Zeit öfter unterhalten.«

»Wirklich?« fragte ich und ging einem Trio grimmig dreinblickender Geschäftsleute aus dem Weg.

»Ja. Es gibt ein Netzwerk von Leuten, die sich gegenseitig über Conrad und seine Familie auf dem laufenden halten, und immer wenn ich mit Ann gesprochen habe, hatte ich zusätzlich das Vergnügen, etwas über dich zu erfahren.«

»Hat sie dir gesagt, daß ich Trevor mein Jawort gegeben habe?«

Er zog mich aus dem dichten Fußgängerstrom und legte mir die Hand auf die Stirn. »Du hast Fieber, glaube ich.«

Ich schenkte ihm ein höfliches Lächeln – ein Lachen brachte ich nicht zustande – und fragte, wie es Conrad ging.

»Ich bring dich von hier direkt ins Krankenhaus«, antwortete er. »Alle sind dort.«

»O James«, stieß ich hervor, mein Herz begann schneller zu pochen, »es steht wohl richtig schlecht um ihn?«

Er nickte. »Richtig schlecht.«

Als wir das Krankenhaus betraten, schwirrten mir lauter Aufmunterungen durch den Kopf: *Kopf hoch! Sei stark! Wenn's hart auf hart geht, zeigt sich, wer stark ist. Schau fröhlich in die Welt!* Ich fand, daß ich mich durchaus tapfer verhielt, bis wir in den Aufzug stiegen und den Gang hinunter auf die Schwingtüren zugingen, auf denen »Intensivstation« stand.

»O James, ich hab das Gefühl, ich werd gleich ohnmächtig.«

»Nicht doch«, sagte er und legte den Arm um meine Taille. »Halt dich einfach an mir fest.«

Die Regel, keinen Weihnachtsschmuck zuzulassen (Ann hatte mir den Brief vorgelesen, worin die Eltern gebeten wurden, ihren Kindern nichts in die Schule mitzugeben, was auch nur entfernt an Weihnachten erinnerte, »weil das unfair wäre gegenüber den Kindern, die einen anderen Glauben haben«), wurde im Krankenhaus nicht befolgt, worüber ich froh war. Wenn es etwas gab, was ein bißchen fröhliche Dekoration dringend nötig hatte, dann ein Wartezimmer im Krankenhaus. Ich respektiere die religiösen Überzeugungen aller, aber Christbäume, Kränze und Rentierbilder findet doch jeder schön, egal welcher Konfession man ist. Jedem gefällt die Vorstellung von Santa Claus und von Geschenken. Ich verstehe natürlich den Einwand, daß die Begleiterscheinungen eines religiösen Festes immer noch auf das Fest hinweisen, aber Weihnachten mit Santa Claus ist doch im Grunde etwas ganz anderes als das christliche Weihnachten.

So stand in der Ecke des Warteraums ein Plastikbaum, der mit rotem und silbernem Lametta geschmückt war. Es war der einzige bunte Fleck im Raum, dessen Vinyl-Tapete bei einem Wettbewerb um die häßlichste Wandverkleidung spielend den ersten Preis gewonnen hätte. Die Tapete war lachsfarben mit silbermetallischen Einsprengseln, die an schwimmende Spermien erinnerten. Die beiden Bilder auf dem scheußlichen Hintergrund waren von der Art, wie man sie bei Wohltätigkeitsveranstaltungen für hungernde Künstler kauft, und ich verspürte den Drang, die Krankenhausverwaltung zu fragen, ob es ihre bewußte Absicht war, daß sich die Leute schlechter fühlten, oder ...

»Tante Gennie!«

Erneut verwechselte Rich einen tätlichen Angriff mit einer Umarmung, und ich wäre fast zu Boden gegangen. Dann umringten mich Ann und Riley, und wir gingen engumschlungen langsam auf die Couch zu, die mit leicht entzündlichem Stoff bezogen zu sein schien.

Sobald wir saßen, verstummten wir. Alle sahen irgendwie bleich und mitgenommen aus, vor allem Rich, der wie ein Baby wirkte, das man zu lange hatte schlafen lassen.

»Conrads Herz arbeitet nicht richtig«, erklärte er mir.

Ich nickte, unfähig, ein Wort herauszubringen.

»Er war deswegen früher schon mal im Krankenhaus«, fuhr er fort, »und jedesmal ging's ihm danach besser.«

Ich sah meine Schwester an, deren sorgenvollen Blick ich kaum ertragen konnte. Es ist erstaunlich, wie die Augen, mit denen wir die Welt sehen, gleichzeitig Einblick in unsere innere Welt geben.

»Es wäre besser, wenn's ihm diesmal auch besser ginge«, sagte Rich und runzelte die Stirn, als er die Arme verschränkte.

James, der auf der Klavierbank gesessen hatte, stand auf.

»Barb«, sagte er. Indem er sie begrüßte, kündigte er sie gleichzeitig an.

Wir trafen uns in der Mitte des Raums und umarmten uns innig.

»Geneva«, sagte meine Freundin, »ich danke Ihnen, daß Sie gekommen sind.«

»Das ist doch selbstverständlich«, antwortete ich und bemühte mich, die Fassung nicht zu verlieren.

»Wollt ihr reingehen und euch zu ihm setzen?« fragte Barb, und Ann verließ mit Riley und Rich sofort den Raum.

»Ich gehe auch«, sagte James.

Ohne uns loszulassen, gingen Barb und ich zur Couch.

»Barb, was ist denn *passiert*?«

Meine direkte Frage schien sie nicht zu verletzen, aber sie blieb einen Moment sitzen und schüttelte den Kopf. Sie sah nicht gut aus. Sie hatte einen Fleck auf der Wange, und ihre Dauerwelle war auf einer Seite plattgedrückt, als hätte sie lange mit aufgestütztem Kopf dagesessen.

»Es fing mit einer Erkältung an, erinnern Sie sich? Ich ließ ihn nicht zum Schwimmen gehen, weil er sich lange nicht zu erholen schien.«

Ich nickte und sehnte mich nach der Zeit zurück, als es noch aussah, als hätte Conrad nichts weiter als eine harmlose Erkältung.

»Nun, um Thanksgiving herum und Anfang Dezember schien es ihm besser zu gehen. Dann hab ich ihn eines Morgens im Pyjama auf der Treppe sitzend vorgefunden.«

Tränen glänzten in ihren Augen. »Meine erste Reaktion war, ihn anzuschreien. Sie wissen schon: ›Beeil dich, Connie, sonst verpaßt du den Bus!‹ Aber dann sah er zu mir auf und sagte: ›Mama, ich kann nicht richtig atmen.‹«

Barb senkte den Kopf. »Ich kann dieses Gefühl – diese *Kälte* – nicht erklären, die über mich kam. Mir war sofort klar, daß es etwas Schlimmes sein mußte.«

»Rich sagte, daß Conrad schon einige Male im Krankenhaus gewesen sei?«

Barb nickte. »Seine Lungen waren schon schwach, als er geboren wurde. Er hatte immer schon Atemprobleme.« Sie holte tief Luft, was sich fast wie ein Schrei anhörte. »Aber sie schienen kräftiger zu werden. Das Schwimmen half, aber dann ...« Sie starrte auf den Christbaum, und die Daumen ihrer gefalteten Hände bewegten sich nervös hin und her.

»Aber jetzt sind es nicht seine Lungen, die Probleme machen, sondern sein Herz?«

»Beides. Sein Herz ist vergrößert, und seine Lungen wurden geschwächt. Das eine schadet dem anderen. Ich hab Angst – ach Gott, Geneva, ich hab solche Angst!«

Ich hielt sie fest, aber kurz darauf wurden wir von ihren anderen Kindern unterbrochen, die beide völlig übernächtigt aussahen.

»Mom, wir haben dir was zu essen gebracht«, sagte das Mädchen, das sich als Maddy vorstellte. »Suppe aus der Cafeteria – sie soll gut sein.«

»Mom«, sagte Joel, der sich neben sie setzte, »ich hab mit Dad gesprochen. Er ist auf dem Weg.«

Barb legte den Kopf auf die Schulter ihres Sohnes, nahm die Suppentasse von ihrer Tochter entgegen, und es verblüffte mich, wie gut diese älteren Kinder ihre Mutter zu trösten vermochten.

»Barb«, sagte ich, »macht es Ihnen etwas aus, wenn ich jetzt zu Conrad hineingehe?«

»Oh nein. Gehen Sie nur.« Wie um mir zu versichern, daß es ihr gutging, schenkte sie mir ein schwaches, höfliches Lächeln.

»Ich zeige Ihnen, wo sein Zimmer ist«, bot Joel an und machte sich vorsichtig von seiner Mutter los. »Ich bin gleich wieder zurück, Mom.«

Joel war so groß wie seine Eltern und hatte glattes schwarzes Haar, vermutlich wie Barb, wenn sie keine Dauerwelle getragen hätte.

»Mom hat uns viel von Ihnen erzählt«, sagte er, als wir den Gang entlanggingen. »Es bedeutet ihr viel, daß Sie hergekommen sind.«

»Oh«, sagte ich, verlegen über die Aufmerksamkeit, die mir entgegengebracht wurde, weil ich hergekommen war. »Es ist doch keine ... ich ... ich meine, Ihre Mutter und ich sind gute Freundinnen geworden. Dasselbe gilt für Conrad.«

Er hielt sich auf eine Weise aufrecht wie Leute, die glauben, sie trügen Verantwortung für wichtigere Dinge, als tatsächlich der Fall ist. Aber als er meine Worte hörte, zog er den Kopf ein, als hätte ich ihm einen Schlag versetzt.

»Geht's Ihnen gut?« fragte ich, als er sich an die Wand lehnte.

Mit geschlossenen Augen schüttelte er den Kopf. »Ich ... ich kann einfach nicht glauben, was hier geschieht. So was hat doch keiner erwartet.«

Ich lehnte mich neben ihn an die Wand und sah einer vorbeieilenden Schwester nach.

»Armer Connie.« Er schniefte, und nach einer Weile fügte er hinzu: »Es wird Dad vernichten.«

»Ihren Dad vernichten?« fragte ich verständnislos. »Warum?«

Joel lehnte den Kopf an die Wand und sah zur Decke hinauf. »Er wird keine Gelegenheit mehr haben, Connie so kennenzulernen, wie Mom, Maddy und ich ihn kennen.« Er stieß einen gurgelnden Laut aus, als wollte er ausspucken oder zu weinen anfangen. »Und das wird er sich nie verzeihen.«

»Wie steht's mit Ihrer Mutter?« fragte ich flüsternd.

Der gurgelnde Laut kehrte in Form eines Lachens zurück. »Oh, sie vergibt ihm alles.«

»Nein, ich meine, glauben Sie, wenn Conrad ... stirbt, wird sie das ebenfalls zerstören?«

Die Intimität unserer Unterhaltung überraschte mich, da wir uns doch erst seit ein paar Minuten kannten, aber wahrscheinlich sind Krankenhäuser wie Züge oder Flugzeuge – die Leute, die sich darin aufhalten, befinden sich auf einer Reise und möchten darüber reden.

Joel stand auf einem Bein wie ein Flamingo oder Pelikan oder wie auch immer der verdammte Vogel heißt, der auf einem Bein steht. Sein anderes Bein war angewinkelt und sein Fuß gegen die Wand gedrückt. Statt an die Decke sah er jetzt zu Boden.

»Mom zerstört nichts. Meine Großmutter – die Mutter meiner Mom – sagt immer, was Mom auch widerfährt, sie steht es durch.«

»Dennoch frage ich mich ...«

Joel stieß sich von der Wand ab, deutete auf eine Tür und sagte: »Da ist Connies Zimmer. Das mit den Luftballons.«

Daraufhin entfernte sich der junge Mann mit der aufrechten Haltung und strich im Gehen mit einem Finger an der Wand entlang.

Ich hingegen blieb wie angewurzelt stehen und konnte weder einen Schritt vorwärts noch rückwärts machen. Ich roch frisch gebrühten Kaffee und stellte mir einen Arzt vor, der nach achtundvierzig Stunden Dienst mit geschwollenen Augen neben der Kaffeemaschine stand, und eine Schwester oder eine Hilfsschwester, die ihn zur Eile antrieb. *Ich könnte eine Tasse vertragen,* dachte ich, und während ich mich auf die Suche nach dem Ort machte, aus dem der Duft kam, ging ich in die entgegengesetzte Richtung von Conrads Zimmer.

»Geneva, hier drüben.«

Ertappt blieb ich stehen und drehte mich langsam um. Riley winkte mir von der Tür mit den Luftballons zu.

»Ach, da seid ihr«, sagte ich, als hätte ich nicht vorgehabt auszubüchsen.

»Ich hol uns Kaffee«, sagte er.

»Genau dasselbe hab ich auch gerade vorgehabt«, antwortete ich.

»Wir holen dir eine Tasse«, sagte Ann. »Bleibst du so lange bei Rich und Connie?«

»Wo ist James?«

»Ich weiß nicht. Er ist vor ein paar Minuten weggegangen.«

»Wir dachten, er sei ins Wartezimmer zurückgegangen.«

Ich zuckte mit den Achseln. Dann gingen sie an mir vorbei zur Tür hinaus, und ich stand plötzlich in dem Krankenzimmer. Weihnachtskarten und Genesungswünsche waren an einer Schnur an der Wand aufgefädelt, und der Fenstersims war mit Stofftieren vollgepackt. Auf dem Nachttisch lag Connies Baseballmütze.

»Hallo, Tante Gen«, sagte Rich, der bei Conrad auf der Bettkante saß. Ich holte tief Luft. »Hallo, Rich.«

Während ich mich neben meinen Neffen auf einen Stuhl setzte, vermied ich es angestrengt, Connie anzusehen, der an alle möglichen piepsenden und leise zischenden Maschinen angeschlossen war. Es war allerdings schwer, genauso schwer wie bei einem Autounfall, nicht hinzustarren.

»Wie geht's ihm?« fragte ich und griff nach Richs freier Hand.

»Mir gefällt das nicht«, sagte Rich leise. »Mir gefällt das überhaupt nicht.«

»Mir auch nicht.« Ich kniff die Augen zusammen und kämpfte gegen die Panik an, die anscheinend jedes Blutgefäß in meinem Kreislauf schrumpfen ließ.

Ich weiß nicht, wie lange ich so dasaß, als Rich schließlich sagte: »Tante Gen? Tante Gen, wach auf!«

»Ich hab nicht geschlafen«, antwortete ich. »Ich hab nur an das erste Mal gedacht, als ich euch vom Schwimmen abholte.«

»Damals, als du zu spät gekommen bist und wir Connies Mutter anrufen mußten?«

»Nein, das andere Mal, als ich euch Jungs beim Schwimmen zugesehen habe.«

Ich war zu früh in die feuchte, nach Chlor riechende Halle

gekommen und saß auf einer Bank, während ein junger Trainer die Schwimmer anfeuerte, schneller zu schwimmen. Offensichtlich war ein Wettkampf im Gang, aber wegen des aufgewühlten Wassers konnte ich nicht erkennen, wer da schwamm. Alle machten Saltowenden, wenn sie am Ende des Beckens angelangt waren, außer den beiden langsamsten Schwimmern, die innehielten und den Beckenrand berührten, bevor sie kehrt machten. Alle waren schon aus dem Becken, als die beiden (die ich inzwischen als Rich und Connie erkannt hatte) anschlugen.

»Hey«, sagte der Trainer und hielt seine Stoppuhr hoch. »Ihr Jungs habt euren Rekord gebrochen!«

Unter dem Applaus ihrer Teamkameraden klatschten sich die beiden Jungen gegenseitig in die Hände, bevor sie sich aus dem Wasser hievten, und dann begann Connie mit fuchtelnden Armen auf dem Fliesenboden herumzutapsen. Ich erinnere mich, daß ich im ersten Moment dachte, er hätte einen Anfall.

»Erinnerst du dich, wie Connie den Ententanz aufführte, nachdem ihr aus dem Becken gestiegen wart?«

»Den Nasse-Hühner-Tanz«, berichtigte mich Rich. »Weil Connie gesagt hat, wir würden schneller schwimmen, wenn wir wie Verrückte schwimmen würden, und er hatte recht. Als wir aus dem Becken stiegen, sagte Connie zum Trainer: ›Ich war nicht bloß verrückt da drin, ich war verrückter als ein nasses Huhn.‹ Und dann hat er diesen irrwitzigen Tanz hingelegt.«

Als ich den Reaktionen der anderen entnommen hatte, daß Conrad keinen Notarzt brauchte, kriegte ich mich gar nicht mehr ein vor Lachen, und es wurde noch komischer, als das ganze Schwimmteam, einschließlich des Trainers, im Ententanzschritt zur Umkleidekabine watschelte.

»Er tanzt, wann immer sich ihm die Gelegenheit dazu bietet«, sagte Rich leise. Er beugte sich näher zu Conrad, aber die Schläuche hinderten ihn, nahe genug heranzukommen. »Du bist so lustig, Connie. Du bist der lustigste beste Freund, den es gibt.«

Von draußen waren Schritte zu hören, die eine Gruppe von Leuten ankündigten: Ein Arzt und eine Schwester, Barb und ihre

Kinder sowie ein großgewachsener Mann, den ich für George hielt, traten ein.

»Komm mit, Rich«, sagte ich und zog meinen Neffen an der Hand.

Rich stand langsam auf und bedeutete seinem besten Freund mit erhobenem Finger, nicht wegzugehen.

Riley brachte Rich nach Hause, und Ann und ich saßen in dem Warteraum und tranken Kaffee, der nach nichts schmeckte. Seine Geschmacklosigkeit schien allerdings den Koffeingehalt nicht zu schmälern, denn nachdem ich die Styroporbecher in den Abfall geworfen hatte, fühlte ich mich ganz zappelig.

»Ich glaube, ich mache einen kleinen Spaziergang«, sagte ich zu meiner Schwester. »Kommst du mit?«

Ann schüttelte den Kopf. Ich verließ den Warteraum so schnell, daß ich fast mit einer Schwester zusammengestoßen wäre, die einen Wagen mit Wäsche schob.

Ich brauchte unbedingt ein bißchen frische Luft statt des leicht süßlichen antiseptischen Gemisches, das durch die Krankenhausventilatoren geblasen wurde.

Ich drückte auf den Fahrstuhlknopf, und als sich die Türen öffneten, stockte mir der Atem – nicht etwa, weil ich einen zugedeckten Körper sah, der nach unten in die Leichenhalle gebracht wurde, sondern weil James plötzlich vor mir stand.

»Hey!« sagte ich und stieg in den Fahrstuhl. »Wo bist du gewesen?«

»Überall«, antwortete er. »Draußen, in der Cafeteria, in der Kapelle.«

»Halten Sie die Tür auf!«

James blockierte die sich schließende Tür mit dem Arm.

»Danke«, sagte ein junger Mann, der eine hochschwangere Frau begleitete. »Meine Frau und ich sind im falschen Stockwerk ausgestiegen. Ich glaube, wir sind ein bißchen nervös.«

»Ohhh«, stöhnte seine Frau.

»Welches Stockwerk?« fragte James, und als der Mann »fünftes« antwortete, drückte James auf den entsprechenden Knopf.

Die Frau stöhnte erneut auf, und der Mann hielt sie noch fester.

»Ist schon gut, Liebling.«

»Nein, das ist es nicht«, erwiderte die Frau, die Arme um ihren riesigen Bauch gelegt. »Ich will nach Hause.«

»Es ist unser erstes«, sagte der Mann mit leicht panischem Grinsen. »Eigentlich sollte es erst nächste Woche soweit sein« – ein leises Klingeln ertönte, und die Tür öffnete sich – »und das Komische ist, daß meine Frau sonst immer zu spät dran ist.«

»Bitte«, flehte die Frau, als sie zur Entbindungsstation gingen, »ich will nicht mehr.«

Oh doch, das tust du, dachte ich. *Weil du ein Baby hast, wenn alles vorbei ist.*

Die Aufzugtür hatte sich schon fast geschlossen, als ich auf den Öffnungsknopf drückte.

»Laß uns auf dem Stockwerk hier bleiben, James«, sagte ich, »und einen Blick in die Säuglingsstation werfen.«

Wir standen vor der Glasscheibe, und ich deutete auf eines der vier Bettchen.

»Schau dir die an – die wird der erste weibliche Parlamentsvorsitzende.«

Das Neugeborene trug eine Strickmütze, und sein rotes, verschrumpeltes Gesicht wurde von einem riesigen offenen Mund beherrscht.

»Oder ein Broadway-Star«, sagte James.

»Vielen Dank«, erwiderte ich und versetzte ihm einen Stoß. »Und sieh dir das an.« Das Baby, auf das ich deutete, schlief, und sein Ausdruck war ruhig und friedlich.

»Er wird sich von nichts aus der Ruhe bringen lassen«, prophezeite James. »Wahrscheinlich wird er Diplomat ... wenn er's schafft, lange genug wach zu bleiben.«

Eine Schwester lächelte uns an, als sie ein weiteres Bündel in eines der Plastikbettchen legte.

»Und da«, fuhr ich fort und zeigte auf ein Baby, das in die

Ferne starrte. »Eindeutig ein Forscher. Vielleicht der erste Astronaut auf dem Mars.«

»Na, war das ein Seufzer«, sagte James und legte den Arm um mich.

»Oh«, antwortete ich, weil ich gar nicht gemerkt hatte, daß ich geseufzt hatte. »Es ist ... es ist bloß, weil ich Babys so gern mag. Und ich nie eines haben werde.«

James umarmte mich fester.

»Aber vielleicht ist das gut so«, sagte ich leise. »Weil immer die Möglichkeit besteht, daß sie ...« Ich dachte an Conrad drei Stockwerke unter uns. »Daß sie sterben könnten.«

Die Stirnen an die Scheibe gepreßt, starrten wir auf die Babys. Die Schwester sah uns erneut an, diesmal besorgt.

»Warum läßt Gott Kinder sterben?«

Jetzt stöhnte James auf.

»Ich weiß nicht, Geneva. Warum läßt Er Kinder leben? Ich weiß nicht, warum Er das tut.«

»Wie kann man sich dann seines Glaubens sicher sein?«

»Wahrscheinlich, weil Glauben nicht wissen heißt, sondern eben glauben.«

»Ja, aber ich habe an Dinge geglaubt« – ich dachte an meine Ehe mit Jean-Paul – »die sich als falsch herausgestellt haben.«

»Aber wenn du an Gott glaubst«, antwortete James, »obwohl es Beweise für seine Nicht-Existenz gibt, ist das ein noch größerer Beweis dafür, daß Er existiert.«

»Ich weiß nicht, ob Gott für mich ein *Er* ist«, antwortete ich.

»Ich weiß nicht, wie es für mich ist«, sagte James. »Ich habe noch kein Wort gefunden, das Gott in Seiner ganzen Fülle beschreibt.«

Eine andere in den Wehen befindliche Frau und ihr Mann blieben vor dem Fenster der Säuglingsstation stehen, vermutlich, um sich zu motivieren.

»Laß uns einen Spaziergang machen«, sagte ich, überwältigt von all dem neuen Leben. »Warum hat mir Gott deiner Meinung nach kein Kind geschenkt?«

»Ach, Geneva«, antwortete James. »Warum stellst du mir all diese gewichtigen Fragen?«

Ein feines Lächeln hob meine Mundwinkel. »Jetzt hörst du dich an wie meine Großtante Tove. Ich stelle sie natürlich, weil ich Antworten kriegen möchte.«

»Das möchte jeder. Aber manchmal, wenn du mir eine Frage stellst, habe ich den Eindruck, ich müßte unbedingt mit der richtigen Antwort aufwarten. Und wenn ich es nicht kann, machst du den Eindruck, als hätte ich dich enttäuscht.«

»Wirklich? Das ist nicht meine Absicht. Ich glaube bloß manchmal, alle anderen wissen mehr als ich.«

»Mir kommst *du* vor wie diejenige, die alles weiß, Geneva.«

Wir standen inzwischen vor den Aufzügen, und als James den Knopf drückte, ging ratternd eine der Türen auf.

»Nun, ich weiß nicht, warum Gott mir kein Baby geschenkt hat.«

»Ich glaube nicht, daß es darum geht, was Gott uns gibt oder nicht gibt – sondern eher darum, was wir damit anfangen.«

Er sah zu den Leuchtziffern über der Tür hinauf. Ich trat einen Schritt zurück und streckte ihm wie ein Kind, das sich über einen besserwisserischen Klassenkameraden ärgert, die Zunge heraus.

In dieser Nacht schlief ich wie ein kleines Kind – wie ein von Koliken geplagtes, nervöses Kind, das jede halbe Stunde aufwacht und dringend Trost, Wärme und gutes Zureden braucht. Die Methoden, die ich anwandte, um wieder einzuschlafen, waren eigentlich immer dieselben: Ich lüftete den Bund meiner schweißdurchnässten Pyjamahose (ah, die süßen Leiden der Wechseljahre), schlug auf das harte Sofakissen ein und starrte auf das unablässige Blinken der Christbaumlichter. Der Effekt dieser Maßnahmen zeigte sich zwar nicht sofort, aber dann schlief ich doch ein, und meine Träume, in denen ich verfolgt wurde, waren so furchterregend, daß es eine Wohltat war, wieder aufzuwachen. Bis mich schließlich erneut der Schlaf übermannte.

Nach einem Traum über einen Square-Dancer, der mich jagte, schlug ich endlich hellwach die Augen auf. An dem fahlen grauen Licht erkannte ich, daß der Morgen dämmerte, und obwohl ich sie weder hören noch sehen konnte, wußte ich, daß Ann im Zimmer war.

»Wahrscheinlich hätte ich die Christbaumlichter ausmachen sollen«, sagte ich und setzte mich auf. »Erinnerst du dich, wie Mom Dad zugerufen hat, er sollte sie ausmachen, bevor er zu Bett ging?«

Da ich keine Antwort bekam, drehte ich mich um und sah Ann im Mantel im Türrahmen stehen. Ihre starre, aufrechte Haltung erinnerte mich an Statuen und an ein Spiel, das wir als Kinder gespielt hatten.

»Ann?« sagte ich leise und ging auf sie zu, doch als ich näher kam, bemerkte ich, daß sie, ganz im Gegensatz zu einer Statue, zitterte.

Ich zögerte und wollte nicht näher treten, ich wollte die Zeit anhalten, weil ich nicht hören wollte, was Ann mir bald sagen würde. Aber bevor ich sie bitten konnte zu warten, bevor ich ihr vorschlagen konnte, die Gesetze von Zeit und Raum einfach zu ignorieren, weiteten sich ihre Pupillen, als starre sie auf das goldene Pendel eines Hypnotiseurs, und sie sagte: »Connie ist gestorben.«

Ich schloß die Augen, um dadurch die Wucht ihrer Worte abzudämpfen, und dann, nachdem wir uns in die Arme gefallen und dabei fast zu Boden gestürzt wären, ging ich zum Wandschrank und zog meinen Mantel an.

»Komm«, sagte ich und nahm sie beim Arm. »Wir machen einen Spaziergang.«

»Ich kann nicht«, antwortete sie fast entschuldigend. »Es ist zu kalt draußen. Mir ist zu kalt.«

»Also gut«, sagte ich und öffnete die Tür. »Dann nehmen wir das Auto.«

In Krisensituationen gehorche ich immer meinem Instinkt. Er ist ein strenger, aber wohlmeinender Führer, der mich am Arm nimmt und zu einem Ort führt, der mir vielleicht nicht genehm ist, den ich aber trotzdem aufsuchen muß. Mein Instinkt sagte mir, daß wir Bewegung brauchten, daß wir an einen anderen Ort gehen mußten.

Der Wagen war noch warm.

»Bist du gerade aus dem Krankenhaus gekommen?« fragte ich, als ich ihr den Schlüssel abnahm und ihn ins Zündschloß steckte.

Ann nickte.

»Also ist er ... wann ist er ...?«

»Er ist um vier Uhr zweiundvierzig gestorben«, sagte Ann, die mein Gestammel verstanden hatte. »Conrad wurde spätnachts geboren und ist frühmorgens gestorben – hat Barb gesagt.« Ann wischte mit dem Handschuh über die beschlagene Scheibe. »Das hat sie immer und immer wieder gesagt – wie eine Litanei oder eine Neuigkeit in den Nachrichten.«

Ich blinzelte meine Tränen weg, gehorchte dem Bedürfnis zu fliehen und fuhr rückwärts die Einfahrt hinaus. Der östliche Himmel hatte sich inzwischen rosa gefärbt, auf dieses Licht fuhr ich zu und schluckte die bittere Galle hinunter, die in mir aufstieg.

»Er hat sich nicht verabschiedet«, sagte Ann, als ich in die Lake Road einbog. »Barb sagte, sie sei sicher, er würde am Ende die Augen öffnen und ihr irgendein Zeichen geben – ein Blinzeln oder ein Lächeln –, aber er hat sich einfach fortgestohlen.« Das sagte sie so ruhig, daß ich drohte, vollkommen die Nerven zu verlieren, als sie kurz darauf mit durchdringender Stimme aufschrie: »Er hat sich einfach fortgestohlen! Kannst du dir vorstellen, daß Conrad fortgeht, ohne einen kleinen Scherz zu machen? Ohne irgendein Witzchen?« Sie ließ den Kopf vor- und zurückschnellen wie ein Dummy bei einem Crash-Test. »O Gott, Geneva, er hat nicht mal auf Wiedersehen gesagt!«

Sie kreischte inzwischen, und als sie nicht mehr schreien konnte, begann sie zu schluchzen. Jeder Muskel und jede Sehne meines Körpers waren so angespannt, daß ich glaubte, hier auf dem Fahrersitz in Stücke brechen zu müssen.

Die große, graue Fläche des zugefrorenen Sees sah wie der Inbegriff von Trauer aus, und die schwarzen Bäume, die ihn säumten, reckten flehend die kahlen Äste gen Himmel. Ich fuhr in Richtung Autobahn, nur um dem Anblick zu entfliehen.

Den Kopf in die Hände gestützt, weinte Ann, und ich bog immer wieder in Seitenwege ab, um nicht in die Staus des morgendlichen Berufsverkehrs zu geraten. Mir fiel die Unterhaltung mit dem Parfümvertreter im Flugzeug wieder ein, und ich wußte jetzt, wie ein Duft namens Schmerz riechen würde – er roch nach dem Innern eines Autos, in dem die Heizung ein wenig zu hochgedreht war, nach altem Schnee und dem feuchten Schweiß eines übernächtigten Körpers. Ich kannte nicht nur den Geruch von Schmerz, sondern wußte auch, welche Geräusche ihn begleiteten: das Weinen meiner Schwester, das durch die Hände vor ihrem Gesicht gedämpft wurde, das leise Durchdrehen der Reifen im Schneematsch und mein Herzschlag, der so laut hämmerte wie eine Trommel, mit der ein Eingeborener den Krieg verkündet.

Ich fragte mich, was mein zielloses Herumfahren (noch dazu zu schnelles, wie ich mit Blick auf den Tachometer feststellte) bezwecken würde, aber als ich den Wagen schließlich in Richtung der Skyline von Minneapolis lenkte, bemerkte ich, daß ich zumindest einen Anlaufpunkt hatte.

Als ich den Wagen parkte und den Zündschlüssel herauszog, dachte ich, meine Schwester sei eingeschlafen, aber gleich darauf nahm sie die Hände von ihrem blassen, tränenüberströmten Gesicht und sah durch die Windschutzscheibe.

»Schau«, sagte sie heiser, »unsere alte Wohngegend.«

Eine Weile saßen wir schweigend da und sahen auf die Häuser, in denen wir aufgewachsen waren.

»Was ist mit dem großen Baum passiert, der in Großmutters Vorgarten stand?« fragte ich.

»Ulmenwelke, wette ich«, sagte Ann. »Daran sind Tausende von Bäumen eingegangen.«

»Wann war das?«

Ann schniefte »Ich weiß nicht – vor fünfzehn oder zwanzig Jahren.«

»Es war ein schöner Baum. Erinnerst du dich an den Klapptisch, den wir darunter aufstellten, und wie wir Limonade verkauften?«

»Zehn Cent das Glas«, sagte Ann lächelnd. »Wir verlangten doppelt so viel wie alle anderen, aber wir erzählten unseren Kunden, wir würden nur ...«

»Die besten Zitronen verwenden«, erinnerte ich mich, und dann sagten wir gemeinsam unseren alten Werbespruch auf: »Die besten Zitronen aus Lemon City, Florida.«

»Wir haben immer alles verkauft«, sagte Ann und drückte meine Hand. Ihr Händedruck überraschte mich, ich hatte nicht einmal bemerkt, daß wir uns festhielten.

»Möchtest du einen kleinen Spaziergang machen?« fragte ich.

Ann nickte und öffnete ihre Tür.

Arm in Arm standen wir auf dem Gehsteig und sahen auf die ehemaligen Häuser unserer Eltern und Großeltern.

»Sie haben den Stuck an Großmutters Haus erneuert«, sagte Ann.

»Und sieh dir an, wie sie unseres renoviert haben. Es war viel hübscher, als es noch grün war.«

»Erinnerst du dich, wie wir das Clubhaus gebaut haben und dafür eines der Fliegenfenster zersägten?«

»Dad war *außer sich*«, antwortete ich. »Und Großmutter hat ihn gefragt: »Ja, erkennst du denn große Architektur nicht, wenn du sie siehst?«

Ann und ich lachten über die Erinnerung, aber zweifellos auch über meinen gut getroffenen norwegischen Akzent.

Wir zogen es vor weiterzugehen, bevor noch jemand die Polizei rief, weil zwei Frauen mittleren Alters auf der Straße herumstanden und die Häuser anstarrten.

»Laß uns durch die Gasse gehen«, schlug Ann vor, und so spazierten wir unter den kahlen Bäumen um den Häuserblock, bogen um die Ecke und dann noch einmal, bis wir zu der Gasse kamen.

Wenn es in einem Wohnviertel viele Kinder gab, diente in Minneapolis die Gasse als Spielplatz und Treffpunkt. Dort veranstalteten wir kleine Radrennen, streichelten Timmy, den geliebten, wenn auch stinkenden alten Retriever, der von seinem Hochsitz aus neben der Garagentür Wache hielt, kickten mit Blechdosen oder spielten Ball und riefen »Auto!«, wenn Mr. O'Keefes Ford (in dessen Fond immer die Hemden für seine Geschäftsreisen hingen) oder der mit Holzpaneelen verkleidete Kombi von Mr. Myers vorbeifuhren. Das war in den Tagen, als man durch Höfe lief, wo an Wäscheleinen Overalls und Arbeitshemden, Caprihosen und Blusen trockneten und an der Leine der dicken Mrs. Huffman riesige BHs und vergilbte Hüfthalter flatterten, bei deren bloßem Anblick man sich ungezogen und traurig zugleich fühlte. Damals durfte man seinen Abfall noch verbrennen, und wir Kinder standen im Halbkreis in einer Einfahrt und warfen Stöcke und Steine in ein rostiges Faß, von dem Funken aufsprühten, wenn man gut zielte. Jetzt standen neben jeder Garage riesige Plastik-Container und grüne Recycling-Tonnen mit Deckeln darauf, um den Geruch einzudämmen.

Wir gingen schweigend dahin und hielten uns fester, wenn eine von uns auf dem Eis auszurutschen drohte. Es war Jahrzehnte her, daß ich diese Gasse hinuntergegangen war, und dennoch war sie mir vertrauter als meine eigene Straße in New York.

Wir blieben vor der kurzen Einfahrt stehen, die zur Garage unserer Großmutter führte, und Ann sagte leise: »O Geneva, sieh nur.«

Die vom Schnee geräumte Einfahrt fiel schräg zur Gasse hin ab. Genau an dieser Ecke hatten Großmutter Hjordis, Ann und ich an einem heißen Sommertag mit Zweigen, die wir von dem Fliederbusch abgebrochen hatten, unsere Initialen in den frisch gegossenen Beton geritzt.

»Mein Gott, ich vermisse sie«, sagte ich.

»Ich auch«, antwortete Ann. »Aber zumindest hatten wir uns beide, um darüber hinwegzukommen.« Sie sah mich an, Verzweiflung im Blick. »Wen wird Rich haben? Der einzige Mensch, der ihm helfen könnte, über Connies Tod hinwegzukommen, ist ... war ... Connie.«

Ein Schäferhund raste aus dem Haus auf der anderen Straßenseite und rannte böse bellend am Zaun der Einfahrt entlang, wo früher der stinkende, brave Timmy zu liegen pflegte und mit seinem buschigen Schwanz wedelte, wenn wir stehenblieben, um seinen Kopf zu kraulen. Ann und ich hielten uns fest umschlungen und brachen gleichzeitig in Tränen aus.

11

DER SCHLIMMSTE LAUT, den ich je in meinem Leben gehört habe, war der, den Rich ausstieß, als Ann und Riley ihm sagten, daß Conrad gestorben sei. Er klang wie der einer Ziege, deren Bein von einer zugeschnappten Falle zerquetscht wurde: ein brüllendes Meckern, das so schrecklich war, daß es fast komisch wirkte.

Ich hatte Ann gefragt, ob sie mich dabei haben wollte, aber sie hatte auf meine Frage so verwirrt reagiert, daß ich es für besser hielt, wenn nur sie und Riley ihm die Mitteilung machten. Aber sie sollten nach mir rufen, falls sie es sich anders überlegten. Also saß ich auf dem Bett im Gästezimmer und rang die Hände wie ein schlechter Schauspieler, der Kummer ausdrücken will. Als Richs Klagen und Schreien immer weiterging, wurde mir beinahe übel, und ich preßte die Hände auf die Ohren, um die schrecklichen Geräusche nicht länger mit anhören zu müssen.

Etwa eine Stunde später kamen sie in die Küche herunter, wo ich an der Theke saß und versuchte, ein falsches Wort auszuradieren, das ich mit Kuli in das Zeitungs-Kreuzworträtsel geschrieben hatte. Sie waren so bleich, daß ich spürte, wie auch mir vor Mitleid und Schreck das Blut aus den Adern wich. Richs Augen hinter der Brille waren rot gerändert, und er wirkte kleiner und gebückt, als hätte er einen Schlag in den Magen bekommen. Er starrte mit vorgeschobenem Kinn auf den Boden, und als Ann ihn fragte, ob er Saft mochte, und Riley zwei Tassen Kaffee eingeschenkt hatte, sah er zu mir auf und sagte mit der heiseren Stimme eines Kettenrauchers: »Sicher hast du die schlimme Nachricht schon gehört.«

Ich nickte, und ungestüm wie immer warf er sich in meine Arme.

Und das Weinen begann von neuem. Wir waren völlig entkräftet von unseren Tränen und lehnten an der Theke wie betrunkene Revolverhelden in einem Saloon.

Wir gingen nicht ans Telefon und ließen den Anrufbeantworter eingeschaltet, aber als ich nach einer langen Pause die Stimme meiner Mutter hörte, die sagte: »Ich hasse diese verdammten Maschinen«, riß ich ein Stück von der Küchenrolle ab, wischte mir damit übers Gesicht und nahm den Hörer ab.

»Geneva, bist du das?« frage meine Mutter. »Bist du schon wieder dort? Mein Gott, was du wohl für Flüge ausgeben mußt? Hör zu, dein Dad und ich verbringen Weihnachten bei unseren Freunden in Scottsdale, deshalb haben wir uns gedacht ...«

»Mom, Richs Freund Conrad ist gestorben.«

Ihr stockte der Atem, als sie meine Worte hörte. »Oh nein, Geneva. Wie ist denn das passiert?«

Ich winkte Ann heran, und wir alle hörten zu, als sie Mom die traurigen Einzelheiten erzählte. Ich machte noch eine Kanne Kaffee, während Riley auf einen Kühlschrank-Magneten starrte, der für eine Pizzeria warb.

»Rich«, sagte Ann und legte die Hand über die Muschel, »Großmutter möchte mit dir reden.«

Ich erwartete eigentlich, daß Rich nicht reagieren oder zumindest den Kopf schütteln würde (er hatte ihn auf seine verschränkten Arme gelegt), aber er erhob sich gehorsam und nahm von Ann den Hörer entgegen.

Ich beobachtete sein Gesicht, um daraus abzulesen, was seine Großmutter zu ihm sagte, aber seine Züge, die sonst so ausdrucksvoll waren, blieben unbewegt.

Schließlich nickte er mit dem Kopf, sagte »okay« und legte auf.

»Das war Großmutter«, erklärte er uns. »Sie hat mir gesagt, daß sich Conrad jetzt an einem Ort befindet, wo niemand traurig ist oder schnell laufen kann. Und daß er jetzt mein Engel-Freund ist, der mich hören kann, wann immer ich mit ihm reden will – sogar mitten in der Nacht.«

Ann und ich sahen uns an. War das *unsere Mutter,* die so tröstliche Ratschläge gab? Die Art von Ratschlägen, die unsere Großmutter uns gegeben hatte?

Rich stand da, sah zur Decke hinauf, und seine Lippen bewegten sich. Als er uns ansah, lächelte er schuldbewußt, als wäre er beim Klauen von Plätzchen erwischt worden.

»Ich hab Connie gerade gesagt, daß ich ihm eine blaue Schwimmbrille zu Weihnachten gekauft habe. Er hat gesagt, ich soll sie behalten.« Wieder lächelte er, oder versuchte es, bevor sich sein Gesicht vor Schmerz verzog.

In der mit Weihnachtssternen geschmückten Kirche hatten sich Hunderte von Menschen versammelt, um Connie das letzte Geleit zu geben.

Wir saßen in der Reihe hinter den Torgersons, Rich zwischen seinen Eltern, Ann zu meiner Linken und James und Natalie zu meiner Rechten. Mein Herz raste, als hätte ich in weniger als zwei Minuten fünfhundert Hochsprünge gemacht, und ich fragte mich, wie lange ich dieses Tempo noch durchhalten würde, bevor ich tot umfiel. Dann bekam ich Gewissensbisse, weil ich das Wort *tot* leichtfertig benutzt hatte, während in dem Mahagoni-Sarg keine drei Meter vor mir tatsächlich ein toter Mensch lag. Es half mir nichts, daß ich spürte, wie ich über und über rot wurde.

Ich ließ James' Hand los – ich hatte sowohl seine wie Anns Hand festgehalten –, um mir mit dem Programm Wind zuzufächeln.

»Geht's dir gut?« fragte James flüsternd.

Ich schüttelte den Kopf, und er fragte weiter: »Erträglich schlecht oder unerträglich schlecht?«

Ich dachte einen Moment darüber nach, und als die innere Glut etwas abkühlte, sagte ich: »Erträglich schlecht, schätze ich.«

»Atme tief durch«, sagte James. Ich befolgte seinen Rat und versuchte, große Mengen heilsamen Sauerstoffs in meinen von Angst gequälten Leib zu saugen, ohne zuviel Aufmerksamkeit zu erregen. Mit jedem Atemzug begann ich, ruhiger zu werden, aber als eine Stimme im Chor zu singen anfing, schwanden all meine Hoffnungen, den Gottesdienst nicht als hilfloses Nervenbündel zu beenden.

Ich war jedoch nicht die einzige, der es so erging. Die Sopranstimme sang das alte Quäker- oder Shaker-Lied »Simple Gifts«, und als sie an die Stelle kam, wo es heißt »Das ist die Gabe, die uns zuteil wird«, hörte ich ein halbes Dutzend Leute schluchzen, zu denen auch Ann gehörte. Ich drückte ihre Hand und dachte an Conrad, wie er damals in der Sonntagsschule aufstand, herumhopste und verkündete: »Ich kann mich *bewegen*!« und damit seine Gabe meinte.

Barb drehte sich um, Rich beugte sich vor, und ich wußte, daß sie an das gleiche dachten.

»Ich kann mich *bewegen«,* flüsterte ich tonlos, und Barb nickte leicht. Ihre Lippen waren fest aufeinandergepreßt, wahrscheinlich, um einen Tränenausbruch zurückzuhalten.

Rich griff über seine Mutter hinweg, um meinen Arm zu tätscheln.

»Er konnte sich *bewegen*«, flüsterte er zustimmend.

Es war ein schöner Trauergottesdienst. Der Pastor kannte Conrad gut genug, um persönliche Worte über ihn zu sagen, und die Gemeinde sang »Kinder des Himmlischen Vaters«, und die Solistin sang »Bridge over Troubled Waters« von Simon und Garfunkel. Dann erklärte der Pastor, daß es nun an der Zeit sei, unsere Geschichten über Conrad zu erzählen, und bei der dritten war der Tränenstrom nicht mehr zu stoppen.

Zwei von Conrads Lehrern sprachen, und dann erhob sich der nervöse Mr. Talerico, der Orchesterleiter.

»Wenn man bei Schülern in seiner Altersklasse Musik unterrichtet«, begann er aufgeregt ablesend, »kann man im Abstand von ein paar Takten tiefste Frustration und höchste Freude erleben.« Er räusperte sich, und ich sah, daß seine Hände, die das Blatt festhielten, zitterten. »Wenn Connie in seiner Funktion als ehrenamtlicher Helfer bei den Proben dabeisaß, war der Anteil an Freude immer größer. Er liebte Musik – er sagte mir immer, er höre sie nicht hier« – ohne aufzusehen, berührte Mr. Talerico seine Ohren – »sondern vielmehr hier.« Ich war mir sicher, der Lehrer würde seine Hand auf die linke Brustseite legen, aber zu meiner Überraschung (und der vieler anderer) legte er sie auf sein Hinterteil. »Ja«, fuhr er nervös lächelnd fort und sah schließlich zu seinem Publikum auf. »Connie hat mir immer gesagt, ›bei guter Musik möchte ich immer meinen Po schwingen!‹«

Die Gemeinde lachte, was den Orchesterleiter zu beflügeln schien. Er steckte sein Blatt in die Tasche und sagte: »Connie hat alle Arten von Musik geliebt, aber einer der Songs, zu denen er am liebsten den Po schwang, war dieser hier, den wir bei Sportfesten spielen.« Er sah nach hinten. »Kinder?«

Plötzlich hallte die Melodie von »Hawaii Five-O« durch den Kirchenraum, als Mitglieder des Orchesters durch den Mittelgang schritten und laut auf ihren Tubas und Trompeten bliesen. Rich klatschte in die Hände und vergaß vor Begeisterung den Mund zu schließen.

Als sie fertig waren, brach in der Kirche Applaus aus, und alle schienen aus Dankbarkeit für die Atempause aufzuseufzen.

Als nächster sprach Conrads Bruder Joel, und dann trat Hannah, das Mädchen mit dem blondgesträhnten Haar nach vorn. Sie starrte auf Conrads Sarg, während sie sprach.

»Mir hat es gefallen, wie du aus einem unbedeutenden kleinen Kuß etwas ganz Wichtiges machen konntest, Conrad. Danke, daß du mir das Gefühl gegeben hast, dir etwas Besonderes geschenkt zu haben.« Dann setzte sie sich wieder und warf mit einer Geste, die arrogant erschien, das Haar zurück, aber es war deutlich zu sehen, daß sie es nur tat, um ihre Rührung zu verbergen.

Es sprachen noch weitere Kinder aus der Sonntagsschule; Megan, die schmissige Cheerleaderin, schwärmte (»Ich *liebte* Connie einfach!«), und die oberschlaue Holly, von der ich erwartet hatte, daß sie aus einem tiefgründigen Gedicht zitieren würde, dessen Bedeutung mir verborgen blieb, sagte einfach: »Conrad hat mir eine Menge Dinge beigebracht.«

Dann trat Schweigen ein, und Ann stieß mich an. Sie reichte mir einen gefalteten, feuchten Zettel.

»Würdest du das vorlesen?« flüsterte sie mit schwankender Stimme. »Ich hab Rich geholfen, es zu schreiben, aber er kann's nicht vorlesen, und ich auch nicht.«

Mein Herz begann zu hämmern, als hätte ich einen Marathonlauf hinter mir.

»Ich ... ich ...« Ich wollte es liebend gern tun, aber ich wußte, wenn ich aufstand, würde ich vollkommen die Fassung verlieren.

»James?« flüsterte ich – nein, *flehte* ich – und reichte ihm das Papier.

Einen Moment lang sah er mich so verwirrt an wie ein Siebtkläßler, auf dessen Schoß ein Briefchen gelandet war. Aber er verstand sofort, nachdem er ihn aufgefaltet hatte.

»Möchte noch jemand sprechen?« fragte der Pastor.

»Du möchtest, daß ich das vorlese?« fragte James flüsternd.

Ich nickte heftig.

Ich sah, daß der Adamsapfel an seinem Hals auf und ab hüpfte, aber ohne zu zögern stand er auf und stellte sich vor.

»Connie kam einmal zu einem Eishockeyspiel, bei dem ich als Trainer dabei war«, begann er mit fester Stimme, »und nach dem Spiel sagte er: ›James, ich glaube, ich würde einen guten Tormann abgeben.‹ ›Warum?‹ fragte ich, und er antwortete: ›Weil ich sie reinlegen würde. Ich würde so schnell hin und her hüpfen, daß niemand wüßte, wohin er schießen soll.‹« James hielt inne, während die Gemeinde lachte. »Und jetzt«, fuhr er, den Zettel hochhaltend, fort, »möchte ich etwas vorlesen, was Rich Wahlstrom, Connies bester Freund, geschrieben hat.«

Er kratzte sich hinterm Ohr und begann. »›Lieber Conrad: Wenn ich sterbe, werde ich keine große Angst haben, weil du auf mich wartest. Du hast immer auf mich gewartet, und ich hoffe, mir fällt etwas ein, was ich tun kann, wenn du jetzt nicht mehr auf mich wartest. Ich hab großes Glück gehabt, als du noch am Leben warst. Alles Liebe, dein immerwährender Freund, Rich.‹«

James stand einen Moment in seinem gut geschnittenen

Anzug da und starrte auf den Zettel in seiner Hand. Tiefes Schweigen war eingetreten. Dann schwoll der Strom der Tränen wieder an.

Als Kinder packten Ann und ich unsere Geschenke bereits immer an Heiligabend aus, was eigentlich all die Mythen über Santa Claus zerstörte, an die wir gern geglaubt hätten.

»Vielleicht kommt der Weihnachtsmann zu einigen Häusern früher«, erklärte ich Ann hoffnungsvoll, »weil, überleg doch – wie soll er es in einer Nacht zu allen Häusern schaffen?«

»Ihr Mädchen braucht nicht an den Weihnachtsmann zu glauben«, sagte Großmutter Hjordis, an deren Küchentisch wir saßen und *Krumkaka* zu backen halfen, die norwegischen Plätzchen, die wir am liebsten mochten. »Ihr braucht nur an Gott zu glauben. Er ist viel größer und schenkt euch mehr, als Santa Claus je könnte.«

Im Lauf meiner Kindheit fand ich, daß der einzige Fehler, den unsere immer zum Spaß aufgelegte Großmutter hatte, darin bestand, daß sie uns nicht an den Weihnachtsmann glauben ließ. Was war eigentlich so schlimm an ein bißchen Wunderglauben, ein bißchen Phantasie? Aber, ehrlich gesagt, noch schlimmer war das Gefühl des Betrogenseins, das unsere wundergläubigen Freunde empfanden, wenn sie entdeckten, daß Santa Claus nur ihre Eltern waren.

Benny, mein Friseur, erzählte mir, daß ihm seine Mutter sogar den »Ja, Virginia, der Weihnachtsmann existiert«-Brief vorlas, in der Hoffnung, die Enttäuschung zu mildern, die er verspürte, als er herausfand, daß es keinen Weihnachtsmann gab.

»Hat es geholfen?« fragte ich ihn.

Benny schüttelte den Kopf. »Ich hab sie eine Lügnerin genannt und ihr gegen das Schienbein getreten.«

So wurde es also bei uns gehalten, und ich fand, daß es ein schöner Brauch war. Ganz davon abgesehen ist es auch viel aufregender, die Geschenke abends zu öffnen statt tagsüber.

Da ich am nächsten Morgen nach New York zurückfliegen wollte, beschlossen wir, dieses Jahr die Geschenke *sehr* früh zu öffnen (mehr als eine Woche früher), aber leider gab es an diesem Abend keine beglückten Ausrufe, kein Geschenkpapier flatterte durch den Raum wie das Taschentuch eines Zauberers, keine Pullover, Mützen oder Handschuhe wurden vorgeführt, und man setzte sich auch nicht auf den Boden, um herauszufinden, wie die angeblich so einfach zu montierenden Spielzeuge zusammengebastelt wurden.

Es war eine ziemlich triste Angelegenheit. Still vertilgten wir unser Abendessen, bedienten uns danach von dem Tablett mit Weihnachtsplätzchen, die Ann im Lauf des Monats gebacken und eingefroren hatte, und tranken von der Weihnachtsbowle, die in unserem Fall aus rotem und weißem Wein bestand.

Rich saß zwischen seinen Eltern auf der Couch, und wir alle bemühten uns, ihn ins Gespräch einzubeziehen, wenn wir den Eindruck hatten, er habe zu lange ins Feuer gestarrt. Ich fragte ihn, welche Plätzchen er lieber mochte, die mit den Schokobohnen in der Mitte oder die in Form von Zuckerstangen. Und Riley fragte ihn, ob ihm der Gondoliere gefiel, den Tante Geneva ihm geschenkt hatte.

»Er gefällt mir«, antwortete er auf Rileys Frage. Er hatte die Holzfigur nicht losgelassen, seit er sie ausgepackt hatte. »Aber er wird einsam sein«, fügte er hinzu und streichelte mit dem Finger den Kopf der Figur. »Er braucht einen Roboter.«

Ich sah den verwirrten Ausdruck auf Anns und Rileys Gesicht und erklärte ihnen, daß Conrad an Halloween als Roboter gegangen war.

»Weißt du noch, wie hoch der Schnee lag?« fragte Rich.

»Ja, natürlich.«

»Und wie wir in dem einen Haus Popcornkugeln bekommen haben?«

»Natürlich.«

Als es klingelte, sprang ich auf und war froh, wenn auch nur für einen Moment, der bedrückten Stimmung entfliehen zu können.

»James wollte vielleicht vorbeikommen«, sagte ich und stieß in meiner Eile gegen das Tischende.

Mein Gefühl der Erleichterung war aber nur von kurzer Dauer, denn als ich die Tür öffnete, stand nicht James vor mir, sondern die Person, die noch tiefere Trauer zu tragen hatte als wir: Barb. Sie hielt ein Päckchen in der Hand und wirkte unsicher.

»Ann sagte, Sie wollten Geschenke auspacken ...«

»O Barb«, antwortete ich und umarmte sie, und als ich sie ins Haus zog, sah ich die Scheinwerfer eines anderen Wagens, der in die Einfahrt bog.

»Sieht aus, als wäre James gekommen«, sagte ich.

»Gut«, antwortete Barb. »Mir könnte ein bißchen Partylaune nicht schaden.«

Ein Anflug von dem alten Rich kam wieder zum Vorschein, als er die Videospiele auspackte, die James ihm geschenkt hatte.

»Weltraum-Expedition«, sagte er. »Danke.«

Er gestattete es sich, sein Geschenk ein paar Minuten zu genießen, doch dann schien bei ihm ein Klingelzeichen zu ertönen, das ihm befahl: *Genug der Freude. Jetzt ist's an der Zeit, wieder zu trauern.*

»Rich?« sagte Barb, als er wieder wie in Trance ins Feuer starrte. »Rich, ich habe auch ein Geschenk für dich.«

Ich wußte nicht, wie sie es geschafft hatte, in ihrem tiefen Kummer noch an ein Weihnachtsgeschenk für Rich zu denken.

Sie und Ann tauschten Blicke aus, und in diesen Blicken erkannte ich, daß sie sich vieles gaben – Mut, Unterstützung, auch ein wenig Hoffnung.

Rich machte vorsichtig das Päckchen auf, zweimal hielt er inne, um seine Brille zurechtzurücken, die eigentlich gar nicht zurechtgerückt werden mußte.

Als er die Schachtel schließlich ausgepackt hatte, stieß er einen tiefen Seufzer aus, bevor er den Deckel abnahm. Auch wir seufzten. Es war eine höchst spannende Szene, es war, als sähe man zu, wie Roosevelt ein Päckchen von Stalin öffnete. (Ich vergleiche Barb nicht mit Stalin, aber Sie verstehen, worauf ich hinauswill.)

Als er sah, was sich im Innern befand, breitete sich ein ehrfürchtiges Staunen auf Richs Gesicht aus – der gleiche Ausdruck, den ich an ihm bemerkt hatte, als die Rockettes damit begannen, ihre Beine hochzuwerfen.

»Connies Mütze«, stieß er hervor. »Ich hab Connies Mütze bekommen.«

Er nahm sie so vorsichtig aus der Schachtel, als wäre sie ein Baby. Erwartungsvoll sah er seine Mutter und dann Barb an, die sagte: »Du kannst sie aufsetzen, Rich. Conrad hätte gewollt, daß du sie trägst.«

Und dann setzte Rich die Mütze auf, die das Markenzeichen seines besten Freundes gewesen war.

»Paßt perfekt«, sagte er und rückte den Schirm zurecht. »Hat jemand einen Spiegel?«

Wir Erwachsenen saßen wie gebannt da, als würde vor uns ein Zauberer eine ganze Kaninchenherde aus dem Hut ziehen. Einen kurzen Moment lang hielten wir alles für möglich, sogar daß mit Rich wieder alles in Ordnung käme.

»Hey, ich hab auch was für euch«, sagte Rich, und wir alle sahen ihn in die Küche laufen und fragten uns, was er wohl holte.

Mit geröteten Wangen kam er wieder zurück und hielt »Das Große Geheimnis« an die Brust gedrückt. »Connie und ich haben eines Abends, als er hier geschlafen hat, ein paar Fragen beantwortet. Es war die Nacht, bevor er ins Krankenhaus kam.« Seine Schläfe pochte, als er Barb ansah. »Du hast sie noch nicht gelesen, stimmt's? Weil es eine Überraschung sein sollte.«

»Nein«, flüsterte Barb, »ich hab sie noch nicht gelesen.« Und nach der Überraschung zu urteilen, die sich auf Anns und Rileys Gesichtern abzeichnete, hatten die beiden es auch nicht getan.

Rich zwängte sich zwischen seine Mutter und Barb und öffnete das Buch. Seine Zunge trat zwischen seinen Lippen hervor, so sehr konzentrierte er sich, als er die Seiten umblätterte und mit dem Finger die Zeilen entlangfuhr, während er leise die Fragen las. Schließlich hielt er inne und sagte mit strahlendem Lächeln: »Das ist eine gute.«

Die Frage lautete: »Wen bewunderst du am meisten?«, und Rich griff in die Tasche und zog zwei Zettel heraus. »Wollt ihr nur Connies Antwort lesen oder meine auch?« Wir waren uns alle einig, daß wir auch seine lesen wollten, und daher gab er James den einen und mir den anderen Papierstreifen mit der Aufforderung, sie vorzulesen.

James faltete seinen Zettel auf. *»Ich weiß, daß er nicht wirklich existiert, aber trotzdem bewundere ich Superman, weil er von weit her gekommen ist, niemand gekannt hat, aber viel Gutes für die Menschen tun konnte und die Bösen bekämpft hat. Es gefällt mir, wie er als Clark Kent ein bißchen bescheuert ist, aber als Superman hat er überhaupt nichts Bescheuertes an sich.«*

»Das hört sich blöd an, oder?« sagte Rich. »Hört sich an, als hätt's ein Kind geschrieben.«

»Es hört sich wundervoll an«, sagte Ann. »Mir gefällt, daß er als Clark Kent bescheuert ist, aber als Superman nicht.«

»Soll ich jetzt vorlesen?« fragte ich und versuchte, das Zittern zu unterdrücken, das meinen Körper durchlief. Barb sah mich an und nickte.

»Das wird euch gefallen«, sagte Rich und lehnte den Kopf an Anns Schulter.

»Ich würde gern wissen, wer diese Frage gestellt hat«, entzifferte ich Connies fahrige Handschrift, *»weil ich ihm gern gehörig die Meinung sagen möchte. Wie soll man eine Person herausgreifen, wenn es so viele Leute gibt, die man bewundert: meine Mom, meine Geschwister, Mr. Talerico, den Schwimmtrainer, Arnold Schwarzenegger oder die Jungs, die große Skischanzen hinunterspringen und in der Luft Purzelbäume schlagen? Wenn mir jemand sagen würde, ich müßte einen herausgreifen, sonst würde ich erschossen, würde ich sagen, na schön, los, erschießt mich. War bloß ein Scherz. Also, wenn ich einen auswählen müßte, wen sonst, wenn nicht Rich? Überlegt mal. Der Junge hat praktisch nie schlechte Laune, und wenn das doch einmal vorkommt, kann man ihn ganz schnell wieder aufheitern. Er hat weder mein Aussehen noch meine Intelligenz noch meinen Erfolg bei Frauen, aber das stört ihn nicht. Er ist auf nichts eifersüchtig, was ein anderer besitzt – sondern freut sich für andere! Wie viele Menschen gibt es, die so sind? Eine*

Menge Leute bezeichnen Menschen wie Rich und mich als ›behindert‹, und aus ihren Stimmen kann man ihr Mitleid heraushören, aber Leute, ihr braucht absolut kein Mitleid mit uns zu haben! Also laßt den Mist!«

Ein Weile herrschte Schweigen, und Barb sagte: »Das ist ganz mein Junge.« Worauf Rich in brüllendes Gelächter ausbrach, in das wir alle einstimmten. Erneut dachte ich, *es kommt alles wieder in Ordnung,* aber im nächsten Moment fing Rich wieder zu weinen an, riß sich Connies Mütze vom Kopf, hielt sie an den Mund und küßte sie wieder und wieder.

Wir alle versuchten, ihn zu trösten, umringten ihn, streichelten ihn und hielten ihn fest. Er weinte, bis sein Reservoir an Tränen versiegt war, und dann schlief er ein. Ich fühlte mich geehrt, daß er dies an meiner Schulter tat.

»Er wird diese Mütze in großen Ehren halten«, sagte Ann, als Richs Schnarchen uns versicherte, daß er wirklich schlief, und wir alle sahen lange auf die Mütze, die er zusammengeknüllt in den Händen hielt. Schließlich fragte Barb, ob sie ein Glas Wein haben könnte.

»Wir sind vielleicht Gastgeber, was?« sagte Riley und tätschelte Anns Knie, als er aufstand. Er brachte zwei Gläser aus der Küche mit und schenkte Barb und James ein.

»Möchten Sie weiterlesen, Geneva?« fragte Barb, nachdem sie einen großen Schluck von dem italienischen Wein genommen hatte.

»Es ist mir eine Ehre«, antwortete ich und drehte leicht die Schulter, auf der Richs Kopf wie ein Stein lastete.

Ann reichte mir das Buch, und ich öffnete die letzten Seiten.

»Was macht dich glücklich?« las ich und fragte: »Wer diese Frage wohl gestellt hat?«

»Das war ich«, sagte Barb. »Ich war mir gar nicht sicher, ob mir überhaupt eine wirklich wichtige Frage einfallen würde.«

»Die jedenfalls ist sehr wichtig«, sagte Riley, und wir alle stimmten zu.

Ich griff in die Tasche und faltete den Zettel auf, den ich herausgezogen hatte.

»Bingo. Er ist von Connie. *Hannah macht mich glücklich. Ist euch aufgefallen, daß ihr Haar verschiedene Farben hat? Goldblond, platinblond und dunkelblond. Auch ihre Stimme macht mich glücklich. Bei Mädchen mit tiefer Stimme vermutet man immer ein Geheimnis, das man lüften möchte. Was noch? Zum Beispiel PEZ, Videospiele, der Sci-Fi-Kanal und mein Bruder Joel, wenn er aus dem College anruft und mit mir reden möchte. Auch wenn meine Mom morgens singt, macht mich das glücklich, obwohl sie nicht singen kann. Es ist einfach ein guter Tagesanfang. Pfannkuchen und meine Mutter, die nur drei Noten braucht, um ›You Are the Sunshine of My Life‹ zu singen.«*

»Ach«, seufzte Barb leise, »so war er.«

Was soll man tun, wenn Trauer ein ebenso selbstverständlicher Bestandteil der Luft wird wie Wasserstoff, Sauerstoff und Stickstoff? Was kann man anderes machen als einfach dasitzen, sie einatmen und bei jedem Atemzug zu spüren?

»Soll ich noch mehr vorlesen?« fragte ich schließlich.

Barb schüttelte den Kopf. »Aber ich würde das Buch gern mit nach Hause nehmen, wenn ich darf. Ich könnte ein paar Antworten brauchen, was das jetzige Große Geheimnis anbelangt.«

Vorsichtig, damit ich Rich nicht aufweckte, band ich die Schleife um das Buch und legte es auf den Couchtisch.

»Wie geht's deiner Familie?« fragte Ann leise.

Barb nahm einen großen Schluck und leerte damit fast ihr Glas. »Die Kinder sind beide früh zu Bett gegangen, und George … nun, George ist im Moment praktisch nicht ansprechbar.«

»Ich habe nach dem Gottesdienst kurz mit ihm gesprochen«, sagte James. »Ihm geht's nicht gut, stimmt's?«

Barb schüttelte den Kopf. »Ihm geht's ziemlich schecht, James.« Sie stieß einen Laut aus wie jemand, der Keuchhusten hat.

Rich bewegte sich, und ich nutzte die Gelegenheit, um unter ihm herauszuschlüpfen und ihn auf ein Kissen zu betten. Ich setzte mich auf den Boden, massierte mit einer Hand meine Schulter und schenkte mit der anderen Barb nach.

»Wissen Sie, was Maddy gesagt hat?« fragte Barb, als sie das Glas entgegennahm und mir dankend zunickte. »Sie ist die Poetin in der Familie. Jedenfalls meinte sie, wir befänden uns inmitten eines furchtbaren Sturms, aber wenigstens säßen wir in Rettungsbooten, in kleinen Booten, die aus all unserer Liebe und aus den Erinnerungen an Conrad bestehen. Was sie sagte, trifft für uns zu – aber für George?« Sie nahm einen Schluck und kräuselte die Nase. »George hat kein Boot. George ertrinkt.«

»O Barb«, sagte Ann, bleich wie ein Leichentuch.

»Nun, du hast das ja gewußt, Ann. Du hast gewußt, daß George untergehen würde.«

Ann nickte. »Ja, das stimmt.«

»Wie können wir helfen?« fragte Riley.

Barb biß sich auf die Lippe. »Indem ihr tut, was ihr tut«, antwortete sie. »Mir zuhört.«

Und das taten wir. Wir hörten bis spät in die Nacht zu, zuerst lauschten wir Barb und dann den Geschichten, die wir alle über Conrad erzählten. Während die Lichter am Christbaum blinkten und Ann das Tablett mit den Plätzchen auffüllte, während Riley Wein nachgoß und ich eine Kanne Kaffee machte, um den Wein zu neutralisieren, während James Holz aufs Feuer legte und Rich schnarchte, hielten wir unsere Totenwache für den lieben Jungen, dessen Baseballmütze immer noch in der Hand seines besten Freundes lag.

Der Abschied von Rich am nächsten Tag war qualvoll, nicht, weil er sich schluchzend an mich klammerte, sondern weil er das nicht tat. Er wirkte niedergeschlagen und resigniert, als wären Abschiede etwas Unvermeidliches, das man einfach hinnehmen muß.

Ich hatte James' Angebot, mich zum Flughafen zu bringen, angenommen und verabschiedete mich zu Hause von meinen Verwandten.

»Nochmals vielen Dank, Dee«, sagte Ann, als wir uns zum letzten Mal umarmten.

»Gern geschehen – wofür auch immer du mir danken willst.«

»Dafür, daß du hier bei uns warst.« Sie strich mir eine Haarsträhne aus der Stirn. »Und hey – viel Glück für die Premiere.«

»Die Wiederaufnahme«, erinnerte ich sie. »Danke, Dum.«

Ich ging zu Rich hinüber, der vor dem Panoramafenster stand und hinaussah. Als ich die Hand auf seine Schulter legte, zuckte er zusammen.

Ich nahm seine Hände. »Du weißt, du kannst mich immer anrufen, um mit mir zu reden. Zu jeder Zeit.«

Rich schob die Unterlippe vor und wich meinem Blick aus.

»Ich wünschte, ich könnte bleiben, mein Schatz, aber ich muß nach New York zurück. Es ist meine große Rückkehr an den Broadway, weißt du.«

Uninteressiert an meinem Geplapper, starrte Rich vor sich hin.

»Vielleicht kannst du mich in den Frühlingsferien besuchen kommen. Wär das nicht schön, Rich, im Frühling nach New York zu kommen? Es ist wirklich wunderschön dann, fast so schön wie ...«

»Connie kommt nie mehr zurück, nicht wahr?« fragte Rich mit ausdrucksloser Stimme.

Ich drückte seine Hand. »Nein, Rich, er kommt nicht mehr zurück.«

»Kommst du wieder zurück?«

Mir stockte der Atem. »O Rich«, sagte ich, als ich wieder Luft bekam, »natürlich. Ich komme wieder, sooft ich kann. Und wenn ich nicht kann ... nun, dann kommst du mich besuchen.«

»Ich mag New York«, antwortete er nickend. Und dann sah er mich zum ersten Mal während unserer Unterhaltung an und fragte: »Weißt du, was Connie einmal gesagt hat?«

»Nein, was hat er gesagt?«

Ein scheues Lächeln spielte um die Lippen meines Neffen. »Er sagte, daß James Glück gehabt hat, dich zu küssen. Er sagte, wenn du ein bißchen jünger wärst, würde er dich auch gern küssen. Und daß dein rotes Haar sexy ist.«

Er lachte, und ich schließlich auch, weil es eine solche Freude war, sein Lachen wieder zu hören.

»Vielleicht ist das das Paradies«, fügte Rich leise hinzu. »Wenn man auf Küssen steht, darf man vielleicht den ganzen Tag küssen.«

Ich nickte. »Hört sich ziemlich paradiesisch an für mich.«

Auf der Fahrt zum Flughafen waren wir anfangs ziemlich verlegen – es war, als hätten James und ich ein *blind date* und wüßten bereits, daß wir nicht zusammenpassen. Die Themen, die wir anschnitten, führten nicht weiter, so daß unser Gespräch immer wieder erstarb.

»Was machst du an Weihnachten?« fragte ich.

»Ich weiß nicht. Karin nimmt Natalie mit nach Hawaii, deshalb habe ich eigentlich noch keine Pläne gemacht.« James sah nach hinten, bevor er die Spur wechselte. »Und du?«

Sollte ich Trevor erwähnen?

»Oh, ich hab mich noch nicht entschieden.«

Schließlich schwiegen wir, James war mit dem Fahren beschäftigt, und ich starrte aus dem Fenster, obwohl ich eigentlich gar nichts wahrnahm.

Als wir über den Parkplatz zum Terminal gingen, immer noch schweigend, blieb James plötzlich stehen und reckte leicht den Kopf.

»Hörst du das?«

Ich blieb stehen, reckte auf übertriebene Weise den Kopf und war bereit, auf jedes Spielchen einzugehen, das er vorschlug. Aber dann hörte auch ich etwas außer den üblichen Flughafen- und Parkplatzgeräuschen. Ich hörte jemanden weinen, genauer gesagt, ich hörte ein Kind weinen.

Beide blieben wir einen Moment stehen, und dann begann James zwischen den Parkreihen hindurchzugehen und leise »Hallo?« zu rufen.

Ich folgte ihm und rief ebenfalls »Hallo?«.

Vor einem alten Chevrolet mit gefährlich spitzen Haifischflossen blieb er stehen.

»Hallo, können wir dir helfen?« fragte er und steckte den Kopf durchs offene Fenster.

Ich trat neben ihn und erwartete, ein verängstigtes Kind vorzufinden, aber es saß kein Kind in dem alten Chevy, sondern eine alte Frau.

»O Gott«, murmelte sie schniefend und schüttelte den Kopf.

»Madam«, wandte sich James liebevoll an sie, »können wir Ihnen auf irgendeine Weise behilflich sein?«

Ich fragte mich, warum sich James plötzlich anhörte wie eine Romanfigur von Henry James, aber seine Höflichkeit schien die alte Frau zu beruhigen.

»Ach«, sagte sie und tupfte sich die Augen ab, »ich ... ich glaube, ich hab mich verirrt.«

»Kommen Sie mit«, antwortete James und öffnete die Wagentür. »Wir helfen Ihnen, sich wieder zurechtzufinden.«

Mit tränennassem Gesicht zog die Frau ihre fransenbesetzte Mütze über die Ohren und lächelte James dankbar an.

»Ja«, sagte ich, und sie stieg aus, winzig und zerbrechlich, wie nur alte Frauen es sein können, »kommen Sie, wir helfen Ihnen, dorthin zu kommen, wo Sie hin müssen.«

Mrs. Crandall – sie stellte sich vor, nachdem James ihren Koffer vom Beifahrersitz genommen hatte – hatte einen erstaunlich forschen Gang für jemanden, der so gebückt und gebrechlich war wie sie (bei ihrem Anblick nahm ich mir vor, mein Calcium regelmäßiger einzunehmen). Sie watschelte ein wenig, und ihre Zehen zeigten beim Gehen nach außen. Dabei hielt sie die Hände zu Fäusten geballt, als wäre sie bereit, jeden k. o. zu schlagen, der sich ihr in den Weg stellte.

»Darf ich fragen, Mrs. Crandall«, begann James wieder, »was Ihnen so viel Unannehmlichkeiten bereitet hat?«

Ich warf ihm einen Blick zu – warum redete er in diesem Henry-James-Tonfall weiter? –, und er begriff sofort, denn er zuckte mit den Achseln und machte eine Grimasse.

»Nun«, antwortete die Frau, den Blick gerade nach vorn gerichtet. »Ich war ein bißchen verwirrt. Verwirrt darüber, wie ich überhaupt in das große alte Auto gekommen bin.«

»Es ist nicht Ihres?« fragte James verdutzt und blieb stehen. »Wenn es nicht Ihnen gehört, sollte ich vielleicht lieber den Schlüssel abziehen.« In der Annahme, der alten Frau einen Gefallen zu tun, zog er den Schlüssel ab, den sie im Zündschloß steckengelassen hatte.

»Schlüssel?« fragte sie und blieb ebenfalls stehen. Sie biß auf ihre kaum vorhandene Unterlippe. »Schlüssel? Für den Wagen? Den großen Chevy?«

Wir warteten einen Moment, weil wir annahmen, sie würde fortfahren; als sie das nicht tat, sagte James: »Ja, der große Chevy. Ist das Ihr Wagen?«

»Natürlich ist das mein Wagen. Seit Mr. Crandall sein Frauen-sollten-nicht-fahren-Verbot aufgehoben hat.« Sie schmunzelte. »Er hielt sich für einen ziemlich harten Burschen, aber im Innern war er weich wie Pudding.«

»Lebt Mr. Crandall noch?« fragte ich.

Die kleine Frau reckte das Kinn vor – einige ihrer Gesten erinnerten mich an Rich – und erwiderte: »Das letzte Mal, als er auf Erden wandelte, war im Jahr 1975.«

»Haben Sie vielleicht Kinder, die wir anrufen könnten?« fragte James.

»Kinder? Natürlich. Das letzte Mal, als ich nachgezählt habe, waren es fünf.«

»Wissen Ihre Kinder, wo Sie hinfahren?« fragte ich

»Ich bin eine erwachsene Frau«, antwortete Mrs. Crandall. »Ich glaube nicht, daß ich die Erlaubnis meiner Kinder brauche, wenn ich eine kleine Reise unternehmen will.«

Ein Verkehrspolizist machte uns ein Zeichen, daß wir jetzt die Kreuzung vor dem Terminal überqueren konnten. James, der ewige Pfadfinder, hielt Mrs. Crandall am Ellbogen fest.

»Und wo fahren Sie denn hin mit so leichtem Gepäck?« fragte James, als sich die automatischen Türen des Terminals öffneten. Er hob den Koffer hoch, sah mich an und flüsterte mir tonlos zu: »Er ist leer.«

»Ich fahr nach Louisiana, Sohn. Mit ’nem Banjo auf dem Knie.«

Die kurze Geistesgegenwart, die Mrs. Crandall während der Strecke vom Wagen zum Terminal bewiesen hatte, war wie weggeblasen, als wir den Flughafen betraten. Sie begann wieder zu weinen, vor sich hin zu murmeln und versuchte, sich von James und mir loszumachen.

»Keine Angst, Mrs. Crandall. Wir wollen Ihnen nur helfen«, sagte James.

»Alles wird gut«, versuchte ich sie zu beschwichtigen. Ich warf James einen fragenden Blick zu, den er mit erneutem Achselzucken beantwortete.

»Sollen wir vielleicht dort rübergehen?« flüsterte ich und machte mit dem Kopf ein Zeichen in Richtung eines Informationsschalters.

»Ach, nichts ist gut. Ich hab den Wasserkessel aufgestellt, und dann ist nicht ein einziger Keks im Haus.« Aufgeregt schossen Mrs. Crandalls Blicke durch die Gegend. »Ich hab doch um nichts weiter als einen winzigen Keks gebeten.«

»Nur ruhig, ganz ruhig«, sagte ich und tätschelte mit der Hand, mit der ich sie nicht festhielt, ihre Schulter.

»Wie liegst du in der Zeit?« fragte mich James.

Ich sah auf meine Uhr, ich hatte ganz vergessen, daß ich eigentlich aus einem anderen Grund am Flughafen war, als einer verwirrten alten Frau zu helfen. »Könnte sein, daß es zu keinem Drink mehr für uns reicht.«

»Ich möchte nicht, daß du deine Maschine verpaßt.«

»Und dann war dieser verdammte Abfluß verstopft«, sagte Mrs. Crandall. »Wenn's das eine nicht ist, ist's das andere.«

»Das stimmt«, erwiderte ich und tätschelte erneut ihre Schulter.

Die Frau am Informationsschalter sah uns etwas hilflos an, als wir ihr unsere Geschichte erzählten.

»Sie haben sie in einem *Auto* gefunden?«

»Ja«, antwortete James. »Wir hörten auf dem Parkplatz jemanden weinen, und da saß sie ... ähm, Mrs. Crandall, in einem Auto.«

»Warum hat sie geweint?«

»Das wissen wir nicht so genau«, erklärte James.

»Hören Sie«, mischte ich mich ein und fand, daß dieser Schwachsinnigen auf die Sprünge geholfen werden mußte, da sie selbst keine sonderliche Hilfe war. »Wir wissen auch nicht mehr als Sie, also warum rufen Sie nicht einfach die Polizei, damit man nachsehen kann, ob sie als vermißt gemeldet wurde.«

James sah mich mit einer Mischung aus Bewunderung und Überraschung an.

»Also gut«, erwiderte die Frau am Informationsschalter, als würde sie uns einen riesigen Gefallen tun.

»Sagen Sie Mabel, daß es nicht Margarine ist«, sagte Mrs. Crandall. »Sagen Sie ihr, es ist nur helle Butter.«

Den Telefonhörer an das eine Ohr gehalten und einen Finger ins andere Ohr gesteckt (sie gehörte offenbar zu der Sorte, die sich nicht gut konzentrieren kann), nickte die Frau am Informationsschalter.

»Ja, ja, sie haben sie gerade in diesem Moment hergebracht.« Sie schielte zu Mrs. Crandall hinüber. »Nein, ich glaube nicht, daß sie verletzt ist.« Sie sah mich an. »Ist sie verletzt?«

»Geben Sie mir den Hörer«, sagte ich und streckte die Hand aus.

Der Polizeibeamte erklärte mir, daß tatsächlich eine Winona Crandall aus Field Manor, einem Seniorenheim, vermißt werde.

»Ich sehe gerade hier auf dem Bildschirm«, sagte der Beamte, »daß sie zum dritten Mal weggelaufen ist. Letzte Woche hat man sie in einem Casino gefunden.«

»Sie steigt einfach in ihr Auto und fährt los?«

»Sie steigt in *ein* Auto und fährt los. Hier steht, daß sie sich letztes Mal den Wagen eines Mitbewohners *geliehen* hat.«

»War es ein alter Chevrolet?«

»Nein, Ma'am. Damals hat sie einen 1992er Toyota konfisziert, der der Empfangsdame des Heims gehörte. Auch deren Tasche hat sie mitgehen lassen.«

Nachdem ich aufgelegt hatte, berichtete ich James, was ich erfahren hatte, und Mrs. Crandall murmelte, wie schwierig es sei, ausreichend breite Schuhe für Mr. Crandall zu finden.

»Die Polizei schickt jemanden her, um sie abzuholen«, sagte ich. »Wir sollen am südlichen Ausgang der Abflughalle auf sie warten.« Ich sah auf meine Uhr. »Ich hab noch Zeit, euch dorthin zu begleiten, aber dann muß ich los.«

»Ich muß auch los«, sagte Mrs. Crandall und klang diesmal ganz vernünftig. »Ich hab keine Zeit für dieses ganze Affentheater.«

»Wohin wollen Sie denn?« fragte ich sie.

Die alte Frau kniff die Augen zusammen und schüttelte den Kopf, als hätte sie noch nie eine so blöde Frage gehört.

»Ich hab's Ihnen doch gesagt, Missy. Ich fahr nach Kansas City. Da kenn ich 'n paar verrückte Miezen, von denen ich mir eine hol.«

James und ich lachten laut auf, verstummten aber gleich wieder, weil wir uns doch ein wenig schämten, über eine alte Frau zu lachen, die Song-Texte zitierte.

Neben der Tür stand eine Bank, an der wir warten sollten. Wir setzten uns und nahmen Mrs. Crandall in unsere Mitte. Ihr Ausflug mußte sie ermüdet haben, denn sobald sie saß, fielen ihr die Augen zu, und sie begann kurz darauf zu schnarchen.

»Also ist es nicht der Wagen ihres Mannes?«

»Vielleicht hatte er einen ähnlichen«, antwortete ich. »Aber der hier gehört ihm eindeutig nicht.«

»Schade«, sagte James. »Es war ein schöner Wagen.« Er seufzte und streckte mit gefalteten Händen die Arme aus. »So hab ich mir unseren Abschied eigentlich nicht vorgestellt.«

»Wie hast du ihn dir denn vorgestellt?«

»Oh«, erwiderte er, auf seine Hände sehend, »wir hätten einen Drink genommen – vielleicht einen Irish Coffee –, und dann hättest du das Glas abgestellt und etwas in der Art gesagt wie ›Ich kann nicht fort, James. Ich hab' mich in dich verliebt.‹«

Meine Kehle war plötzlich wie zugeschnürt, und ich mußte schlucken.

»Und dann hätte ich gesagt: ›Gut. Weil ich auch in dich verliebt bin.‹«

Wir sahen einander an. Einen Moment war ich versucht, mich über Mrs. Crandalls fransenbesetzte Mütze zu beugen und ihn zu küssen, aber ich wußte, daß ich mir damit nur Schwierigkeiten einhandeln würde. Und davon hatte ich schon genug.

»Ich geh jetzt lieber, James«, sagte ich und stand auf. Er wollte ebenfalls aufstehen, aber Mrs. Crandall, die eine ihrer Stützen verloren hatte, sank auf seine Seite, und ich schüttelte den Kopf. »Du weckst sie nur auf.«

Er setzte das wehmütige Lächeln auf, das man von Rick aus »Casablanca« kannte und das ich mit einem erwiderte, das dem von Elsa ähnelte. Ich warf ihm eine Kußhand zu, und als ich ihn mit der weißhaarigen kleinen Frau an seiner Schulter dasitzen sah, mußte ich unwillkürlich wieder an die Nacht von Halloween denken, als er mir und Rich geholfen hatte, nach Hause zurückzufinden. »Weißt du, was ich an dir mag, James O'Neal? Du rettest immer verlorene Seelen.«

Er trommelte mit den Fingern auf Mrs. Crandalls leeren Koffer. »Weißt du, was ich an dir mag, Geneva Jordan? Daß ich geglaubt habe, du würdest meine retten.«

12

NACHDENKLICH UND EIN wenig traurig stieg ich ins Flugzeug, aber eine Zeitzone und tausend Meilen Entfernung wirkten wie Balsam.

Es fällt nicht schwer, Zweifel und Sorgen abzuschütteln, wenn man die Tür öffnet und in eine rosengeschmückte Wohnung tritt. (Was sollte eigentlich dieses Rosenthema, mit dem Trevor ständig spielte?) Ich zählte zehn Dutzend Rosen, die in zehn Vasen auf verschiedenen Tischen in meinem Wohnzimmer verteilt waren. Zusammen mit der Weihnachtsdekoration, die ich angebracht hatte, sorgte das alles für eine sehr festliche Atmosphäre.

»Trevor?« rief ich und spürte einen Schuß angenehmer Erregung – eine willkommene Abwechslung zu dem Leid, das mich seit Tagen begleitet hatte. »Trevor, bist du da?«

Ich streifte gerade meine Stiefel ab, als er – ganz wie James Bond – im seidenen Morgenmantel, das schnurlose Telefon zwischen Ohr und Schulter geklemmt, aus dem Schlafzimmer trat. Er warf mir eine Kußhand zu, deutete auf den Hörer und flüsterte tonlos »Bartholomew«.

Er gab vor, den Kuß aufzufangen, den ich zurückwarf, bevor er ins Schlafzimmer zurückging und die Tür schloß.

Ich hätte gern meine Sachen ausgepackt, aber ich wollte Trevor bei seinem Gespräch mit dem berühmten Regisseur nicht stören. Obwohl ich nichts lieber als das getan hätte, obwohl ich ihm am liebsten den Apparat entrissen, geschrien, gebrüllt und wenigstens um einen verdammten *Vorsprechtermin* gefleht hätte, aber nein, ich war ein erwachsener Mensch. Statt dessen mixte ich einen trockenen Martini.

Als sein wichtiges Telefonat endlich vorbei war, stahl sich Trevor aus dem Schlafzimmer, schlich sich von hinten an mich heran und schlang seine in Seide gehüllten Arme um mich.

Wenn es einen olympischen Rekord im Hochsprung aus dem Stand gäbe, hätte ich ihn sicher gebrochen.

»Mein Gott, Trevor – du kannst dich doch nicht so hinterrücks an Leute anschleichen!«

»Ich hab mich nicht hinterrücks an Leute angeschlichen, sondern an dich.« Er küßte meinen Hals »Ich hoffe, du hast nichts gegen Rosen – du findest das doch nicht übertrieben, oder?«

»Keineswegs«, antwortete ich, obwohl der Duft betäubender war als in einem orientalischen Harem. »Sie sind herrlich. Danke.«

»Wie geht's dir?« fragte er. »Wie geht's allen zu Hause?«

Ich seufzte. »Nicht allzu gut.«

»Tut mir leid, Geneva.«

Einen Moment lang standen wir da, er hielt mich fest, sein Kinn ruhte auf meinem Kopf, und wir sahen aus dem Fenster, dessen Aussicht nicht viel mehr bot als den Blick auf das Apartmenthaus gegenüber.

»Also«, sagte Trevor schließlich und drehte mich zu sich herum, »so gern ich auch mit dir hier stehe, wir haben Wichtigeres zu tun.«

»Haben wir Zeit?«

Trevor lachte. »Nicht für das, was du meinst, du kesses kleines Luder.« Er nahm meine Hand, führte mich zur Couch und drängte mich sanft, mich zu setzen. Dann zog er eine kleine Schachtel aus seinem Morgenmantel.

»Trevor, ich hab bereits bei Ann Geschenke ausgepackt. Ich würde gern bis Weihnachten warten, bevor ich weitere aufmache.«

»Es ist kein Weihnachtsgeschenk.«

Sein Lächeln war jungenhaft und erwartungsvoll, und als ich die hübsche kleine Schachtel öffnete, krampfte sich mein Magen zusammen, als hätte ich gerade jemanden aufgefordert, sich keinen Zwang anzutun und zuzuschlagen. Im Innern fand ich, was ich erwartet hatte: einen Diamantring.

»Mensch!« sagte ich, und Trevor strahlte, weil er annahm, ich meinte *Wow!* anstatt *Gütiger Gott im Himmel, steh mir bei!*

»Er ist wunderschön«, gurrte ich, weil das erstens stimmte und mir zweitens nichts anderes einfiel.

»Ich finde, er ist schöner als der erste Ring, den ich dir geschenkt habe.«

Ich nickte stumm.

»Na los, probier ihn an«, fuhr er fort. »Ich hab ihn nach Maß anfertigen lassen, aber man weiß ja nie.«

Ich streifte den Ring über den Finger und versuchte, mich weder von dem riesigen Klunker noch von seiner Bedeutung blenden zu lassen. Ich streckte den Arm aus und bewegte die Hand hin und her, als lernte ich, wie man winkt.

»Gefällt er dir?« fragte er erneut, und seine Stimme klang jünger als sonst.

»Er ist wundervoll«, antwortete ich, was nicht gelogen war. Es war ein toller Ring. Aber im Zusammenhang mit dem Wort *Verlobung* kam er mir wie Flitterkram vor, fehl am Platz, irgendwie unpassend.

»Das freut mich«, sagte Trevor, beugte sich zu mir herunter und gab mir einen schnellen Kuß. »Jetzt laß uns ins Theater gehen – alle sind schon schrecklich gespannt, ihn zu sehen.«

Ich versetzte mich in Feiertagslaune und machte mich für die Vorführung fertig, obwohl mir, was die Laune betraf, ein Anruf von Claire nicht besonders behilflich war.

»Geneva, ich hab eine gute und eine schlechte Nachricht.«

Dem Klang ihrer Stimme konnte ich entnehmen, daß die gute Nachricht die schlechte nicht aufwog.

»Ich bin ganz Ohr.«

»Sie wollen dich für ›Hoedown‹.«

»›Hoedown‹, den Cartoon?«

»Ehrlich, Geneva, weißt du noch von einem anderen ›Hoedown‹, das besetzt werden soll?«

»Ist das die gute oder die schlechte Nachricht?«

Ich hörte ein leises Stöhnen. »Die gute, natürlich. Diese Zeichentrickfilme bleiben lange als Videos im Handel, Geneva, und Bronco Betsy ist eine schöne, witzige Rolle.«

»Und was ist die schlechte Nachricht?«

Ich hörte meine Agentin seufzen. »Sie wollen dich nicht als Delila.«

»Was?« Diese Nachricht hatte ich nicht erwartet. »Wie können sie mich nicht als Delila wollen? Du hast doch behauptet, Norman Alexander habe mir die Rolle auf den Leib geschrieben!«

»Das hat er ja auch, Geneva, und er ist deswegen völlig niedergeschlagen. Es sind die Produzenten, die jemand anderen wollen.«

»Wie ist denn das möglich? Ist es denn egal, was Norman Alexander will?«

»Was soll ich dir sagen, Geneva? Offensichtlich hat er keine freie Hand, was die Besetzung angeht.«

Ich fühlte mich am Boden zerstört. »Haben sie dir gesagt, wen sie wollen? Und bitte sag nicht Ellie Armstrong.«

Claires Lachen klang bitter. »Nein, es ist nicht Ellie Armstrong, sondern Martine Jeffries.«

»Wer um alles in der Welt ist Martine Jeffries?«

»Sie ist die dreiundzwanzigjährige Freundin von einem der Produzenten. Noch weitere Fragen?«

»Nein«, antwortete ich, weil damit alles gesagt war.

Die Ankündigung von »Geneva Jordans überraschender Rückkehr zu ›Mona!‹« stand sowohl in der »Times« wie in der »Post«. Ich ließ mir gerade meinen *caffelatte* schmecken und las die Zeitungsartikel, die von meinen Starqualitäten und meiner Fähigkeit schwärmten, Kassenerfolge zu garantieren. »Hört ihr das, ihr Arschlöcher?« fragte ich, womit ich die Produzenten von »Samson und Delila« meinte.

»Die Fans von ›Mona!‹ können sich freuen«, schrieb Joyce Dean in ihrer Kolumne. »Heute abend nimmt Geneva Jordan die Rolle wieder auf, die sie geprägt hat, und wird sie bis zum nächsten Jahr spielen!«

Ich schmunzelte. Die alte Joyce war sich nicht zu schade für den Scherz mit dem »nächsten Jahr«, den alle Teenies verwenden, wenn das neue Jahr nur noch ein paar Tage entfernt ist. Mein Schmunzeln erstarb allerdings, als ich die darauffolgende Zeile las. »Es handelt sich um die glückliche Wiedervereinigung von Jordan und Trevor Waite, der nicht nur seine Rolle als da Vinci weiterspielt, sondern auch außerhalb des Theaters seine Rolle als Jordans Verlobter wiederaufnimmt. Wir werden sehen, ob der zweite Anlauf erfolgreicher sein wird als der erste.«

Ich schleuderte die Zeitung durch die Küche – es war eine Weile her, daß ich eine Klatschkolumne gelesen hatte, ganz zu schweigen von einer, die mich zum Gegenstand hatte, und ich war weiß Gott nicht in der richtigen Stimmung dafür. Nicht daß Joyce Dean eine offene Verleumdung geschrieben hätte, mich ärgerte nur, daß ich das Ziel ihrer naseweisen Schlaumeiereien war. Aber lange hielt ich mich damit nicht auf. Heute abend kehrte ich auf die Bühne zurück, und ich konnte es kaum mehr erwarten.

Das Wetter trug zu meiner guten Stimmung bei. Es war ein strahlender Wintermorgen, und wenn ich die Hand richtig hielt, konnte ich auf meinem Diamantring einen Sonnenstrahl einfangen, der durchs Fenster fiel. Das kleine Juwel gefiel mir immer besser, und allmählich konnte ich mich auch für den Gedanken erwärmen, der dahintersteckte.

»Baby doll!« begrüßte mich mein Friseur, als ich am Nachmittag den Salon betrat. »Du bist zurück!«

Wir küßten uns auf die Wangen – Benny gehört zu den wenigen Leuten, deren Lippen tatsächlich das Gesicht ihres Gegenübers berühren und die nicht nur in die Luft küssen.

»Ich hab Wendy angerufen, und sie hat mir gesagt, daß jemand bei dir abgesagt hat.«

»Das stimmt nicht ganz«, antwortete Benny, nahm meinen Arm und führte mich zu seinem Stuhl. »Ich hab Cin Flanders nur gesagt, daß ich total ausgebucht sei und ob sie nächste Woche kommen könnte.«

»Du hast meinetwegen Cin Flanders abgesagt?« Sie war Nachrichtensprecherin bei einem Lokalsender und kürzlich zur Moderatorin bei einer großen Fensehstation aufgestiegen.

»Deinetwegen würde ich Greta Garbo absagen, Schätzchen.«

»Greta Garbo ist tot.«

»Natürlich ist sie das. Du glaubst doch nicht, daß ich ihr absagen würde, wenn sie noch leben würde?«

Er legte mir den getigerten Umhang um und ließ mich Platz nehmen. »Also, wie geht's? Ist der Job als Babysitter gut über die Bühne gegangen?«

Ich freute mich darauf, Benny alles zu erzählen, was passiert war – er war ein schreckliches Klatschmaul, aber auch ein guter Zuhörer wenn nötig, und ich wollte ihm alles über Rich, James und Conrad berichten. Aber bevor ich die erste Silbe sagen konnte, schrie er: »Oh, mein Gott, was ist das?«

»Was meinst du?« fragte ich und hoffte, er meinte keine Kanalratte, die durch den Ausguß ins Waschbecken heraufgekrochen war.

»Das«, sagte Benny und deutete mit dem Finger darauf. »Der Riesenklunker an deinem Finger.«

»Das?« fragte ich, und mein Herz klopfte immer noch bei dem Gedanken an ein Nagetier im Raum. »Nun, das ist natürlich mein Verlobungsring.«

»Du bist verlobt?« stieß Benny hervor und legte die Hände auf die Brust. »Mit wem?«

»Mein Gott, Benny, du kannst doch keinen Promisalon betreiben, ohne Bescheid zu wissen. Es stand doch heute morgen in allen Klatschkolumnen.«

»Wer?«

»Die richtige Frage wäre wohl *mit wem*.« Benny machte mich nervös. Ich hatte das Gefühl, wenn ich ihm die falsche Antwort gäbe, würde er mich mit dem Lockenstab attackieren. »Mit Trevor natürlich.«

Da ihm die Farbe aus dem Gesicht wich, wußte ich, daß es die falsche Antwort gewesen war, aber er griff nicht nach irgendwelchen Utensilien, um sie als Waffe zu benutzen, und ich blieb unbeschadet in meinem Stuhl sitzen.

Wir starrten uns gegenseitig im Spiegel an, und ehrlich gesagt, es gefiel mir nicht, was ich sah: einen Mann, der den Kopf schüttelte und dessen Gesichtsausdruck dem eines schockierten Augenzeugen glich, der ein Zugunglück mit vielen Verletzten gesehen hat.

»Mein Gott, Benny, schau nicht so begeistert.«

Ich kann mich nicht erinnern, Benny je sprachlos erlebt zu haben, aber genau das war er jetzt, wie er dastand und mich mit offenem Mund anstarrte.

»Benny, bist du okay? Du hast doch keinen Schlaganfall oder so was?«

Er lachte nicht einmal über meinen geschmacklosen Scherz, sondern glotzte mich weiterhin verständnislos an.

»Wirklich, Benny, wenn du einfach nur dastehst und ...«

»Sag, daß das nicht wahr ist, Geneva«, brachte er schließlich heraus. »Sag mir, daß du diesen Fehler nicht noch einmal machen wirst.«

Ich wußte nicht, ob es fliegende Hitze oder eine Nebenwirkung meiner Verlegenheit war – wie auch immer, ich spürte, daß ich heftig errötete.

»Das letzte Mal, als du hier warst, hattest du den Mistkerl für immer aus deinem Leben verbannt, und wir waren froh darüber, erinnerst du dich? Und jetzt willst du ihn *heiraten*?«

Ich schluckte schwer und hatte das Gefühl, entweder bald in Tränen auszubrechen oder einen fürchterlichen Wutanfall zu kriegen. »Er hat sich geändert«, erwiderte ich ruhig. »Er hat seine Fehler eingesehen, wir versuchen es noch einmal miteinander.«

»Bis die nächste Titten-Tussi auftaucht.«

Die Unterhaltung erschien mir irgendwie vertraut, und ich erinnerte mich, daß ich praktisch die gleiche mit Ann geführt hatte, als sie von Trevors Antrag erfuhr.

»Benny«, erwiderte ich ablenkend, »*Titten-Tussi* ist ein sexistischer Ausdruck.«

Benny zog eine Augenbraue hoch, womit er auf höchst gekonnte Weise seine Verachtung ausdrückte.

»Also, was machen wir heute?« fragte er plötzlich ganz geschäftsmäßig. »Die übliche Frisur?«

Ich nickte und zwang mich, die aufsteigenden Tränen zurückzuhalten.

Schweigend schnitt er mein Haar, und wir beide bemühten uns sehr, jeglichen Blickkontakt im Spiegel zu vermeiden. Ich versuchte, andere Unterhaltungen zwischen Friseuren und Kunden zu belauschen, aber nichts fesselte meine Aufmerksamkeit.

Ich zuckte ein bißchen zusammen, als Benny den Fön auf mich richtete.

»Oh, tut mir leid, meine Liebe«, sagte Benny, »ich wollte dich nicht erschrecken.« Er machte den Fön aus und legte seine Hände auf meine Schultern. »Hör zu, Geneva, ich will nur das Beste für dich. Weißt du das nicht?«

Ich nickte, und die verdammten Tränen, die meinem Befehl nicht gehorchten, stiegen mir in die Augen.

»Er hat sich geändert, Benny, wirklich«, sagte ich mit belegter Stimme.

»Das kann man nur hoffen.« Er lockerte mit den Fingern mein Haar auf, beugte sich dann nahe an mein Ohr und flüsterte mir mit dem üblichen verschwörerischen Unterton in der Stimme zu: »Hab ich dir schon gesagt, was Erin Michaels passiert ist, als sie letztes Wochenende nach Palm Beach gefahren ist?«

In meiner Garderobe sah es aus wie in einer Werbung für Blumengestecke und für die Western-Union-Post.

Den Telegrammen nach zu urteilen, hätte man glauben können, ich sei ein Box-Champion, dem man für den bevorstehenden Kampf alles Gute wünschte.

»Mach sie nieder!« schrieb Angus Powell, und Claire riet mir, sie zu »killen«. Wo war eigentlich das gütige »Hals- und Beinbruch« geblieben?

Ich spürte die Art von Energie in mir, die mir Lust macht, wie ein Füllen durch den Raum zu springen. Wenn mein Stoffwechsel ständig auf solchen Touren liefe, würde ich bald statt 38 Größe 32 tragen.

Nachdem ich mir meine falschen Augenwimpern wieder angeklebt hatte, sah ich in den von Telegrammen eingerahmten Spiegel und machte ein paar stimmliche Aufwärmübungen. »Fa-mi-do-re-la, fa-mi-do-re-la.«

Der Inspizient klopfte an die Tür.

»Noch fünfzehn Minuten, Miss Jordan.«

»Fa-mi-do-re-la.«

Ich machte übertrieben starke Mundbewegungen. »Fa-mi-do-re-la.« Mein Spiegelbild erinnerte mich an eine Drag Queen, aber das schockierte mich nicht besonders. Meiner Meinung nach sehen alle Broadway-Schauspielerinnen wie aufgetakelte Tunten aus. Das liegt am Bühnen-Make-up.

Ich stand auf, ging auf und ab, atmete tief durch und vergegenwärtigte mir meine Song-Texte – nicht nur meine, sondern auch Trevors Ballade: *Ich bin ein Maler/ Doch dies könnt' das schwierigste Antlitz sein/ Das ich je zu fassen versucht'/ Kann Farb und Öl den Zauber einfangen/ Das Betörende ihres Lächelns?*

Ich hob den bauschigen Rock meines Kostüms und machte ein paar Tanzschritte. Manche Schauspieler ziehen sich erst in letzter Minute um, aber ich mache das schon sehr früh und entlasse dann meine Garderobiere, weil ich allein sein will, um in Kostüm und Make-up dazusitzen und mich auf meine Rolle zu konzentrieren.

Ich tänzelte noch ein wenig herum, betrachtete mich im Spiegel und bewunderte, wie anmutig meine Hände sich bewegten. Sie fühlten sich leicht und mädchenhaft an, und ich stellte fest, daß sich meine linke Hand besonders leicht anfühlte. Ich hatte meinen Verlobungsring abgenommen (mit dem Klunker am Finger konnte ich ja kaum als Mona Lisa auf die Bühne gehen) und ihn in die Tasche meines Morgenmantels gesteckt, der an der Tür hing (sicherlich würden Diebe nicht die Taschen eines rosafarbenen Chenille-Morgenrocks durchsuchen). Ich kann nicht sagen, daß ich es nicht erwarten konnte, ihn wieder anzustecken, oder daß sich mein Finger ohne ihn nackt anfühlte. Nein, das war durchaus nicht so. Aber nur, weil ich zu meinem Verlobungsring keine enge Beziehung hatte, hieß das ja noch lange nicht, daß mir meine Verlobung nichts bedeutete.

»Ach ja?« fragte ich laut und ließ mich in einen Polstersessel fallen. Eigentlich wollte ich sofort wieder aufspringen und ein paar weitere Tanzschritte und Songs üben, schließlich mußte ich gleich auf die Bühne hinaus. Ich konnte ja nicht herumsitzen und über mein Privatleben nachgrübeln. Dennoch blieb ich sitzen.

Ann hatte mich angerufen, nachdem ich von Benny zurückgekommen war, um mir Glück zu wünschen.

»Gestern hab ich James gesehen, als er die Post ablieferte, und er hat mir aufgetragen, dir auszurichten, daß du sie alle an die Wand spielen sollst.«

»Wie geht's ihm?«

»James? Ich hab nicht lange mit ihm geredet, aber er sah gut aus. Das heißt, er sah ziemlich verfroren aus. Gestern waren zwanzig Grad unter Null.«

»Also das vermisse ich nicht«, erwiderte ich und fragte dann: »Wie geht's Rich?«

Ich hörte Ann laut seufzen und sich räuspern. »Er ist völlig am Boden zerstört. Wirklich, Geneva, es macht den Eindruck, als hätte der Kummer ihn gelähmt. Ich verstehe diesen Ausdruck erst jetzt – er sieht aus, als hätte ihn ein Blitz getroffen, der ihn gänzlich betäubt hat. Dieser schreckliche Schock hat ihn buchstäblich vernichtet.«

»Kann ich mit ihm sprechen?«

»Uff, ist dieser Kaffee heiß«, sagte Ann und saugte die Luft ein. »Rich ist nicht da. Er und Riley machen gerade einen Spaziergang.«

»Bei zwanzig Grad minus?«

Ann rang sich ein Lachen ab. »Oh, es ist wärmer geworden. Heute sind es nur acht Grad unter Null.«

Wir redeten eine Weile über Barb (»Sie und ich gehen heute abend aus«, sagte Ann), und dann erzählte ich meiner Schwester von meinem neuen Ring.

»Also bist du jetzt offiziell verlobt?« fragte sie.

»Wenn es der Ring ist, der die Verlobung offiziell macht, dann trifft das wohl zu.«

Es folgte eine lange Pause.

»Ich schließe daraus, daß du nicht meine Brautmatrone sein möchtest?« fragte ich, und als das erwartete Lachen ausblieb, fügte ich hinzu: »Ann, könntest du nicht wenigstens so tun, als würdest du dich freuen?«

»Damit du dich besser fühlst? Nein, Gen, ich werde nicht so tun, als würde ich mich über eine Nachricht freuen, die mich traurig macht. Du hast was Besseres verdient.«

»Weißt du was, Ann? Ich sehe gerade auf die Uhr, und ich muß ins Theater. Grüß alle von mir.«

»Aber ich wollte ...«

Das ist es, was mir an Telefongesprächen gefällt: wenn nötig, kann man sie einfach beenden. Den Hörer aufzuknallen ist genau so, als würde man jemandem die Tür vor der Nase zuschlagen, und das hatte ich soeben bei Ann getan.

»Ich liebe Trevor«, flüsterte ich und machte dabei ausladende Gesten vor dem Spiegel. »Er mag seine Fehler haben, aber ich liebe ihn.«

Es klopfte. »Mona? Hier ist Lennie.«

Wenn man vom Teufel spricht. Er stand vor meiner Tür.

»Komm rein.«

In seinen engen Beinkleidern, dem fließenden Gewand und dem weichen Barett sah Trevor als Leonardo da Vinci hinreißend aus. Er stürmte herein, nahm mich in die Arme und küßte mich.

»Zeit zum Auftritt, Liebling. Jetzt laß uns rausgehen und ihnen geben, was sie wollen.«

Und das taten wir. Zwischen Trevor und mir stoben förmlich die Funken. Wenn wir tanzten, schwangen unsere Beine höher, wenn wir sangen, klangen unsere Stimmen aufrichtiger, und wenn wir unsere Texte sprachen, war es, als sagten und hörten wir sie zum ersten Mal. Aus dem Publikum erklang unterdrücktes Schluchzen, als Trevor Leonardos Ballade sang, und ich spürte, wie auch mir eine Träne über die Wange rollte (nur eine einzelne sehr dramatische Träne – fragen Sie mich nicht, wie ich das mache). Die Zuschauer fraßen uns geradezu aus der Hand, und als wir nach der letzten Nummer die Spannung abflauen ließen, bedankten sie sich mit tosendem Applaus, standen auf und klatschten und jubelten. Wir mußten uns öfter verbeugen als eine Geisha in der Ausbildung. Als sich der Vorhang zum letzten Mal senkte, hob mich Trevor hoch und umarmte mich.

»Wir waren umwerfend!«

»Ja, das waren wir«, jubelte ich und schlang meine Beine um ihn.

Er trug mich an den Schauspielern vorbei, die hinter der Bühne standen und mir applaudierten, an den Bühnenarbeitern, die riefen: »Tolle Vorstellung! Wow!«, und in den Gang hinein, der zu unseren Garderoben führte.

»Uff.« Er stellte mich ab, gab mir rasch einen Kuß und sagte: »Ich seh dich in zehn Minuten.«

Er öffnete die Tür zu seiner Garderobe, gab mir schnell noch einen Kuß und schloß die Tür. Ich ging den Gang hinunter und war ein wenig enttäuscht, daß er mich nicht bis zu meiner Garderobe und über die Schwelle getragen hatte.

Ich hatte nicht viel Zeit, um enttäuscht zu sein. Kaum hatte ich meinen Verlobungsring wieder angesteckt, da füllte sich der Raum mit Gratulanten, und die Champagnerkorken knallten.

»Geneva«, rief Claire aus, die in ihrem weißen Wollkostüm entsetzlich schick aussah, »du hast mir gerade wieder einmal vorgeführt, warum ich mich so geehrt fühle, dich vertreten zu dürfen.«

»Claire«, antwortete ich und spürte, wie sich mir die Kehle zuschnürte, »das ist das Netteste, was du überhaupt zu mir sagen konntest. Abgesehen von: ›Ich habe mich entschieden, unentgeltlich für dich zu arbeiten.‹«

»Das kann ich mir vorstellen«, antwortete sie und nahm ein Glas Champagner von einem der Tänzer entgegen, der als Kellner fungierte.

»Ich hab dich im ersten Akt nie besser gesehen«, sagte Paul Drake, der Regisseur. »Du warst großartig, Geneva.«

»Danke, Paul«, erwiderte ich und unterdrückte die Frage: *Was war mit dem zweiten Akt nicht in Ordnung?* Statt dessen nahm ich ein Glas Champagner und hielt es einladend hoch, aber Paul schüttelte den Kopf.

»Auf Entzug«, flüsterte er. *»Wieder einmal.«*

»Gut für dich«, antwortete ich und trank erst aus meinem Glas, als er auf der anderen Seite des Raums war.

Ich sonnte mich im Glanz der Bewunderung, posierte für Fotos mit dem Textdichter und seinem Geliebten, schüttelte die Hände von Ehemännern, Ehefrauen und Partnern von Ensemblemitgliedern und gab der Gattin des Bürgermeisters, die die Vorstellung vierzehnmal gesehen hatte, ein Autogramm. Ich war eine Bienenkönigin, die aufgeregt durch ihren Stock schwirrte und jede Sekunde genoß.

»Miss Jordan!« Die große dunkle Frau hatte ein strahlendes Lächeln und war von einem köstlichen Duft umgeben.

Ich schüttelte die ausgestreckte Hand und erwiderte ihr Lächeln.

»Ich bin Meg Adams«, erklärte sie, als sie meinem Gesichtsausdruck entnahm, daß ich mich nicht an sie erinnern konnte. »Ich arbeite für die Pour-Deux-Produktion. Wir haben uns in Bedford getroffen.«

Ich neigte den Kopf zurück, als ich sie erkannte, und sagte: »Oh, ja. Ich glaube, ich war ein bißchen gereizt an dem Abend.«

»Keineswegs. Ich war einfach begeistert, Sie kennenzulernen. Jetzt habe ich das Stück endlich gesehen. Ich wollte nicht reingehen, bevor Sie nicht wieder auftraten.«

»Wie reizend von Ihnen, das zu sagen«, flötete ich mit meiner gurrenden Gloria-Swanson-Stimme und erklärte dann, daß ich unbedingt ein Glas Champagner bräuchte, was tatsächlich zutraf. Absolut unbedingt, meinte ich.

Beim Anblick von Meg überkam mich ein komisches Gefühl in der Brust, wie ein Jucken. Ich bezweifelte tatsächlich, daß zwischen ihr und Trevor etwas gelaufen war; ich wußte bloß nicht, wie begründet meine Zweifel waren. Aber wo war überhaupt das britische Geschenk an die Frauen- und Theaterwelt? Hatte er nicht gesagt, daß wir uns in zehn Minuten treffen würden? Der letzte Vorhang war bereits vor einer halben Stunde gefallen. Hatte er inzwischen nicht genügend Zeit gehabt, sich zu duschen und umzuziehen? Konnte man nicht erwarten, daß sich der Verlobte beeilte, um zu der Party zu kommen, auf der das Bühnen-Comeback seiner zukünftigen Frau gefeiert wurde?

»Entschuldigen Sie«, sagte ich und zwängte mich an einem Knäuel von Leuten vorbei, die mich mit Komplimenten überhäuften, sobald ich in ihre Nähe kam.

»Fabelhafte Vorstellung, Geneva!«

»Das Stück wird Geschichte machen.«

»Sie haben einen weiteren Tony verdient für Ihre Leistung heute abend.«

»Danke«, erwiderte ich, nur Zentimeter von der Tür entfernt, »vielen Dank.«

Ich ging den Gang hinunter, in den sich ein paar Gäste aus der Enge meiner Garderobe geflüchtet hatten.

Eine Schauspielerin, die eine von Monas Vertrauten spielt, grüßte mich, als ich vorbeiging. »Du und Trevor, ihr hattet heute abend eine wahrhaft magische Ausstrahlung, Geneva.«

Ich nickte ihr dankend zu, und ich kann nicht sagen, daß mir in dem Moment ein Licht aufging, daß ich eine Epiphanie oder eine Eingebung gehabt hätte, aber langsam dämmerte mir die Wahrheit, die immer schon an den Ausläufern meines Bewußtseins gelauert hatte. Ich hatte mich bemüht, sie zu ignorieren, obwohl ich es eigentlich immer schon ahnte: Trevor und ich hatten eine *magische* Ausstrahlung – auf der Bühne. So mächtig diese Magie auch sein mochte, sie ließ sich nicht ins wahre Leben übertragen. Auf der Bühne fand ich es angemessen, eine dominierende Persönlichkeit wie Trevor an meiner Seite zu haben, im Privatleben jedoch nicht.

Ich beschleunigte meine Schritte auf dem Weg zu Trevors Garderobe, mir schwindelte ein bißchen, und ich empfand solche Liebe für ihn – als *Bühnenpartner.* Ich wollte seine Tür aufreißen und ihm zurufen: »Wir haben aber auch noch ein *wirkliches* Leben!«

Einen Schritt von seiner Tür entfernt blieb ich stehen, weil ich Stimmen hörte. Die Knie wurden mir schwach, aber nicht aus den Gründen, die Sie vielleicht vermuten. Ich vernahm nicht Trevors melodische Stimme, die Meg und dem Pour-Deux-Cologne unverbrüchliche Liebe und Zuneigung schwor, sondern ich hörte eine Stimme, die zumindest für meine Ohren noch viel melodischer klang.

»Großartige Vorstellung, Miss Jordan!«

Ich schürzte den langen Kostümrock, den ich immer noch trug, und rannte hinter die Bühne.

»Tolle Leistung, Geneva«, rief mir der Inspizient zu.

»Danke«, antwortete ich verwirrt. Auf der Bühne befand sich niemand, außer zwei Leuten, die die Kulissen wegschoben, die das Rom des sechzehnten Jahrhunderts darstellen sollten.

»Rich?« sagte ich.

»Tolle Show, Miss Jordan«, antwortete mein Neffe. Ich hörte sein kehliges Lachen, als er hinter dem Vorhang hervortrat und sagte: »Hallo, Tante Gennie!«

»Gütiger Himmel«, antwortete ich und öffnete die Arme. Er warf sich hinein und umschlang mich auf seine übliche ungestüme Weise. »Was ist denn hier los, Rich? Erst heute hab ich mit deiner Mom gesprochen – sie hat kein Wort verlauten lassen, daß ihr kommt.«

Wir hielten uns lange fest, bevor er sich losmachte. »Fröhliche Weihnachten, Tante Gennie! Ich bin dein Weihnachtsgeschenk!«

Rich trug Connies Baseballmütze und klappte den Schirm hoch.

»O Tante Gennie, du warst so gut in dem Stück!«

Ich lachte und freute mich darüber, daß er jeden Satz mit dem Enthusiasmus eines Pagen vorbrachte, der die Massen auffordert, dem König zuzujubeln

»Wann seid ihr angekommen? Wie bist du hier heraufgekommen? Rich, wer ist bei dir?«

Er kicherte erneut. »Na, James natürlich.«

»Hallo, Geneva«, sagte James.

Ich folgte seiner Stimme und sah ihn im Orchestergraben stehen.

»Wenn Sie diese Typen nicht kennen, bin ich in großen Schwierigkeiten«, sagte der Inspizient. »Aber Ihre Agentin hat mir versichert, daß alles seine Richtigkeit hat.«

»Es hat alles seine Richtigkeit, Jack«, beruhigte ich ihn und ging Arm in Arm mit Rich zum Bühnenrand.

»Hey, Tante Gennie, bist du überrascht, uns zu sehen?«

»Das ist gar kein Audruck.«

»Ich hab davon geträumt, am Broadway zu spielen, Geneva«, sagte James und setzte sich ans Klavier. »Also weck mich nicht auf.«

Worauf er die Noten am Klavier las und meine Ballade aus »Mona!« intonierte.

Mein Lächeln, sagst du, sei wie ein Land, das noch
Kein Forscher je geseh'n
Wie kann ich dies Geheimnis malen, die Mär von
Diesem zauberischen Ort?
O Leonardo, es ist nur eine Frau
In einen Mann verliebt, nur diese Sonne ist's
Auf meinem Gesicht.

Ich sang gemeinsam mit James, und ich mußte wohl mein ganzes Herzblut hineingelegt haben, denn als ich fertig war, hatte sich eine ansehnliche Menge in den Bühnenzugängen versammelt und spendete mir Beifall. Ich verbeugte mich tief und deutete auf den Orchestergraben. »Applaus für die Begleitung.«

Ich stand da und sah auf James hinab, er stand auf und sah zu mir herauf, und das Lächeln auf meinem Gesicht fühlte sich so dämlich an, wie das seine aussah. Ich hätte am liebsten mit der Schuhspitze auf den Boden getrommelt und kichernd »Was für ein Quatsch« ausgestoßen.

»Geneva?«

Kinder, gebt euch ahnungslos, der Direktor kommt!

»Trevor«, sagte ich und drehte mich um. »Du erinnerst dich an Rich?«

»Wie geht's, Sportsfreund?« fragte Trevor und streckte die Hand aus.

»Gut, denk ich«, antwortete Rich plötzlich verlegen.

»Und der Bursche, der aus dem Orchestergraben steigt, ist mein Freund James. James O'Neal.«

James eilte auf die Bühne, und die beiden Männer schüttelten sich die Hände.

»Kommen Sie mit uns zum Abendessen?« fragte Trevor James, der mich ansah und kaum merklich mit den Achseln zuckte.

Ich lächelte Rich und James an. »Entschuldigt ihr mich einen Moment?« Ich nahm Trevors Arm und führte ihn auf die Bühnenseite, auf der niemand stand. Es gibt Augenblicke, da braucht man Publikum, aber dieser gehörte nicht dazu.

»Trevor«, sagte ich und zog den Ring vom Finger, »ich kann ihn nicht mehr tragen.«

Trevor sah mich an wie ein Soldat, dessen kommandierender Offizier ihm gerade befohlen hatte, einen Heckenschützen auszuschalten. »Geneva, was redest du da?«

»Ich sage, oder versuche zu sagen, daß ich dich nicht heiraten will, Trevor. Es tut mir leid, ich will dich nicht verletzen, aber ich kann einfach nicht deine Frau werden.«

»Warum nicht?« In seiner Stimme schwang ein »Wie kannst du es wagen?« mit.

»Aus dem gleichen Grund, aus dem auch du mich nicht heiraten solltest. Wir lieben uns nicht wirklich. Zumindest nicht so, wie wir beide es verdienen.«

»Es *verdienen* ? Was soll das denn heißen, Geneva?«

»Ich brauche jemanden, auf den ich zählen kann, Trevor«, antwortete ich ruhig. »Jemanden, dessen ich mir wirklich sicher sein kann.«

Mit bebenden Nasenflügeln drehte sich Trevor um und sah auf James. »Und bei dem kannst du das?«

»Ja, Trevor, bei ihm kann ich's.« Ich spürte Kraft und zugleich Verwunderung, als ich das zugab. »Ja.«

Viele Klatsch- und Gesellschaftsreporter haben von Trevor Waites eisblauen Augen geschwärmt, und es ist wahr, sie sind wirklich beeindruckend, aber das letzte Mal, als ihr Blick auf mir lag, waren sie voller Zorn und Schmerz. Und meiner Meinung nach stand auch ein Anflug von Erleichterung darin. Nach diesem langen Blick und ohne daß einer von uns ein weiteres Wort gesagt hätte, wandte sich Trevor schließlich ab, und um mir deutlich zu machen, daß er auch ohne mich zurechtkam, warf er meinen Verlobungsring in die Luft und fing ihn lässig wieder auf, als hätte er eine Münze in die Luft geworfen. Dann ging er über die Bühne fort und verschwand aus meinem Leben.

Die Nacht erstrahlte im Glanz von Neonlichtern und Weihnachtsbeleuchtung, als wir das Theater verließen und die Zweiundvierzigste Straße hinunterspazierten. Es schien, als hätte sich der Schnee noch nicht entschieden, was er wollte: Gelegentlich fiel eine Flocke herab, aber es handelte sich eindeutig eher um Solo-Auftritte als um großes Theater.

»In meinen wildesten Träumen hätte ich nicht erwartet, den heutigen Abend mit euch beiden zu verbringen. Warum habt ihr mir nicht gesagt, daß ihr kommt?«

»Es war ein ganz spontaner Entschluß«, antwortete James.

»Genau«, pflichtete ihm Rich bei.

»Wir haben nicht nur verschwiegen, daß *wir* kommen würden, sondern ...«

»Mom und Dad sind auch hier!«

»Aber ... aber Ann hat mich heute aus Minneapolis angerufen.«

»Nein«, berichtigte James. »Ann hat aus dem Hotel angerufen. Da Karin Natalie mit nach Hawaii genommen hat, dachten wir uns, es wäre keine schlechte Idee, Weihnachten in New York zu verbringen.«

»Immer noch überrascht, Tante Gennie?«

Ich nickte, obwohl sich meine Gefühle nicht mit dem harmlosen Wort *Überraschung* beschreiben ließen.

Ein Brezelverkäufer stand neben seinem Wagen, trat von einem Fuß auf den anderen und klatschte gelegentlich in die Hände.

»Ach, kann ich eine bekommen?« fragte Rich.

»Hol dir eine«, sagte James und gab ihm einen Schein.

»Er war dermaßen am Boden zerstört«, sagte James, als wir Rich zusahen, wie er zu dem Verkäufer hinüberlief. »Als ich Ann gegenüber erwähnte, daß ich mir vielleicht deinen Auftritt ansehen wollte, trat eine Art Kettenreaktion ein. Wir alle wollten fort ... wollten, daß Rich fort kam.« Er schloß den obersten Knopf seines gut geschnittenen Mantels, offensichtlich ein Überbleibsel aus seiner Zeit als Manager. »Wir können ihn nicht von der Last seiner Trauer befreien, aber zumindest ist es uns gelungen, ihn aus seiner Verzweiflung herauszuholen. Ihm eine kleine Verschnaufpause zu verschaffen.«

»Es scheint zu funktionieren«, sagte ich, als ich sah, daß Rich dem Verkäufer auf die Schulter klopfte, als er seine Brezel entgegennahm. »Wie lange bleibst du?«

»Also, ich glaube, deine Schwester hat für morgen abend eine große Weihnachtsfeier geplant, und die Blasters haben vor dem dritten Januar kein Spiel, deshalb ... deshalb könnte ich hier bleiben und mal sehen, ob ich für Silvester eine Verabredung mit dir kriege.«

»Hm«, erwiderte ich und tippte mir ans Kinn. »Ich hätte da vielleicht eine Freundin – nein, sie ist nicht dein Typ ... Oh, da gibt's ... nein, sie ist auch nicht dein Typ.«

»Niemand ist mein Typ«, sagte James und zog mich an sich, »außer dir.«

»Und du bist meiner!« antwortete die Schulballkönigin, die schließlich feststellte, daß nicht die Sportskanone für sie bestimmt war, sondern der nette Junge im Aufenthaltsraum, der immer bereit war, ihr bei den Hausaufgaben zu helfen.

Und dann machten wir, was wir so gut konnten: Wir küßten

uns, mein Herz raste, und das Blut schoß mir ins Gesicht, daß mir ganz schwindlig wurde.

»Uff«, sagte ich und wandte den Kopf ab, »ich glaube, ich krieg Hitzewallungen.«

»Ich auch«, sagte James.

»Hey, ihr zwei, ihr habt euch geküßt«, rief Rich.

»Ertappt«, gab James zu.

Wir hakten uns unter und marschierten die Zweiundvierzigste Straße hinunter, als wären wir an der Spitze der Macy's Thanksgiving Parade. James und ich bissen von der Brezel ab, die Rich uns anbot, und daß ich Senfflecken auf dem Ärmel meines besten Mantels hatte, war mir völlig schnuppe.

Leute gingen an uns vorbei, und als wir einer Gruppe von Japanern auswichen, grüßte Rich einen davon.

»Hallo, Kumpel.«

Der Tourist nickte lächelnd, und mich durchströmte ein Glücksgefühl.

Ich wußte, daß Rich lange brauchen würde, um mit dem Verlust von Conrad fertigzuwerden und nicht daran zugrunde zu gehen, aber ich wußte auch, daß Conrads Liebe – genau wie seine Schwester gesagt hatte – ein Rettungsboot war, in das er sich flüchten konnte, um sich über Wasser zu halten. Und wenn der Verlust manchmal schwerer zu wiegen schien als die Liebe, wenn das Boot zu kentern drohte, wußte ich, daß Rich Leute um sich hatte, die hinausschwimmen und ihm helfen würden. Genauso wie er auf seine unbeholfene Art zu uns hinauspaddeln würde, um uns beizustehen. *Darin* bestand mein Glück: in dem Bewußtsein, daß Menschen, die sich lieben, auch wissen, was sie zu tun haben.

Ich sah James an, der alles bestaunte, was es am Times Square zu bestaunen gibt, und mir war klar, daß es schwer sein würde – nein, *außerordentlich* schwer sein würde –, als Broadway-Star in den Wechseljahren mit einem zu Grübeleien neigenden Postboten ein gemeinsames Leben aufzubauen. Doch ich wollte mich der Herausforderung stellen. Besser noch, ich *wußte,* daß sich James ihr stellen wollte.

Er wandte sich mir zu, und eine der vereinzelten Schneeflocken landete auf seinem Nasenflügel, wo sie einen Moment lang funkelte wie ein Diamant.

Ich drückte seinen Arm und lächelte. »Hallo, Kumpel.«

Er stieß mich leicht mit seiner Hüfte an. »Und du Kumpel?« fragte er lächelnd, und die Grübchen in seinen Wangen ließen ihn aussehen wie ein kleines Eichhörnchen.

EPILOG

EINMAL KAM EINE Frau auf mich zu, als ich bei Bergdorf's Wäsche kaufte, und behauptete, sie habe am Abend zuvor »Das Mädchen von Wellsmore« gesehen.

Ich brauche Ihnen nicht zu sagen, daß es ein wenig verwirrend ist, von einer Fremden am Arm gepackt zu werden, wenn über diesem Arm gerade eine Reihe (gepolsterter) Spitzen-BHs und (schlank machender) Höschen hängen. Zudem hatte sie den typisch fanatischen Glanz in den Augen, der möglicherweise auf einen gefährlichen Fan hindeutet, so daß ich ihr freundlich dankte – allerdings nicht allzu freundlich – und zur Umkleidekabine weiterging, wohin sie mir, wie ich hoffte, nicht folgen würde.

Aber genau das tat sie, und diese Tatsache schien sie genauso zu beunruhigen wie mich.

»O Gott, Sie wollen Unterwäsche anprobieren, und ich belästige Sie. Tut mir leid, Miss Jordan, Sie müssen mich für einen von diesen penetranten Fans halten, über die man immer liest.«

Der Ausdruck auf meinem Gesicht mußte sie überzeugt haben, daß mir der Gedanke nicht ganz fern lag, und sie lachte nervös.

»Ich verschwinde gleich wieder – aber bevor ich das tue, möchte ich Ihnen sagen, was für ein unglaubliches Erlebnis ›Das Mädchen von Wellsmore‹ war. Ich war furchtbar traurig, als der Vorhang fiel.«

»Aber es gab ein Happy End«, sagte ich ein wenig entspannter, nachdem meine feinen Antennen mich davon überzeugt hatten, daß diese Vorortshausfrau (bei ihrer schicken, aber schlichten Frisur und dem gutgeschnittenen Mantel fiel mir sofort Greenwich ein) von mir zwar hingerissen, aber keineswegs fanatisch war.

»Ja, sicher, für eine Weile vielleicht – aber hat ihr Glück angehalten? Hat sich das arme Dienstmädchen an sein Leben als Baroneß gewöhnt? Hat sich die Mutter des Barons je bei ihr entschuldigt? Und was ist mit der Spülmagd passiert? Haben sie und der Butler sich schließlich gefunden?«

Ich verstand ihre Neugier, mehr erfahren zu wollen. Auch ich bin ganz verrückt nach Epilogen. Sie bieten die Möglichkeit, alle losen Fäden zu verknüpfen oder wenigstens deren Enden zu veröden, damit sich nicht alles auflöst.

»Samson und Delila« war ein Hit, und Martine Jeffries genießt all den Jubel zu Recht. (Ich habe die Aufführung gesehen, und sie war wundervoll – eine große Ethel-Merman-Stimme, die aus einem Mary-Martin-Körper kam.) Mein Lob der Schauspielerin hielt mich allerdings nicht davon ab, auf Norman Alexander loszugehen, als ich ihn bei einer Wohltätigkeitsveranstaltung traf.

»Danke, daß du dich so für mich eingesetzt hast, Norman.«

»Verdammt, ich dachte, ich könnte entwischen, bevor du mich entdecken würdest.«

»Ich hab das Stück gesehen, Norman. Es ist gut, und Martine ist auch gut.«

Überraschung hellte seine Miene auf. »Meinst du das im Ernst?«

»Natürlich meine ich das im Ernst. Womit ich nicht sagen will, daß meine Delila nicht alle anderen in den Schatten gestellt hätte, aber ... Martine war gut.«

»Du weißt, daß ich mich sehr für dich ins Zeug gelegt habe, Geneva.«

»Ich weiß«, antwortete ich und spürte, wie mir die Tränen kamen.

»Ich wollte dich anrufen, dir schreiben, aber ich ... was soll's, es gibt keine Entschuldigung für schlechte Manieren. Was kann ich tun, um es wiedergutzumachen?«

Das ist eine Frage, die ich gewöhnlich mit einer bissigen Bemerkung quittiere, aber wenn Norman Alexander sie stellt ...

»Also ... ich überleg mir, in einem Nachtclub aufzutreten.«

»Wirklich? Hast du jemanden, der dir die Texte schreibt?«

»Das hängt ganz davon ab. Kennst du einen guten Texteschreiber?«

Einen Teil seiner Honorare hatte Norman Alexander offensichtlich für seine Zähne ausgegeben, weil sein Lächeln ein blendendweißes Gebiß freilegte. »Na sicher. Ich wollte schon immer mal für einen Nachtclubauftritt schreiben.«

»Wirklich?«

Er nickte. »Vor allem für jemanden wie dich.«

Und daran arbeite ich im Moment. Was nicht heißt, daß meine Tage am Broadway gezählt sind, es heißt nur, daß ich nicht untätig herumsitze, bis das nächste Rollenangebot kommt.

Ich bin absolut überzeugt, daß James mich begleiten kann, und das tut er auch. Unsere Probeauftritte sind großartig gelaufen – zweimal habe ich in einer Kirche mit ihm gesungen, und einmal in einer Bar in Minneapolis, wo eine Party für die Installateurs-Gewerkschaft stattfand. Wir setzten uns ans Klavier und beglückten alle Anwesenden mit einem zweistündigen Songfestival. Die fünfundfünzig Dollar Trinkgeld, die wir bekamen, stellten nach Aussagen des Managers einen Hausrekord dar.

Ich machte James klar, daß das Manhattaner Publikum ein wenig anspruchsvoller ist als Kirchengemeinden oder halbbetrunkene Rohrleger in Minneapolis, worauf er antwortete: »Dein Snobismus ist eine deiner weniger attraktiven Eigenschaften, Geneva. Abgesehen davon kann ich überall spielen, solange du bei mir bist.«

James trägt noch immer Post aus. Ich sah ihn zum ersten Mal in seiner Sommeruniform, und er hat recht, seine Beine sind tatsächlich wohlgeformt. Alle paar Wochen fahre ich nach Minneapolis, und er besucht mich jeden zweiten Monat in New York. Als ich in Los Angeles Bronco Betsy aufnahm, verbrachten er und Natalie ein verlängertes Wochenende bei mir. Natalie war begeistert, daß sie Nick Ralston kennenlernte, den Schauspieler, der Wendell, dem Wunderzauberer, auf PBS seine Stimme leiht.

Faith Bennet gestand mir neulich beim Essen, daß sie sich für mich freue.

»Als ich hörte, daß du dich in einen Postboten aus Minneapolis verliebt hast, dachte ich, huch, jetzt ist sie endgültig übergeschnappt, aber wenn ich dich so sehe – du hast nie besser ausgesehen.«

»Danke, Faith.«

»Ich meine, als du mit Trevor zusammen warst, hast du immer so – ich weiß nicht –, so verhärmt ausgesehen. Verhärmt und sorgenvoll.«

Mein Lächeln gefror. »*Danke,* Faith.«

»Ach, du weißt doch, was ich meine«, antwortete sie lachend. »Wie auch immer, schön für dich. Du machst mir Hoffnung. Vielleicht finde auch ich meinen Postboten.«

»Solange er ein netter Kerl ist.«

»Ist das das Geheimnis?« fragte Faith, und ihre Unterlippe, die sie in ihrer Sitcom immer beben ließ, zitterte, aber diesmal hatte sie es, glaube ich, auf keinen Lacher abgesehen. »Einen netten Kerl zu finden?«

»Ich halte das für kein Geheimnis, Faith. Für Frauen wie uns liegt das doch auf der Hand.«

Rich nimmt seine Rolle als Trauzeuge sehr ernst. Gestern überraschte ich ihn vor dem Spiegel in seinem Zimmer, während er in seiner Hosentasche herumsuchte, und ich fragte ihn, was er da mache.

»Üben«, erwiderte er. »Ich übe, den Ring aus meiner Hosentasche zu ziehen.«

Heute suchen die Männer ihre Smokings aus (wobei Ann und ich Einspruchsrecht haben). Ann, Barb und Claire sind meine Brautjungfern, aber ich habe sie gebeten, einfach was Hübsches anzuziehen, weil ich es gräßlich finde, wenn erwachsene Frauen in Brautjungferkleidern auftreten.

Claire gibt sich alle Mühe, sich für mich zu freuen – sie scheint James wirklich zu mögen –, aber unsere Verbindung ist ihrer Meinung nach zum Scheitern verurteilt.

»Das ist mein letzter Versuch, dich davon abzubringen«, sagte sie am Telefon, »dann werde ich schweigen.«

»Warum überspringst du den ersten Teil nicht und kommst gleich zum letzten?«

»Ich will einfach nicht, daß du verletzt wirst, Geneva.«

»Glaub mir Claire, das ist das letzte, was ich mir wünsche.«

»Dann sieh doch ein, wie schwierig die Situation für dich ist. Du hast dich noch nicht einmal entschieden, wo du wohnen wirst, und ich bezweifle sehr, daß du gern in Wide Lake ...«

»Deep Lake, Claire. Es heißt Deep Lake. Und wer behauptet, daß wir hier leben werden?«

»Du meinst, daß du in New York bleiben wirst?«

»Eine Weile werden wir wahrscheinlich hin und her pendeln, aber schließlich werden wir zusammenleben. Ob nun in Manhattan oder Minneapolis.«

Meine Agentin fragte höhnisch: »Und was ist mit Natalie? Wenn du dich für New York entscheidest, wie wird James dann die Trennung von seiner Tochter verkraften?«

»Wir haben mit Karin gesprochen. Sie ist bereit, James mehr Besuchsrechte einzuräumen – vor allem, da sie so viel unterwegs ist.«

»Also hast du alles geregelt, hm?«

Ich lachte. »Mein Gott, nein! Ich weiß nicht, ob je alles ins Lot kommt. Aber der Punkt ist, daß wir's probieren wollen.«

Ich wagte nicht, ihr von den Anrufen zu erzählen, die wir kürzlich bei amerikanischen und ausländischen Adoptionsagenturen gemacht hatten – es war noch immer mein und James' süßes Geheimnis, und sie würde durchdrehen, wenn sie davon erführe.

Eine Weile hörte ich nichts vom anderen Ende, abgesehen von einem Geräusch, das Claire oft macht, wenn sie tief in Gedanken ist: Sie trommelt mit dem Stift auf den Notizblock auf ihrem Schreibtisch.

»Und was ist, wenn du eine große Rolle angeboten bekommst?«

»Dann gehe ich zum Vorsprechtermin.«

»Und wenn James nicht will, daß du sie annimmst?«

»Claire, James möchte, daß ich glücklich bin. Wenn mich eine große Rolle glücklich machen sollte, wird er mir bei der Premiere zujubeln.«

»Du klingst so zuversichtlich.«

»Das bin ich auch«, antwortete ich, »ich vertraue auf seine Liebe. Wie es bei einer verliebten Frau sein sollte.«

Während wir auf die Rückkehr von Ann und Riley warteten, saßen Rich, James und ich auf der Couch vor dem großen Panoramafenster, das nun einen sommerlichen Ausblick bot. Wir hätten uns gerne auf die Terrasse gesetzt, aber es war zu schwül, und blutgierige Mücken schwirrten durch die Luft auf der Suche nach warmblütigen Opfern.

»Hey«, sagte ich und nahm »Das Große Geheimnis« vom Couchtisch. »Ich glaube, das nehme ich zum Hochzeitsempfang mit. Es wird unser Gästebuch – nur daß die Leute anstelle ihrer Namen Antworten hineinschreiben müssen.«

»Jeder soll jetzt eine Antwort vorlesen«, sagte Rich und zog einen Zettel aus einer der Taschen.

»Die Frage ist«, begann er: *»Wovor hast du am meisten Angst?«* Er faltete den Zettel auf, runzelte die Stirn und las: *»Pe-tu-nia.«*

James nahm meine Hand.

»Was bedeutet das?« fragte Rich. »Warum sollte sich jemand vor einer Petunie fürchten?«

»Es ist nicht irgendeine Petunie, Rich, sondern eine große, böse Petunie.«

»Also ist die Antwort von dir, Tante Gennie? Du fürchtest dich am meisten vor einer großen, bösen Blume?«

Ich lächelte. »Nein, meine Petunia war eher wie ein großer böser Wolf. Aber jetzt fürchte ich mich nicht mehr vor ihr.«

»Warum?«

Ich sah meinen zukünftigen Mann an. »Weil ich jemanden habe, der mir hilft, sie zu verjagen.«

Rich sah mich und James an. Dann schüttelte er den Kopf und murmelte: »Verrückt.« Er blätterte um. »Jetzt ziehst du eine, Tante Gen.«

Meine Hand griff in die Tasche, die unter der Frage angebracht war: *Welcher ist der beste Rat, den du jemandem geben kannst?*

»Der beste Rat, den ich jemandem geben kann«, las ich, *»ist, nicht auf Ratschläge zu hören, die einem offensichtlich nicht weiterhelfen.«*

Aufgeregt beugte sich Rich zu mir herüber. »Die ist von Connie, nicht wahr?«

Ich nickte und fuhr fort: *»Leute raten mir zum Beispiel immer aufzupassen, weil sie glauben, ich falle hin oder tue sonst etwas, womit ich mir weh tue. Wenn ich all diese Ratschläge befolgen würde, hätte ich nie Spaß! Mein Schwimmtrainer sagt mir nie, daß ich vorsichtig sein soll – er sagt: ›Du findest es nicht heraus, wenn du's nicht probierst.‹ Das erste Mal, als ich durch den Pool schwamm, dachte ich, ich würde ertrinken, aber das ist nicht passiert, und hinterher hab ich mich so toll gefühlt, als könnte ich alles schaffen! Wenn ich vorsichtig gewesen wäre, wäre ich nie aus dem flachen Beckenteil rausgekommen, hätte nie gewußt, wie es ist, sich großartig zu fühlen. Also denkt dran: Manche Leute geben Ratschläge, die euch tatsächlich schaden, wenn ihr sie befolgt – ihr seid der Richter, der entscheidet, was gut für euch ist, und allen anderen könnt ihr sagen, euch mit dem Scheiß in Ruhe zu lassen!«*

»Das ist ein guter Rat, nicht wahr?« fragte Rich kurz darauf. »Abgesehen von dem schmutzigen Ausdruck.«

»Das ist ein *sehr* guter Rat«, antwortete ich und sah Connie vor mir, wie er ihn niederschrieb, wie seine Hand herumfuchtelte, sein Kopf zurückfiel und wie er breit lächelte, während er die letzten Worte hinkritzelte.

»Ich werde seine Mütze bei der Hochzeit tragen«, sagte Rich und fügte dann leise hinzu: »Ist das okay? Ist es okay, wenn der Trauzeuge Connies Baseballmütze trägt?«

»Mehr als das«, antwortete James. »Es ist super.«

Auf der Fahrt zum Smokingverleih ging es laut zu, alle redeten durcheinander, nur ich schwieg. Ich war zufrieden, aus dem Fenster zu schauen und mir die vorüberfliegende Landschaft anzusehen. Ich dachte an meinen Nachtclubauftritt im September (dessen Schwerpunkt natürlich Liebeslieder sein würden), an den Optimismus der Frau von der Agentur, die südamerikanische Kinder zur Adoption vermittelt, und an all die Leute, die sich in wenigen Tagen versammeln würden, um bei meiner Hochzeit in der Kirche dabeizusein. Ich war jetzt übrigens Mitglied der Kirche (offiziell bedeutete es, daß ich ein Gelöbnis abgelegt hatte, inoffiziell bedeutete es, daß ich mich einfach zugehörig fühlte). Ich war aufgeregt, meine Eltern wiederzusehen, ihnen »Das Große Geheimnis« zu zeigen und zu wissen, daß wir alle ein paar recht gute Antworten auf die großen Fragen im Leben hatten, und falls nicht, daß wir sie von anderen kriegen konnten. Ich dachte an Großmutter Hjordis und Großvater Ole, an Großonkel Carl und Großtante Tove und hoffte, sie würden sich alle auf den Ehrenplatz setzen, um das Brautpaar zu sehen. Und wenn sie das taten, luden sie sicher Conrad ein, sich ihnen anzuschließen, aber erst würde Großtante Tove ihm einschärfen: »Kein Fluchen! In der Kirche wird nicht geflucht!«

Vor meinem geistigen Auge sah ich, wie Connie blinzelte, während er sich überlegte, ob er den Rat annehmen oder ablehnen sollte, und mit geschlossenen Augen sprach ich ein stilles Gebet, um dem Jungen zu danken, der gewußt hatte, wann man vorsichtig sein sollte und wann nicht.

DANKSAGUNG

Ich möchte Leona Nevler für ihre unermüdliche Hilfe und ihre Begeisterungsfähigkeit danken. Ich bin dankbar dafür, sie als Lektorin und Ballantine als Verlag zu haben. Mein Dank gilt auch meiner Agentin Betsy Nolan und ihrer Assistentin Jenny Alperen, die mir viele interessante Dinge mit der Post schickt.

Ich danke auch der Loft- und der McKnight-Stiftung für ihre moralische und finanzielle Unterstützung – ich weiß beides zu schätzen.

Allen Lesern, die sich die Mühe gemacht haben, mir zu schreiben, möchte ich ebenfalls danken. Ihre Briefe bedeuten mir viel.

Ich danke meinen Freunden und meiner Familie; ich bin froh, sie an meiner Seite zu haben. Und wie immer danke ich Harleigh und Kanga für all die wichtigen Dinge. Und natürlich Chuck.

Lorna Landvik

Das Café in Tall Pine

Roman. Aus dem Amerikanischen von Edith Winner.
501 Seiten. Klappenbroschur

Für die etwas unkonventionellen Bewohner von Tall Pine, Minnesota, ist das »Cup O'Delight« zum Lebensmittelpunkt geworden. Die 22jährige Fenny, die den örtlichen Anglerladen betreibt, hat in der energischen, wohlbeleibten Cafébesitzerin Lee O'Leary und all den anderen, die sich dort täglich zu Kaffee und Zimtbrötchen einfinden, ihre Ersatzfamilie gefunden. Große Aufregung in das gemächliche Kleinstadtleben bringt Hollywood-Produzent Freed, als er Fenny für die weibliche Hauptrolle seines Films »Ike und Inga« entdeckt – und die Gegend von Tall Pine als idealen Drehort. Und dann taucht auch noch der Musiker Big Bill auf und gefährdet die Freundschaft zwischen Fenny und Lee...

Lorna Landvik hat ihren Roman mit üppigen Farben und einer exzentrischen und unvergeßlichen Besetzung ausgestattet, die sich der Sympathie ihrer Leser gewiß sein kann.

Jodi Picoult

Die einzige Wahrheit

Roman. 464 Seiten. Geb.
Aus dem Amerikanischen von Ulrike Wasel
und Klaus Timmermann.

Eingebettet in die wogenden Weizenfelder von Lancaster County scheint die Idylle der kleinen Amisch-Gemeinde von Paradise vollkommen. Doch ein erschütternder Fund bereitet dem Frieden ein jähes Ende: In der Scheune der rechtschaffenen Fishers wird die Leiche eines Neugeborenen entdeckt. Niemand aus der Familie kann sich vorstellen, was geschehen ist. Doch alle Hinweise deuten darauf hin, daß die junge unverheiratete Tochter Katie die Mutter des toten Kindes ist. Als Katie unter Mordverdacht gestellt wird, übernimmt Ellie, eine entfernte Verwandte und Staranwältin aus Philadelphia, die Verteidigung. Auch Ellie steht an einem Wendepunkt in ihrem Leben: Sie ist froh, Abstand von ihrem Partner und ihrer Karriere gewinnen zu können und endlich wirklich gebraucht zu werden. Aber ihre Aufgabe ist alles andere als leicht, denn Ellie muß sich an das gottgefällige Leben der Amisch ohne Strom und Telefon erst gewöhnen – und Katie gibt die Wahrheit nur sehr zögerlich preis...
Vor dem faszinierenden Hintergrund einer traditionellen Amisch-Gemeinde erzählt »Die einzige Wahrheit« von Liebe und Tod, Verrat und bewegender Treue: ein meisterhafter psychologischer Thriller und die mitreißende Freundschaft zweier ungewöhnlicher Frauen.

KABEL

Rosita Steenbeek

Etruskische Schatten

Roman. 270 Seiten. Geb. Aus dem Niederländischen von Stefanie Schäfer.

Lisa, eine junge Bildhauerin aus Amsterdam, lebt seit fast zehn Jahren in Rom, wie ihre beste Freundin, die Journalistin Heleen. Als Lisas Geliebter Lorenzo, der als Archäologe in den Gräbern der Etrusker forscht, plötzlich ums Leben kommt, gerät Lisas Welt aus den Fugen, und nicht einmal Heleen kann ihr helfen. Nach Monaten der Trauer faßt Lisa Mut, den Umständen von Lorenzos Tod auf den Grund zu gehen. Sie reist in die Toskana, trifft endlich Lorenzos Familie und seine Freunde. Und sie sucht die mit Wandmalereien reich verzierten etruskischen Grabungsstätten auf, in denen er zuletzt tätig war. Erst die Spuren dieser faszinierenen Kultur, die pure Vitalität und Sinnlichkeit ausstrahlt, geben Lisa Trost und Zuversicht. Und schließlich findet sie auch die Kraft, sich dem Leben aufs neue zu stellen.

»In der Tradition Stendhals und Goethes macht Rosita Steenbeek aus der klassischen Figur des nordeuropäischen Reisenden, der sich von der mediterranen Welt angezogen fühlt, endlich eine Frau.« *Il Giorno*

Susanna Kearsley

Haus der Stürme

Roman. 432 Seiten. Geb.
Aus dem Englischen von Karin Diemerling.

Die junge englische Schaupielerin Celia Sands wird in eine wunderschöne Villa nach Italien eingeladen: »Il Piacere« gehörte zu Beginn des 20. Jahrhunderts dem Dichterfürsten Galeazzo D'Ascanio, dessen Enkel Alessandro jetzt dort das letzte Stück seines berühmten Vorfahren aufführen möchte. Geschrieben hatte es Galeazzo für seine große Liebe, die ebenfalls Celia hieß und damals kurz vor der Premiere auf rätselhafte Weise verschwand.

In dem traumhaften Anwesen, in dem es vor Kunstschätzen und Spukgeschichten nur so wimmelt, ist die Vergangenheit ebenso spürbar wie die Gegenwart. Bei den Proben fühlt sich Celia mehr und mehr zurückversetzt in die Epoche D'Ascanios und seiner Geliebten; fast unvermeidbar scheinen die beiden Frauenschicksale zusammenzulaufen. Und während Celia in den Sog der Zeitreise gerät und sich immer stärker in Alessandro verliebt, häufen sich die unerklärlichen Ereignisse, und spitzen sich schließlich dramatisch zu...

KABEL